»Der Verräter springt ins Herz der modernen
amerikanischen Gesellschaft, und das
mit absolut wildem Witz.«
Amanda Foreman, Jury des Man Booker Prize

»Ein wagemutiger, messerscharfer Roman.«
Kirkus Reviews

»Schlicht genial, ein satirisches Meisterwerk
über Rasse im Amerika des 21. Jahrhunderts.«
O, The Oprah Magazine

»Je länger man auf Beattys Seiten starrt,
desto klüger wird man.«
Guardian

PAUL BEATTY
DER VERRÄTER

PAUL BEATTY

DER VERRÄTER

Roman

Aus dem Amerikanischen
von Henning Ahrens

Luchterhand

Für Althea Amrik Wasow

Prolog

Aus dem Mund eines Schwarzen klingt das sicher unglaublich, aber ich habe nie geklaut. Habe nie Steuern hinterzogen oder beim Kartenspiel betrogen. Habe mich nie ins Kino gemogelt oder merkantile Gepflogenheiten und die Erwartungen von Mindestlohnempfängern ignoriert, indem ich einer Drugstore-Kassiererin das überschüssige Wechselgeld vorenthalten hätte. Ich bin nie in eine Wohnung eingebrochen. Habe nie einen Schnapsladen ausgeraubt. Habe mich in vollbesetzten Bussen oder U-Bahnen nie auf einen Platz für Senioren gepflanzt, meinen gigantischen Penis rausgeholt und mir lüstern, aber auch leicht zerknirscht einen runtergeholt. Dennoch sitze ich hier, in den Katakomben des Obersten Gerichtshofes der Vereinigten Staaten von Amerika, auf einem gut gepolsterten Stuhl, der, ähnlich wie das Land insgesamt, nicht ganz so gemütlich ist, wie er aussieht, die Hände in Handschellen auf dem Rücken, mein Recht zu schweigen längst abgehakt und vergessen, während mein Auto ebenso illegal wie ironisch in der Constitution Avenue steht.

Einbestellt durch ein amtliches Schreiben mit dem Stempel WICHTIG! in fetten knallroten Lettern auf dem Umschlag, tue ich seit meiner Ankunft in dieser Stadt nichts anderes, als mich zu krümmen und zu winden.

»Hochverehrter Herr«, begann das Schreiben.

»Glückwunsch, denn Sie könnten schon jetzt ein Gewinner sein! Ihre Sache wurde aus Bergen von Berufungsfällen zur

Verhandlung vor dem Obersten Gerichtshof der Vereinigten Staaten ausgewählt. Eine große Ehre! Wir raten Ihnen dringend, mindestens zwei Stunden vor der Anhörung da zu sein, angesetzt für 10:00 Uhr am 19. März im Jahre des Herrn...«
Zum Schluss wurde erläutert, wie man von Flughafen, Bahnhof, Interstate 95 zum Obersten Gerichtshof gelangt, dazu gab es Coupons zum Ausschneiden für Sehenswürdigkeiten, Restaurants, Pensionen etc. pp. Eine Unterschrift gab es nicht. Es hieß nur:

Mit freundlichem Gruß,
        das Volk der Vereinigten Staaten von Amerika

Washington, D. C. soll sich mit seinen breiten Boulevards, chaotischen Kreisverkehren, Marmorstatuen, Kuppeln und dorischen Säulen anfühlen wie das alte Rom (ob die Straßen des alten Rom auch voller obdachloser Schwarzer, Reisebusse, Sprengstoffspürhunde und Kirschblüten waren, sei dahingestellt). Gestern verließ ich das Hotel, ein sandalenbewehrter Äthiopier aus dem tiefsten und finstersten Dschungel von Los Angeles, und schloss mich dem Hadsch der patriotischen Hinterwäldler in Bluejeans an, die gemessenen Schrittes an den historischen Wahrzeichen vorbeipilgerten. Ich betrachtete voller Ehrfurcht das Lincoln-Denkmal. Was würde der Ehrliche Abe sagen, wenn er wieder zum Leben erwachen und sein hageres, sieben Meter messendes Körpergerüst vom Thron hieven könnte? Was würde er tun? Würde er einen Breakdance hinlegen? Pennys gegen die Bordsteinkante werfen? Nach einem Blick in die Zeitung feststellen, dass die von ihm gerettete Union heute eine funktionsuntüchtige Plutokratie ist, dass die von ihm befreiten Menschen Sklaven von Rhythmus, Rap und faulen Krediten sind, dass er mit seinen Talenten jetzt nicht mehr ins Weiße Haus, sondern auf den Basketballplatz gehören würde? Dort könnte er sich bei einem Konter den Ball schnappen, zu einem vollbärtigen Dreier aufsteigen, in dieser Pose verharren und Schwachsinn labern, während der Ball durchs Netz rauscht. Der Große Sklavenbefreier ist nicht aufzuhalten, nein, man kann ihn nur ausbremsen.

Wie nicht anders zu erwarten, kann man im Pentagon wenig mehr tun als Kriege anzetteln. Touristen dürfen nicht mal Fotos mit dem Gebäude im Hintergrund schießen, und deshalb war ich sofort bereit, meinem Vaterland zu dienen, als ich von einer Familie in Marineuniform, Veteranen in vierter Generation, gebeten wurde, mit Abstand zu folgen und sie klammheimlich zu fotografieren, während sie strammstanden, salutierten und rätselhafterweise die Finger zum Peace-Zeichen spreizten. In der National Mall fand eine Ein-Mann-Demo statt. Ein im Gras liegender weißer Junge manipulierte die Tiefenwirkung so, dass das ferne Washington Monument aussah, als würde ein riesiger, spitzer, hellhäutiger Steifer aus seiner offenen Hose ragen. Er scherzte mit Passanten, lächelte in ihre Handys und streichelte dabei seine trickreiche Dauererektion.

Im Zoo hörte ich, wie eine Frau den Zweihundert-Kilo-Gorilla, der im Primatengehege auf einem Eichenbalken saß und seine Brut beäugte, als »präsidial« bewunderte. Als ihr gegen die Informationstafel tippender Freund meinte, der Silberrücken heiße zufälligerweise Baraka, lachte die Frau schallend, bis sie mich erblickte, noch ein Zweihundert-Kilo-Gorilla, der sich gerade ein Wassereis oder eine Chiquita-Banane in den Mund stopfte. Daraufhin war sie tief zerknirscht und weinte bittere Tränen, beklagte ihre ungehörige Offenheit und meine Geburt. »Einige meiner besten Freunde sind Affen«, rutschte ihr heraus. Das wiederum brachte mich zum Lachen. Ich ahnte, wo sie zu Hause war. Diese Stadt ist ein einziger Freud'scher Versprecher, ein Betonphallus, ein Symbol für Amerikas Ruhm und Schande. Sklaverei? »Manifest Destiny«? *Laverne & Shirley?* Die Tatenlosigkeit, während sich Nazi-Deutschland anschickte, die Juden Europas komplett zu vernichten? Hey, einige meiner besten Freunde sind das Museum of African Art, das Holocaust Museum, das Museum of the American Indian, das National Museum of Women in the Arts. Außerdem sollten Sie wissen, dass die Tochter meiner Schwester einen Orang-Utan geheiratet hat.

Man muss sich nur Georgetown und Chinatown anschauen. Gemächlich am Weißen Haus, am Phoenix House, am Blair House und am hiesigen Crack-Haus vorbeischlendern, um zu wissen, was Sache ist. Man ist entweder Bürger oder Sklave, ob im alten Rom oder im heutigen Amerika. Löwe oder Jude. Schuldig oder unschuldig. Hat es sich entweder gemütlich eingerichtet oder nicht. Und hier, im Obersten Gericht der Vereinigten Staaten, in Handschellen auf dem rutschigen Lederpolster des Stuhls sitzend, kann ich nur verhindern, dass mein Arsch unrühmlich auf den Fußboden knallt, indem ich den Kopf weit in den Nacken lege, eine Haltung, die eventuell Gleichgültigkeit gegenüber der Haft signalisiert, auf jeden Fall aber eine Missachtung des Gerichts.

Die Justizwachtmeister marschieren wie ein wagenloses Ackergaul-Vierergespann in den Saal, zusammengeschirrt durch ihre Liebe zu Gott und Vaterland, sie haben militärisch kurze Haare und Schlüsselbünde, die wie Schlittenglöckchen klimpern. Das Zugpferd, eine stolze Kaltblutstute von Frau, vor der Brust eine regenbogenbunte Schärpe aus Vorladungen, tippt von hinten gegen meinen Stuhl. Sie will, dass ich gerade sitze, doch als die legendäre Verkörperung zivilen Ungehorsams, die ich bin, lehne ich mich noch weiter zurück, um dann wie eine linkische Demonstration passiven Widerstands auf den Fußboden zu knallen. Der Schlüssel für die Handschellen baumelt über meinem Gesicht, als sie mich mit einem dicken, haarlosen Arm in die Vertikale hievt, den Stuhl so dicht an den Tisch schiebt, dass ich mich mitsamt Anzug und Krawatte in der glänzenden, zitronenfrischen Mahagoniplatte gespiegelt sehe. Ich habe noch nie einen Anzug getragen, und der Händler, der mir diesen verkaufte, meinte: »Gefällt Ihnen garantiert, wie Sie darin aussehen.« Mein Spiegelbild sieht jedoch aus wie das aller anderen schwarzen Männer mit Geschäftsanzug und Cornrows oder Dreadlocks oder Glatze oder Afrolook, deren Namen und Gesicht keiner kennt – wie eine Verbrechervisage.

»Wenn Sie elegant sind, fühlen Sie sich wohl«, versprach der Händler obendrein. Garantierte auch dies. Sobald ich wieder zu Hause bin, verlange ich die $ 129 zurück, denn ich finde mich nicht elegant. Fühle mich auch nicht wohl. Ich fühle mich wie mein Anzug – billig, kratzig, mit aufgeribbelten Nähten.

Polizeibeamte erwarten meist, dass man sich bedankt. Ganz egal, ob sie dir den Weg zum Postamt erklären, dir hinten im Streifenwagen den Arsch versohlen oder, wie in meinem Fall, deine Handschellen lösen, dir Hasch und Drogenutensilien zurückgeben und dich mit dem traditionellen Federkiel des Obersten Gerichts ausstatten. Diese Beamtin schaut jedoch mitleidig drein, und das schon seit dem Vormittag, als sie mich mit ihrer Truppe auf der protzigen vierundvierzigsten Stufe des Obersten Gerichts in Empfang nahm. Die Beamten standen Schulter an Schulter unter dem pompösen Tympanon mit der Inschrift GLEICHES RECHT FÜR ALLE, blinzelten in die Morgensonne, Kirschblüten wie Schuppen auf den Windjacken, und blockierten den Eingang zum Gebäude. Wir wussten alle, dies war eine Scharade, eine alberne Demonstration staatlicher Macht in letzter Sekunde. Nur der Cockerspaniel war nicht eingeweiht. Die Gurtleine hinter sich herziehend, flitzte er auf mich zu, schnüffelte erregt an meinen Schuhen und Hosenbeinen, wühlte mit feuchter, schnodderverkrusteter Schnauze in meinem Schritt und setzte sich dann neben mich, peitschte den Boden stolz mit dem Schwanz. Das Vergehen, das man mir vorwirft, ist so ungeheuerlich, dass eine Anklage wegen des Mitführens von Marihuana in einem staatlichen Gebäude so ähnlich wäre, als würde man Hitler des Herumlungerns in fremden Ländern bezichtigen oder eine multinationale Ölfirma wie British Petroleum nach fünfzig Jahren Umweltverschmutzung samt Ölpest, explodierten Raffinerien, Emissionen und einer schamlos verlogenen Werbekampagne wegen eines nicht benutzten Mülleimers verklagen. Also klopfe ich die Pfeife mit zwei lauten Schlägen auf dem Mahagonitisch aus. Fege und puste das Schleimharz auf den Fußboden, stopfe die Pfeife mit selbst angebautem Kraut, und die Beamtin zückt so zuvorkommend ihr BIC, um mir Feuer zu geben, als wäre dies meine letzte Zigarette vor der Hinrichtung und sie die Kommandantin des Erschießungskommandos. Ich lehne die Augenbinde ab und nehme den glorreichsten Zug in der ganzen Geschichte des Kiffens. Alle, die sich auf den Fünften Zusatzartikel berufen haben, alle, die in rassistische Stereotype einsortiert wurden, nicht abtreiben durften oder die amerikanische Flagge verbrannt haben, sollten jetzt schleunigst auf eine Wiederaufnahme ihrer Verfahren drängen, denn ich bin high im höchsten Gericht des Landes. Die Beamten starren mich verblüfft an. Ich bin Scopes' Affe, das Fleisch gewordene fehlende Bindeglied in der Evolution der afroamerikanischen Jurisprudenz. Ich höre den Cockerspaniel im Flur winseln und an der Tür kratzen, als ich eine atompilzgroße Rauchwolke in die Gesichter der Berühmtheiten blase, die die Deckenfriese säumen. Hammurapi, Moses, Salomon – alle aus geädertem

Marmor, jeder eine Beschwörung von Fairplay und Demokratie –, Mohammed, Napoleon, Karl der Große und ein pausbäckiger alter Grieche mit Toga werfen mir von oben steinerne, strafende Blicke zu. Ob sie mit ähnlicher Verachtung auf die Scottsboro Boys und Al Gore Jr. hinabgeschaut haben?

Nur Konfuzius wirkt gleichgültig. Die prächtige chinesische Seidenrobe mit ausgestellten Ärmeln, die Kung-Fu-Schuhe, die Barttracht eines Shaolin-Mönches. Ich recke die Pfeife über den Kopf, biete sie ihm an; die längste Reise beginnt mit einem einzigen Zug ...

»Der Quatsch mit der ›längsten Reise‹ stammt von Lao-tse«, sagt er.

»Ich finde, ihr klingt alle ähnlich dämlich, ihr Dichter-Philosophen«, sage ich.

Dies ist der neueste Trip in der langen Reihe wichtiger Fälle, die mit der Rassenfrage zusammenhängen. Verfassungsrechtler und Kulturpaläontologen werden vermutlich über meine Stellung auf der historischen Zeitleiste diskutieren. Sie werden meine Pfeife mit der Radiokarbonmethode datieren, um zu ergründen, ob ich ein direkter Nachfahre von Dred Scott bin, diesem rätselhaften Farbigen, der, als Sklave in einem freien Staat lebend, Manns genug für Frau und Kinder war, Manns genug, gegen seinen Herrn die Freiheit einzuklagen, nicht aber Manns genug gemäß der Verfassung, denn nach Auffassung des Gerichts war er nur ein Stück Besitz: ein schwarzer Zweibeiner »ohne Rechte, die der weiße Mann zu achten habe«. Sie werden über Rechtsgutachten und Prä-Bürgerkriegs-Pergamenten brüten, um herauszufinden, ob das Urteil in meinem Prozess jenes im Verfahren Plessy gegen Ferguson bestätigt oder widerlegt. Sie werden die Plantagen abgrasen, die Sozialsiedlungen und politisch korrekten Vorstadt-Parzellen mit ihren Wohnpalästen im Tudor-Stil, sie werden Hinterhöfe umgraben und Fossilien von Würfeln und Dominosteinen auf Spuren von Gespenstern aus der Ära der Diskriminierung untersuchen, den Staub von versteinerten Gesetzbüchern voller Rechte und Erlasse bürsten und mich zu einem »überraschenden Vorläufer der Hiphop-Generation« erklären, ähnlich wie Luther »Luke Skywalker« Campbell, den Rapper mit Zahnlücke, der für sich in Anspruch nahm, den weißen Mann genauso veralbern und verarschen zu dürfen, wie es dieser seit jeher mit uns tut. Hätte ich auf der anderen Seite der Richterbank gesessen, dann hätte ich dem Vorsitzenden Richter Rehnquist allerdings den Füllfederhalter entrissen und mein einsames abweichendes Urteil notiert, endgültig klargestellt, dass »ein durchgeknallter Rapper, dessen Erkennungssong *Me So Horny* heißt, keine Rechte besitzt, die der weiße Mann oder jeder andere Break-Boy, der sich seiner Wildleder-Pumas als würdig erweist, zu achten habe.«

Der Rauch beißt in meiner Kehle. »Gleiches Recht für alle!«, rufe ich in den Saal, Beweis für die Macht des Marihuanas und für meine schwache Konstitution. In Vierteln wie jenem, in dem ich aufgewachsen bin, Orten mit wenig Praxis, aber reicher Rhetorik, haben die Homies ein Sprichwort: Besser von zwölf Leuten verurteilt als von sechs zu Grabe getragen. Ein Leitsatz, ein oft benutzter Rap-Vers, ein letzter Strohhalm und ein Algorithmus für das harte Pflaster, der den Glauben an die Justiz zu belegen scheint, aber eigentlich bedeutet: Schieß als Erster, setz auf deinen Pflichtanwalt und sei froh, wenn du mit heiler Haut davonkommst. Ich bin nicht besonders abgebrüht, aber soweit ich weiß, gibt es kein Berufungsgericht für weise Sprüche. Mir ist noch kein Eckladen-Schluckspecht untergekommen, der am Billigbier genippt und gesagt hätte: »Besser von neun Personen verurteilt als von einer.« Menschen haben darum gekämpft und sind dafür gestorben, Anteil an dem »gleichen Recht für alle« zu haben, das die Fassade dieses Gebäudes so dummdreist preist, aber die meisten Angeklagten, ob schuldig oder unschuldig, schaffen es nicht bis in das Oberste Gericht, sondern müssen sich damit begnügen, dass ihre Mom tränenreich den lieben Gott anfleht, oder das Haus ihrer Grandma mit einer zweiten Hypothek belasten. Würde ich an solche Slogans glauben, dann müsste ich sagen, dass ich einen mehr als fairen Anteil am Recht erhalten habe, aber das ist nicht der Fall. Wenn Leute den Drang haben, ein Gebäude mit Phrasen wie »Arbeit macht frei« oder »Größte Kleinstadt der Welt« oder »Schönster Ort auf Erden« zu verzieren, dann zeugt das von Unsicherheit, ist eine hohle Ausrede dafür, dass sie dir Raum und Zeit rauben wollen, und beides hat man nur in Maßen. Schon mal in Reno, Nevada, gewesen? Das ist die Beschissenste Kleinstadt auf der ganzen Welt, und wäre Disneyland tatsächlich der Schönste Ort auf Erden, dann würde man das entweder geheimhalten oder der Eintritt wäre frei und würde sich nicht auf das jährliche Pro-Kopf-Einkommen einer kleinen Sub-Sahara-Nation wie Detroit belaufen.

Ich habe das nicht immer so gesehen. In jüngeren Jahren glaubte ich, alle Probleme des schwarzen Amerika wären gelöst, wenn wir ein Motto hätten. Ein knackiges *Liberté, egalité, fraternité*, über knarrende, schmiedeeiserne Pforten montiert, auf Küchenwandbehänge und Zeremonialflaggen gestickt. Wie die besten Frisuren und die beste Folklore der Afroamerikaner müsste es sowohl griffig als auch tiefgründig sein. Würdevoll, aber egalitär. Die Visitenkarte einer ganzen Rasse, auf den ersten Blick nicht mit dieser in Verbindung zu bringen, von Eingeweihten aber als tiefschwarz verstanden. Keine Ahnung, wie man als Junge auf so etwas kommt, aber wenn all deine Freunde ihre Eltern mit Vornamen anreden, muss etwas faul sein. Wäre es in dieser Zeit ständiger Krisen und Katastrophen nicht nett, wenn bankrotte schwarze Familien, vor dem Kaminsims versammelt, Trost aus den Worten schöpfen könnten, die einen Set handgetöpferter Gedenkteller oder eine limitierte Auflage von Goldmünzen schmücken, mit einer hoffnungslos überzogenen Kreditkarte bei einem nächtlichen Infomercial gekauft?

Andere Ethnien haben ein Motto. »Unbesiegt und unbesiegbar« steht auf der Visitenkarte der Chickasaw, obwohl das natürlich weder zu ihren Kasinospieltischen noch zu der Tatsache passt, dass man im Bürgerkrieg auf Seiten der Konföderierten kämpfte. *Allahu Akbar. Shikata ga nai. Never Again. Harvard-Jahrgang 96. To Protect and to Serve.* Das sind nicht nur Grüße oder lahme Sprüche. Das sind revitalisierende Codes. Das ist linguistisches Tai-Chi, das die Lebensenergie erneuert und uns mit Menschen verbindet, die gleich denken, die gleiche Hautfarbe haben, die gleichen Schuhe tragen. Wie heißt es so schön in Italien? *Stessa facia, stessa razza.* Das gleiche Gesicht, die gleiche Rasse. Jede Rasse hat ihr Motto. Sie glauben mir nicht? Kennen Sie den dunkelhaarigen Typen aus der Personalabteilung? Der sich so weiß verhält, so weiß redet, aber nicht wirklich weiß aussieht? Sprechen Sie ihn mal an. Fragen Sie ihn, warum mexikanische Torhüter so brutal spielen, oder ob man das Essen des Taco-Wagens draußen tatsächlich bedenkenlos futtern kann. Na los. Fragen Sie ihn. Haken Sie nach. Streicheln Sie seinen flachen Indio-Hinterkopf, und dann schauen wir mal, ob er nicht mit dem Ruf *Por La Raza – todo! Fuera la Raza – nada!* herumfährt. (Für die Rasse – alles! Wider die Rasse – nichts!)

Mit zehn Jahren kuschelte ich abends unter der Steppdecke mit Sonnenscheinbärchi, meinem schärfsten Kritiker, dem Literaten unter den Glücksbärchis, der sich durch ein rätselhaft schaumiges Sprachgefühl und einen Dogmatismus à la Harold Bloom auszeichnete. In der stickigen Dunkelheit der kunstseidenen Fledermaushöhle bemühte er sich mit seinen steifen gelben Armen darum, die Taschenlampe zu halten, während wir gemeinsam versuchten, die schwarze Rasse mit maximal acht Wörtern zu retten. Ich überlegte mir ein Motto, mein selbst beigebrachtes Latein dabei einer sinnvollen Verwendung zuführend, und hielt es ihm dann zwecks Zustimmung vor die herzförmige Plastiknase. Mein erster Anlauf, *Schwarzes Amerika: Veni, vidi, vici – Fried Chicken!* Sorgte nur dafür, dass Sonnenscheinbärchi die Ohren umklappte und enttäuscht die Knopfaugen schloss. *Semper Fi, Semper Funky* ließ ihm die Polyester-Nackenhaare zu Berge stehen, und als er in seiner Wut auf die Matratze trommelte und sich dann auf die gelben Stummelbeine stellte, bärige Fänge und Krallen bleckte, zerbrach ich mir den Kopf darüber, welchen Rat das Handbuch der Kuschelbären-Scouts für den Fall gab, dass man sich einem wütenden Plüschtier gegenübersah, trunken von seiner editorischen Macht und aus dem Sideboard stibitztem Wein. »Wenn man einem tobsüchtigen Bären begegnet – Ruhe bewahren. Mit sanfter Stimme reden, nicht vom Fleck rühren und klare, schlichte, erhebende lateinische Sätze schreiben.«

Unum corpus, una mens, una cor, unum amor.
Ein Körper, ein Geist, ein Herz, eine Liebe.

Gar nicht übel. Das hatte einen netten Autokennzeichen-Klang. Ich sah es in kursiver Schrift vor mir, auf den Rand eines Rassenkriegsordens gestanzt. Sonnenscheinbärchi fand es zwar nicht ganz schlecht, aber vor dem Einschlafen sah ich seiner gerümpften Nase an, dass er den Slogan zu verallgemeinernd fand, und beklagten sich die Schwarzen nicht darüber, immer in einen Topf geworfen zu werden? Ich hütete mich, seinen Traum mit der Antwort zu zerstören, alle Schwarzen dächten gleich. Sie würden es nie zugeben, aber jeder Schwarze glaubt, er wäre besser als jeder andere Schwarze. Da ich weder von der NAACP noch von der Urban League eine Antwort bekam, existiert das Credo der Schwarzen noch immer nur in meinem Kopf und wartet ungeduldig auf eine Bewegung, eine Nation und, da Branding heute alles ist, wohl auch auf ein Logo.

Vielleicht brauchen wir kein Motto. Wie oft habe ich jemanden sagen hören: »Nigger, du kennst mich, mein Motto lautet...« Wäre ich clever, dann würde ich mein Latein zu Geld machen. Zehn Dollar pro Wort. Fünfzehn, wenn die Leute nicht aus meinem Viertel stammen oder von mir verlangen, »Hasse nicht den Spieler, hasse das Spiel« zu übersetzen. Wenn es stimmt, dass jeder Körper ein Tempel ist, dann könnte ich damit gutes Geld verdienen. Am Boulevard einen kleinen Laden eröffnen, vor dem eine lange Schlange tätowierter Kunden steht, deren Körper sich in konfessionslose Orte der Anbetung verwandelt haben: Auf dem Bauch kämpfen Anch, Sankofa und Kreuz mit aztekischen Sonnengöttern und Davidstern-Galaxien um Platz. Chinesische Schriftzeichen ziehen sich über das Rückgrat und die rasierten Unterschenkel. Sinologische Botschaften an geliebte Verstorbene, die angeblich lauten: »Ruhe in Frieden, Grandma Beverly!«, obwohl sie in Wahrheit besagen: »Kein Abholschein! Kein bilaterales Handelsabkommen!« Mann, ich wäre eine Goldgrube. Für den Preis einer Schachtel Zigaretten würden die Kunden mir die ganze Nacht die Bude einrennen. Ich könnte hinter einer dicken Plexiglasscheibe sitzen, mit einer Metallschublade, wie man sie von Tankstellen kennt. Ich würde sie aufschieben, und meine Kunden würden ihre Slogans so verstohlen hineintun wie Knackis einen Kassiber weitergeben. Je härter der Mann, desto sauberer die Handschrift. Je weicher die Frau, desto kämpferischer die Phrase. »Du kennst mich«, würden sie sagen, »mein Motto lautet…«, und sie würden das Bargeld und die Shakespeare-Zitate oder solche aus *Scarface* hineintun, Worte aus der Bibel, Schulhof-Aphorismen und Gangster-Gemeinplätze, mit allen erdenklichen Flüssigkeiten geschrieben, von Blut bis Eyeliner. Und ich würde den Job ernst nehmen, egal, ob die Worte auf einer zerknitterten Bar-Serviette stehen, auf einem Pappteller mit Spuren von Barbecuesauce und Kartoffelsalat oder auf einer Seite, behutsam aus einem geheimen Tagebuch gerissen, das seit einem Krawall in der Jugendstrafanstalt geführt wurde, dies mit der Drohung, ich wäre erledigt, wenn ich je jemandem davon erzähle, *Ya estuvo* (was auch immer das heißt). Denn es sind Typen, für die die Phrase »Tja, wenn du mir eine Pistole auf die Brust setzt…« nicht nur rhetorisch ist, und sollte einem mal eine kalte Pistolenmündung auf das Yin-und-Yang-Tattoo über dem Herzen gedrückt worden sein, und hätte man das überlebt, dann müsste man sicher nicht erst das *I Ging* lesen, um die kosmische Ausgewogenheit des Universums und die Macht des Arschgeweihs würdigen zu können. Denn wie sollte das Motto in diesem Fall anders lauten als »Was man sät, das wird man ernten«, frei übersetzt: *Quod circumvehitur, rehevitur.*

Wenn Flaute herrscht, tanzen sie an, um mir die Früchte meiner Arbeit zu präsentieren. Altenglische Lettern, im Schein der Straßenlaternen glitzernd, auf verschwitzte, in Tank- und Tubetops steckende Muskulatur tätowiert. »Geld stinkt nicht«… *Pecunia non olet.* Auf Drosselvenen glänzende Dativ- und Akkusativkonstruktionen, und wenn die Sprache der Liebe und der Wissenschaft über die Fettwülste eines Homegirls tanzt, dann ist das schon speziell. »Ganz auf Schwanz«…

Austerus verpa. Dem Sein als Weißer, dem Lesen als Weißer kämen die meisten von ihnen niemals näher als durch die Deklination, die sich zitternd wie ein Lochstreifen über ihre Stirnen zöge. »Knast oder Knarre«... *Magnum vel vinculum.* Das ist nicht-essenzieller Essenzialismus. »Mitgehangen, mitgefangen«... *Comprehensus consuspensus.* Die Befriedigung liegt darin, das eigene Motto im Spiegel zu betrachten und zu denken: »Jeder Nigger, der nicht paranoid ist, muss verrückt sein«... *Ullus niger vir quisnam est non insanus est rabidus,* ein Satz wie von Julius Cäsar. »Wahre Größe gibt sich keine Blöße«... *Vera maiestas numquam implicatur.* Und sollte ein immer pluralistischeres Amerika jemals ein neues Motto in Auftrag geben wollen, dann hätte ich schon eines parat, denn ich kenne ein besseres als *E pluribus unum.*

Tu dormis, tu perdis... »Du pennst, du verlierst.«

Irgendjemand nimmt mir die Pfeife aus der Hand. »Na, komm, Mann. Der Stoff ist alle. An die Arbeit, Homie.« Hampton Fiske, mein Anwalt und alter Freund, wedelt gelassen letzten Haschrauch weg, zückt eine Sprühdose und hüllt mich in eine antifungale Raumduftwolke. Ich kann nichts sagen, denn ich bin zu high, also begrüßen wir uns, indem wir das Kinn heben, tauschen ein Was-geht-ab-Nicken und ein wissendes Lächeln, denn wir kennen den Duft. Tropische Brise – mit dem gleichen Scheiß haben wir den verräterischen Mief vor unseren Eltern verborgen, denn er riecht wie Angel Dust. Wenn die Mutter heimkehrte, die Espadrilles von den Füßen schüttelte und in unserem Zimmer einen intensiven Duft nach Apfel-Zimt oder Erdbeer-Sahne witterte, wusste sie, dass wir geraucht hatten, aber wenn das Zimmer nach Phencyclidin roch, schob man »Onkel Rick und den anderen« die Schuld in die Schuhe. Manchmal fehlten der Mutter auch die Worte, dann war sie zu müde, um die Möglichkeit in Erwägung zu ziehen, dass ihr einziges Kind süchtig nach Phencyclidin war, und hoffte, das Problem würde sich von selbst lösen.

Eigentlich gehört es nicht zu Hamps Kernkompetenzen, Plädoyers vor dem Obersten Gerichtshof zu halten. Er ist ein Strafverteidiger alter Schule. Wenn man seine Kanzlei anruft, geht er nie ran. Nicht, weil er zu beschäftigt wäre oder keine Anwaltsassistentin hätte oder weil gleichzeitig ein anderer Schwachkopf anruft, der Hamps Werbung auf der Bank einer Bushaltestelle erblickt oder die Nummer 800 (1-800-FREIHEIT) entdeckt hat, die von rasch wieder auf freien Fuß kommenden Typen zu Werbezwecken in die Metallspiegel der Gefängniszellen oder in die Plexiglasscheiben von Polizeiwagen geritzt wurde. Nein, stattdessen hört er gern die Ansage seines Anrufbeantworters, eine zehnminütige Rezitation seiner juristischen Siege und der von ihm erreichten Prozesseinstellungen.

»*Dies ist die Fiske-Gruppe – Wer auch immer die Anklage erhebt, wir entkräften die Anklage. Nicht schuldig – Mord. Nicht schuldig – Fahren unter Alkoholeinfluss. Nicht schuldig – Widerstand gegen die Staatsgewalt. Nicht schuldig – sexueller Missbrauch. Nicht schuldig – Kindesmissbrauch. Nicht schuldig – Missbrauch von Senioren. Abgewiesen – Diebstahl. Abgewiesen – Fälschung. Abgewiesen – häusliche Gewalt (über tausend Fälle). Abgewiesen – sexueller Verkehr mit Minderjährigen. Abgewiesen – Kind zum Drogenkonsum verleitet. Abgewiesen – Kidnapping...*«

Hamp weiß, dass nur vollkommen verzweifelte Angeklagte die Geduld aufbringen, sich diese Litanei anzuhören, in der fast jede im Strafgesetzbuch von Los Angeles County aufgelistete Straftat vorkommt, und das zuerst auf Englisch, danach auf Spanisch und schließlich auf Tagalog. Und genau diese Leute will er vertreten. Er nennt uns die Elenden der Erde. Leute, die einerseits zu arm sind, um sich Kabelfernsehen leisten zu können, und andererseits zu blöd, um zu wissen, dass sie gar nichts verpassen. »Hätte ich Jean Valjean vertreten«, erzählt er oft und gern, »dann wäre *Die Elenden* heute nur sechs Seiten lang. Abgewiesen – Diebstahl von Brot.«

Meine Vergehen fehlen in der Ansage. Bei der Vernehmung im Bezirksgericht verlas der Richter, bevor ich mich erklären musste, eine endlose Liste teuflischer Anklagepunkte. Unter dem Strich umfassten sie so gut wie alles, von der Entweihung des Homelands über Verschwörung bis zum Umstoßen eines Karrens voller Äpfel, dies just in dem Moment, als alles wie am Schnürchen lief. Ich stand verblüfft vor dem Richter und fragte mich, ob es zwischen »schuldig« und »unschuldig« noch etwas gab. Warum nur diese zwei Alternativen?, dachte ich. Warum nicht »beides« oder »sowohl als auch«?

Nach langem Schweigen wandte ich mich an die Richterbank und sagte: »Euer Ehren, ich plädiere auf menschlich.« Das führte zu einem verständnisvollen Kichern des Richters und zu einer Strafe wegen Missachtung des Gerichts, aber Hamp erreichte umgehend eine Anrechnung auf meine bisherige Haftzeit, erhob dann Einspruch und verlangte in Anbetracht der gravierenden Vorwürfe einen neuen Gerichtsort, schlug mit Unschuldsmiene Nürnberg oder Salem, Massachusetts, vor. Und obwohl er sich mir gegenüber nie dazu äußerte, nehme ich an, dass ihm plötzlich die Komplexität dessen dämmerte, was er zunächst für einen Standardfall gehalten hatte, eine schwarze Großstadt-Groteske, denn gleich am nächsten Tag stellte er einen Antrag auf Verhandlung vor dem Obersten Gerichtshof.

Aber das ist passé. Denn jetzt bin ich hier, in Washington, D. C., baumele am Ende der Kette juristischer Instanzen, bin total dicht, zugedröhnt mit Erinnerungen und Marihuana. Mein Mund ist wie ausgedörrt, und ich habe das Gefühl, in einem Bus der Linie 7 aufgewacht zu sein, sturzbesoffen nach einem sinnlosen, nächtlichen Saufgelage und der Jagd auf junge Mexikanerinnen auf dem Santa Monica Pier, um dann bei einem Blick aus dem Busfenster zu der marihuanatrüben Erkenntnis zu gelangen, dass ich meine Haltestelle verpasst habe und nicht weiß, wo ich bin oder wieso mich alle anglotzen. Etwa die Frau, die sich über das Holzgeländer vor den Publikumsplätzen beugt und ihre schmalen, manikürten Mittelfinger mit den künstlichen Nägeln in meine Richtung ausstreckt, ihr Gesicht ein verzerrtes, verwickeltes Gewölle der Wut. Schwarze Frauen haben schöne Hände, und die Hände dieser Frau werden mit jedem Kakaobutter-»Fick dich«-Luftstoß eleganter. Es sind die Hände einer Poetin, einer dieser Lehrerinnen-Poetinnen mit Naturhaar und Messingarmreifen, die in ihren elegischen Versen alles mit Jazz vergleichen. Gebären ist wie Jazz. Muhammad Ali ist wie Jazz. Philadelphia ist wie Jazz. Jazz ist wie Jazz. Alles ist wie Jazz, nur nicht ich. In ihren Augen gleiche ich einem der weißen Musiker, die sich an schwarzer Musik vergreifen. Ich bin Pat Boone mit schwarzem Gesicht, der eine verwässerte Version von Fats Dominos *Ain't that a Shame* trällert. Ich bin jede Note britischen Non-Punk-Rock'n'Rolls, die gezupft und geklimpert wurde, seit die Beatles auf den geistesreverberierenden Akkord kamen, der *A Hard Day's Night* eröffnet. Aber was ist mit Bobby-*What You Won't Do for Love*-Caldwell, Gerry Mulligan, Third Bass oder Janis Joplin?, würde ich ihr gern zurufen. Was ist mit Eric Clapton? Halt, das nehme ich zurück. Scheiß auf Eric Clapton. Sie hüpft über das Geländer, stattlicher Busen voran, stiehlt sich an den Justizwachtmeistern vorbei und saust auf mich zu. Ihr daumennuckelndes Mündel klammert sich verzweifelt an den »Siehst du nicht wie irre lang, weich, glänzend und teuer er ist? DU WIRST mich behandeln wie eine Königin,

Motherfucker!«-Toni-Morrison-Markenzeichen-Pashmina-Schal, den sie hinter sich herzieht wie einen Drachenschweif aus Kaschmirwolle.

Und dann steht sie vor mir, erzählt leise, aber wirr von schwarzem Stolz, den Sklavenschiffen, der Drei-Fünftel-Klausel, Ronald Reagan, der Kopfsteuer, dem Marsch auf Washington und dem Mythos des Drop-back Quarterback, erklärt sogar die in Weiß gehüllten Pferde des Ku-Klux-Klans zu Rassisten und fordert voller Leidenschaft, man müsse den viel zu formbaren Geist der immerwährend-zunehmend überflüssigen »*jungen* schwarzen *Jugend*« schützen. Und siehe da, der Geist des kleinen, wasserköpfigen Jungen, die Arme um die Hüften seiner Lehrerin geschlungen und das Gesicht in ihrem Schoß vergraben, braucht ganz klar einen Beschützer oder wenigstens ein geistiges Präservativ. Er dreht sich luftschnappend um, sieht mich so erwartungsvoll an, als solle ich erklären, warum ich seiner Lehrerin so verhasst bin. Als ich schweige, wendet er sich wieder der feuchten Wärme seines Lieblingsortes zu, ohne zu ahnen, dass sich schwarze Männer laut eines Stereotyps nie zu diesem hinablassen. Was hätte ich auch sagen sollen? »Hast du beim Leiterspiel auch schon mal kurz vor dem Ziel eine sechs gewürfelt und bist auf der langen, kurvigen roten Rutsche gelandet, die dich von Feld siebenundsechzig auf Feld vierundzwanzig zurückbefördert?«

»Ja, Sir«, würde er höflich sagen.

»Tja«, würde ich sagen und dabei seinen Kugelhammerkopf streicheln, »ich bin diese lange rote Rutsche.«

Die Lehrerinnen-Poetin verpasst mir eine schallende Backpfeife. Und ich weiß, warum. Sie will, dass ich Reue zeige oder in Tränen ausbreche, um dem Staat Geld und ihr die Peinlichkeit zu ersparen, mein Schwarzsein teilen zu müssen. Und auch ich warte darauf, dass mich das vertraute, überwältigende Gefühl schwarzer Schuld in die Knie zwingt. Schlagt einen bedeutungslosen idiomatischen Pflock nach dem anderen weg, bis ich mich demütig vor Amerika krümme, unter Tränen gestehe, mich gegen Heimat und Hautfarbe versündigt zu haben, meine stolze schwarze Geschichte um Vergebung anflehe. Aber da ist nichts. Nur das Brummen der Klimaanlage und mein Marihuanarausch, und als Sicherheitsleute die Frau wieder an ihren Platz führen, im Schlepptau den Jungen, der sich an den Schal klammert, als ginge es um das liebe Leben, tut meine Wange schon nicht mehr weh, obwohl sich die Frau sicher wünscht, sie möge bis in alle Ewigkeit brennen, und ich merke, dass es mir unmöglich ist, auch nur den leisesten Hauch eines Schuldgefühls aufzubringen.

Das ist schon eine Ironie – vor Gericht geht es um mein Leben, und ich fühle mich zum allerersten Mal nicht schuldig. Das omnipräsente Schuldgefühl, so typisch schwarz wie Fast-Food-Apfelkuchen und Basketball im Knast, ist endlich verpufft, und es fühlt sich fast weiß an, jene Rassenscham losgeworden zu sein, die den bebrillten Studienanfänger voller Grauen an die Fried-Chicken-Freitage in der Mensa denken lässt. Ich stand für die »Vielfalt«, die das College in den Hochglanzbroschüren pries, aber keine noch so hohe finanzielle Unterstützung hätte mich dazu gebracht, vor den Augen der versammelten College-Frischlinge die Knorpel von einem Hühnerbein zu lutschen. Ich habe mich aus dem Gefühl der Kollektivschuld ausgeklinkt, die das dritte Cello, die Verwaltungssekretärin, die Regalauffüllerin, die Sie-ist-nicht-wirklich-attraktiv-aber-schwarz-Siegerin des Schönheitswettbewerbs davon abhalten, am Montagmorgen bei der Arbeit jeden weißen Motherfucker über den Haufen zu schießen. Ein Schuldgefühl, das mich zwang, ständig »meine Schuld« zu murmeln, bei jedem Fehlpass, bei jeder FBI-Ermittlung gegen einen Politiker, bei jedem glubschäugigen Komödianten mit Rastus-Stimme und bei jedem seit 1968 gedrehten schwarzen Film. Aber jetzt fühle ich mich nicht mehr dafür verantwortlich. Mir wird klar, dass sich Schwarze nur dann nicht schuldig fühlen, wenn sie tatsächlich Mist gebaut haben, weil uns das von der kognitiven Dissonanz erlöst, schwarz und schuldlos zu sein, und die Aussicht, im Knast zu landen, ist geradezu eine Erleichterung. So wie es eine – wenngleich nur kurzfristige – Erleichterung ist, als Schwarzer die Republikaner zu wählen, auf weiße Mädchen zu stehen oder sogar eines zu heiraten.

Voller Unbehagen, weil mir so behaglich zumute ist, versuche ich ein letztes Mal, mich meinen Leuten verbunden zu fühlen. Ich schließe die Augen, lege den Kopf auf den Tisch, vergrabe meine breite Nase in der Armbeuge. Ich konzentriere mich auf das Atmen, vergesse Flaggen und Fanfaren und krame in meinem breiten Repertoire an Tagträumen des Schwarzseins, bis ich die knisternden Archivaufnahmen finde, die den Kampf für die Bürgerrechte dokumentieren. Ich hole sie an den zarten Rändern vorsichtig aus der heiligen Dose, fädele sie auf geistige Transporttrommeln und durch seelische Schlitze, vorbei an der Glühlampe in meinem Kopf, die ab und zu mit einer halbwegs passablen Idee aufflackert. Ich schalte den Projektor ein. Konzentration ist überflüssig. Gemetzel unter Menschen filmt und erinnert man stets in höchster Auflösung. Die Bilder sind kristallklar, für immer eingebrannt in unser Gedächtnis und die Plasmafernsehbildschirme. Die Endlosschleife des Black History Month mit bellenden Hunden, sprudelnden Feuerwehrschläuchen und Furunkeln, aus denen Blut in Zwei-Dollar-Haarschnitte suppt, farbloses Blut, das über Gesichter rinnt, schweißglänzend, angestrahlt von den Scheinwerfern des Nachrichtenteams – das sind die Bilder, die unser kollektives 16-mm-Über-Ich ausmachen. Heute bin ich aber nur Medulla oblongata und kann mich nicht konzentrieren. Der Film in meinem Kopf beginnt zu springen und zu spotzen. Der Ton fällt aus, und die Protestierenden in Selma, Alabama, ähneln immer mehr Stummfilm-Negern, die massenhaft auf Bananenschalen ausrutschen und auf die Straße knallen, ein Chaos aus Beinen und Träumen. Die Demonstranten in Washington, hunderttausend Mann, verwandeln sich in Bürgerrechtszombies, die wie Schlafwandler in Reih und Glied durch die Mall marschieren und sich mit starren, gierigen Fingern ihr Pfund Fleisch krallen. Der Oberzombie wirkt erschöpft, denn er wird jedes Mal von den Toten erweckt, wenn man klarmachen will, was Schwarze dürfen und was nicht, was sie bekommen sollen und was nicht. Er ahnt nicht, dass das Mikro an ist und gesteht halblaut, er hätte das ganze Bürgerrechtstrara abgeblasen, wenn er nur ein einziges Mal von der ungesüßten Brühe hätte kosten dürfen, die an den nach Rassen getrennten Lunch-Theken des Südens Eistee genannt wird. Vor den Boykotten, den Schlägen, den Morden. Er stellt eine Dose Diätlimonade auf das Podest. »Mit Cola geht alles besser«, sagt er. »*It's the real thing*!«

Trotzdem fühle ich mich weiter unschuldig. Und sollte ich tatsächlich für historische Rückschritte gesorgt haben und das ganze schwarze Amerika mit in den Abgrund reißen – was soll's. Ist es meine Schuld, dass das einzige greifbare Ergebnis, das die Bürgerrechtsbewegung erzielt hat, darin besteht, dass Schwarze heute weniger Angst vor Hunden haben? Nein, ist es nicht.

Die Justizwachtmeisterin erhebt sich, lässt den Hammer knallen und stimmt die Gerichtslitanei an: »*Der Ehrenwerte, der Vorsitzende Richter und die beigeordneten Richter des Obersten Gerichtshofes der Vereinigten Staaten.*«

Hampton hievt mich auf meine zitternden Beine, und als die Richter hereinkommen, erheben wir uns feierlich, gemeinsam mit allen anderen Anwesenden. Die Richter, mit Frisuren aus der Eisenhower-Ära und ausdruckslosen Alltagsmienen à la »Ein neuer Tag, eine neue Chance«, geben sich Mühe, unparteiisch zu wirken. Zu dumm, dass sich etwas Bombast nicht vermeiden lässt, wenn man eine schwarze Seidenrobe trägt, und der farbige Richter hat in seiner Zerstreutheit obendrein versäumt, die 50 000-Dollar-Platin-Rolex abzulegen. Hätte ich eine noch bessere Jobgarantie als dieser Kronos, dann wäre ich bestimmt auch ein so selbstzufriedener Motherfucker.

Höret! Höret! Höret!

Nach fünf Jahren der Urteile, Urteilsaufhebungen, Berufungen, Vertagungen und Anhörungen vor Prozessbeginn weiß ich nicht mehr, ob ich Kläger oder Angeklagter bin. Ich weiß nur, dass mich der Richter mit dem post-rassistischen Chronometer am Handgelenk unverwandt anstarrt, sauertöpfisch und ohne mit der Wimper zu zucken. Der Blick seiner Knopfaugen ist unversöhnlich, er ist wütend, weil ich die Vorzeigerolle torpediere, die ihm von der Politik zugeteilt wurde. Aller Welt sein lauschiges Versteck verraten habe wie ein Kind, das zum ersten Mal den städtischen Zoo besucht und schließlich, nachdem es an mehreren scheinbar leeren Reptilienkäfigen vorbeigetrabt ist, vor einem Gehege innehält und ruft: »Da ist es!«

Da ist es, das *Chamaeleo africanus tokenus*, hinten im Gebüsch verborgen, die schleimigen Füße fest um den gerichtlichen Ast gekrallt, schlaff und still und doch an den Blättern der Ungerechtigkeit knabbernd. »Aus den Augen, aus dem Sinn« lautet das Motto des schwarzen Arbeiters, aber nun hat das ganze Land dieses Tierchen vor Augen, alle drücken sich die Nase an der Scheibe platt, erstaunt darüber, dass es seinen pechschwarzen Alabama-Arsch so lange vor dem rot-weißblauen Hintergrund der amerikanischen Flagge camouflieren konnte.

»Alle Personen, die vor dem Ehrenwerten, dem Obersten Gerichtshof der Vereinigten Staaten eine Sache zu verhandeln haben, sind aufgefordert, vorzutreten und aufzumerken, denn die Sitzung ist eröffnet. Gott schütze die Vereinigten Staaten und dieses Ehrenwerte Gericht!«

Hamp knetet meine Schulter, eine Erinnerung daran, den windelköpfigen Richter oder die Republik, die er vertritt, nicht zu nerven. Dies ist der Oberste Gerichtshof, nicht die Show *The People's Court.* Ich muss nichts tun. Ich brauche weder Kopien von Quittungen der chemischen Reinigung noch Polizeiberichte noch das Foto einer eingedellten Stoßstange. Hier argumentieren die Anwälte, die Richter stellen Fragen, und ich kann mich einfach zurücklehnen und genießen, dass ich high bin.

Der Vorsitzende Richter nennt den Fall. Seine leidenschaftslose Art, typisch Mittlerer Westen, trägt viel dazu bei, die Spannung im Saal zu lösen. »Am heutigen Morgen hören wir zunächst die Stellungnahmen im Fall 09-2606...« Er verstummt, reibt seine Augen, gewinnt die Fassung dann wieder. »Im Fall 09-2606, *Heros gegen die Vereinigten Staaten von Amerika.*« Kein Aufruhr im Saal. Nur leises Lachen, man verdreht die Augen, und jemand sagt laut: »Für wen hält sich der Motherfucker?« Schon klar, dass *Heros gegen die Vereinigten Staaten* etwas großkotzig klingt, aber was soll ich sagen? Ich bin ein Heros. Wortwörtlich. Als nicht gerade stolzer Abkömmling der Familie Heros aus Kentucky, eine der schwarzen Pionierfamilien, die sich im südwestlichen Los Angeles niederließen, kann ich meine Wurzeln bis zu dem ersten Gefährt zurückverfolgen, das der staatlich sanktionierten Unterdrückung im Süden entkam – dem Greyhound-Bus. Eigentlich hießen wir Herros, aber bei meiner Geburt beschloss mein Vater – in der listigen Tradition jüdischer Entertainer, die ihren Namen ändern und von armen, unterprivilegierten Schwarzen darum beneidet werden –, sich des zweiten r zu entledigen, wie sich Jack Benny des Namens Benjamin Kubelsky entledigte, Kirk Douglas des Namens Danielovitch, wie sich Jerry Lewis seines Partners Dean Martin entledigte und Max Schmeling durch Max Baer seines Bewusstseins entledigt wurde. Wie Third Bass sich der Wissenschaft entledigte oder Sammy Davis Jr. seiner jüdischen Herkunft insgesamt. Pops wollte vermeiden, dass man mich hänselt. Er sagte oft, er habe meinen Nachnamen weder anglisiert noch afrikanisiert, sondern aktualisiert. Dadurch hätte ich mein Potenzial schon bei der Geburt voll entfaltet, könne Maslow, die dritte Klasse und Jesus überspringen.

Hamp, ein Verteidigungsanwalt, der aussieht wie ein Verbrecher, weiß genau, dass die hässlichsten Filmstars, die weißesten Rapper und die tumbsten Intellektuellen oft die am höchsten geachteten Vertreter ihrer Zunft sind, und so legt er seinen Zahnstocher auf das Pult, fährt mit der Zunge über die goldene Krone eines Schneidezahns und zieht den Anzug straff, ein babyzahnweißes, zweireihiges, kaftanweites Ensemble, das wie ein leerer Heißluftballon an seiner Gestalt schlappt und, je nach Musikgeschmack des Betrachters, entweder zu der pechschwarzen, chemischen Kleopatra-Dauerwelle und der Sofortiger-Knockout-durch-Mike-Tyson-Schwärze seiner Haut passt oder nicht. Ich erwarte halb, dass er das Gericht mit den Worten anspricht: »Kollegen und Kolleginnen Zuhälter, Ihnen mag zu Ohren gekommen sein, dass mein Klient nicht ganz ehrlich ist, aber das trifft es nicht, denn mein Klient ist ein Schuft!« In einem Zeitalter, in dem Sozialaktivisten Fernsehshows und ein Millionenvermögen haben, gibt es kaum noch Leute wie Hampton Fiske, also Pro-bono-Arschlöcher, die an Staat und Verfassung glauben und zugleich die Kluft zwischen Realität und Rhetorik erfassen. Schwer zu sagen, ob er tatsächlich an mich glaubt, aber das ist wohl egal, wenn er zu verteidigen beginnt, was er nicht zu verteidigen vermag, denn auf seiner Visitenkarte prangt das Motto: »Für die Armen ist täglich Casual Friday.«

Fiske hat die Formel »Mit Erlaubnis des Hohen Gerichts« kaum ausgesprochen, da rutscht der schwarze Richter auf seinem Stuhl ein klitzekleines bisschen nach vorn. Das wäre gar nicht aufgefallen, aber ein quietschendes Rädchen seines Drehstuhls verrät ihn. Bei jeder Bezugnahme auf einen obskuren Abschnitt des Civil Rights Act oder einen Präzedenzfall rutscht der Richter ungeduldig hin und her, und das Quietschen des Stuhls wird mit jeder rastlosen Verlagerung des Körpergewichts von einer schlaffen, zuckerkranken Arschbacke auf die andere lauter. Man kann eine Person assimilieren, nicht aber den Blutdruck, und dieser Mann verrät sich durch die Zornesader, die mitten auf seiner Stirn pocht. Er starrt mich auf diese verrückte, rotäugige, eindringliche Art an, die wir bei uns zu Hause den Willowbrook-Avenue-Blick nennen. Willowbrook Avenue ist der vierspurige Styx, der im Dickens der 1960er die weißen Wohnviertel von den schwarzen trennte, aber heute, in der post-weißen Zeit, dieser Jeder-der-mehr-als-Hemd-und-Hose-hat-haut-ab-Zeit, liegt die Hölle auf beiden Seiten der Straße. Die Flussufer sind gefährlich, und wenn man am Zebrastreifen auf Grün wartet, kann es passieren, dass sich das ganze Leben ändert. Ein vorbeifahrender Homie, für irgendeine Hautfarbe, irgendeine Clique oder irgendeine der fünf Phasen der Trauer stehend, kann seine Knarre aus dem Beifahrerfenster eines zweifarbigen Coupés recken, dir den Schwarzer-Oberster-Bundesrichter-Blick zuwerfen und fragen: »Woher bist du, Spinner?«

Die korrekte Antwort lautet natürlich: »Von nirgendwo«, aber manchmal hört man dich nicht, weil der Motor zu laut knattert, weil deine Bestätigung im Amt strittig ist, weil liberale Medien deine Glaubwürdigkeit bezweifeln oder weil dir eine intrigante schwarze Schlampe sexuelle Belästigung vorwirft. Manchmal reicht die Antwort »von nirgendwo« schlicht nicht aus. Es ist nicht so, dass man dir nicht glaubt, weil »jeder von irgendwo sein muss«, sondern weil man dir nicht glauben will. Und dieser auf dem Drehstuhl mit hoher Rückenlehne sitzende, wütende Richter, dem der Lack des vornehmen Patriziers abgeplatzt ist, ähnelt dem auf der Willowbrook Avenue hin und her rasenden Gangbanger, der sich durch den Ruf »Shotgun« einen vorderen Platz im Auto gesichert hat und obendrein tatsächlich eine Shotgun besitzt.

Der schwarze Richter stellt die erste Frage seiner langen Amtszeit am Obersten Gericht. Er ist ratlos, denn er hat noch nie nachgehakt. Er sieht den italienischstämmigen Richter an, als wolle er um grünes Licht bitten, und hebt eine dickliche Zigarrenfingerhand, ist aber so aufgebracht, dass er nicht abwartet, sondern mit den Worten herausplatzt: »Bist du irre, Nigger?« Für einen schwarzen Mann seiner Statur klingt er erstaunlich schrill. Der Objektivität und des Gleichmuts verlustig, hämmert er mit Schweineschinkenfäusten so heftig auf die Richterbank, dass die riesige, verschnörkelte, vergoldete Uhr, die über dem Vorsitzenden Richter an der Wand hängt, zu wackeln beginnt. Der schwarze Richter schiebt den Mund zu dicht ans Mikro, brüllt hinein, denn obwohl ich direkt vor der Richterbank sitze, sind wir aufgrund unserer Unterschiede Lichtjahre voneinander entfernt. Er will wissen, wie ein schwarzer Mann heutzutage dazu komme, das geheiligte Prinzip des Dreizehnten Zusatzartikels zu verletzen, indem er sich einen Sklaven halte. Wie könne ich, fragt er, den Vierzehnten Zusatzartikel vorsätzlich ignorieren, noch dazu mit dem Argument, Rassentrennung bringe die Menschen einander näher. Wie jeder Staatsgläubige verlangt er Antworten. Er will glauben, dass Shakespeare wirklich all die Stücke geschrieben und dass Lincoln im Bürgerkrieg für die Befreiung der Sklaven gekämpft hat, dass die Vereinigten Staaten im Zweiten Weltkrieg für die Rettung der Juden und eine demokratische Welt gefochten haben, dass Jesus und das Doppelprogramm im Kino ihre Wiederkehr feiern. Aber ich bin keiner dieser unerschütterlich optimistischen Amerikaner. Und was ich getan habe, habe ich getan, ohne an unveräußerliche Rechte oder die stolze Geschichte unseres Volkes zu denken. Ich habe es getan, weil es funktionierte, und ich finde, ein bisschen Sklaverei und Rassentrennung haben noch niemandem geschadet. Und wenn doch, tja, dann ist es halt so, verdammte Scheiße.

Wenn man so high ist wie ich, kann die Grenze zwischen Denken und Reden verschwimmen, und nach dem Schaum zu urteilen, den der schwarze Richter vor dem Mund hat, habe ich die letzten Worte laut gesagt. »… tja, dann ist es halt so, verdammte Scheiße.« Er fährt auf, als wolle er sich mit mir schlagen. Auf seiner Zungenspitze türmt sich ein Berg Spucke, den tiefsten Tiefen seines Jurastudiums an der Yale Law School entquollen. Nach einer Ermahnung durch den Vorsitzenden Richter beherrscht sich der schwarze Richter und sackt wieder auf den Stuhl. Schluckt die Spucke hinunter, aber nicht seinen Stolz. »Rassentrennung? Sklaverei? Ich weiß genau, dass dich deine Eltern besser erzogen haben, Motherfucker! Die Lynchparty kann beginnen!«

DIE SCHEISSE, DIE MAN SCHAUFELT

1

Das ist vermutlich genau das Problem – aufgrund meiner Erziehung weiß ich es nicht besser. Mein Vater (Ruhe in Frieden, Carl Gustav Jung) war ein nicht ganz unbedeutender Sozialwissenschaftler. Als Begründer und, soweit ich weiß, einziger Praktizierender der Freiheitspsychologie lief er gern im Laborkittel durchs Haus, das bei uns auch die »Skinner-Box« hieß. Dort erzog er mich, sein schlaksiges, zerstreutes schwarzes Versuchskaninchen, strikt im Geiste von Piagets kognitiver Entwicklungspsychologie. Ich wurde nicht ernährt, sondern lauwarmen, appetitfördernden Reizen ausgesetzt. Ich wurde nicht bestraft, sondern meiner angeborenen Reflexe beraubt. Ich wurde nicht geliebt, sondern in einer Atmosphäre präzise kalkulierter Intimität und Hingabe erzogen.

Wir wohnten in Dickens, einer Ghetto-Gemeinde am Südrand von Los Angeles, und ich wuchs, auch wenn das seltsam klingt, mitten in der Stadt auf einer Farm auf. Dickens, gegründet 1868, war wie alle kalifornischen Städte, mit Ausnahme von Irvine, das als Zuchtstation für dumme, fette, hässliche weiße Republikaner und Chihuahuas sowie jene Flüchtlinge aus Ostasien entstanden war, die diese Pinscher so heiß und innig lieben, anfangs agrarisch geprägt. Laut Gründungsurkunde sollte »Dickens von Chinesen, Spaniern aller Art, Dialekten, Hüten, Franzosen, Rothaarigen, Schlitzohren und ungelernten Juden frei bleiben.« Die Gründer sorgten in ihrer etwas beschränkten Weisheit jedoch dafür, dass die fünfhundert Hektar Land am

Kanal auf ewig der sogenannten »heimischen Landwirtschaft« vorbehalten blieben, und so entstand mein Viertel, das aus zehn quadratischen Parzellen bestand und inoffiziell »Farms« genannt wurde. Wenn man es betritt, merkt man das sofort, denn die großstädtischen Bürgersteige lösen sich in Luft auf, genauso die Stereoanlagen, die Zierfelgen, die Geduldsfäden und die progressive Wählerschaft, nur der Gestank von Kuhmist bleibt und, wenn der Wind richtig steht, von gutem Hasch. Erwachsene Männer radeln gemächlich auf Dirtbikes und Fixie Bikes durch Straßen, verstopft von schnatternden Geflügelschwärmen und Federviehscharen, alles von Huhn bis Pfau. Sie fahren freihändig, zählen dabei kleine Geldbündel, heben nur so lange den Kopf, wie es braucht, um fragend eine Augenbraue hochzuziehen und »Hola! Was geht ab?« zu brummen. An Zäune und Vorgartenbäume montierte Wagenräder verleihen den Ranchhäusern etwas Pionierzeit-Authentizität, was aber darüber hinwegtäuscht, dass jedes Fenster, jede Eingangstür und jede Hundeklappe mit mehr Gitterstäben und Vorhängeschlössern gesichert ist als der Einkaufsladen im Knast. Verandasenioren und Ü-Achtziger, für die es auf Erden nichts Neues mehr gibt, sitzen auf ihren wackligen Stühlen, schnitzen mit Klappmessern und lauern darauf, dass etwas passiert, weil ja immer irgendetwas passiert.

Ich erlebte meinen Vater zwanzig Jahre, und während dieser Zeit war er interimsweise Dekan am Institut für Psychologie des West Riverside Community College. Als Sohn eines Stallmeisters einer kleinen Pferdefarm in Lexington, Kentucky, hatte die Landwirtschaft etwas Nostalgisches für ihn. Und als er in den Westen ging, um eine Lehrstelle anzutreten, wollte er sich die glänzende Gelegenheit, in einer schwarzen Community zu leben und gleichzeitig Pferde zu züchten, nicht durch die Lappen gehen lassen, obwohl er kaum die Hypothek bedienen konnte, von der Instandhaltung des Grundstücks ganz zu schweigen.

Wäre er vergleichender Psychologe gewesen, dann wären manches Pferd oder manche Kuh vielleicht älter als drei Jahre geworden und die Tomaten weniger wurmstichig gewesen, aber sein wahres Interesse galt weder der Schädlingsbekämpfung noch dem Wohlergehen des Tierreichs, sondern der Freiheit der Schwarzen. Und bei seiner Suche nach dem Schlüssel zur geistigen Freiheit war ich seine Anna Freud, seine kleine Fallstudie, und wenn er mir nicht gerade Reitunterricht gab, stellte er berühmte sozialwissenschaftliche Experimente nach, bei denen ich sowohl Kontroll- wie auch Versuchsgruppe war. Wie jedes »primitive« schwarze Kind, das das Glück hat, die formal-operationale Phase zu erreichen, dämmerte mir irgendwann, dass ich eine beschissene Kindheit gehabt hatte, die ich niemals würde verdauen können.

Wenn man bedenkt, dass die Erziehungsmethoden meines Vaters von keiner Ethikkommission kontrolliert wurden, dann begannen seine Experimente harmlos. Zu Beginn des zwanzigsten Jahrhunderts setzten die Behavioristen Watson und Rayner den neun Monate alten »kleinen Albert« neutralen Stimuli wie weißen Ratten, Affen und brennenden Zeitungsseiten aus, um zu beweisen, dass Angst antrainiert ist. Anfangs ließ sich das Versuchsbaby durch die Affen, Nagetiere und Flammen nicht aus der Ruhe bringen, doch als Watson den Auftritt der Ratten mit krachend lauten Geräuschen kombinierte, entwickelte der »kleine Albert« nicht nur eine Angst vor weißen Ratten, sondern vor allem, was Fell hatte. Als ich sieben Monate alt war, tat Pops Spielzeugpolizeiautos, kalte Pabst-Blue-Ribbon-Bierdosen, Wahlkampfbuttons von Richard Nixon und eine Ausgabe von *The Economist* in meinen Kinderwagen, konditionierte mich aber nicht etwa durch lautes Scheppern, sondern jagte mir Angst ein, indem er mit unserer Familienwaffe, einer 38er Special, mehrere scheiben-klirrend laute Schüsse an die Decke abfeuerte und so laut »Ver-piss dich wieder nach Afrika, Nigger!« brüllte, dass er sogar den Song *Sweet Home Alabama* übertönte, der im Wohnzim-mer auf der Vierkanal-Stereoanlage lief. Ich ertrage bis heute nicht mal den harmlosesten Fernsehkrimi, ich habe eine bizarre Vorliebe für Neil Young, und wenn ich nicht einschla-fen kann, lausche ich nicht etwa Aufnahmen von Gewittern oder Meeresbrandung, sondern höre die Watergate-Bänder.

Laut Familienlegende band er mir bis zum Alter von vier Jah-ren die rechte Hand auf den Rücken, damit ich mit linker Hand und rechter Gehirnhälfte aufwuchs und so ein perfekt ausba-lancierter Mensch wurde. Als ich acht war, wollte mein Vater testen, ob sich der »Zuschauereffekt« auch auf die »schwarze Community« übertragen ließ. Er spielte den berüchtigten Fall von Kitty Genovese durch, wobei mein präpubertäres Ich den Part der armen Miss Genovese übernehmen musste, die 1964 in den Straßen New Yorks ausgeraubt, vergewaltigt und erstochen wurde, wobei dutzende Gaffer und Anwohner ihre kläglichen Hilferufe wie aus dem Psychologie-Lehrbuch völ-lig ignorierten. Daher »Zuschauereffekt«: Je größer die Zahl möglicher Helfer, desto geringer die Wahrscheinlichkeit, dass einem geholfen wird. Dad stellte die Hypothese auf, dass dies auf Schwarze nicht zutreffe, eine liebevolle Rasse, deren Über-leben stets davon abhing, dass man einander in Notzeiten half. Also musste ich mich auf die betriebsamste Kreuzung des Viertels stellen, die Taschen vollgestopft mit Dollarscheinen, den neuesten und trendigsten elektronischen Schnickschnack in den Ohren, eine tonnenschwere Hiphop-Goldkette um den Hals und rätselhafterweise zwei Fußmatten eines Honda Civic über dem Unterarm wie der Kellner das Geschirrtuch, und dann wurde ich, bittere Tränen weinend, von meinem eigenen Vater ausgeraubt. Er schlug mich vor einem ganzen Pulk von Gaffern nieder, die jedoch nicht lange gafften. Ich hatte gerade mal zwei Hiebe ins Gesicht kassiert, da kamen die Leute angerannt, nur halfen sie nicht mir, sondern meinem Vater. Sie halfen ihm dabei, mir den Arsch zu versohlen, traktierten mich fröhlich mit den Ellbogen und warfen sich auf mich wie beim TV-Wrestling. Eine Frau nahm mich gekonnt und, im Rückblick gesehen, gnädigerweise in den Schwitzkasten und umklammerte mich im Liegen mit den Beinen. Als ich wieder zu Bewusstsein kam und sah, wie mein Vater die Frau und alle anderen Angreifer musterte, die nach diesem Akt der Nächstenliebe schwitzten und keuchten, hallten meine schrillen Schreie und ihr irres Gelächter immer noch in meinen Ohren nach, und ich bildete mir ein, dass es den Leuten genauso ging.

»Wie zufrieden waren Sie mit Ihrer Selbstlosigkeit?«
Gar nicht   Ein bisschen   Sehr zufrieden
   1   2   3   4   5

Auf dem Heimweg legte mir Pops tröstend einen Arm um die schmerzenden Schultern und dozierte apologetisch über sein Versäumnis, den »Mitläufereffekt« nicht einkalkuliert zu haben.

Ein anderes Mal wollte er dann »Unterwürfigkeit und Gehorsam der Hiphop-Generation« testen. Ich muss etwa zehn gewesen sein, als er mich vor einen Spiegel setzte, sich eine Ronald-Reagan-Halloweenmaske über den Kopf stülpte, zwei ausgemusterte Kapitänsabzeichen der Trans World Airline auf seinen Laborkittel heftete und meinte, er sei jetzt eine »weiße Autoritätsperson«. »Der Nigger im Spiegel ist ein dummer Nigger«, erklärte er mit der widerlich schrillen »weißen Stimme«, wie sie farbige Komiker benutzen, und klebte mir dabei Elektroden auf die Schläfen. Die Kabel führten zu einer gruseligen Konsole mit vielen Knöpfen, Anzeigen und altmodischen Spannungsreglern.

»Du wirst dem Jungen im Spiegel einige Fragen zu seiner Nigger-Geschichte stellen, dazu dient der Fragebogen auf dem Tisch. Wenn er nicht innerhalb von zehn Sekunden antwortet oder sich irrt, verpasst du ihm einen Stromstoß, indem du den roten Knopf drückst. Nach jeder falschen Antwort erhöhst du die Voltzahl.«

Ich war so klug, nicht um Gnade zu flehen, denn er hätte nur erwidert, ich würde die verdiente Strafe für die Lektüre des ersten und einzigen Comics bekommen, den ich je besessen hatte. »Batman« Nr. 203, *Die Sensationellen Geheimnisse der Bat-Höhle*, eine vergammelte Ausgabe mit Eselsohren, die jemand auf den Farmhof geworfen hatte. Ich hatte sie hereingeholt und lesbar gepflegt wie ein waidwundes Stück Literatur. Es war meine erste Lektüre aus der Außenwelt, und als ich das Heft in einer Pause des Hausunterrichts hervorzog, wurde es von meinem Vater konfisziert. Wenn ich danach etwas nicht wusste oder einen schlechten Tag im Viertel gehabt hatte, schwenkte er das zerfetzte Cover des Comics vor meiner Nase. »Wenn du dein Leben nicht damit verschwenden würdest, diesen Scheiß zu lesen, dann wüsstest du, dass kein Batman kommt, um deinen Arsch oder deine Leute zu retten!«

Also las ich die erste Frage vor.

»Wie hießen die zwei Kolonien, aus denen das westafrikanische Land Ghana vor der Unabhängigkeitserklärung von 1957 bestand?«

Ich wusste es nicht. Ich lauschte und hoffte auf das Röhren des Raketenantriebs, mit dem das Batmobil um die Ecke gebraust käme, hörte aber nur das Sekundentakt-Ticken der Stoppuhr meines Vaters. Ich biss die Zähne zusammen, legte den Finger auf den roten Knopf und wartete, bis die Zeit um war.

»Die Antwort lautet: Togoland und Goldküste.«

Ich drückte den Knopf so gehorsam wie von meinem Vater vorhergesagt. Die Nadel der Anzeige wurde zur Seite, ich in die Höhe gerissen, und ich konnte im Spiegel sehen, dass ich ein oder zwei Sekunden lang heftig zuckte.

Herrgott.

»Wie viele Volt waren das?«, fragte ich, während meine Hände unkontrollierbar zitterten.

»Die Versuchsperson darf nur die auf dem Bogen notierten Fragen stellen«, erwiderte mein Dad eisig, griff an mir vorbei und drehte den Regler klickend ein paar Stufen höher. »Bitte die nächste Frage.«

Mein Blick trübte sich, vermutlich eine psychosomatische Reaktion, auf jeden Fall sah ich alles so verschwommen, als würde ich ein raubkopiertes Fünf-Dollar-Video auf einem Flachbildschirm vom Flohmarkt anschauen. Ich musste mir den zitternden Zettel direkt vor die Nase halten, um die nächste Frage lesen zu können.

»Wie viele Afroamerikaner unter den 23 000 Achtkläss-lern, die den Zulassungstest für die Stuyvesant High absolviert haben, konnten sich für New Yorks elitärste Highschool qua-lifizieren?«

Nachdem ich diese Frage vorgelesen hatte, begann meine Nase zu bluten, rote Tropfen fielen im perfekten Sekunden-takt aus meinem linken Nasenloch auf den Tisch. Mein Vater startete den Countdown, ohne auf die Stoppuhr zu blicken. Ich sah ihn misstrauisch an. Diese Frage war zu aktuell. Er musste beim Frühstück die *New York Times* gelesen haben. Hatte sich auf das Experiment des heutigen Tages vorbereitet, indem er bei einer Schüssel Rice Krispies nach Rassenfragenfutter gesucht hatte. Die Zeitung dabei so rasch und zornig durchblätternd, dass die Seiten an den Ecken einrissen, abrissen, durch die Luft flogen.

Was hätte Batman getan, wenn er jetzt in die Küche gestürmt wäre und einen Vater erblickt hätte, der seinem Sohn zum Wohle der Wissenschaft Elektroschocks verpasste? Tja, er hätte wohl ein paar Tränengasgranaten aus seinem Batgürtel gezogen und meinem Vater, während dieser bereits in den Schwaden japste, endgültig die Luft abgeschnürt, vorausgesetzt, das Batseil wäre lang genug für dessen fettarschigen Hotdoghals gewesen; dann hätte er ihm die Augen mit seiner Laserlampe ausgebrannt, mit seiner Minikamera einige Fotos für die Bat-Nachwelt geschossen und im Anschluss Pops elegantes, nur-bei-Fahrten-durch-weiße-Viertel-zu-fahrendes, himmelblaues Karmann-Ghia-Cabrio mit Hilfe eines Universalzündschlüssels geklaut, und wir hätten uns im Affenzahn aus dem Staub gemacht. Das hätte Batman getan. Aber mir, der feigen Batschwuchtel, die ich damals war und bis heute bin, fiel nichts Besseres ein, als den methodologischen Ansatz der Frage meines Vaters zu hinterfragen. Denn wie viele schwarze Schülerinnen und Schüler hatten den Zulassungstest gemacht? Wie groß waren die Schulklassen an der Stuyvesant High im Durchschnitt?

Dieses Mal drückte ich den roten Knopf, bevor der zehnte Blutstropfen auf dem Tisch gelandet war und mein Vater die Antwort verkünden konnte (sieben), und verpasste mir einen Stromstoß, so stark, so nervenzerfetzend und so wachstumshemmend, dass es sogar Thor in Angst und Schrecken versetzt und einem bereits sedierten Bildungsbürgertum endgültig das Hirn rausgerissen hätte, denn ich war neugierig geworden. Ich wollte wissen, was geschah, wenn man einen zehnjährigen Schwarzen der Wissenschaft überantwortete.

Ich gelangte zu der Erkenntnis, dass die Wendung »seine Gedärme entleeren« reichlich untertrieben ist, denn was ich erlebte, war eine überstürzte Evakuierung, ein fluchtartiger Exodus aller Fäkalien aus meinem Körper, vergleichbar nur mit den großen Evakuierungen der Geschichte. Dünkirchen. Saigon. New Orleans. Doch im Gegensatz zu den Briten, den vietnamesischen Kapitalisten und den von der Flut aus Ninth Ward gespülten Menschen, konnte das, was in meinem Darm hauste, nirgendwohin. Der Teil dieser Springflut aus Scheiße und Urin, der sich nicht um Arschbacken und Eier sammelte, floss an meinen Beinen nach unten, suppte in meine Sneaker und bildete eine Pfütze auf dem Fußboden. Um die Integrität seines Experiments nicht zu gefährden, hielt sich mein Vater die Nase zu und befahl mir mit einem Wink, fortzufahren. Gottseidank konnte ich die dritte Frage beantworten: »Wie viele Kammern hat der Wu-Tang?« Andernfalls hätte mein Gehirn nämlich die aschgraue Farbe und Konsistenz des Holzkohlebriketts beim Barbecue am fünften Juli angenommen.

Mein Crashkurs in Kindesentwicklung endete zwei Jahre später, als Dad das Experiment wiederholen wollte, mit dem Dr. Kenneth Clark und Dr. Mamie Clark mithilfe von schwarzen und weißen Puppen das Hautfarbenbewusstsein schwarzer Kinder untersuchten. Die Version meines Vaters war natürlich moderner. Durchaus revolutionär. Das Ehepaar Clark setzte den Schulkindern zwei lebensgroße, engelsgleiche Puppen vor, eine schwarz, eine weiß, beide mit schwarz-weißen Halbschuhen, und fragte dann, welche die Kinder lieber mochten. Mein Vater hingegen baute zwei aufwändig gestaltete Puppenszenerien vor mir auf und wollte wissen: »Mit welcher dieser Szenen, mit welchem soziokulturellen Subtext kannst du dich identifizieren, mein Sohn?«

Szene 1 zeigte Ken und Malibu-Barbie, die zum Abkühlen am Pool ihres Traumhauses lagen, in aufeinander abgestimmten Badesachen und natürlich mit Schwimmbrille und Schnorchel. Szene 2 zeigte Martin Luther King Jr., Malcolm X, Harriet Tubman und ein dunkelhäutiges, eiförmiges Weeble-Stehaufmännchen, die durch ein morastiges Dickicht flohen (und eierten), verfolgt von einigen Plastikschäferhunden und einem bewaffneten Lynchtrupp, bestehend aus meinen in Ku-Klux-Klan-Kutten gehüllten G. I. Joe-Figuren. »Was ist das?«, fragte ich und zeigte auf eine kleine weiße Weihnachtsdeko, die sich träge über dem Sumpf drehte und wie eine Discokugel in der Nachmittagssonne funkelte und glitzerte.

»Das ist der Polarstern. Sie fliehen nach Norden. Zur Freiheit.«

Ich nahm Martin, Malcolm und Harriet in die Hand und provozierte meinen Dad mit der Frage: »Und die hier? Sind das *Anti*-Action-Figuren?« Martin Luther King Jr. sah okay aus. Er trug einen flotten, engen, schwarzen Anzug, in die eine Hand war Gandhis Autobiographie geklebt, in die andere ein Mikro. Malcolm war ähnlich ausstaffiert, trug aber Brille und hielt einen brennenden Molotowcocktail, der seine Hand langsam schmelzen ließ. Das lächelnde, hautfarbentechnisch nicht klar einzuordnende Weeble-Stehaufmännchen, das verdächtig an meinen Vater als Kind erinnerte, hielt, was der Werbeslogan versprach, denn es wackelte, kippte aber nie um, egal ob auf meiner Hand oder auf der Flucht vor den Rittern des Weißen Suprematismus. Miss Tubman, die einen hautengen Jutesack trug, sah allerdings seltsam aus. Soweit ich wusste, beschrieb keines meiner Schulgeschichtsbücher diese Frau, auch Moses genannt, als Idealmaß-Model mit Wespentaille, langen, seidigen Haaren, gezupften Augenbrauen, blauen Augen, Schwanzlutschlippen und spitzen Brüsten.

»Du hast eine Barbie schwarz angemalt, Dad.«

»Ich wollte die Schwelle zur Schönheit nicht unterschreiten. Sie soll hübsch sein, damit du die eine Puppe nicht für attraktiver halten kannst als die andere.«

Aus dem Rücken von Plantagen-Barbie ragte ein Faden. Ich zog daran. »Mathe ist voll schwer, lass uns shoppen gehen«, sagte sie in einem quiekenden Singsang. Ich stellte die schwarzen Helden wieder in den Küchentisch-Sumpf und bog ihre Beine so hin, dass sie aussahen, als würden sie weglaufen.

»Ich bevorzuge Ken und Barbie.«

Mein Vater verlor seine wissenschaftliche Objektivität und packte mich am T-Shirt. »Was? Wieso?«, schrie er.

»Weil die Weißen besser ausgestattet sind. Schau doch mal. Harriet Tubman hat eine Gaslaterne, einen Wanderstock und einen Kompass. Ken und Barbie haben Strandbuggy und Schnellboot! Das ist doch kein Vergleich.«

Am nächsten Tag verbrannte mein Vater seine »Erkenntnisse« im Kamin. Sogar am Junior-College heißt es: veröffentlichen oder vernichten. Den Parkplatz mit seinem Namen oder eine Reduzierung seines Lehrpensums konnte er vergessen, aber noch schlimmer war für ihn, dass ich ein gescheitertes soziales Experiment war. Ein Sohn, statistisch gesehen unbedeutend, der all seine Hoffnungen zunichtegemacht hatte, sowohl jene, die er in mich, als auch jene, die er in die schwarze Rasse gesetzt hatte. Ich musste ihm das Buch mit meinen Traum-Aufzeichnungen aushändigen. Er nannte mein Taschengeld nicht mehr »positiven Anreiz«, sondern »Entschädigung«. Und obwohl er mich weiter drängte, mir Buchwissen anzueignen, schenkte er mir bald darauf den ersten Spaten, Mistgabel und Schafschermesser. Schickte mich mit einem Klaps auf den Po und dem berühmten, auf meinen Blaumann gepinnten Zitat Booker T. Washingtons auf die Felder: »Lasst euren Eimer hinab, wo ihr auch seid.«

Sollte es einen Himmel geben, der die Menschen für ihre Mühen entschädigt, dorthin zu gelangen, dann hoffe ich für meinen Vater, dass es eine himmlische Psychologie-Zeitschrift gibt. Eine, in der man die Resultate gescheiterter Experimente veröffentlicht, denn die Würdigung unhaltbarer Theorien und negativer Ergebnisse ist ebenso wichtig wie die Veröffentlichung von Studien, die belegen, dass Rotwein wirklich das Allheilmittel ist, für das wir ihn immer gehalten haben.

Ich habe aber nicht nur schlechte Erinnerungen an meinen Vater. Ich war zwar Einzelkind, aber wie bei schwarzen Männern üblich, hatte Daddy viele Kinder. Das waren die Bürger von Dickens. Er hatte zwar kein Händchen für Pferde, war in der Stadt jedoch als Niggerflüsterer bekannt. Wenn irgendein Nigger, der »seinen scheiß Verstand verloren« hatte, überredet werden musste, von einem Baum oder vom Geländer einer Autobahnbrücke zu steigen, rief man ihn zu Hilfe. Dann schnappte sich mein Vater seine sozialpsychologische Bibel, *The Planning of Change* von Warren G. Bennis, Kenneth D. Benne und von Robert Chin, ein schrecklich unterschätzter chinesisch-amerikanischer Psychologe, den mein Dad als seinen Mentor sah, obwohl er ihm nie begegnet war. Den meisten Kindern liest man Gutenachtgeschichten und Märchen vor; ich musste mir abends Abschnitte aus Kapiteln mit Titeln wie »Die Nützlichkeit von Modellen der Umwelt von Systemen für den praktizierenden Arzt« anhören. Und wenn mein Vater irgendetwas war, dann jemand, der praktizierte. Ich kann mich an kein einziges Mal erinnern, dass er es verpasst hätte, mich zu einem Niggerflüstern mitzunehmen. Während der Fahrt prahlte er gern damit, die schwarze Community sei überwiegend wie er selbst – AAU.

»Alles außer Universitätsprofessor?«

»Alles außer unterworfen.«

Nach der Ankunft setzte er mich auf das Dach eines nahen Minivans oder stellte mich auf eine Großmülltonne, drückte mir einen Block in die Hand und forderte mich auf, Notizen zu machen. Im Durcheinander der Blaulichter, dem Geheule und den leise unter seinen Wildlederschuhen knirschenden Scherben hatte ich immer schreckliche Angst um ihn. Doch Daddy hatte ein Talent dafür, sich dem Unnahbaren zu nähern. Er setzte eine düstere, aber mitfühlende Miene auf, hob die offenen Handflächen vor die Brust wie die Jesusfiguren auf den Armaturenbrettern und ging dann auf einen Irren zu, der ein Messer schwenkte und Pupillen hatte, die durch einen Liter Hennessy XO und zwölf Dosen Bier auf die Größe zerfallener Atomkerne geschrumpft waren. Er ignorierte die Arbeitskluft voller Blut, Gehirnmasse und Fäkalien und schloss die Person in die Arme wie einen alten Freund. Die meisten glaubten, das Geheimnis, den Leuten so nahe zu kommen, bestehe in seiner Selbstlosigkeit, aber ich glaube, dass es seine Stimme war, die ihm den Weg ebnete, denn die war so tief wie ein Doo-Wop-Bass. Er sprach in F-Moll, und das volltönende, dunkle Timbre sorgte für ein Gefühl der Geborgenheit, wie es eine Teenagerin mit Bobbysox erfüllt, wenn sie die Five Satins *In the Still of the Night* singen hört. Nicht die Musik beruhigt das wilde Biest, sondern die systematische Desensibilisierung. Und Vaters Stimme wirkte entspannend auf die Rasenden, erlaubte es ihnen, sich ihren Ängsten furchtlos zu stellen.

Während meiner Grundschulzeit wurde mir die Einzigartigkeit Kaliforniens immer dann bewusst, wenn mich der Geschmack von Granatäpfeln zum Weinen brachte, wenn die Sommersonne unsere Afros blutorangenrot aufleuchten ließ, wenn mein Vater gerührt vom Dodger-Stadion, von weißem Zinfandel und dem letzten grün leuchtenden Sonnenuntergang erzählte, den er vom Gipfel des Mount Wilson beobachtet hatte. Und wenn man es recht bedenkt, dann ist alles, was das zwanzigste Jahrhundert erträglich gemacht hat, in einer kalifornischen Garage erfunden worden: der Apple Computer, das Boogie Board und der Gangster-Rap, dessen Geburt ich dank der Niggerflüsterer-Karriere meines Vaters miterleben durfte, zwei Blocks von meinem Haus entfernt. An einem kalten, dunklen Ghettomorgen stürmte Carl »Kilo G« Garfield gegen sechs Uhr aus seiner Garage, halluzinierend und high von seinem eigenen Stoff und der schwermütigen Lyrik Alfred Lord Tennysons, eine schwelende Crackpfeife locker zwischen den Fingerspitzen und in sein Moleskine schielend. Das war auf dem Höhepunkt der Crack-Rock-Ära. Ich war etwa zehn, als er auf die Ladefläche seines aufgemotzten, hochgetunten, gelben Pick-up kletterte – ein Toyota, doch er hatte auf dem Heck TO und TA übermalt, so dass nur noch YO übrig war – und seine Verse aus vollem Hals rezitierte, genuschelte jambische Pentameter, rhythmisch punktiert durch Schüsse aus seiner vernickelten 38er und das Flehen seiner Mama, er möge seinen nackten Arsch wieder ins Haus schaffen.

Die Attacke des Negers mit heller Haut

Einen halben Liter, einen halben Liter,
   einen halben Liter weiter,
hinein ins Feuer- und Höllentor
   ritt die Brigade englischer Reiter.
Vor, du Neger mit heller Haut!
   »Reite gegen die Bloods!«, rief er:
Hinein ins Feuer- und Höllentor
   ritt die Brigade englischer Reiter ...

Als das SWAT-Team endlich eintraf, hinter Streifenwagen-
türen und Platanen in Deckung ging, die Sturmgewehre vor
die Brust gezogen, konnte keiner der Männer sein Kichern
lange genug unterdrücken, um den Gnadenschuss abzugeben.

Sie sollen nicht grübeln, was das soll,
Sie sollen nur schießen, das reicht voll:

Nigger links und Nigger rechts,
Nigger vor ihrer Nase,
und ob allein oder alle vereint
stürmten sie gegen Geschosse und Feind,
und obwohl Gangster und Cadillac fiel,
schafften es manche bis ans Ziel,
vor allem die allerbesten beim Fick
kehrten aus dieser Hölle zurück,
und keiner machte danach weiter,
   alle verließen die Brigade englischer Reiter.

Und als sich mein Vater, der Niggerflüsterer – wie üblich selig
lächelnd –, durch die Polizeibarrikade geschlängelt, einen
Tweedsakko-Arm um den zusammengeklappten Drogendea-
ler gelegt und ihm eine tiefe Wahrheit ins Ohr geflüstert hatte,
blinzelte Kilo G so weggetreten wie ein Freiwilliger aus dem
Publikum, der sich von einem indischen Casino-Hypnotiseur
zum Verstummen bringen lässt, und übergab dann brav die
Waffe und die Schlüssel zu seinem Herzen. Die Polizisten wollten zur Verhaftung schreiten, aber mein Vater bedeutete ihnen,
noch zu warten, und forderte Kilo durch eine Geste auf, sein
Gedicht zu beenden, fiel an jedem Versende mit ein, tat so, als
würde er die Wörter kennen.

Wann verblassen Ruhm und Glanz?
Oh, so ein irre wilder Tanz!,
staunte die ganze beschissene Welt.
Ehret ihren Angriffsritt,
sogar der hellhäutige Neger stritt mit
der hehren, nun leeren Brigade englischer Reiter.

Mannschaftswagen und Polizeistreife verschwanden im morgendlichen Dunst und ließen meinen Vater, in seiner Mitmenschlichkeit schwelgend, allein und gottgleich auf der Straßenmitte zurück. Er drehte sich listig zu mir um. »Weißt du, mit welchen Worten ich diesen psychotischen Motherfucker dazu gebracht habe, die Waffe herunterzunehmen?«

»Mit welchen denn, Daddy?«

»Ich sagte: ›Bruder, du musst dich zweierlei fragen. Wer bin ich? Und wie gelingt es mir, ich selbst zu werden?‹ Das ist ein konkreter, personenbezogener Therapieansatz. Die Patienten sollen das Gefühl haben, wichtig zu sein, sie sollen glauben, sie könnten ihren Heilungsprozess kontrollieren. Merk dir diesen Scheiß.«

Ich hätte ihn gern gefragt, warum er mit mir nie so beruhigend sprach wie mit seinen »Patienten«, wusste aber, dass ich keine Antwort, sondern Schläge mit dem Gürtel bekommen hätte, und dann hätte mein Genesungsprozess Mercurochrom erfordert, und geborgen hätte ich mich auch nicht gefühlt, sondern wäre mit fünf, mindestens jedoch drei Wochen aktiver Imagination nach C. G. Jung bestraft worden. Die roten und blauen, lautlos, aber leuchtend rotierenden Lichter entfernten sich von mir wie eine Spiralgalaxie, sie erhellten den morgendlichen, vom Meer kommenden Dunst wie ein innerstädtisches Polarlicht. Als ich ein Einschussloch in der Baumrinde betastete, kam mir der Gedanke, dass ich dieses Viertel wie die zehn

Jahresringe tief im Stamm steckende Kugel niemals verlassen würde. Ich würde die örtliche Highschool besuchen. Ich würde vorzeitig abgehen, noch so ein geschlechtskranker Scheißhaufen mit einem sechszeiligen Lebenslauf voller Rechtschreibfehler, der sich zwischen dem Job Center, dem Parkplatz des Strip Clubs und den Tutorien für die Zulassungsprüfung zum Beamten hin und her schleppt. Ich würde Marpessa Delissa Dawson, die Schlampe von nebenan und meine einzige Liebe, heiraten, ficken und um die Ecke bringen. Kinder bekommen. Ihnen mit der Militärschule und damit drohen, die Kaution nicht zu zahlen, sollten sie je verhaftet werden. Ich wäre einer dieser Nigger, die in der Oben-ohne-Bar Pool-Billard spielen und ihre Frau mit der billigen blonden Tusse aus dem Trader Joe's auf dem National, Ecke Westwood Boulevard betrügen. Ich würde aufhören, meinen Vater wegen meiner fehlenden Mutter zu nerven, und mir eingestehen, dass Mutterschaft ebenso überbewertet ist wie die Trilogie in der Literatur. Nachdem ich mich lebenslang dafür gegeißelt hätte, nie die Brust bekommen und *Der Herr der Ringe*, *Paradies* und *Per Anhalter durch die Galaxis* nie zu Ende gelesen zu haben, würde ich am Ende wie alle Kalifornier aus der unteren Mittelschicht in meinem Kinderzimmer sterben, die Risse in der Stuckdecke anstarrend, die noch vom Erdbeben von 1968 zeugten. Deshalb waren introspektive Fragen wie »Wer bin ich? Und wie gelingt es mir, ich selbst zu werden?« damals vollkommen unwichtig für mich, denn ich kannte die Antworten. Wie die gesamte Stadt Dickens war ich das Kind meines Vaters, ein Produkt meines Umfelds, nichts weiter. Dickens war ich. Und ich war mein Vater. Dumm nur, dass beide aus meinem Leben verschwanden, zuerst mein Dad, danach meine Heimatstadt, und auf einmal wusste ich nicht mehr, wer ich war, und hatte keine Ahnung, wie es mir gelingen sollte, ich selbst zu werden.

2

Westside, Nigger! Echt?

3

Es gibt drei Grundregeln der Ghettophysik. Erstens: Nigger, die vor deiner Nase auftauchen, neigen dazu, vor deiner Nase zu bleiben. Zweitens: Egal wie hoch die Sonne am Himmel steht, die Uhrzeit ist immer: »Halb nach Arsch eines Affen und Viertel vor seinen Eiern«. Drittens: Auch wenn jemand abgeknallt wurde, den du geliebt hast, kehrst du im ersten Collegejahr in den Winterferien heim, schnappst dir ein Pferd und unternimmst einen kleinen nachmittäglichen Ausritt, um deinen Vater zu treffen, der mit den Dum-Dum-Donut-Intellektuellen, dem lokalen Thinktank, zusammenhockt und dich zusammen mit den anderen Inselbegabten des Stadtviertels sofort mit Cider, Zimtrollen und Gesprächstherapie versorgt. (Nicht, dass dein Dad glaubt, du wärst schwul, aber er macht sich Sorgen, weil du immer schon um elf Uhr abends zu Hause bist und das Wort »Hintern« in deinem aktiven Wortschatz nicht vorkommt.) Es ist ein kalter Abend. Du bist noch mit dir selbst und einem köstlichen Vanille-Shake beschäftigt, als du auf einen Schwarm Detectives stößt, die sich um eine Leiche drängen. Du sitzt ab. Trittst näher und erkennst einen Schuh, einen Hemdsärmel oder ein Schmuckstück. Mein Vater lag bäuchlings auf der Kreuzung. Ich erkannte ihn an seiner Faust, fest geballt, die Adern auf dem Handrücken noch prall hervortretend. Ich kontaminierte den Tatort, indem ich eine Fussel aus seiner verfilzten Afro-Frisur zupfte, den knitterigen Kragen seines Hemdes straffte, Steinchen von seiner

Wange wischte und, laut Polizeibericht am ungeheuerlichsten, meine Finger in das Blut tauchte, das sich rings um seinen Körper gesammelt hatte und das zu meinem Erstaunen kalt war. Nicht heiß, brodelnd vor schwarzem Zorn und der lebenslangen Frustration eines rechtschaffenen, wenn auch etwas verrückten Mannes, der es nie geschafft hatte, der zu sein, der er zu sein glaubte.

»Bist du der Sohn?«

Der Detective musterte mich von Kopf bis Fuß. Er ließ den Blick mit gerunzelter Stirn von einem besonderen Merkmal zum anderen zucken. Er lächelte abschätzig, und ich konnte ihm ansehen, dass er meine Narben, meine Größe und Statur insgeheim mit der Datei gesuchter Straftäter in seinem Kopf abglich.

»Ja, bin ich.«

»Und du bist was Besonderes?«

»Hä?«

»Die Polizisten sagen aus, er habe sie mit dem Ruf angegriffen – ich zitiere: ›Ich warne euch, ihr anal-verstockten autoritären Archetypen, ihr habt ja keine Ahnung, wer mein Sohn ist!‹ Also – bist du was Besonderes?«

Wer bin ich? Und wie gelingt es mir, ich selbst zu werden?

»Nein, ich bin nichts Besonderes.«

Eigentlich sollte man weinen, wenn der Vater stirbt. Den Staat verfluchen, weil er von Polizisten getötet wurde. Das Schicksal beklagen, in einem Polizeistaat, der nur reiche Weiße und Filmstars jeglicher Hautfarbe beschützt – mir fallen allerdings gerade keine asiatisch-amerikanischen Stars ein –, farbig zu sein und zur unteren Mittelschicht zu gehören. Aber ich weinte nicht. Ich hielt seinen Tod für einen Trick. Für einen seiner raffinierten Pläne, mit denen er mich in den Nöten der schwarzen Rasse unterweisen und so in mir den Wunsch wecken wollte, etwas aus mir zu machen. Ich erwartete halb, dass er aufstand, sich abklopfte und sagte:»Wenn mir so etwas passiert, dem schlauesten Schwarzen auf der ganzen Welt, dann überleg mal, Nigger, was einem dummen Arsch wie dir passieren kann. Der Rassismus mag tot sein, aber das heißt noch lange nicht, dass man Nigger nicht ohne Vorwarnung abknallt.«

Wenn es nach mir ginge, mir wäre meine schwarze Hautfarbe komplett egal. Wenn die Volkszählungsunterlagen in der Post liegen, kreuze ich das Kästchen für »Andere Rasse« an und schreibe voller Stolz »Kalifornier«. Natürlich steht zwei Wochen später ein Angestellter der Behörde vor der Tür, wirft einen Blick auf mich und sagt:»Verlogener Nigger. Was hast du als Schwarzer zu deiner Verteidigung zu sagen?« Als Schwarzer habe ich natürlich nie etwas zu meiner Verteidigung zu sagen. Deshalb brauchen wir ein Motto, denn hätten wir eines, würde ich es brüllen, die Faust recken und der Regierung die Tür vor der Nase zuschlagen. Aber wir haben keines. Und so murmele ich eine Entschuldigung und kritzele meine Initialen neben das Kästchen »Schwarzer, Afroamerikaner, Neger, Feigling«.

Nein, das bisschen Inspiration in meinem Leben beziehe ich ganz sicher nicht aus dem Stolz auf meine Rasse. Sondern aus der uralten Sehnsucht, die ebenso große Präsidenten wie Hochstapler hervorgebracht hat, Industriemagnaten und auch Kapitäne von Footballteams; ich beziehe ihn aus dem ödipalen Drang, der Männer zu allem möglichen Quatsch treibt, den sie lieber nicht täten, zum Beispiel, es mit Basketball zu versuchen oder sich mit dem Nachbarsjungen zu prügeln, immer gemäß der Maxime: Unsere Familie sucht keinen Streit, aber wenn wir ihn haben, dann ziehen wir die Sache verdammt noch mal durch. Ich meine das grundlegendste aller Bedürfnisse – das Bedürfnis, dem Vater zu gefallen.

Viele Väter schüren dieses Bedürfnis, indem sie ihre Kinder schon im Kleinkindalter manipulieren. Sie drücken ihre Gunst aus, indem sie die Kleinen an den Beinen durch die Luft schleudern, ihnen an eisigen Tagen Eiscreme spendieren und sie am Wochenende an den Saltonsee oder in das Wissenschaftsmuseum zwangsverschleppen. Diese permanenten Tricks, mit denen sie Dollarmünzen aus dem Nichts zaubern, wie auch ihre hartnäckige Illusion, nicht wegen der Hautfarbe diskriminiert zu werden, wenn sie ein Haus kaufen oder mieten möchten, eine Illusion, die einem vorgaukelt, die Prunkvilla im Tudorstil mit Blick auf die Hügel, vielleicht sogar auf die ganze Welt, könne bald die eigene sein, sollen uns nur weismachen, dass ein Leben ohne Väter und ihren guten Rat eine verplemperte, mickymauslose Hab-ich-dir-doch-gesagt-Existenz wäre. Dass die kalten Leckereien und die Fahrten durch die Autowaschanlage nur eine Lockvogeltaktik waren, kapierst du erst, wenn du später, während der Pubertät, beim Basketball auf der Einfahrt von deinem Vater einen Ellbogenstoß zu viel kassierst, oder um Mitternacht eine besoffene Kopfnuss und den Crystal-Meth-Rauch direkt ins Gesicht, oder wenn Daddy dir eine halbierte Jalapeno auf die Lippen drückt, nachdem du »Fuck« gesagt hast, nur weil du ihm nacheifern wolltest. Alles Tricks und Schliche, die kaschieren sollen, dass Geschlechtstrieb und Gehalt stagnieren, dass auch der eigene Vater die Erwartungen seines Vaters nicht erfüllen konnte. Der ödipale Drang, dem Vater zu gefallen, ist so übermächtig, dass er sogar in einem Viertel wie meinem grassiert, wo die meisten Väter nicht mehr da sind, die Kids abends aber trotzdem pflichtschuldig am Fenster sitzen und auf Daddys Heimkehr warten. Mein Problem war natürlich, dass Daddy immer zu Hause war.

Nachdem alle Beweisfotos gemacht, alle Zeugen befragt

und alle makabren Mordwitze gerissen worden waren, packte ich die kugeldurchsiebte Leiche meines Vaters, ohne meinen Milchshake fallen zu lassen, bei den Unterarmen, schleifte seine Hacken aus dem Kreideumriss und über die gelben Kreise für die Patronenhülsen, über Kreuzung und Parkplatz und durch die gläserne Doppeltür. Ich setzte ihn an seinen Lieblingstisch, bestellte das »Übliche« für ihn, also eine große Milch und zwei Schoko-Donuts. Weil er fünfunddreißig Minuten zu spät und obendrein tot erschienen war, lief das Treffen schon, geleitet von Foy Cheshire, einer in Vergessenheit geratenen TV-Persönlichkeit, einst ein Freund meines Vaters, nun eifrig darauf bedacht, das Führungsvakuum auszufüllen. Es entstand ein kurzes Unbehagen. Die skeptischen Dum Dums richteten die Blicke auf den massigen Foy wie die Nation nach Lincolns Ermordung auf Andrew Johnson.

Ich leerte laut schlürfend meinen Shake. Das war das Signal zum Weitermachen, und so hätte es mein Vater auch gewollt.

Die Dum-Dum-Donut-Revolution musste weitergehen.

Mein Vater hatte den Kreis der Dum-Dum-Donut-Intellektuellen gegründet, als ihm aufgefallen war, dass die örtliche Dum-Dum-Donuts-Filiale der einzige nicht von Latinos oder Schwarzen geführte Laden war, den man während der Krawalle weder geplündert noch abgefackelt hatte. Stattdessen hatten sich alle, ob Plünderer, Polizisten oder Feuerwehrleute, am rund um die Uhr geöffneten Drive-Thru-Fenster mit Krapfen, Zimtgebäck und dieser erstaunlich guten Limonade gestärkt, um sich dann wieder gegen Großbrand, Müdigkeit und die nervigen Nachrichtenteams stemmen zu können, die jede Person in Reichweite ihrer Mikros fragten: »Glauben Sie, dass diese Krawalle etwas verändern?«

»Klar, ich bin doch jetzt im Fernsehen, oder, Bitch?«

Das Dum Dum Donuts wurde noch nie ausgeraubt, überfallen, verwüstet oder verunstaltet. Bis zum heutigen Tag ist die Art-déco-Fassade frei von Graffiti und Pisse. Kunden stellen ihr Auto nicht auf den Behindertenparkplatz. Fahrradfahrer schließen ihren Drahtesel nicht nur nicht an, sondern stellen ihn so brav in den Ständer wie ein Hollandrad an einem Bahnhof in Amsterdam. Dieser Donut-Laden im Zentrum strahlt etwas Gelassenes, fast Mönchisches aus. Er ist sauber. Blitzblank. Die Angestellten verhalten sich stets korrekt und respektvoll. Was vielleicht am gedämpften Licht oder an der Dekoration liegt, deren Farben an einen Maple Frosted mit kunterbunten Zuckerstreuseln erinnern sollen. Jedenfalls stellte mein Vater fest, dass der Donut-Laden der einzige Ort in ganz Dickens war, wo sich Nigger zu benehmen wussten. Leute reichten einem die Sojamilch. Fremde zeigten einem höflich auf die Nasenspitze, die universelle Geste für »Sie haben da Puderzucker auf der Nase«. Auf den gesamten 5,2 Quadratkilometern dieser ruhmreichen schwarzen Community waren die 280 Quadratmeter vom Dum Dum Donuts der einzige Ort, an dem die Bürger einträchtig ihre Gemeinschaft genießen konnten und erfahren durften, was die lateinische Wurzel des Wortes »Community« bedeutet. Und so kam es, dass mein Vater an einem regnerischen Sonntagnachmittag, kurz nachdem Panzer und mediale Aufmerksamkeit abgezogen worden waren, das Übliche bestellte. Er saß am Tisch neben dem Geldautomaten und sagte zu niemandem im Speziellen: »Wisst ihr, dass Weiße im Durchschnitt ein Nettohaushaltsvermögen von $ 113 149 haben, Hispanos von $ 6325 und Schwarze von $ 5677?«

»Im Ernst?«

»Was ist deine Quelle, Nigger?«

»Das Pew Research Center.«

Alle Motherfucker von Harvard bis Harlem respektieren das Pew Research Center, und als sie dies vernahmen, drehten sich

die besorgten Familienväter auf ihren quietschenden Plastik-
sitzen um, was nicht ganz einfach war, weil sich Drehstühle in
Donut-Läden nur bis zu sechs Grad in jede Richtung drehen
lassen. Pops bat den Filialleiter höflich, das Licht zu dimmen.
Ich schaltete den Overheadprojektor ein, tat eine Folie auf die
Glasscheibe, und dann legten alle den Kopf in den Nacken und
sahen zur Decke, unter der ein Säulendiagramm mit dem Titel
»Einkommensunterschiede, abhängig von der Hautfarbe« wie
eine dunkle, unheilvolle, statistische Kumulonimbuswolke hing,
die ihren Regen über die gesamte Versammlung auszuschütten
drohte.

»Hab mich schon gefragt, was der kleine Nigger im Donut-
Laden mit diesem Overheadprojektor will.«

Und ehe die Leute sich's versahen, veranstaltete mein Vater
ein improvisiertes Seminar über das Unheil der Deregulierung
und den Rassismus der Institutionen, ein Ablaufdiagramm
des makroökonomischen Kreislaufs hier, ein Schema Milton
Friedmans dort. Er wies darauf hin, dass nicht die von Banken und Medien gehätschelten keynesianischen Schoßhunde
die letzten Finanzkrisen vorhergesehen hätten, sondern die
Verhaltensökonomen, die sich darüber im Klaren waren, dass
der Markt nicht von Zinsraten und Schwankungen des Brut-
toinlandsprodukts dominiert wird, sondern von Gier, Angst
und fiskalischen Illusionen. Die Diskussion wurde lebhaft. Die
Gäste des Dum Dum Donuts, den Mund voller Gebäck und
Kokosflocken auf den Lippen, prangerten die niedrigen Zinsen
für Girokonten und die Unverschämtheit der Kabelfernsehge-
sellschaft an, eine Strafgebühr zu verlangen, weil man für Leis-
tungen, die erst im August erbracht wurden, nicht schon im
Juli bezahlt hatte. Eine Frau, den Mund bis zum Platzen voller
Makronen, fragte meinen Vater: »Wie viel verdienen Chinesen?«

»Asiatische Männer verdienen besser als alle anderen Bevöl-
kerungsgruppen.«

»Sogar besser als die Schwulen?«, rief der zweite Filialleiter.
»Bist du sicher, dass Asiaten mehr verdienen als Homos? Denn
ich habe gehört, Homos verdienen säckeweise Asche.«

»Ja, sogar besser als Homosexuelle, aber man sollte nicht
vergessen, dass asiatische Männer keine Machtpositionen be-
kleiden.«

»Und asiatische Schwule? Hast du eine Regressionsanalyse
gemacht, die Rasse und sexuelle Orientierung berücksichtigt?«
Dieser tiefsinnige Kommentar stammte von Foy Cheshire,
etwa zehn Jahre älter als mein Dad, der mit den Händen in den
Taschen neben dem Wasserspender stand und einen Wollpul-
lover trug, obwohl draußen 24 Grad herrschten. Das war noch
vor Ruhm und Reichtum. Damals hatte er eine Assistenzpro-
fessur für Urban Studies an der Uni Brentwood, wohnte wie
alle L. A.-Intellektuellen in Larchmont und war in Dickens,
um für sein erstes Buch zu recherchieren, *Blacktopolis: Die
Intransigenz urbaner afroamerikanischer Armut und ausge-
beulter Klamotten.* »Ich denke, eine Untersuchung der Konflu-
enz unabhängiger Einkommensvariablen könnte interessante
Korrelationskoeffizienten zu Tage fördern. Um offen zu sein,
wäre ich nicht überrascht, wenn sich hohe p-Werte ergeben
würden.«

Foy war blasiert, aber Pops fand ihn sofort sympathisch,
denn Leute, die den Unterschied zwischen einem t-Test und
einer Analyse der Abweichungen kannten, musste man in
Dickens mit der Lupe suchen – wenngleich ergänzt werden
muss, dass Foy kein Einheimischer war, sondern aus Michigan
stammte. Nachdem man bei einer Schachtel Donut Holes über
die Sache diskutiert hatte, vereinbarten alle – sowohl Dickensianer als auch Foy –, sich regelmäßig zu treffen, und damit

waren die Dum-Dum-Donut-Intellektuellen geboren. Mein Vater hielt die Treffen für eine Gelegenheit, sich zu informieren, zu beraten, und öffentlich zu engagieren, aber Foy, schon etwas reifer, betrachtete sie als Sprungbrett zum Ruhm. Anfangs war das Verhältnis der beiden freundschaftlich. Sie entwarfen Strategien und rissen zusammen Frauen auf. Aber nach einigen Jahren erlangte Foy Cheshire im Gegensatz zu meinem Vater Berühmtheit. Foy war kein großer Denker, aber unendlich viel besser organisiert als mein Dad, dessen größte Stärke zugleich seine größte Schwäche war – er war seiner Zeit weit voraus. Während er unverständliche Theorien entwickelte, die niemand publizieren wollte, Theorien, in denen er die Unterdrückung der Schwarzen, die Spieltheorie und die Theorie des Sozialen Lernens verknüpfte, moderierte Foy eine Fernsehtalkshow. Interviewte Promis und Politiker aus der zweiten Reihe, schrieb Artikel für Zeitschriften und traf Leute in Hollywood.

Einmal, mein Vater saß am Schreibtisch und tippte, wollte ich wissen, woher er seine Ideen habe. Er drehte sich zu mir um und sagte, die Zunge schwer von schottischem Whisky: »Die eigentliche Frage lautet nicht, woher Ideen kommen, sondern wohin sie gehen.«

»Und wohin gehen sie?«

»Miese Motherfucker wie Foy Cheshire klauen sie, verdienen ein Vermögen mit deinem Scheiß und laden dich dann auch noch zur Premiere ein, als wäre nichts gewesen.«

Foy klaute meinem Vater die Idee für eine Trickfilmserie mit dem Titel *The Black Cats 'n' Jammin' Kids*, die am Samstagvormittag lief, viele Preise einheimste, in alle Welt verkauft und in sieben Sprachen synchronisiert wurde. Gegen Ende der 1990er hatte Foy damit so viel Geld verdient, dass er sich ein Traumhaus in den Hügeln kaufen konnte. Mein Vater äußerte sich nie öffentlich dazu. Stellte Foy bei den Treffen nie zur Rede, weil, wie er sich ausdrückte, »unsere Leute alles brauchen können, nur keine Verbitterung«. Und auch später, als Foy von Los Angeles als der entlaufene Kleinstadtbursche enttarnt wurde, der er im Grunde seines Herzens war, nachdem er sein Vermögen für Drogen und reihenweise für sommersprossige kreolische Damen aus L.A verprasst hatte, nachdem er von der Produktionsfirma um die Wiederholungshonorare betrogen worden war und das Finanzamt wegen Steuerhinterziehung alles bis auf Haus und Auto gepfändet hatte, hielt mein Vater den Mund. Und als Foy, total bankrott und tief blamiert und kurz davor, sich eine Kugel in den Kopf zu jagen, meinen Vater anrief und bat, durch das Niggerflüstern von seinen irren Selbstmordplänen abgebracht zu werden, hielt sich mein Vater an die ärztliche Schweigepflicht. Erzählte kein Wort über die nächtlichen Schweißausbrüche, die Stimmen, die narzisstische Persönlichkeitsstörung und die drei Wochen in der Psychiatrie. Am Abend des Todes meines eingefleischt atheistischen Vaters sprach Foy ein Gebet für ihn, hielt eine Rede, drückte den leblosen Körper gegen seine Brust und tat dann so, als wäre es sein eigenes Blut, das sein weißes Hugo-Boss-Hemd befleckte. Trotz seiner Rede und der treffenden Bemerkung, der Tod meines Vaters symbolisiere das ungerechte Los der Schwarzen, sah man seinem Gesicht an, dass er insgeheim erleichtert war. Denn nun kämen seine Geheimnisse nie mehr ans Licht, und vielleicht würden seine grandiosen Robespierre-Hirngespinste, in denen er die Dum-Dum-Donut-Intellektuellen zum schwarzen Äquivalent der Jakobiner stilisierte, ja doch noch in Erfüllung gehen.

Als die Dum Dums über angemessene Vergeltung debattierten, klinkte ich mich vorzeitig aus, schleifte den Leichnam meines Vaters am Getränkekühler vorbei und wuchtete ihn wie in Cowboyfilmen mit schlackernden Gliedmaßen und dem Gesicht nach unten über das Hinterteil meines Pferdes. Erst wollten die Mitglieder mich zurückhalten. Denn wie konnte ich es wagen, ihren Märtyrer zu entführen, bevor sie ein Foto gemacht hatten? Dann übernahm die Polizei, sie sperrte die Straßen mit ihren Autos ab, und ich kam nicht mehr durch. Ich weinte und fluchte. Ritt auf der Kreuzung im Kreis und drohte jedem, der sich näherte, mit einem Hufeisentritt gegen die Stirn. Man rief nach dem Niggerflüsterer, aber der Niggerflüsterer war tot.

Der Krisenmanager, Police Captain Murray Flores, hatte bei vielen Niggerflüstereien mit Dad zusammengearbeitet. Er war erfahren genug, um die Situation nicht zu unterschätzen. Nachdem er den Kopf meines Vaters angehoben hatte, um das Gesicht zu betrachten, spuckte er angewidert auf die Straße und meinte: »Was soll ich dazu sagen?«

»Sie könnten mir erzählen, was passiert ist.«

»Es war ein Versehen.«

»Und ›Versehen‹ heißt was?«

»Inoffiziell heißt das, dass dein Dad hinter zwei Beamten in Zivil gehalten hat, Orosco und Medina, die vor einer Ampel mit einer Obdachlosen sprachen. Nachdem die Ampel mehrmals von Grün auf Rot gesprungen war, hat dein Vater die beiden umkurvt und, während er nach links abbog, irgendwas gebrüllt. Daraufhin wurde ihm von Orosco ein Strafzettel und eine strenge Verwarnung verpasst. Dein Vater sagte ...«

»›Geben Sie mir entweder den Strafzettel oder halten Sie mir eine Predigt, aber beides auf einmal geht nicht.‹ Hat er von Bill Russell geklaut.«

»Genau. Du weißt, wie dein Vater tickt. Die Beamten haben sich dagegen verwahrt und die Waffe gezogen, und dein Vater ist weggerannt, was wohl jeder Mann mit Verstand getan hätte.

Sie haben ihm vier Kugeln in den Rücken gejagt und ihn tot auf der Kreuzung liegen lassen. Also weißt du Bescheid. Wäre prima, wenn ich jetzt meinen Job machen könnte. Lass den Staat die beiden Männer zur Rechenschaft ziehen. Und übergib mir die Leiche.«

Ich fragte Captain Flores etwas, was mich mein Vater oft gefragt hatte: »Wissen Sie, wie viele Polizisten im Laufe der Geschichte des Los Angeles Police Department verurteilt wurden, weil sie im Dienst jemanden erschossen hatten?«

»Nein.«

»Die Antwort lautet: kein einziger. Man wird also niemanden zur Rechenschaft ziehen. Ich nehme ihn mit.«

»Wohin?«

»Ich begrabe ihn hinten auf dem Hof. Tun Sie, was Sie nicht lassen können.«

Ich glaube nicht, dass ich jemals einen Cop in seine Trillerpfeife habe blasen sehen. Nicht im wahren Leben. Aber Captain Flores blies in seine Messingpfeife und winkte die anderen Polizisten, Foy und die Dum-Dum-Donut-Demonstranten weg. Die Blockade wurde aufgehoben, und ich führte eine sehr langsame Beerdigungsprozession zur Bernard Avenue 205 an.

Mein Vater hatte immer davon geträumt, die Bernard Avenue 205 ganz zu besitzen. Die »Ponderosa«, wie er sie nannte. »Verpachtung von Ackerland, rassenübergreifende Adoption und ›Mietkauf‹ sind was für Idioten«, sagte er gern, während er über Immobilienanzeigen und Ratgebern für Darlehen ohne Eigenkapitalbeteiligung brütete und dabei realitätsferne Kreditszenarien in den Taschenrechner hackte. »Meine Memoiren ... die bringen locker einen Vorschuss von zwanzigtausend ... Wir könnten den Schmuck deiner Mutter für fünf- oder sechstausend verpfänden ... und obwohl bei der vorzeitigen Auflösung deines College-Fonds eine Strafgebühr fällig wäre, würde der Hausbesitz in greifbare Nähe rücken, wenn wir uns deine Spargroschen krallen.«

Er schrieb seine Memoiren nie, brüllte nur Titelvorschläge, wenn er es unter der Dusche wieder mal mit einer neunzehnjährigen, kaugummiblasenden »Kollegin von der Uni« trieb. Dann streckte er den nassen Kopf aus der Tür und fragte mich durch den Wasserdampf nach meiner Meinung zu *Die Deutung der Nigger* oder, mein Favorit, *Ich bin okay. Du bist okay.* Und es gab keinen Schmuck. Meine Mutter, früher mal Schönheit der Woche in der Zeitschrift *Jet*, trug auf der verblassten Zeitschriftenseite, die über dem Kopfende meines Bettes hing, weder Anhänger noch anderen Tand. Sie war eine unauffällig frisierte, kurvige Oberfläche aus Schenkeln und Lipgloss, die sich in einem goldfarbenen Lamé-Bikini auf dem Sprungbrett eines Pools räkelte. Alles, was ich über sie wusste, stand in den ausufernden biographischen Angaben rechts unter dem Foto. »Laurel Lescook ist eine Studentin aus Biscayne, Florida, die Fahrradfahren, Fotografie und Gedichte mag.« Im späteren Verlauf meines Lebens spürte ich Miss Lescook auf, eine Anwaltsassistentin in Atlanta, die meinen Vater als jemanden in Erinnerung hatte, dem sie nie begegnet war, der sie nach ihrer ersten und einzigen, im September 1977 erschienen Fotostrecke aber mit Heiratsanträgen, schleimigen Gedichten und Kodak-Instamatic-Aufnahmen seines erigierten Penis belästigt hatte. Wenn man bedenkt, dass sich meine Ersparnisse für das College auf $ 236,72 beliefen – die Summe, die ich bei meiner spärlich besuchten Black Mizwa bekommen hatte – und dass sowohl das Manuskript meines Vaters als auch der Schmuck meiner Mutter nicht existierten, sollte man meinen, dass wir das Haus niemals unser Eigen hätten nennen können, aber wie es der Zufall wollte, ging die Farm in gewisser Weise ausgerechnet am Todestag meines Vaters in unseren Besitz über, denn für seine widerrechtliche Tötung durch die Polizei erhielt ich am Ende eine Entschädigung von zwei Millionen Dollar.

Auf den ersten Blick scheint der Erwerb der sagenhaften Farm die metaphorischere Transaktion zu sein. Aber wie selbst die flüchtigste jener Inspektionen bewies, die das Kalifornische Amt für Ernährung und Landwirtschaft in jedem Frühjahr vornahm, hätte es das Fassungsvermögen der Buchstäblichkeit gesprengt, dieses nicht subventionierte Stück innerstädtischer afroagrarischer Unfähigkeit als »Farm« zu bezeichnen, diese zwei Hektar namens Bernard Avenue 205 im verrufensten Ghetto von Los Angeles, kaum fruchtbarer als die Mondoberfläche, mit einem ausgeschlachteten Winnebago-Chieftain-Wohnmobil, Baujahr 1973, als Scheune, mit einem maroden, hühnerstallartigen Sozialbau, bekrönt von einem Wetterhahn, so festgerostet, dass ihn nicht einmal die Santa-Ana-Winde, El Niño und der Tornado von '83 hätten bewegen können, mit einem Zitronenhain, der aus zwei fruchtfliegenverseuchten Bäumen bestand, mit drei Pferden, vier Schweinen, einer Ziege mit Einkaufswagenrädern als Hinterbeinen, zwölf streunenden Katzen, einer Herde von Kühen und der allgegenwärtigen Kumuluswolke von Fliegen, die über dem aufblasbaren Fischteich schwirrte, angefüllt mit verflüssigtem Sumpfgas und fermentierter Rattenscheiße. All das bewahrte ich an dem Tag vor der Zwangsversteigerung, als mein Vater den Undercover-Cop Edward Orosco aufforderte, seine »scheiß Rostlaube von Ford Crown Victoria« zu bewegen und die Kreuzung freizugeben, und ich rettete es mit Geld, das ich mir in Erwartung der Entschädigung pumpte, jener zwei Millionen Dollar, die mir wegen des schweren Justizirrtums später gerichtlich zugesprochen wurden. Wäre Jamestown nicht von den Pilgervätern, sondern von Pops und mir gegründet worden, dann hätten die Indianer beim Anblick unserer welken, mäandrierenden, labyrinthischen Mais- und Kumquatspaliere gesagt: »Das heutige Seminar zum Pflanzen von Mais ist hiermit abgesagt, denn ihr Nigger kriegt das sowieso nicht gebacken.«

Wenn du mitten im Ghetto auf einer Farm aufwächst, wird dir mit der Zeit klar, wie sehr es stimmt, was dein Vater während der morgendlichen Arbeiten immer sagte: Die Leute fressen jede Scheiße, die man ihnen hinschaufelt. Jeder von uns senkt wie ein Schwein den Kopf in den Trog. Die Borstenviecher glauben vielleicht nicht an Gott, den amerikanischen Traum oder daran, dass die Feder mächtiger ist als das Schwert, aber sie glauben ebenso verzweifelt an ihr Futter wie wir an die Sonntagszeitung, die Bibel, den städtischen schwarzen Radiosender und scharfe Sauce. Wenn mein Vater frei hatte, lud er die Nachbarn oft dazu ein, mir bei der Arbeit zuzuschauen. Farms, unser Viertel, sollte zwar landwirtschaftlich genutzt werden, aber die meisten Familien hatten den bodenständigen Wir-sind-das-Salz-der-Erde-Lebensstil längst aufgegeben und Basketball- und Tennisplätze auf den Äckern hinter dem Hof angelegt, vielleicht noch ein Gästehaus in die Ecke gesetzt. Manche Familien hielten Hühner oder eine Kuh oder leiteten eine Reitschule für gefährdete Jugendliche, doch wir waren die Einzigen, die in größerem Umfang Landwirtschaft betrieben. Die irgendein vergessenes Versprechen aus der Zeit nach dem Bürgerkrieg einzulösen versuchten. Vierzig Hektar und ein Hohlkopf. »Dieser kleine Nigger wird anders sein als ihr und alle anderen Nigger«, krähte mein Vater dann, eine Hand auf dem Schwanz und mit der anderen auf mich zeigend. »Mein Sohn wird ein Renaissance-Nigger. Ein Galileo der Gegenwart, ihr Motherfucker.« Dann köpfte er eine Flasche Seagrams-Gin, verteilte Pappbecher, Eiswürfel und ein paar Spritzer Zitronen-Limonen-Soda, und alle sahen von der hinteren Veranda zu, wie ich Erdbeeren, Zuckererbsen oder irgendeinen anderen Scheiß pflückte, der gerade Saison hatte. Die Baumwolle war am schlimmsten. Gar nicht mal das Bücken, die Dornen, die von Paul Robeson gesungenen Spirituals, die mein Dad krachend laut spielte, um die Ranchero-Musik der benachbarten Familie Lopez zu übertönen, all das war halb so wild, ebenso die Tatsache, dass Pflanzen, Bewässern und Ernten der Baumwolle reine Zeitvergeudung waren – nein, das Baumwollpflücken nervte, weil es für Daddy ein Anlass zur Nostalgie war. Sentimental durch den Alkohol, prahlte er voller Gin-und-Soda-Stolz vor unseren schwarzen Nachbarn, ich hätte keinen Tag in der Kindertagesstätte verbracht, sei nie zum Spielen im Sandkasten eingeladen worden. Stattdessen schwor er Stein und Bein, eine Sau namens Suzy Q habe mich gefüttert und bemuttert, und ich hätte beim Wettbewerb »Schweinchen gegen Schwärzchen« einem Borstenvieh-Genie namens Savoir Faire gegenüber den Kürzeren gezogen.

Daddys Freunde sahen zu, wie ich fachmännisch Baumwolle von dürren Stängeln pflückte, und warteten darauf, dass ich die Orwell'sche Sozialordnung durch ein Grunzen umstürzte und so meine Aufzucht durch eine Sau bestätigte.

1. Alles, was sich auf zwei Beinen bewegt, ist ein Feind.
2. Alles, was sich auf vier Beinen oder sechs Flügeln und einem Keks bewegt, ist ein Freund.
3. Kein Schwein darf im Herbst Shorts tragen und im Winter schon gar nicht.
4. Kein Schwein darf beim Schlafen erwischt werden.
5. Kein Schwein darf gesüßtes Kool-Aid trinken.
6. Alle Schweine sind gleich, aber manche Schweine sind nicht ganz übel.

Ich weiß nicht mehr, ob mein Vater mir die rechte Hand auf den Rücken band oder ob im Schweinestall eine Sau auf mich aufpasste, aber ich weiß noch, wie ich Savoir Faire über die Holzrampe in den Anhänger schob, beide Hände auf seinen pikenden, milchfetten Hinterbacken. Mein Vater, der letzte Autofahrer auf Erden, der Handzeichen gab, fuhr langsam um die Ecke und hielt einen Vortrag darüber, dass der Herbst die beste Zeit zum Schweineschlachten sei, weil es weniger Fliegen gebe und das Fleisch an der Luft eine ganze Weile frisch bleibe, denn nach dem Einfrieren verliere es rasch an Qualität. Ich kniete auf dem Sitz, wie alle Kinder vor der Ära von Sicherheitsgurt und Airbag nicht angeschnallt, und betrachtete durch das winzige Rückfenster Savoir Faire, dieses zum Tod verdammte, zweihundert Kilo schwere, die gesamte Fahrt zum Schlachthaus zeternde Paarhufer-Genie. »Das war das letzte Mal, dass du mich in der letzten Runde ›Vier gewinnt‹ besiegt hast, jetzt zerlegt man dich in deine erbärmlichen Einzelteile, du ›Ich hab dein Schlachtschiff versenkt‹-›Ich bin der King!‹-Scheißhaufen.« Vor Ampeln streckte Daddy den angewinkelten Arm aus dem Fenster, die gesenkte Handfläche nach hinten gedreht. »Die Leute fressen jede Scheiße, die man ihnen hinschaufelt!«, schrie er so laut, dass er die Musik im Radio übertönte, und er schaffte es irgendwie, gleichzeitig zu schalten, zu lenken, zu blinken, das Handzeichen zu geben, links abzubiegen, in den Gesang Ella Fitzgeralds einzustimmen und die Bestsellerliste der *L. A. Times* zu lesen.

Die Leute fressen jede Scheiße, die man ihnen hinschaufelt.

Ich würde gern albernen amerikanischen Schwachsinn absondern wie: »An dem Tag, als ich meinen Vater auf dem Hinterhof begrub, wurde ich zum Mann«, aber ich war nur erleichtert, das war alles, was an jenem Tag in mir vorging. Ich musste nie wieder unbeteiligt tun, wenn mein Vater vor dem Farmers Market um einen Parkplatz kämpfte. Wenn er die Witwen aus Beverly Hills niederbrüllte, die ihr Recht auf Luxuslimousinenvorfahrt demonstrierten, indem sie ihre gigantischen Karossen auf Parkplätze mit der Aufschrift NUR FÜR KOMBIS bugsierten. *Du blöde, mit Medikamenten vollgestopfte Schlampe. Wenn du nicht sofort mit deiner Scheißkarre von meinem Parkplatz verschwindest, kriegst du eins in deine Anti-Aging-Coldcream-Visage, dann kannst du die fünfhundert Jahre weißer Privilegien und das Fünftausend-Dollar-Facelifting für immer vergessen, das schwöre ich bei Gott.*

Die Leute fressen jede Scheiße, die man ihnen hinschaufelt. Und wenn ich zu Pferd vor dem Drive-thru-Fenster halte oder die ungläubigen Blicke einer Wagenladung ortsfremder mexikanischer *Vatos* erwidere, die auf den schwarzen *Vaquero* zeigen, der sein Vieh auf vollgemüllten Feldern grasen lässt, direkt neben der Hochspannungsleitung, die den West Greenleaf Boulevard mit ihren eiffelturmartigen Masten säumt, dann denke ich manchmal an die unfassbaren Scheißdrecksätze, die mir mein Vater so lange in die Kehle schaufelte, bis seine Träume meine Träume wurden. Und wenn ich das Pflugmesser schärfe, habe ich manchmal das Gefühl, als wären all die Augenblicke meines Lebens gar nicht meine, sondern Déjàvus aus seinem Leben. Nein, ich vermisse meinen Vater nicht. Ich bedauere nur, nie den Mut gehabt zu haben, ihn zu fragen, ob ich während meiner sensomotorischen und präoperationalen Phase tatsächlich eine Hand auf den Rücken gebunden hatte. Apropos mit einer Behinderung ins Leben starten. Scheiß auf das Schwarzsein. Ihr könnt ja mal versuchen, mit einer Hand Krabbeln zu lernen, Dreirad zu fahren, euch beim Verstecken spielen die Augen zuzuhalten und dann noch eine sinnvolle Theory of Mind zu entwickeln.

4

Man findet Dickens, Kalifornien, nicht mehr auf der Karte, weil die Stadt fünf Jahre nach dem Tod meines Vaters und ein Jahr nach meinem Collegeabschluss ebenfalls verschwand. Es gab keinen krachenden Abgang. Dickens wurde nicht dramatisch eliminiert wie Nagasaki, Sodom und Gomorra oder mein Dad, sondern heimlich, still und leise, wie die sowjetischen Städte, die während des Kalten Krieges einen Atomunfall nach dem anderen von der Karte verschwanden. Nur verdankte sich das Verschwinden der Stadt Dickens keinem Unfall. Stattdessen steckte eine finstere Verschwörung der umliegenden, immer wohlhabenderen Zwei-Autos-in-jeder-Garage-Gemeinden dahinter, die ihre Grundstückswerte pushen und ihren Blutdruck senken wollten. Zu Beginn des neuen Jahrhunderts kam es durch den einsetzenden Immobilienboom in vielen Gegenden des Los Angeles County zu Umwälzungen. In den einst gemütlichen Arbeiterklasse-Enklaven nahmen falsche Titten und gefälschte Abschlüsse, Haar- und Baumtransplantationen, Fett- und Cholo-Absaugungen überhand. Gemeinderäte, Hauseigentümerverbände und Immobilienmogule rotteten sich zusammen, um sich charaktervolle Namen für charakterlose Viertel einfallen zu lassen, im Anschluss befestigte man in aller Herrgottsfrühe ein großes, glänzendes, azurblaues Schild hoch oben an einem Telefonmast. Und kaum hatte sich der Morgennebel gelichtet, stellten die Bewohner der Blocks, die man demnächst gentrifizieren würde, verdutzt fest, dass sie jetzt in Crest View, La Cienega Heights oder Westdale wohnten. Obwohl es in einem Umkreis von zehn Meilen keine topographischen Besonderheiten wie Bergkämme, Ausblicke, Höhenzüge oder Täler gab. Die heutigen Angelinos, die sich sonst als Bewohner der West-, East- oder Southside sahen, führen jetzt endlose Prozesse, um zu klären, ob ihre charmanten Landhäuschen mit zwei Schlafzimmern in Beverleywood oder doch eher in Beverlywoods Umland stehen.

Dickens veränderte sich auf andere Art. Eines klaren South-Central-Morgens stellten wir nach dem Erwachen fest, dass man die Stadt zwar nicht umbenannt, aber die Schilder mit der Aufschrift WILLKOMMEN IN DER STADT DICKENS entfernt hatte. Das kam absolut überraschend, war weder durch einen Zeitungsartikel noch durch den Beitrag in einer Nachrichtensendung angekündigt worden. Und es kratzte niemanden. Die meisten Bürger von Dickens empfanden es als Erleichterung, an keinem konkreten Ort zu leben. So blieb ihnen die Peinlichkeit erspart, die Small-Talk-Frage »Woher kommst du?« mit »Dickens« beantworten und danach erleben zu müssen, wie der Fragesteller furchtsam zurückwich. »Tut mir leid. Bring mich bitte nicht um!« Wie man munkelte, hatte das County unsere Gründungsurkunde aufgrund der zugegebenermaßen weit verbreiteten Korruption in politischen Kreisen außer Kraft gesetzt. Polizei und Feuerwehr wurden geschlossen. Wenn man im einstigen Rathaus anrief, antwortete eine unflätige Teenagerin namens Rebecca: *Gibt hier keinen Nigger namens Dickens, also ruf nicht mehr an!* Die eigenständige Schulbehörde wurde aufgelöst. Und im Internet fand man nur noch Hinweise zu »Dickens, Charles John Huffam« und einen staubigen Landstrich in Texas, benannt nach irgendeinem armen Kerl, der vielleicht oder vielleicht auch nicht in Alamo krepiert war.

In den Jahren nach dem Tod meines Vaters erwartete man in der Nachbarschaft, dass ich der nächste Niggerflüsterer werden würde. Gern hätte ich gesagt, dass ich dieser Pflicht aus Familienstolz und Nächstenliebe nachkam, doch in Wahrheit tat ich es, weil ich sonst kein soziales Leben hatte. Durch das Niggerflüstern konnte ich Haus, Vieh und Feldfrüchte eine Weile hinter mir lassen. Ich lernte interessante Menschen kennen und versuchte ihnen klarzumachen, dass sie niemals würden fliegen können, egal wie viel Heroin oder R. Kelly sie im Blut hatten. Wenn mein Vater den Niggerflüsterer spielte, sah das gar nicht so schwer aus, nur war ich leider nicht mit seiner sonoren Luxuslimousinen-Werbestimme gesegnet. Ich klinge eher quiekend und schrill, was in etwa so viel Gravitas besitzt wie der scheue Typ aus deiner Lieblingsboyband, der magere, schweigsame, der in den Musikvideos hinten im Cabrio sitzt und nie das Mädchen und schon gar kein Solo bekommt. Also gab man mir ein Megaphon. Schon mal versucht, durch ein Megaphon zu flüstern?

Bevor die Stadt verschwand, hielt sich die Arbeit in Grenzen. Ich spielte alle paar Monate den Krisenmanager, war ein Farmer, der nebenbei etwas Niggerflüstern betrieb. Aber nach der Abschaffung von Dickens fand ich mich mindestens einmal pro Woche barfuß und im Pyjama auf dem Innenhof eines Wohnblocks wieder, das Megaphon in der Hand und zu einer Mutter aufblickend, die ihr Baby über ein Balkongeländer im zweiten Stock baumeln ließ, verzweifelt, die Haare nur zur Hälfte mit dem Eisen geglättet. Als mein Vater noch flüsterte, war freitagabends das meiste los. Immer am Zahltag wurde er von Horden bipolarer armer Schlucker überrannt, die das ganze Geld auf einmal verprassten und außerdem die Schnauze voll hatten von dem notorisch lausigen Prime-TV-Abendprogramm, die sich aus der Umklammerung ihrer sofafurzenden, fettleibigen Familie befreiten, durch die Kartons mit unverkauften Avon-Beauty-Produkten kämpften, das Küchenradio ausstellten, in dem ein Song nach dem anderen die Freuden des Freitagabends pries, an dem man in Clubs die Sau rauslässt und sich mit Flaschen, Niggern und Jungfrauen vergnügt, und zwar in genau dieser Reihenfolge, den Samstagstermin bei ihrer psychosozialen Beraterin absagten, der dampfplaudernden Kosmetikerin, die trotz jahrelanger Kopfarbeit nur einen einzigen Haarschnitt draufhatte – gefärbt, gefegt und zur Seite gelegt –, und beschlossen, am Freitag, dem »Tag der Venus«, Göttin der Liebe, der Schönheit und der unbeglichenen Rechnungen, Selbstmord oder Mord oder beides zu begehen. Unter meiner Ägide tendierten die Leute allerdings dazu, schon am Mittwoch auszurasten. Bergfest der Arbeitswoche. Also schaltete ich das Megaphon ein, das zuerst brummte und danach mit einem schmerzhaft kreischenden Feedback zum Leben erwachte, ohne Juju oder Gris-gris und ohne einen blassen Schimmer, was ich sagen sollte. Die eine Hälfte des Stammes der Nicht-Auserwählten hoffte, ich würde die Zauberworte sprechen und ein Wunder vollbringen; die andere Hälfte lauerte nur darauf, dass sich ein Bademantel auftat und zwei milchpralle Brüste enthüllte.

Manchmal reiße ich anfangs einen kleinen Witz, hole einen Zettel aus einer großen Versandtasche und versuche, wie der sensationsgeile Moderator einer Nachmittags-Talkshow zu klingen, wenn ich verkünde: »Was den acht Monate alten Kobe Jordan Kareem LeBron Mayweather III. betrifft, so bin ich nicht sein Vater … wäre es aber gern.« Und vorausgesetzt, ich sehe dem echten Vater des Babys nicht zu ähnlich, lacht die Mutter auf und lässt den kleinen Krümelfresser samt vollgeschissener Windel und allem in meine wartenden Arme fallen.

Aber so einfach ist es selten. Meist liegt so viel Nina-

Simone-*Mississippi-Goddam*-Verzweiflung in der Luft, dass ich mich kaum konzentrieren kann. Die dunkellila Prellungen im Gesicht und auf den Armen. Der Frottee-Bademantel, der verführerisch von den Schultern rutscht und offenbart, dass die Frau ein Mann ist; ein Mann mit hormongezüchteten Brüsten, rasiertem Schamhaar und erstaunlich wohlgeformten Hüften, und dann gibt es noch eine zweite Hauptperson, den Seelenpartner, mit weitem Sweatshirt, schief sitzender Baseballkappe und einem Stemmeisen in der Hand, vielleicht ein Mann, vielleicht nur männisch, auf jeden Fall aber manisch im Carport hin und her tigernd und drohend, er werde mir den Schädel einschlagen, wenn ich das Falsche sage. Das Baby, in Blau gehüllt, weil Blau für gangaffine Jungs steht, ist entweder zu fett oder zu mager, schreit sich entweder die kleine Lunge so laut aus dem Hals, dass man sich wünscht, es möge das Maul halten, oder ist so unheimlich still, dass man es angesichts der Umstände glatt für tot halten könnte. Und selbstverständlich ist da immer Nina Simone sanft im Hintergrund, die Vorhänge durch den Spalt in der gläsernen Schiebetür bauschend. Mein Vater hat mich vor genau diesen Frauen gewarnt. Diesen drogenverseuchten Frauen, die mit einem Steifen liebeskrank im Dunkeln sitzen, Kette rauchen, das Telefon an ihr Ohr drücken, nachdem sie per Kurzwahl bei dem Oldie-Sender K-Earth 101 FM angerufen haben, um sich Nina Simone oder *This Is Dedicated to the One I Love* alias *This Is Dedicated to Niggers That Beat Me Senseless and Leave* von den Shirelles zu wünschen. »Halt dich von Schlampen fern, die auf Nina Simone stehen und mit Schwuchteln befreundet sind«, hätte er gesagt. »Die hassen Männer.«

Das Baby, wie es da an den winzigen Füßen durch die Luft geschwungen wird, beschreibt ausladende, parabolische, windmühlenartige Fastpitch-Softball-Kreise. Und ich stehe ebenso nutzlos wie lahm herum, ein Niggerflüsterer, der weder Geheimnisse noch zärtliche Nichtigkeiten flüstern kann. Die Menge tuschelt, ich wisse nicht, was ich tue. Und ich weiß es tatsächlich nicht.

»Hör nicht auf zu quatschen, Mann, sonst geht das Baby dran.«

»Drauf.«

»Scheißegal, Nigger. Sag einfach was.«

Die Leute glauben, ich hätte nach dem Tod meines Vaters am College einen Abschluss in Psychologie gemacht und sei dann zurückgekehrt, um in seine Fußstapfen zu treten. Aber ich interessiere mich nicht für psychoanalytische Theorien, Tintenkleckse, die »condition humaine« oder dafür, der Gesellschaft etwas zurückzugeben. Ich habe in Riverside an der University of California studiert, weil es dort ein gutes agrarwissenschaftliches Institut gibt. Habe meinen Abschluss in Nutztierwissenschaften gemacht, weil ich davon träumte, Daddys Land in einen Brutplatz zu verwandeln und Strauße an alle Kohle scheffelnden Rapper der frühen 1990er zu verkaufen, an Top-Football-Spieler und Kino-Sidekicks mit dickem Portemonnaie, die ihren Zaster unbedingt investieren wollen und, nachdem sie zum ersten Mal erster Klasse geflogen sind, die zerlesenen Finanzseiten des Magazins der Fluggesellschaft weglegen und denken: »Scheiße, Straußenfleisch ist echt die Zukunft!« Klingt wie ein Selbstläufer. Nahrhaftes Straußenfleisch, von der Lebensmittelüberwachungsbehörde abgesegnet, verkauft sich für zwanzig Dollar das Pfund, die Federn bringen je fünf Dollar, und die braunen, genoppten Lederhäute sind zweihundert Piepen wert. Das echte Geld würde ich aber durch den Verkauf von Zuchttieren an Nigger-Neureiche machen, weil ein Strauß im Durchschnitt nur circa vierzig Pfund essbares Fleisch hat, weil Oscar Wilde tot ist und weil niemand mehr Federboas und gefiederte Hüte trägt, ausgenommen Dragqueens über vierzig, bayerische Tuba-Spieler, Marcus-Garvey-Imitatoren und Pfefferminzlikör süffelnde Südstaaten-Schönheiten, die beim Kentucky Derby Dreierwetten abschließen und selbst dann nicht bei Schwarzen kaufen würden, wenn diese das Geheimnis für faltenlose Haut und Zwanzig-Zentimeter-Schwänze im Angebot hätten. Ich wusste, dass die Zucht dieser Vögel fast unmöglich ist, hatte auch kein Startkapital, aber sagen wir mal so, in meinem zweiten Jahr an der Riverside-Uni mangelte es an Dissertationen über Federvieh, und wie Dealer gern erklären: »Wenn ich es nicht mache, dann macht es ein anderer.« Und ehrlich: Die angeknacksten und ausgesetzten Nesteier so manch eines pleitegegangenen One-Hit-Wonders laufen bis heute in den San Gabriel Mountains frei herum.

»Ich weiß nicht, was ich sagen soll.«

»Du hast doch einen Abschluss in Psychologie wie dein Vater, oder?«

»Ich weiß nur ein bisschen was über Viehwirtschaft.«

»Ja, Kacke, mit Tieren verheiratet zu sein, ist doch genau das Problem dieser Scheißer, also sprich jetzt mit der Kuh.«

Im Nebenfach habe ich Ackerbau und Management studiert, weil Professorin Farley, die die Einführung in Ackerbaukunde gab, behauptete, ich sei der geborene Gartenbauexperte. Ich könnte der neue George Washington Carver werden, wenn ich wolle. Ich müsse nur eifrig studieren und meine Entsprechung zur Erdnuss finden. Meine eigene Hülsenfrucht sein, scherzte sie, indem sie mir eine *Phaseolus vulgaris* in die Hand drückte. Aber jedem, der mal bei Tito's Tacos eine Tasse mit warmen, fettigen, sahnigen Bohnen, bedeckt von einer daumendicken Schicht aus geschmolzenem Cheddar-Käse, gekostet hat, ist klar, dass die Bohne längst ihre genetische Perfektion erreicht hat. Ich weiß noch, dass ich mich fragte: Wieso George Washington Carver? Warum nicht der neue Gregor Mendel oder eine Reinkarnation des Erfinders des Chia Pet oder, obwohl sich niemand mehr an Captain Kangaroo erinnert, der neue Mr. Green Jeans? Also beschloss ich, mich auf jene Gewächse zu konzentrieren, die in meinen Augen die größte kulturelle Bedeutung hatten, nämlich Wassermelonen und Marihuana. Ich betreibe im Grunde nur Subsistenzwirtschaft, aber drei- bis viermal im Jahr spanne ich ein Pferd vor den Wagen, rumpele durch Dickens und verhökere meine Ware, untermalt von Mongo Santamarias *Watermelon Man*, das aus der Boombox dröhnt. Wenn dieser Song in der Ferne ertönte, wurden schon Basketballspiele der Sommer-Liga mitten im Angriff unterbrochen, Klingelstreiche und Seilsprung-Marathone vorzeitig beendet, sahen sich Frauen und Kinder, die an der Kreuzung von Compton und Firestone auf den letzten Wochenend-Besuchsbus zum L. A. County Jail warteten, vor eine schwierige Entscheidung gestellt.

Obwohl der Anbau recht einfach ist, und obwohl ich sie seit Jahren verkaufe, drehen die Leute beim Anblick quadratischer Wassermelonen immer noch durch. Man sollte meinen, dass man sich daran gewöhnen kann, wie man sich auch an diesen schwarzen Präsidenten gewöhnt hat, der seit zwei Amtszeiten im Anzug die Reden an die Nation hält, aber nichts da. Die Pyramidenform verkauft sich auch prächtig, und zu Ostern biete ich Melonen in Gestalt von Kaninchen an, die ich genetisch so verändert habe, dass sich, wenn man die Augen zusammenkneift, die dunkle Zeichnung der Rinde als *Jesus rettet dich* liest. Die werden mir aus den Händen gerissen. Man stelle sich die beste Wassermelone vor, die man je gegessen hat. Füge einen Hauch von Anis und braunem Zucker hinzu. Und Kerne, die man nicht ausspucken möchte, weil sie den

Mund kühlen wie der letzte süße Rest eines von Coca-Cola umhüllten Eiswürfels, der auf der Zungenspitze schmilzt. Ich war nie dabei, aber man erzählt sich, manche seien nach dem ersten Biss in eine meiner Wassermelonen ohnmächtig geworden. Man erzählt von Sanitätern, die eine im fünfzehn Zentimeter tiefen Wasser des Hinterhof-Plastikplanschbeckens fast ertrunkene Person durch Mund-zu-Mund-Beatmung ins Leben zurückgeholt haben und danach nicht nach Hitzschlag oder erblichen Herzkrankheiten fragten, sondern sich nach der Beatmung die klebrig-roten Nektarreste von den Wangen leckten und gerade lang genug innehielten, um zu fragen: »Woher hast du diese Wassermelone?« Manchmal, wenn ich in fremden Vierteln unterwegs bin, auf der Latino-Seite der Harris Avenue eine verirrte Ziege suche, kann es passieren, dass eine Horde Milchbärte, allesamt frisch von der Cholo-Schule, ihre gerade erst geschorenen Köpfe in der Sonne glänzend, auf mich zukommt, und dann legen sie mir die Hände auf die Schultern und sagen in tiefer Ehrfurcht: »*Por la sandía… gracias.*«

Aber selbst im sonnigen Kalifornien kann man Wassermelonen nicht das ganze Jahr ernten. Die Winternächte sind kälter, als manche Leute meinen. Zwanzig Pfund schwere Melonen reifen eine Ewigkeit, und sie saugen Nitrate aus dem Boden, als wäre es Natrium-Crack. Deshalb ist Marihuana mein Standbein. Ich verkaufe es allerdings selten. Es macht mich nicht reich, bestenfalls bringt es das Spritgeld ein, und außerdem will ich nicht, dass mir irgendwelche Motherfucker mitten in der Nacht die Bude einrennen. Manchmal spendiere ich ein paar Gramm, und dann reckt der ahnungslose, sonst nur Chronic gewöhnte Homie, der voller Gras und Dreck in meinem Vorgarten liegt, die Beine im Rahmen des Fahrrads verheddert, das er urplötzlich zu fahren verlernt hat, voller

Stolz den tapfer umklammerten Joint und fragt: »Wie heißt der Scheiß?«

»Ataxia«, sage ich.

Oder auf der Tanzfläche einer House-Party, wenn La Giggles, die ich seit der zweiten Klasse kenne, endlich aufhört, im Schminkspiegel ein Gesicht anzustarren, das sie mag, aber nicht einordnen kann, sich zu mir umdreht und drei Fragen stellt. Wer bin ich? Wer ist der Nigger, der seine Zunge in mein Ohr bohrt und sich an meinen Arsch reibt? Was zum Teufel rauche ich hier? Dann lauten die Antworten auf ihre Fragen: Bridget »La Giggles« Sanchez, dein Ehemann, Prostopagnosia. Und manchmal wundern sich die Leute, warum ich *immer* Top-Qualität habe, aber ich kann Misstrauen und Neugier stets mit Pokermiene und einem Schulterzucken aus der Welt schaffen. »Ach, ich kenne da ein paar weiße Jungs…«

Joint anzünden. Inhalieren. Übelriechendes Hasch schmeckt am besten. Eine dünne, klebrige Rauchschwade, wie der Huntingdon Beach bei Algenblüte nach totem Fisch und in der heißen Sonne brutzelnden Möwen stinkend, wird jede Frau davon abbringen, ihr Baby durch die Luft zu schleudern. Biete ihr einen Zug an, das feuchte Ende zuerst. Sie wird nicken. Es ist Anglophobia, eine neu gezüchtete Sorte, aber das braucht sie nicht zu wissen. Ich muss an sie herankommen, und alles, was mir dabei hilft, ist gut. Gelassen nähern und auf den efeubewachsenen Lattenzaun oder die Schultern eines Riesenniggers steigen, bis sie in Reichweite ist. Sie dann mit jenen Techniken streicheln, die ich angewandt habe, als ich auf den Vollblütern an einem Praxis-Tag in der Schule über die Felder geprescht bin. Ihre Ohren reiben. Behutsam in ihre Nüstern pusten. Die Gelenke massieren. Die Haare bürsten. Haschrauch durch ihre gierig geschürzten Lippen schießen lassen. Und wenn ich dann mit dem Baby im Arm auf der Leiter in den Applaus der war-

tenden Menge hinabsteige, bilde ich mir gern ein, dass Gregor
Mendel und George Washington Carver, ja sogar mein Vater,
stolz auf mich wären, und manchmal, wenn die Leute dann auf
die Trage geschnallt sind oder von ihrer verzweifelten Großmutter getröstet werden, frage ich sie: »Warum Mittwoch?«

5

Das Verschwinden der Stadt Dickens belastete die Menschen unterschiedlich stark, aber der Bürger, der meine Hilfe am dringendsten brauchte, war der alte Hominy Jenkins. Obwohl er schon immer etwas instabil gewesen war, hatte sich mein Vater nie genauer mit ihm befasst. Ich bezweifele zwar, dass mein Dad glaubte, es wäre schlimm für das Viertel, ein ergrautes Relikt aus Onkel Toms Zeiten zu verlieren, aber am Ende hatte ich den Job, »den dummen Nigger zur Vernunft zu bringen«. In gewisser Weise war Hominy mein erstes Niggerflüster-Versuchskaninchen. Schwer zu sagen, wie oft ich ihn in eine Decke wickeln musste, weil er wieder mal versucht hatte, Selbstmord-durch-Gangbanger zu begehen, indem er in den blauen Vierteln Rot getragen hatte oder Blau in den roten oder in den hispanischen gebrüllt hatte: »*Yo soy el gran pinche mayate! Julio César Chávez es un puto!*« Immer wieder kletterte er auf Palmen und zitierte Tarzan vor den Eingeborenen: »Ich Tarzan, du Shaniqua!« Die Frauen im Viertel musste ich überreden, die Waffen zu senken, und Hominy mit einem Pseudo-Vertrag eines längst eingegangenen Filmstudios samt Boni in Form von Bier und geräucherten Mandeln vom Kokosnussbaum locken. An Halloween riss er mal die Kabel der Türklingel von der Wohnzimmerwand und verband sie mit seinen Hoden, so dass die Kids beim Süßes-oder-Saures-Klingeln weder Süßes noch ein signiertes Porträtfoto bekamen, sondern Schreie hörten, bei denen ihnen das Blut in den Adern gefror und die nicht aufhörten, bis ich mich durch die sadistische Schar guter Feen und Superhelden kämpfen und den grünen Finger eines achtjährigen weiblichen Hulks so lange vom Klingelknopf fernhalten konnte, bis ich Hominy überredet hatte, die Hose hoch- und die Jalousien runterzuziehen.

In Dickens, angeblich die Stadt mit der höchsten Mordrate weltweit, gab es nie viel Tourismus. Gelegentlich mal ein Rudel College-Kids, das zum ersten Mal auf Urlaub in Los Angeles war und kurz an einer tosenden Kreuzung hielt, gerade so lang, dass einer von ihnen mit zitternder Hand die anderen filmen konnte, die wie durchgedrehte Wilde auf der Stelle hüpften und brüllten:»Hey! Wir sind in Dickens, Kalifornien. Was sagst du dazu, du Arsch?« Im Anschluss posteten sie die Aufnahmen ihrer urbanen Safari im Netz. Doch nach der Entfernung aller WILLKOMMEN IN DICKENS-Schilder gab es keinen Blarney Stone mehr zu küssen, und die urbanen Voyeure blieben aus. Manchmal sah man echte Touristen, meist Rentner, die in Wohnmobilen mit Kennzeichen anderer Staaten durch die Straßen gondelten und das letzte Bindeglied zu ihrer Jugend suchten. Jenen glücklichen Zeiten, an die wahlkämpfende Politiker gern erinnern, wenn sie verkünden, Amerika wieder zu dem machen zu wollen, was es einmal war, mächtig und geachtet, ein Land der Tugend, der Moral und des spottbilligen Benzins. Und wenn die Rentner einen Einheimischen fragten:»Verzeihung, aber wo finde ich Hominy?«, dann war das ungefähr so, als wollten sie von irgendeinem miesen Barsänger wissen, wo es nach San José gehe.

Hominy Jenkins war der letzte lebende Darsteller der *Kleinen Strolche*, dieses verrückten Haufens von Straßenlümmeln, die von den Goldenen Zwanzigern bis in die Reagonomics-Zeit der Achtziger die Schule schwänzten und bierbäuchige Bullen verarschten, sieben Tage die Woche und zweimal am

Sonntag, auf den Leinwänden der Kinomatinees und im Nachmittagsfernsehen weltweit. Als Hominy Mitte der 1930er von den Hal Roach Studios angeblich für $ 350 pro Woche als Zweitbesetzung von Buckwheat Thomas unter Vertrag genommen wurde, löste er seine Schecks ein und vertrieb sich die Zeit mit Nebenrollen: der stille, kleine Bruder, der gehütet werden muss, während die Mama den Papa im Knast besucht, das schwarze Kindlein auf dem Arsch eines ausgebüchsten Maultiers. Er musste sich mit Kleinigkeiten begnügen, hinten im Klassenraum einer Dorfschule den üblichen Einzeiler rufen, über sprechende Babys, Wilde aus Borneo und Alfalfas Seifenblasen-Soli staunen, indem er wie wild mit den Augen rollte und »Yowza!« rief, sein Markenzeichen. Er ertrug die fehlende Wertschätzung seiner pechschwarzen Niedlichkeit, weil er fest daran glaubte, eines Tages in die überdimensionierten genialischen Schnabelschuhe seiner berühmten Negerkinder-Vorgänger zu schlüpfen. Dann würde er den ihm gebührenden Platz im Scherzkeks-Pantheon einnehmen, gleich neben Farina, Stymie und Buckwheat, und das Vermächtnis des Lumpen-und-Melone-Rassismus bis weit in die 1950er tragen. Doch bevor er zum Zug kommen konnte, war die Epoche des leibhaftigen Golliwogs und der Kurzkomödien schon wieder vorbei, denn mit den Semi-Weißen Harry Belafonte und Sidney Poitier, der brütenden Négritude James Deans und dem brünstigen, der Schwerkraft trotzenden Knackarsch Marilyn Monroes hatte Hollywood alle Schwärze, die es brauchte.

Wenn seine Fans vor der Tür standen, begrüßte Hominy sie mit einem Zahnpasta-Lächeln und einem gereckten, arthritischen Daumen. Er lud sie zu einem Hi-C-Fruchtpunsch und, wenn sie Glück hatten, zu einem Stück meiner Wassermelonen ein. Er erzählte seiner alternden Fanbasis vermutlich nicht dieselben Geschichten wie uns. Schwer zu sagen, wie meine Liebesaffäre mit Marpessa Delissa Dawson begann. Sie ist drei Jahre älter als ich, und wir kennen uns seit der Kindheit, denn sie lebte auch in Farms, ihre Mutter leitete auf ihrem Hinterhof eine Reit- und Poloschule namens »Sun to Sun«. Sie holten mich immer, wenn bei einer Show ein Springreiter oder im Junior-Polo-Team die Nummer 4 fehlte. Ich war in beidem nicht sehr gut, denn Appaloosas sind lausige Springpferde, und beim Polo darf man die linke Hand nicht benutzen. Als wir klein waren, gingen Marpessa und ich gemeinsam mit anderen Kids aus dem Viertel zu Hominy, denn was konnte cooler sein, als mit einem kleinen Strolch eine Stunde lang *Die kleinen Strolche* zu gucken? Fernsehen war damals gleichbedeutend mit dem eigenen Vater, der brüllte: »Shawn! Don! Mark! Einer von euch Idioten kommt jetzt mal runter und stellt einen anderen Sender ein!« Dann musste man die Feinjustierung eines Ultrahochfrequenz-Senders wie Channel 52, KBSC-TV Corona, Los Angeles vornehmen, und das an einem schäbigen, tragbaren Schwarz-Weiß-Fernseher, dem eine Kaninchenohr-Antenne fehlte und dessen Knöpfe das Fingerspitzengefühl eines Gefäßchirurgen erforderten. Es dauerte ewig, die plumpen Metallknöpfe mit der Rohrzange zu greifen, ob von oben oder seitlich, und das Drehmoment zu finden, mit dem sich der Apparat umschalten ließ. Aber wenn dann die Eröffnungssequenz auf dem Bildschirm erschien, begleitet von den schmetternden Bläsersätzen des Titelsongs *Our Gang*, ließen wir uns rings um den grauhaarigen Hominy und die glutroten Spiralen des Heizstrahlers nieder wie die Sklavenkinder um den greisen Remus und sein Feuer.

»Erzähl uns noch eine Geschichte, Onkel Remus, äh – Hominy.«

»Habe ich mal erzählt, wie ich Darla bei unserem zwanzigsten Jubiläum im Alphatier-Frauenhasser-Club nach Strich und Faden durchgefickt habe?«

Damals war es mir nicht klar, aber wie jeder andere Kinderstar, der noch im Nachglanz der Jupiterlampe seiner längst beendeten Karriere steht, war Hominy total plemplem. Wir glaubten, er wäre witzig, wenn er bei jeder Untersicht-Aufnahme von Darlas entblößtem Spitzenschlüpfer wie wild seinen Unterleib am Fernsehapparat rieb. »Im wahren Leben war die Schlampe nicht so geizig mit ihrer Möse wie im Film.« Er stieß sein Becken gegen den Bildschirm, schrie dabei: »Das ist für Alfalfa, Mickey, Porky, Chubby, Froggy, Butch, diesen arroganten Arsch Wally und den Rest der Bande!«, und rammelte den Bildschirm immer brünstiger, bis er blaue Hoden hatte. Überflüssig zu sagen, dass jede Menge Wut in Hominy steckte. Jene Art Wut, die sich ansammelt, wenn man nicht so berühmt ist, wie man es verdient zu haben meint.

Wenn er nicht in Erinnerungen an seine sexuellen Eroberungen schwelgte, prahlte Hominy gern damit, vier Sprachen fließend zu beherrschen, denn jede Folge wurde viermal gedreht, auf Englisch, Französisch, Spanisch und auf Deutsch. Als er uns das zum ersten Mal erzählte, lachten wir ihm ins Gesicht, denn seine Figur, Buckwheat, tat nicht mehr, als ein schmieriges Zahnlückengrinsen aufblitzen zu lassen und in der Manier sprachbehinderter Negerkinder zu sagen: »O'tay, 'Panky«, und »Okay Spanky« heißt nun mal in jeder scheiß Sprache »Okay Spanky«.

Einmal, als gerade eine seiner Lieblingsfolgen lief, *Milchbrei für alle*, wollte Hominy seine Prahlerei beweisen und stellte just in dem Moment den Ton ab, als die Bande im Internat von Black Hill am Frühstückstisch saß. Kindly Old Cap wartete auf seine Rentenrückzahlung. Die Mutter des Hauses, faltig und temperamentvoll wie ein Shar-Pei im Hundezwinger, faucht und kläfft die Kids an, von denen eines, das bei den morgendlichen Haushaltpflichten gepatzt hat, einem anderen Rotzbengel ein paar Worte ins Ohr flüstert, für die wir nicht laut stellen mussten, weil wir sie schon eine Million Mal gehört haben.

»Trink die Milch nicht«, sagten wir laut.

»Warum?«, hauchte ein flachsblonder weißer Junge.

»Die ist schlecht«, flüsterten wir im Chor.

Trink die Milch nicht. Gib sie weiter. Und Hominy tat genau das, synchronisierte die Warnung, die von einem Waisenkind zum nächsten weitergegeben wurde, jedes Mal in einer anderen Sprache.

»No bebas la leche. Porqué? Está mala.«

»Ne boit pas le lait. Pourquoi? C'est gate.«

»Non bere questo latte! Perchè? È guasto.«

Die Milch war verdorben, weil es sich in Wahrheit um flüssigen Gips handelte, der noch nicht zu einem visuellen Gag erstarrt war. Auch Hominy war verdorben, durch seinen Status als Kinderstar. Wenn er merkte, dass man Szenen aus Gründen politischer Korrektheit gekürzt hatte, stampfte er mit dem Fuß auf und schmollte. »Ich war in der Szene! Die haben mich rausgekürzt! Spanky findet hier Aladins Lampe, reibt sie und sagt: ›Ich wünsche mir, dass Hominy ein Affe ist. Ich wünsche mir, dass Hominy ein Affe ist!‹ Und siehe da, auf einmal war ich ein scheiß Affe.«

»Ein Affe?«

»Ein Kapuzineräffchen, um genau zu sein, und mein Affenarsch saust raus auf die Straße, Baby, wie im Lehrbuch für Method Acting! Und ich treffe auf einen schwarzen Barmann, der mit seiner Alten turtelt, die Augen schließt, sich zu ihr hinbeugt, um ein bisschen zu schmusen; sie sieht mich und rennt weg, und dieser Trottel gibt mir einen Schmatzer, direkt auf meine großen rosigen Affenlippen. Die Leute im Publikum haben sich totgelacht. *Der Junge in der Wunderlampe*, mein längster Leinwandauftritt. Die ganze verdammte Polizei habe ich in Aufruhr versetzt, und am Ende des Streifens futtern Spanky und ich Torte und allen möglichen anderen Scheiß und sind die Chefs der ganzen Stadt. Ich sage euch, Spanky war der coolste weiße Motherfucker, den es jemals gab. Yowza!«

Schwer zu sagen, ob er in einen echten Affen verwandelt worden war oder ob die Hal Roach Studios, nicht gerade berühmt für extravagante Spezialeffekte, einfach das ewige Kochbuch der Klassisch-Amerikanischen Stereotype aufgeschlagen und das aus einem Schritt bestehende Rezept für Neger-Possen angewendet hatten: 1. Einfach nur Schwanz hinzufügen. Als die Zelluloidschnipsel des zensierten Slapstick-Rassismus' auf dem Fußboden des Schneideraums landeten, war jedenfalls klar, dass Hominy so etwas wie das Stunt-Negerlein der *Kleinen Strolche* war. Seine Filmkarriere war ein Kompendium herausgekürzter Szenen, in denen er mit allem überschüttet wird, was weiß ist: mit ganzen Lawinen von Spiegeleiern, Farbe und Pfannkuchenmehl. Hominy quollen vor Angst und Schilddrüsenüberfunktion die Augen aus dem Kopf, sei es beim Anblick eines Geistes in einem verlassenen Haus, einer Gemeinde frisch getaufter schwarzer Spiritaner, die in fremden Zungen sprechen und durch das Dickicht eines Waldes torkeln, oder eines weißen Nachthemdes, das so unheimlich an der Wäscheleine weht wie ein zu flatterndem Leben erwachter Hoodoo-Geist. Alles erschreckte ihn zu Tode, dann wurde er albinoweiß. Dann stand ihm der Afro in steilen Strähnen zu Berge, dann rannte er blindlings gegen eine Sumpfzypresse, durch einen Holzzaun oder eine Milchglasscheibe. Und immer wieder kassierte er elektrische Schläge, sowohl durch seine Unfähigkeit als auch durch einen Gott, dessen angeblich willkürliche Blitze aus irgendeinem Grund nie seine in der Trägerhose steckende Arschritze verfehlten. Wer, wenn nicht Hominy, hätte sich in der Folge *Ich bin so frei: Ben Franklin* bereiterklären sollen, den Flugdrachen des bebrillten Spanky zu spielen, nachdem der Prototyp von Petey, dem Pitbull, zerbissen worden war? Mit ausgebreiteten Armen auf eine riesige amerikanische Flagge genäht, nackt bis auf eine zerfetzte Sklavenhose, einen Dreispitz mit Metallende auf dem Kopf und ein Plakat vor der Brust, das in zerlaufender Tinte verkündet DIES SIND ZEITEN, IN DENEN DIE SEELE EINES MANNES IN DER PFANNE BRUTZELT – NATHAN HAIL, schwebt er hoch am Himmel, ein schwarzes Flughörnchen, das durch den peitschenden Regen segelt, durch heftige Windböen und ein Sperrfeuer aus Blitzen. Dann ein Donnerschlag, gefolgt von einem Funkenregen, und Spanky untersucht den unten an der Drachenschnur befestigten, glühend unter Strom stehenden Generalschlüssel. »Heureka!« will er gerade rufen, da wird er jäh unterbrochen, denn Hominy, in einer Baumkrone hängen geblieben und nur noch ein glimmendes, heftig qualmendes Häufchen Asche mit bis in alle Ewigkeit phosphoreszierenden Augen und Zähnen, spricht die längste Zeile seiner gesamten Karriere: »Yowza! Ich hab die Elektbizidität entbleckt.«

Als Kabelfernsehen und Videospiele für daheim aufkamen und die voluminösen Achtklässlerinnen-Brüste von Melanie Price, die sie im Striptease am Schlafzimmerfenster haargenau zu der Uhrzeit präsentierte, wenn *Die kleinen Strolche* begannen, hörte einer nach dem anderen auf, nach der Schule Hominy zu besuchen, und am Ende waren von unserer Gang nur noch Marpessa und ich übrig. Ich weiß nicht genau, warum sie blieb. Sie hätte ihre eigenen fünfzehnjährigen Tubetop-Brüste präsentieren können. Manchmal standen ältere Jungs vor der Tür und fragten, ob sie Lust habe, draußen ein bisschen zu quatschen. Sie sah *Die kleinen Strolche* aber stets zu Ende. Ließ die Homeboys auf der Veranda warten. Ich bilde mir ein, dass Marpessa mich schon damals mochte. Andererseits ahne ich, dass sie nur deshalb von halb drei bis vier Uhr blieb, weil sie Mitleid mit mir hatte und sich sicher fühlte. Was konnten ein dreizehnjähriger Farmjunge, der zu Hause unterrichtet wurde, und ein Neger im Ruhestand schon Schlimmes tun, während sie Weintrauben futterte und zusah, wie die Bande extravagante Hinterhof-Varieté-Shows hinlegte, in denen Siebenjährige mit Reibeisenstimme und farbige Kids auftraten, die durch Steptanz ein Gewitter heraufbeschworen?

»Marpessa?«

»Hm?«

»Wisch dein Kinn ab. Es ist feucht.«

»Nicht nur mein Kinn, glaub mir. So verdammt lecker sind diese Trauben. Und du baust sie wirklich selbst an?«

»Jepp.«

»Wieso?«

»Schularbeit.«

»Dein Vater ist echt durchgeknallt.«

Vermutlich habe ich genau das zuerst an Marpessa geliebt, ihre unerschrockene Schamlosigkeit. Und ihre Brüste sicher auch. Wenn sie mich dabei ertappte, wie ich ihre Brüste anglotzte, sagte sie immer, ich wüsste doch selbst dann nichts damit anzufangen, wenn ich sie auspacken könnte. Am Ende fand sie die älteren Jungs mit Drogengeld und hoher Spermienkonzentration dann doch reizvoller als den sonoren Charme Alfalfas, der mit einem Cowboyhut auf dem Kopf *Home on the Range* sang, und ich war mit Hominy und den Weintrauben allein. Ich habe es nie bereut, die Hinterhof-Peepshows mit meinen Kumpeln ausgelassen zu haben. Hätte Marpessa weiter meine Trauben gegessen und Saft auf ihre üppige Oberweite tropfen lassen, dann hätten ihre Brustwarzen, hart wie Bohreinsätze, schließlich die feuchten Stellen ihres Shirts durchstoßen, dessen war ich mir sicher.

Leider musste ich bis zum Vorabend meines sechzehnten Geburtstags warten, bis ich endlich eine dreidimensionale Milchdrüse erblickte. Ich wachte nachts auf und stellte fest, dass Tasha, eine der »Assistentinnen« meines Vaters, auf meiner Bettkante saß, nackt, noch brünstig und würzig nach Sex duftend, und laut in Nancy Chodorow lesend: »Mütter sind natürlich Mütter, weil eine Mutter der weibliche Elternteil ist... Man kann sagen, dass ein Mann ein Kind ›bemuttert‹, wenn er die vorrangige Bezugsperson ist oder sich dem Kind gegenüber auf fürsorgliche Weise verhält. Aber man würde nie sagen, dass eine Frau ein Kind ›bevatert‹.« Bis heute denke ich erstens an Tashas Brüste, wenn ich einsam bin und mich anfasse, und zweitens daran, dass sich die freudianische Hermeneutik nicht auf Dickens anwenden lässt. Hier gilt die Regel, dass ein Kind seine Eltern bemuttert, hier sind Ödipus- und Elektra-Komplexe simpel, Söhne, Töchter, Stiefeltern oder Cousinen, ganz egal, denn jeder fickt mit jedem, und Penisneid ist unbekannt, weil Nigger manchmal einfach *zu viel* Schwanz haben.

Warum, weiß ich auch nicht, aber ich hatte das Gefühl, Hominy etwas für die Nachmittage schuldig zu sein, die Marpessa und ich bei ihm verbracht hatten. Dass der Irrsinn, den er durchgemacht hat, irgendetwas damit zu tun hat, dass ich seelisch relativ stabil bin. An einem stürmischen Mittwochnachmittag vor ungefähr drei Jahren hörte ich während eines wohlverdienten Nickerchens die Stimme Marpessas: »Hominy.« Mehr sagte sie nicht. Ich eilte nach draußen und entdeckte einen im Wind flatternden Zettel, den Hominy mit Klebeband auf seiner Fliegengittertür befestigt hatte. *Bin mich hinten*, stand darauf, die Schrift typisch *Kleine Strolche*, verschnörkelt, aber gut lesbar. Hinten im Haus befand sich das Devotionalien-Zimmer. Ein fünfundzwanzig Quadratmeter großer Anbau, früher eine Schatzkammer voller *Kleine Strolche*-Requisiten, Porträtfotos und Kostüme. Die meisten Andenken waren allerdings längst verpfändet und versteigert worden, etwa die Rüstung, in der Spanky in der Folge *Bibbernder Shakespeare* im Kugelhagel einer Erbsenpistole den Monolog von Marcus Antonius hielt, das Türschloss zu Alfalfas Persönlichkeit, Zylinder und Frack, die Buckwheat trug, als er in *Die Streiche der Strolche 1938* die Club Spanky Big Band dirigierte und dafür »Hunderttausende Dollar« bekam, der Feuerwehrwagen aus Metallschrott, mit dem man Jane von dem Schnöseljungen mit dem echten Feuerwehrauto zurückeroberte, oder die Kazoos, Flöten und Löffel der Bläser- und Rhythmussektion der International Silver String Band.

Hominy war tatsächlich ganz hinten, er baumelte splitterfasernackt an einem Strick von einem Holzbalken. Einen halben Meter von ihm entfernt stand ein Klappstuhl mit der Aufschrift RESERVIERT, auf dessen Sitzfläche lag ein fotokopiertes Programmheft von *Curtain Call*, ein Einakter der blanken Verzweiflung. Die Schlinge um Hominys Hals war ein bis zum Gepäckträgerlimit gedehntes Bungee-Seil, und hätte er nicht nur Größe 42 gehabt, dann hätten seine Schuhspitzen den Boden berührt. Ich sah zu, wie er sich im Zugwind drehte, wie sein Gesicht immer blauer anlief. Ich war nicht abgeneigt, ihn krepieren zu lassen.

»Schneid meinen Penis ab und stopf ihn mir in den Mund«, krächzte er mit der letzten Luft in seiner Lunge.

Atemnot sorgt offenbar für einen Steifen, denn sein braunes Glied ragte aus dem schlohweißen Schamhaar wie ein

Zweig aus einem Schneeball. Er strampelte wild, einerseits, weil er versuchte, sich in Brand zu setzen, andererseits, weil sich der Sauerstoffmangel in seinem alzheimerbefallenen Gehirn bemerkbar zu machen begann. Scheiß auf die Bürde des weißen Mannes, Hominy Jenkins war meine Bürde, und ich schlug ihm Feuerzeug und Kerosindose aus der Hand. Ging eher schlendernd als rennend nach Hause, um Gartenschere und Hautlotion zu holen. Ließ mir alle Zeit der Welt, weil ich wusste, dass rassistische Neger-Archetypen wie *Bébé's Kids* nicht totzukriegen sind, sondern sich vermehren. Weil das auf mein Hemd gekleckerte Kerosin nach dem Pseudo-Bier Zima roch, aber vor allem, weil mein Vater immer meinte, er werde nie panisch, wenn sich jemand zu erhängen versuche, denn »Schwarze können keine Knoten binden, ums Verrecken nicht«.

Ich schnitt die sich selbst lynchende Dramaqueen vom Seil. Legte ihn sanft auf den Rayonteppich und tätschelte sein zotteliges Haupt. Er vergoss Tränen und Schnodder auf meine Armbeuge, während ich seinen aufgescheuerten Hals mit Cortison einrieb und danach im Programmheft blätterte. Auf der zweiten Seite war eine Werbeaufnahme des jungen Hominy zu sehen, der mit den Marx Brothers am Set von *Ein Tag zwischen den Rennen* abhing, dem nie in die Kinos gekommenen Nachfolger des Films *Ein Tag beim Rennen*. Die Marx Brothers sitzen mit dem Rücken zur Kamera auf Stühlen, beschriftet mit GROUCHO, CHICO, HARPO und ZEPPO. Am Ende der Reihe steht ein hoher Stuhl mit der Aufschrift DEPRESSO. Darauf der sechsjährige Hominy im Schneidersitz, einen buschigen weißen Groucho-Schnauzer auf die Oberlippe gemalt. Das Foto ist mit den Worten signiert: *Für Hominy Jenkins, das Shvartze Schaf der Familie. Mit besten Wünschen von den Marxens – Groucho, Karl, Skid usw.* Darunter fand sich Hominys Lebenslauf. Eine kümmerliche Liste seiner paar Kinolorbeeren, die sich wie der Abschiedsbrief eines Selbstmörders las:

Hominy Jenkins (Hominy Jenkins) – Hominy ist froh, sein Bühnendebüt wie auch seine Abschiedsvorstellung im Back Room Repertory Theater gegeben zu haben. Hominy wusste seine struppige, ungekämmte Afro-Frisur zum ersten Mal vorteilhaft zu nutzen, als er im Originalfilm von *King Kong* die Rolle des heulenden, ausgesetzten Eingeborenenbabys spielte. Er überstand das Chaos auf Skull Island und spezialisierte sich auf die Darstellung schwarzer Jungen von acht bis achtzig, am prominentesten in *Black Beauty:* Stallbursche (ungenannt), *Krieg der Welten:* Zeitungsjunge (ungenannt), *Unter Piratenflagge:* Kabinenjunge (ungenannt), *Charlie Chan stößt zum Klan:* Hilfskellner (ungenannt). In jedem Film, der zwischen 1937 und 1964 in Los Angeles gedreht wurde: Schuhputzjunge (ungenannt). Außerdem spielte er Botenjungen, Hotelpagen, Hilfskellner, Tellerwäscher, Bowlingjungen, Swimming-Pool-Reiniger, Hausburschen, Ladengehilfen, Redaktionsgehilfen, Lieferburschen, Toy-Boys (frühe erotische Filme), Laufburschen sowie einen symbolischen Luftfahrtingenieursjungen in *Apollo 13,* dem mit mehreren Oscars ausgezeichneten Film. Er möchte all seinen Fans danken, die ihm während all der Jahre die Treue gehalten haben. Was für ein langer, sonderbarer Lebensweg.

Wäre der nackte alte Mann, der in meinen Schoß weint, an einem anderen Ort geboren worden, sagen wir in Edinburgh, dann wäre er sicher längst zum Ritter geschlagen worden. »Erheben Sie sich, Sir Hominy von Dickens. Sir Jig von Boo. Sir Bo von Zo.« Wäre er Japaner und hätte den Krieg, die Wirtschaftsblase und *Shonen Knife* überlebt, dann könnte er jetzt einer der über achtzigjährigen Kabuki-Mimen sein, die während des zweiten Akts von *Kyô Ningyô* auf die Bühne kommen und für ehrfurchtsvolle Stille sorgen, in der sie vom Ansager mit großem Tamtam und der Zuerkennung eines Regierungsstipendiums begrüßt werden. »In der Rolle der Kurtisane Oguruma, Püppchen von Kyoto, erleben wir das Lebende Nationale Juwel Japans, Hominy ›Kokojin‹ Jenkins VIII.« Doch er hatte das Pech, in Dickens, Kalifornien, geboren zu sein, und in Amerika weckt Hominy keinen Stolz, sondern ist eine Lebende Nationale Peinlichkeit. Ein Schandfleck auf dem afroamerikanischen Erbe, etwas, das ausgelöscht und wie übergewichtige Arme, Amos 'n' Andy, Dave Chapelles Zusammenbruch oder Leute, die ›Valentime's Day‹ sagen, aus der Bilanz der schwarzen Rasse getilgt werden muss.

Ich legte meinen Mund an die wächsernen Falten von Hominys Ohr.

»Warum, Hominy?«

Ich wusste nicht, ob er mich gehört hatte. Er sah mich nur mit einem leeren Blick an, ein breites, strahlendes, unterwürfiges Lächeln auf den Lippen, wie die Künstler in den Minstrel-Shows des frühen neunzehnten Jahrhunderts. Schon verrückt, dass Kinderschauspieler nicht zu altern scheinen. Da ist etwas an ihnen, das sich weigert zu altern, das sie für immer jung wirken lässt, aber nicht verhindern kann, dass sie in Vergessenheit geraten. Man denke an Gary Colemans Wangen, Shirley Temples Stupsnase, Eddie Munsters spitzen Haaransatz, Brooke Shields Waschbrettbrust und Hominy Jenkins' strahlendes Lächeln.

»Warum, Massa? Als Dickens verschwunden ist, bin auch ich verschwunden. Ich bekomme keine Fanpost mehr. Ich hatte seit zehn Jahren keinen Besuch, weil niemand weiß, wo ich wohne. Ich möchte einfach das Gefühl haben, von Bedeutung zu sein. Ist das zu viel verlangt, Massa? Dass ein alter Nigger von Bedeutung sein will?«

Ich schüttelte den Kopf, hatte aber noch eine Frage.

»Und warum am Mittwoch?«

»Das weißt du nicht? Schon vergessen? Dein Vater sagte in seinem letzten Dum-Dum-Donut-Vortrag, die meisten Sklavenaufstände seien am Mittwoch ausgebrochen, weil am Donnerstag traditionell die Auspeitschungen stattfanden. Die New Yorker Sklavenrevolte, die Krawalle in L. A., der Aufstand auf der *Amistad*, der ganze Scheiß«, sagte Hominy, bis über beide Ohren grinsend wie die Puppe eines Bauchredners. »So ist es, seit wir zum ersten Mal einen Fuß in dieses Land gesetzt haben. Man wird ausgepeitscht oder angehalten und gefilzt, egal, ob man etwas verbrochen hat oder nicht. Also warum soll man sich am Mittwoch nicht zum Idioten machen, wenn man am Donnerstag sowieso ausgepeitscht wird, richtig, Massa?«

»Du bist kein Sklave, Hominy, und ich bin ganz sicher nicht dein Herr.«

»Massa«, sagte er. Sein Lächeln erlosch, und er schüttelte den Kopf so mitleidig wie Leute, die merken, dass man sich ihnen überlegen fühlt, »manchmal müssen wir einfach akzeptieren, wer wir sind, und uns dementsprechend verhalten. Ich bin ein Sklave. So ist das nun mal. Ich wurde geboren, um diese Rolle zu spielen. Ein Sklave, der zufällig auch Schauspieler ist. Aber schwarz zu sein ist kein Method Acting. Lee Strasberg konnte dir beibringen, ein Baum zu sein, aber nicht, ein Nigger zu sein. Das ist der zentrale Nexus von Talent und Bestimmung, und damit ist das Thema erledigt. Ich bin mein Leben lang dein Nigger, fertig, aus.«

Hominy, der nicht mehr zwischen seiner Person und dem abgedroschenen Tropus »Ich verdanke dir mein Leben, ich bin dein Sklave« unterscheiden konnte, hatte jetzt endgültig den Verstand verloren, und ich hätte sofort die Polizei rufen und ihn in die Psychiatrie einweisen lassen müssen. Nur hatte er mir während eines nachmittäglichen Besuches im Cinematheque Hollywood Home für Alte, Vergessliche und Vergessene das Versprechen abgenommen, ihn niemals in eine solche Institution zu stecken, weil er nicht ausgebeutet werden wollte wie seine alten Freunde Slicker Smith, Chattanooga Brown und Beulah »Mammy« McQueenie. Die hatten auf der Jagd nach einem allerletzten Filmauftritt, bevor sie zum Greenroom im Himmel auffahren sollten, vom Sterbebett aus bei Filmhochschulfrischlingen des UCLA Extension Program vorgesprochen, die für ihre Abschlussprojekte nach einem Star suchten, und sei es ein seniler, halb debiler.

Als ich am nächsten Tag, einem Donnerstag, erwachte, stand Hominy barfuß und halb nackt auf meinem Hof, an den Briefkasten am Straßenrand gefesselt, und verlangte, ich solle ihn auspeitschen. Ich weiß nicht, wer seine Hände gefesselt hatte, aber ich weiß, dass mir die meinen gebunden waren.

»Massa.«

»Lass das, Hominy.«

»Du hast mir das Leben gerettet, und dafür danke ich dir.«

»Ich würde alles für dich tun, das weißt du. Meine Kindheit war nur durch dich und die Kleinen Strolche erträglich.«

»Du willst mich glücklich machen?«

»Ja, das weißt du doch.«

»Dann peitsch mich aus. Peitsch mir mein wertloses schwarzes Leben aus dem Leib. Peitsch mich, aber töte mich nicht, Massa. Peitsch mich gerade so viel, dass ich nicht mehr spüren kann, was mir fehlt.«

»Gibt es denn keine andere Möglichkeit? Kann dich nichts anderes glücklich machen?«

»Gib uns Dickens zurück.«

»Du weißt doch, dass das unmöglich ist. Wenn Städte verschwinden, bleiben sie verschwunden.«

»Dann weißt du ja, was du tun musst.«

Angeblich bedurfte es dreier Hilfssheriffs, um mich von seinem schwarzen Arsch wegzuzerren, denn ich peitschte dem Nigger die Seele aus dem Leib. Daddy hätte bei mir eine »dissoziative Reaktion« diagnostiziert. Das war immer seine Erklärung, wenn er mich verprügelte. Er schlug *DSM 1* auf, das heilige Handbuch für psychische Erkrankungen, eine so uralte Ausgabe, dass Homosexualität darin als »libidinöse Dyslexie« definiert wurde, zeigte auf »Dissoziative Reaktion«, putzte seine Brille und setzte zu einer Erklärung an. »Dissoziative Reaktionen sind seelische Kurzschlüsse. Wenn die Psyche zu viel Stress und Ärger erdulden muss, schaltet sie sich ab, dann fährt sie deine Wahrnehmung runter, und du stehst neben dir. Du handelst, bist dir deiner Handlungen aber nicht mehr bewusst. Selbst wenn ich mich nicht mehr daran erinnern kann, deinen Kiefer ausgerenkt zu haben, habe ich ...«

Ich würde gern sagen, ich hätte mich nach dem Erwachen aus dem Dämmerzustand nur daran erinnert, wie es brannte, als Hominy die Schürfwunden, die ich der Polizei verdankte, sanft mit in Wasserstoffperoxid getränkten Wattebäuschen abtupfte. Aber das Geräusch, mit dem ich meinen Ledergürtel aus den Schlaufen der Levi-Strauss-Jeans zog, werde ich nie vergessen. Das Pfeifen, mit dem diese braun-schwarze Peitsche durch die Luft sauste, den hautzerfetzenden Laut, mit dem sie auf Hominys Rücken klatschte. Die tränenreiche Freude und Dankbarkeit, die er bewies, als er über den Boden kroch, nicht von den Schlägen fort, sondern zu ihnen hin; er schien einen Schlussstrich unter jahrhundertlang unterdrückte Wut und niemals belohnte, jahrzehntelange Unterwürfigkeit ziehen zu wollen, indem er meine Knie umklammerte und mich anflehte, seinen schwarzen Körper noch heftiger zu schlagen, indem er die Wucht und die Gewalt meiner Peitsche mit ekstatischem Stöhnen begrüßte. Ich werde nie vergessen, wie Hominy auf die Straße blutete und wie er wie alle Sklaven darauf verzichtete, mich zu verklagen. Ich werde nie vergessen, wie liebevoll er mich ins Haus führte und dabei alle Umstehenden bat, mich nicht zu verurteilen, denn wer flüsterte dem Niggerflüsterer jetzt etwas ins Ohr?

»Hominy.«

»Ja, Massa.«

»Was würdest du mir ins Ohr flüstern?«

»Dass du zu klein denkst. Dass du Dickens nicht Nigger um Nigger mit einem Megaphon retten kannst. Dass du in größeren Dimensionen denken musst als dein Vater. Kennst du die Redewendung ›Man sieht den Wald vor lauter Bäumen nicht‹?«

»Sicher.«

»Gut, dann hör auf, uns als Individuen anzusehen, denn jetzt im Moment, Massa, siehst du die Plantage vor lauter Niggern nicht.«

6

»Zuhälterei ist kein Kinderspiel«, sagt man. Tja, Sklavenhaltung auch nicht. Wie Kinder, Hunde, Würfel, allzu verheißungsvolle Politiker und offenbar auch Prostituierte verhalten sich Sklaven nicht immer wie erwünscht. Und auch wenn dein achtzig-plus-x Jahre alter schwarzer Knecht vielleicht fünfzehn Minuten pro Tag arbeiten kann und sich ein Loch in den Bauch freut, wenn er bestraft wird, kommst du trotzdem nicht in den Genuss der zusätzlichen Vergünstigungen, wie man sie aus Plantagen-Filmen kennt: kein klagender *Go Down Moses*-Gesang auf den Feldern. Keine kuscheligen, weichen, pechschwarzen Brüste, in denen man sein Gesicht vergraben kann. Keine Pfauenfeder-Staubwedel. Niemand sagt »Versuch's mal mit Gemütlichkeit«. Keine prunkvollen Abendessen mit Kandelabern und zig Portionen glasierten Schinkens und Kartoffelbrei und dem gesundesten Junggemüse auf der ganzen weiten Welt. Ich durfte nie die Erfahrung dieses unverbrüchlichen Vertrauens zwischen Herr und Knecht machen. Ich besaß einfach einen verhutzelten, greisen Schwarzen, der nur eines konnte – sich in seine Stellung auf der Welt fügen. Hominy konnte keine Wagenräder reparieren. Keine harten Nüsse knacken. Weder Kutschen anheben noch Heuballen wuchten. Dafür konnte er Bücklinge machen, bis ihm der Arsch wehtat, und mittags kam er angetrabt, den Hut in der Hand, und begann gegen eins, eine Viertelstunde zu arbeiten. Erledigte, wozu er gerade Lust hatte. Manchmal bestand seine Arbeit darin, sich in rosafarbene und smaragdgrüne Seide zu hüllen, um dann, eine Gaslaterne in der Hand, wie die lebensgroße Gartenstatue eines Jockeys vorn auf meinem Hof zu stehen. Bei anderen Gelegenheiten spielte er, vom Geist der Dienstbarkeit erfüllt, den menschlichen Schemel, dann fiel er neben meinem Pferd oder Pick-up auf alle viere und blieb hocken, bis ich seinen Rücken als Tritt benutzte und eine ungeplante Fahrt zum Spirituosenladen oder zur Viehauktion in Ontario unternahm. Meist bestand Hominys Arbeit aber darin, mir beim Arbeiten zuzuschauen. Dabei biss er in Burbank-Pflaumen, die ich erst nach sechs Jahren so hatte züchten können, dass Säure und Süße und Dicke der Haut in einem ausgewogenen Verhältnis standen, und rief: »Verflucht, Massa, diese Pflaumen sind echt lecker. Aus Japan, sagst du? Mann, du musst Godzilla eine Hand in den Arsch gesteckt haben, denn du hast einen scheißgrünen Daumen.«

Man kann mir also glauben, dass des Menschen Hörigkeit ein ganz besonders frustrierendes Unterfangen ist. Nicht, dass ich aktiv dazu beitrug, denn meine Herrschaft über diesen klinisch depressiven Leibeigenen war mir aufgenötigt worden. Und um es klar zu sagen: Ich versuchte unzählige Male, Hominy zu »befreien«. Doch ihm einfach zu sagen, er sei frei, war zwecklos. Einmal, das schwöre ich, hätte ich ihn in den San Bernadino Mountains beinahe ausgesetzt wie einen Hund, sah aber einen Strauß mit einem Werbesticker von The Pharcyde auf den Schwanzfedern und verlor die Nerven. Ich bat Hampton sogar, eine Freilassungsurkunde aufzusetzen, verfasst im Jargon des frühen neunzehnten Jahrhunderts, und zahlte einem Schreiber $ 200 dafür, diese auf Pergamentpapier zu verewigen, das ich in einem Schreibwarenladen in Beverly Hills entdeckte. Reiche scheinen noch Gebrauch dafür zu haben. Welchen? Wer weiß. Vielleicht sind sie angesichts des Zustands des Bankensystems wieder zur Schatzkarte zurückgekehrt.

»Ehrenwerte Damen und Herren«, begann der Text, »hiermit dispensiere, entlasse, befreie und erlöse ich meinen Sklaven Hominy Jenkins, seit drei Wochen in meinen Diensten, für immer und endgültig aus der Knechtschaft. Statur, Teint und Intelligenz des besagten Hominy sind als durchschnittlich zu betrachten. Allen, die dies lesen, sei erklärt, dass Hominy ab jetzt ein freier farbiger Mensch ist. Beglaubigt durch meine Hand am heutigen Tage, d. 17. Oktober des Jahres 1838.« Der Trick funktionierte nicht. Hominy zog die Hose runter, schiss auf meine Geranien, wischte sich den Arsch mit seiner Freiheit ab und gab sie mir dann zurück.

»Durchschnittliche Intelligenz?«, fragte er und zog eine graue Augenbraue hoch. »Erstens weiß ich, welches Jahr wir haben. Zweitens besteht wahre Freiheit darin, das Recht zu haben, ein Sklave zu sein.« Er zog die Hose hoch und erklärte mit Metro-Goldwyn-Mayer-Pathos: »Niemand zwingt mich, ein Sklave zu sein, das weiß ich, aber mich wirst du nie los. Die Freiheit kann mich mal an meinem schwarzen Nachbürgerkriegsarsch lecken.«

Die Sklaverei muss für alle, die mit den seelischen Qualen der Geknechteten zu tun hatten, die Hölle gewesen sein, aber nach einem heißen Tag, an dem ich Ziegenhörner gestutzt und Stacheldraht auf Pfähle gespannt hatte, trabte ich zur Veranda, beobachtete, wie die Abenddämmerung den Smog über dem Stadtzentrum rot und bleiern zerstreute, und dann kam Hominy mit einem Krug kalter Limonade nach draußen. Der Anblick der Kondensationstropfen, die auf der Tupperware nach unten perlten, während er gemächlich mein Glas füllte, gewissenhaft einen Eiswürfel nach dem anderen hineinkullern ließ, um mir danach Hitze und Pferdebremsen aus dem Gesicht zu wedeln, war unfassbar befriedigend. Von kühler Luft und der Musik Tupacs umweht, die in der Stereoanlage des Autos erklang, verspürte ich einen erfrischenden Hauch jener Macht, die der konföderierte Landadel genossen haben musste. Ja, scheiße, wäre Hominy immer so kooperativ gewesen, dann hätte ich auch auf Fort Sumter geschossen.

Donnerstags verschüttete Hominy die Limonade beim Nachschenken immer aus Versehen absichtlich auf meinen Schoß. Diese nicht gerade subtile Botschaft, dem Kratzen eines Hundes an der Fliegengittertür verwandt, sagte mir, dass ich in Aktion treten musste.

»Hominy.«

»Ja, Massa?«, erwiderte er hoffnungsvoll. Rieb vorbereitend seinen Hintern.

»Hast du dir endlich einen Therapeuten gesucht?«

»Ich habe im Internet geschaut, und alle Therapeuten sind weiß. Sie stehen im Wald oder vor einem Bücherregal und versprechen berufliche und sexuelle Erfüllung und stabile Beziehungen. Warum sieht man sie auf den Fotos nie mit ihren neunmalklugen Kindern? Oder wie sie ihre Partnerinnen in den siebten Himmel ficken? Wo sind die Beweise für ihre Behauptungen?«

Der feuchte Fleck auf meinem Schoß dehnte sich zu den Knien aus. »Okay, ab in den Pick-up«, sagte ich dann.

Hominy schien sich sonderbarerweise nicht daran zu stören, dass alle Dominä des in der Westside gelegenen BDSM-Clubs »Sticks & Stones«, die ich für die Bestrafung engagierte, weiß waren. Das Bastille-Zimmer war seine Lieblingsfolterkammer. Dort wurde er von Mistress Dorothy, bleich, brünett, nackt bis auf eine Blaurock-Mütze und mit knallroten Maybelline-Schmolllippen, die das abfällige Lächeln Scarlett O'Haras wie einen Witz wirken ließen, auf ein Rad gefesselt und ausgepeitscht, bis er nicht mehr wusste, ob er Männlein oder Weiblein war. Sie klemmte einen obskuren Apparat an seine Genitalien und verlangte Informationen über Feuerstärke und Truppenbewegungen der Union. Danach drückte sie ihm durch das Beifahrerfenster des Pick-ups einen Kuss auf die Wange und gab mir die Quittung. Der Scheiß wurde langsam teuer, denn ich blechte pro Stunde zweihundert Dollar plus »Rassismus-Aufschlag«. Die ersten fünf Schimpfwörter wie »Bimbo«, »Bananenfresser« oder »Affe« waren umsonst. Danach kostete mich jede Beleidigung drei Dollar extra. Und für »Nigger«, egal in welcher Form, Ableitung oder Aussprache, musste ich zehn Dollar hinblättern. Ohne Verhandlungsspielraum. Aber Hominy wirkte nach diesen Stunden so glücklich, dass es das Geld fast wert zu sein schien. Ja, er war glücklich, nur galt das weder für mich noch für Dickens, und doch kam ich erst an einem unüblich warmen Frühlingstag auf der Rückfahrt von »Sticks & Stones« darauf, wie ich Dickens als Stadt wiederauferstehen lassen konnte.

Hominy und ich steckten im dichten Verkehr auf dem Freeway 110 und wechselten ungeduldig von einer Fahrspur auf die andere. So kamen wir recht gut voran, bis der Verkehr zwischen den Abfahrten zur 405 und zur 105 zusehends langsamer wurde. Mein Vater behauptete immer, Arme seien die besten Autofahrer, weil sie sich keine Versicherung leisten könnten und deshalb so defensiv fahren würden, wie sie lebten. Wir gerieten in einen Stau von nicht versicherten Rostlauben und Kombis, die sich mit siebzig km/h und im Fahrtwind flatternden Windschutzscheiben aus Müllsäcken dahinschleppten. Hominy kam nach seinem masochistischen Rausch langsam wieder runter, und die Erinnerungen an die Stunde, vielleicht auch die Schmerzen, verblassten mit jeder Ausfahrt etwas mehr. Er rieb eine Abschürfung auf seinem Arm, fragte sich, woher sie stammte. Ich holte einen Joint aus dem Handschuhfach und bot ihm einen medizinischen Zug an.

»Weißt du, wer ein Kiffer war?«, fragte er, das Hasch ablehnend. »Little Scott Beckett.«

Scotty war ein Kleiner Strolch mit Kulleraugen, der immer mit Spanky zusammen war. Ein weißer Junge mit einem weiten Strickpullover und schiefsitzender Baseballkappe, der zwar hübsch, aber nicht niedlich war, und rasch verschwand. »Echt? Und Spanky? War der auf Drogen?«

»Spanky hat keinen Scheiß gebaut, außer Schlampen zu ficken. So war das mit Spanky.«

Ich ließ das Fenster hinunter. Es ging immer noch langsam voran, der stinkende Haschrauch hing anklagend in der Luft. Der Mythos besagt, dass alle Kleinen Strolche wie das Personal von *Macbeth* eines grässlichen vorzeitigen Todes starben.

BANDENMITGLIED	ALTER	TODESURSACHE
Alfalfa	42	Bei einem Streit um Geld dreißigmal ins Gesicht geschossen (für jede Sommersprosse eine Kugel)
Buckwheat	49	Herzinfarkt
Wheezer	19	Mit Trainingsflugzeug der Army abgestürzt
Darla Hood	47	Hominy behauptet, sie zu Tode gefickt zu haben. In Wahrheit: Hepatitis
Chubsy-Ubsy	21	Hatte etwas Schweres auf dem Herzen. Vergeblich in Miss Crabtree verliebt, außerdem nur einen Meter fünfzig groß, aber 150 Kilo schwer
Froggy	16	Von einem Truck überfahren
Pete, der Welpe	7	Wecker verschluckt

Hominy wand sich auf dem Sitz, zupfte an den geschwollenen roten Striemen auf seinem Rücken und fragte sich, warum er blutete. Scheiße, vielleicht wäre es besser gewesen, ihn sterben zu lassen. Vielleicht hätte ich ihn einfach aus dem Auto auf den öligen, rissigen Asphalt des Harbor Freeway stoßen sollen. Aber was hätte das gebracht? Der Verkehr kam zum Stillstand. Ein Jaguar, eines der hässlichen, in Amerika gebauten Modelle, lag umgekippt auf dem Standstreifen. Der Fahrer, ein Typ mit Rollkragenpullover, lehnte unverletzt am Zaun des Mittelstreifens und las einen Hardcover-Roman, wie man ihn nur in Buchläden am Flughafen bekommt. Der hinten aufgefahrene Honda Sedan qualmte mitten auf der Straße; Heck und Fahrer waren zerquetscht und warteten darauf, zum Schrottplatz beziehungsweise Friedhof gekarrt zu werden. Die Namen von Jaguar-Modellen klingen immer wie Raketen: XJ-S, XJ8, E-Typ. Die Namen von Hondas klingen, als wären sie von Pazifisten und Botschaftern der Humanität ausgebrütet worden. Der Accord, der Civic, der Insight. Hominy stieg aus, um das Verkehrschaos aufzulösen. Die Arme schwenkend wie der Irre, der er war, sortierte er die Autos nach Farben, nicht nach der des Lacks, sondern nach der Hautfarbe der Fahrer. »Schwarz macht Platz! Weiß nach rechts. Braun gibt Raum. Gelbe, folgt den Weißen und macht dasselbe. Rote mit Vollgas voran! Mulatten, ihr fahrt auch mit Plattem!« Wenn er die Leute nicht sofort einordnen konnte, erkundigte er sich nach ihrer Hautfarbe. »Chicano? Welche Farbe soll das sein? Du kannst doch nicht einfach so eine Rasse erfinden, Motherfucker. *Puto*? Steck dir deinen *puto* in den Arsch, *pendejo*! Such dir eine Spur aus, Nigger. Geh an deinen Ort und bleib dort!«

Sobald Cops und Rettungsfahrzeuge eintrafen und der Verkehr wieder zu fließen begann, stieg Hominy in den Truck und klopfte sich Staub von den Händen, als hätte er schwer

malocht. »So macht man das. Habe ich von Sunshine Sammy
gelernt. Er meinte immer: ›Die Zeit wartet auf keinen, aber
Nigger warten auf jeden, der fünfundzwanzig Cent springen
lässt.‹«

»Wer zur Hölle ist Sunshine Sammy?«

»Kann dir egal sein, wer Sunshine Sammy ist. Heute haben
Nigger wie du schwarze Präsidenten und Golfspieler. Ich habe
Sunshine Sammy. Der originale Kleine Strolch, und mit origi-
nal meine ich den allerersten. Und glaub mir, wenn Sunshine
Sammy die Bande aus der Zwickmühle gerettet hat, dann
durch wahrhaft überparteiliche Führung.«

Hominy räkelte sich auf dem Sitz, verschränkte die Hände
hinter dem Kopf, sah aus dem Fenster in seine Vergangenheit.
Ich schaltete das Radio an, und das Spiel der Dodger füllte
das Schweigen. Hominy vermisste die guten alten Zeiten und
Sunshine Sammy. Ich vermisste den Livekommentar von Vin
Scully, diese sonore Stimme der Objektivität. Für einen Base-
ball-Puritaner wie mich ist die gute alte Zeit jene vor der Einführung des Designated Hitters, vor ligaübergreifenden Spielen, Steroiden und den Arschlöchern auf dem Outfield mit
ihren gefährlich schiefsitzenden Baseballkappen, die jedes
Mal vom Kopf fliegen, wenn man den Cut-off-man verfehlt,
oder wenn der Ball zu hoch und kurz in die nationale Frei-
zeitspaßsonne geschlagen wird. Da saßen wir dann, Daddy
und ich, zwei schwarze Gammler auf den billigen Plätzen, teilten die Hitze des Juniabends mit den Motten, verfluchten ein
fünftplatziertes Team und sehnten uns nach den guten alten
Tagen von Garvey, Cey, Koufax, Dusty, Drysdale und Lasorda.
Für Hominy war jeder Tag ein guter Tag, an dem er den amerikanischen Primitivismus verkörpern konnte. Das gab ihm
das Gefühl, lebendig zu sein, manchmal braucht sogar der
Jahrmarktneger im Wasserbecken ein wenig Aufmerksamkeit.

Und dieses Land – dieser latente Highschool-Homo, der es ist, dieser als weiß geltende Mulatte, dieser ständig an seinen zusammengewachsenen Augenbrauen zupfende Neandertaler – braucht Leute wie ihn. Dieses Land braucht jemanden, den man mit Baseballbällen bombardieren, den man schwuchtelprügeln, niggerknüppeln, niedertrampeln und boykottieren kann. Ein Land, das sich ständig im Spiegel bewundert, braucht alles, was es davon abhalten kann, sich wirklich ins Gesicht zu sehen und daran zu erinnern, wo es seine Leichen begraben hat. Es braucht Baseball. An diesem Abend vergaben die Dodger drei Würfe in Folge. Hominy setzte sich aufrecht hin und rieb ein Guckloch auf die plötzlich beschlagene Scheibe.

»Sind wir zu Hause?«, fragte er.

Wir befanden uns auf halbem Weg zwischen den Ausfahrten El Segundo und Rosecrans Avenue, da wurde mir schlagartig klar: Früher hatte hier ein Schild mit den Worten NÄCHSTE AUSFAHRT – DICKENS gestanden. Hominy vermisste die guten alten Zeiten. Ich vermisste meinen Vater, wie er uns heimfuhr vom Jahrmarkt in Pomona, wie er mich mit dem Ellbogen weckte, die Nachberichterstattung der Dodger im Radio, wenn ich mir den Schlaf aus den Augen rieb, gerade rechtzeitig, um das Schild zu sehen, NÄCHSTE AUSFAHRT – DICKENS, und zu wissen, dass ich zu Hause war. Scheiße, ich vermisste das Schild. Denn was macht Städte aus, wenn nicht Schilder und willkürlich gezogene Grenzen?

Das grün-weiße Schild kostete nicht viel: Ein Aluminiumblech von der Größe eines Queen-Size-Bettes, ein Paar zwei Meter langer Metallstangen, einige Absperrkegel und Blinklichter, zwei orangene, reflektierende Warnwesten, zwei Spraydosen, zwei Schutzhelme und einen Nachtschlaf. Dank der heruntergeladenen Kopie des *Handbuches der Standardmittel zur Verkehrslenkung* kannte ich alle erforderlichen Details, von dem korrekten Grünton (Pantone 342) über die genauen Maße (150 × 90 cm) und die Schriftgröße (20 cm) bis hin zur Schriftart (Highway Gothic). Und nach einer langen Nacht, in der wir pinselten, die Stangen zurechtkürzten und die Türen des Pick-ups in abwaschbarer Farbe mit der Aufschrift BAU-FIRMA SUNSHINE SAMMY versahen, kehrten Hominy und ich zum Freeway zurück. Wenn man davon absieht, dass man die Stangen einbetonieren und dann warten muss, bis der Beton erhärtet, unterscheidet sich das Aufstellen eines Verkehrsschildes kaum von dem Pflanzen eines Baumes, und so begann ich im Licht der Dachscheinwerfer mit der Arbeit. Entfernte den Efeu, grub die Löcher und stellte das Schild auf, während Hominy auf dem Beifahrersitz schlief, berieselt vom Jazz des Senders KLON.

Als die Sonne über die Überführung des El Segundo Boulevard stieg, kam der morgendliche Pendlerverkehr so richtig in Gang. Und inmitten des Hupens, des Dröhnens der Hubschrauber der Verkehrswacht und des Schleifens, mit dem Truckfahrer in den nächsten Gang schalteten, saßen Hominy und ich auf der Standspur und bewunderten unser Werk. Das Schild glich den anderen »Standardmitteln zur Verkehrslenkung«, die man auf der täglichen Fahrt zur Arbeit sieht, bis aufs Haar. Die Arbeit hatte nur wenige Stunden gedauert, aber ich kam mir vor wie Michelangelo nach vier Jahren harter Arbeit in der Sixtinischen Kapelle, oder wie Banksy, der sechs Tage braucht, um im Internet eine brauchbare Idee zu klauen, und danach drei Minuten, um seinen Bürgersteig-Vandalismus auszuführen.

»Schilder sind mächtige Objekte, Massa. Man könnte fast meinen, Dickens würde irgendwo da draußen im Smog existieren.«

»Was fühlt sich besser an, Hominy, ausgepeitscht zu werden oder das Schild zu betrachten?«

Hominy überlegte kurz. »Die Peitsche tut dem Rücken gut, das Schild dem Herzen.«

Als wir an dem Morgen wieder daheim waren, öffnete ich ein Küchentischbier, schickte Hominy nach Hause und zog die aktuelle Ausgabe des *Thomas Guide*-Stadtplans aus dem Regal. Weite Teile der 4084 Quadratmeilen des Los Angeles County sind ebenso unerforscht wie der Grund der Ozeane. Obwohl man einen höheren Abschluss in Geometrie bräuchte, um die mehr als 800 Seiten zu verstehen, ist der *Thomas Guide to Los Angeles County* die spiralgebundene Sacagawea jedes unerschrockenen Forschungsreisenden, der sich in diesem urbanen, oasenlosen Moloch zurechtfinden will. Sogar in der Ära von GPS und Suchmaschinen liegt dieser Stadtplan auf dem Vordersitz jedes Taxis, Abschleppwagens und Firmenautos, und jeder Sureño, der den Mumm hat, bei Rot über die Ampel zu rollen, wäre lieber tot, als ohne den *Thomas Guide* unterwegs zu sein. Ich schlug das Buch auf. Mein Vater kaufte alljährlich die aktuelle Ausgabe, und ich schlug immer sofort die Seiten 704/705 auf, um unser Grundstück, 205 Bernard Avenue, auf der Karte zu lokalisieren. Wenn ich mein Haus in diesem Riesenwälzer fand, erdete mich das irgendwie. Gab mir das Gefühl, von der Welt geliebt zu werden. Aber nun lag 205 Bernard Avenue in einem namenlosen, pfirsichfarbenen Straßenraster, auf beiden Seiten von Freeways gesäumt. Ich hätte am liebsten geheult. Es tat weh, dass man Dickens in das Niemandsland unsichtbarer L. A.-Gemeinden verbannt hatte. Streng geheime Minderheiten-Bastionen wie Dons und The Avenues brauchen eine Nennung im *Thomas Guide* genauso wenig wie amtliche Grenzen oder Plakatwände, die fröhlich verkünden »Sie betreten jetzt...« oder »Sie verlassen jetzt...«, denn wenn deine innere Stimme (nicht die deiner Vorurteile oder deines Rassismus, wie du hartnäckig beteuerst) dir befiehlt, die Fenster zu schließen und die Türen zu verriegeln, dann weißt du, dass du in The Jungle oder in Fruittown bist, und wenn du endlich wieder Luft holst, weißt du, dass du das Viertel verlassen hast. Ich kramte einen Dodger-blauen Textmarker hervor, malte aus dem Gedächtnis den unregelmäßigen Umriss von Dickens auf die Seiten 704/705, dazu ein kleines Piktogramm des Ausfahrtschildes, das ich soeben aufgestellt hatte. Sollte ich noch einmal den Mut aufbringen, dann stelle ich zwei weitere Schilder auf. Wenn man dann auf dem Freeway 110 in südlicher Richtung an zwei gelb-schwarzen Schildern mit den Worten ACHTEN SIE AUF ABSTÜRZENDE IMMOBILIENPREISE und VORSICHT – VERGEHEN VON SCHWARZEN AN SCHWARZEN VORAUS vorbeirauscht, dann weiß man, bei wem man sich für diese Warnhinweise bedanken kann.

DIE DUM-DUM-DONUT-INTELLEKTUELLEN

7

Am Sonntag nach der Aufstellung des Straßenschildes wollte ich meinen Plan, die Stadt Dickens wiederauferstehen zu lassen, offiziell bekannt geben. Und welche Gelegenheit wäre besser gewesen als das nächste Treffen der Dum-Dum-Donut-Intellektuellen, deren Runde einer Stadtverwaltung am nächsten kam? Eine traurige Ironie des afroamerikanischen Lebens besteht darin, dass jedes banale und chaotische Miteinander »Sitzung« genannt wird. Und weil die Sitzungen Schwarzer nie pünktlich beginnen, weiß man nie, wie viel Verspätung man riskieren darf, um cool zu wirken, ohne die Sitzung komplett zu verpassen. Weil ich keine Lust auf die Verlesung des Protokolls hatte, wartete ich bis zur Halbzeit des Spiels der Raiders. Nach dem Tod meines Vaters waren die Dum-Dum-Donut-Intellektuellen zu einer Truppe Auswärtiger und Akademiker aus der schwarzen Mittelschicht degeneriert, die zweimal im Monat zusammenkamen, um sich bei dem halb berühmten Foy Cheshire anzubiedern. Das schwarze Amerika mag seine gefallenen Helden in Ehren halten, aber es ist schwer zu sagen, was die Leute tiefer beeindruckte – Foys Unverwüstlichkeit oder die Tatsache, dass er nach allem, was er durchgemacht hatte, immer noch einen Oldtimer fuhr, einen Mercedes 300SL, Baujahr 1956. Sie umschwärmten ihn jedenfalls in der Hoffnung, mit ihrem Insiderwissen über die mittellose farbige Community bei ihm punkten zu können, die allerdings – was ihnen klar geworden wäre, wenn sie ihre rassistischen Scheuklappen auch nur kurz abgelegt hätten – nicht mehr aus Schwarzen, sondern überwiegend aus Latinos bestand.

Das Treffen setzte sich aus Leuten zusammen, die jede zweite Woche kamen und sich mit den Teilnehmern, die jeden zweiten Monat kamen, darüber stritten, was »zweimonatlich« denn nun genau heiße. Ich betrat den Donut-Laden, als die neue Ausgabe von *Der Ticker* verteilt wurde, ein Blättchen mit aktuellen Statistiken über Dickens. Hinten bei den Blaubeerkrapfen verharrend, hielt ich mir den hektographierten Zettel vor die Nase und schnupperte den süßen Duft der frischen Tinte, überflog danach den Inhalt. *Der Ticker*, von meinem Vater wie ein Dow-Jones-Börsenbericht gestaltet, war eine gesellschaftliche Bestandsaufnahme. Anstelle von Blue Chips und Handelsgütern listete er soziale Übel und Hemmnisse auf. Alles, was schon immer hoch war – Arbeitslosigkeit, Armut, Gesetzlosigkeit, Kindersterblichkeit –, blieb hoch. Alles, was schon immer niedrig war – Universitätsabschlussraten, Lese- und Schreibkompetenz, Lebenserwartung –, sank weiter.

Foy Cheshire stand unter der Uhr. Er hatte sich im Laufe der letzten zehn Jahre kaum verändert, nur siebzehn Kilo zugelegt. Er war nicht viel jünger als Hominy, aber nie ergraut, und hatte nur ein paar Lachfalten. Hinter ihm an der Wand hingen zwei gerahmte Fotos, groß wie Poster; eines zeigte unfassbar gut aufgegangene, köstlich aussehende Donuts, die keinerlei Ähnlichkeit mit dem verschrumpelten, angeblich frischen Gebäck hatten, das im Schaukasten hinter mir immer steinharter wurde, das andere war ein Farbporträt meines Vaters, das Haar makellos gebauscht, voller Stolz die Krawattenklammer der American Psychological Association tragend. Ich blieb im Hintergrund. Der ernsten Stimmung nach zu urteilen, stand so einiges auf der Tagesordnung, und es würde sicher dauern, bis die Dum Dums zu dem Punkt »Verschiedenes« kämen.

Foy blätterte zwei Bücher vor der Gruppe auf wie ein Zauberer ein Blatt bei einem Kartentrick. *Such dir eine Kultur aus, egal welche.* Er hielt eines der Bücher hoch und äffte, obwohl er aus Grand Rapids stammte und in Hollywood Hills lebte, das tiefe Knurren eines Südstaaten-Methodisten nach. »Vor nicht allzu langer Zeit«, sagte Foy, »habe ich eines Abends versucht, dieses Buch, *Huckleberry Finn*, meinen Enkelkindern vorzulesen, kam aber nicht über Seite sechs hinaus, weil der Text vom ›N-Wort‹ nur so strotzt. Und obwohl meine acht und zehn Jahre alten Babys extrem intelligent und kämpferisch sind, war mir klar, dass sie die Qualitäten von *Huckleberry Finn* noch nicht zu würdigen wissen. Deshalb habe ich mir erlaubt, Mark Twains Meisterwerk umzuschreiben. Ich habe das ekelhafte ›N-Wort‹ durch ›Krieger‹ ersetzt, das Wort ›Sklave‹ durch ›dunkelhäutiger Freiwilliger‹.«

»Recht so!«, schrie das Publikum.

»Außerdem habe ich Jims Sprache verbessert, den Plot etwas aufgepeppt und das Buch umbenannt in *Die pejorativumfreien Abenteuer und intellektuellen und geistigen Reisen des afroamerikanischen Jim und seines jungen weißen Schützlings und Bruders Huckleberry Finn, die sich auf die Suche nach dem verlorenen Zusammenhalt der schwarze Familie begeben.*« Foy hielt eine Ausgabe des überarbeiteten Buches hoch. Meine Augen sind nicht die besten, aber das Cover, da bin ich mir ziemlich sicher, zeigte einen Huckleberry Finn, der das Floß auf dem mächtigen Mississippi stromabwärts lenkte, während Captain Afroamerikaner-Jim am Bug stand, die Hände in den schmalen Hüften, mit feschem Ziegenbart und einem Burberry-Sportmantel mit Karomuster, der zufälligerweise genau jenem entsprach, den Foy trug.

Ich nahm nie besonders gern an den Treffen teil, ging nach dem Tod meines Vaters aber trotzdem hin, außer es gab einen Notfall auf der Farm. Bevor man Foy als intellektuellen Kopf installierte, hatte man erwogen, mich zum Führer der Gruppe aufzubauen. Immerhin hatte ich die Niggerflüsterer-Pflichten übernommen. Doch ich lehnte unter dem Vorwand ab, zu geringe Kenntnisse über die schwarze Kultur zu haben, und behauptete, das einzige, was ich im Hinblick auf die Situation der Afroamerikaner mit Sicherheit wisse, sei, dass wir keinen Begriff von »zu süß« und »zu salzig« hätten. In all den Jahren, zehn an der Zahl, hatte ich nie etwas gesagt, in all den Diskussionen über die zahllosen Grausamkeiten und Erniedrigungen, die Schwarze, Arme und Farbige in Kalifornien zu erdulden hatten, etwa durch die Anträge 8 und 187, die Streichung der Sozialhilfe, David Cronenbergs *Crash* und Dave Eggers' herablassende Gutmenschlichkeit. Wenn Foy die Anwesenheitsliste durchging, rief er nie meinen richtigen Namen, sondern nur: »Der Verräter!« Sah mich mit einem listigen, routinierten Lächeln an, sagte »Anwesend« und hakte meinen Namen ab.

Foy legte die Fingerspitzen vor der Brust aneinander, die universelle Geste dafür, dass sich die schlaueste Person im Raum zu Wort meldet. Er sprach laut und schnell, wurde mit jedem Wort rasanter und eindringlicher. »Ich schlage vor, wir beantragen die Aufnahme meiner politisch korrekten Ausgabe von *Huckleberry Finn* in die Leseliste aller Middle Schools«, sagte er. »Denn es ist ein Verbrechen, dass ganze Generationen volljähriger Farbiger niemals in diesen Genuss gekommen sind ...« – Foy warf einen kurzen Blick auf die Cover-Rückseite des Originals – »... den Genuss dieses urkomischen, pittoresken amerikanischen Klassikers.«

»Wieso ›farbig‹? Müsste es nicht ›schwarz‹ heißen?« Ich hatte so viele Jahre geschwiegen, dass mein Einwurf uns beide kalt erwischte. Doch ich war in der Absicht erschienen, etwas zu sagen, warum also nicht die Stimmbänder aufwärmen? Ich biss in einen der Oreo-Kekse, die ich dreisterweise in den Laden geschmuggelt hatte. »Was ist zutreffender? Das frage ich mich schon lange.« Foy beruhigte sich mit einem Schluck Cappuccino und überhörte mich. Er gehörte zusammen mit dem Rest der nicht aus Dickens stammenden Herde zu einer furchterregenden Unterart schwarzer gestaltwandelnder Denker, die ich gern als »Wernigger« bezeichne. Tagsüber sind Wernigger gebildet und urban, aber nach jedem Mondzyklus, jedem Steuerquartal und jeder Amtsüberprüfung sträuben sich ihre Nackenhaare, dann schlüpfen sie in ihre knöchellangen Pelzmäntel und Nerzstolen, dann wachsen ihnen Reißzähne, dann schleppen sie sich aus ihren Elfenbeintürmen oder Vorstandsetagen und treiben ihr Unwesen in den Innenstädten, heulen bei Drinks und mittelmäßigem Blues den Vollmond an. Und nach dem Verblassen seines Ruhms, vermutlich auch seines Vermögens, hatte sich der Wernigger Foy Cheshire die Stadt Dickens als nebeliges Ghetto-Moor ausgewählt. Normalerweise gehe ich Werniggern aus dem Weg. Meine größte Angst besteht nicht darin, intellektuell zerfetzt zu werden, nein, am meisten fürchte ich ihre unangenehm hartnäckige Angewohnheit, jeden mit Bruder So-und-so und Schwester So-und-so anzureden, vor allem Leute, die sie verabscheuen. Ich hatte Hominy manchmal zu den Treffen mitgenommen, damit sie nicht so langweilig waren. Außerdem sprach er aus, was ich dachte. »Ihr Nigger quatscht hier pechschwarz und kürzt das Gerundium ab, aber wenn ihr mal einen eurer kleinen Fernsehauftritte habt, klingt ihr wie Kelsey Grammer mit einem Besenstiel im Arsch.« Als Hominy jedoch das weit verbreitete Gerücht zu Ohren kam, Foy Cheshire hätte mit ein paar seiner Tantiemen-Millionen die Rechte an den rassistischsten Kurzfilmen der *Kleinen Strolche* erworben, musste ich ihn bitten, mich nicht mehr zu begleiten. Denn er brüllte und tobte. Unterbrach das Treffen ständig mit theatralischen Einwürfen. »Wo sind meine *Kleine Strolche*-Filme, Nigger!« Genau diese

Streifen, schwört Hominy, zeigen ihn in Bestform. Sollte das Gemunkel zutreffen, dann müsste man Foy, diesem arroganten Hüter der schwarzen Seele, bis in alle Ewigkeit ankreiden, der Welt die besten amerikanischen Ressentiments vorenthalten zu haben, die es auf Dolby-Surround-Blue-Ray und DVD gibt. Andererseits wissen so gut wie alle, dass Foys Eigentumsrechte an den rassistischsten Filmen der *Kleinen Strolche* genauso wie Alligatoren in der Kanalisation oder die tödliche Wirkung von Mineralwasser mit Knallzucker nur eine urbane Legende sind.

Foy, stets reaktionsschnell, setzte meiner Frechheit und den Oreo-Keksen eine Tüte Gourmet-Cannoli entgegen. Wir waren uns beide zu schade dafür, die lausigen Dum-Dum-Donuts zu essen, die hier serviert wurden.

»Das ist eine ernste Sache. Mark Twain benutzt das ›N-Wort‹ 219 Mal. Unterm Strich 0,68 Mal pro Seite.«

»Mark Twain kann das Wort ›Nigger‹ gar nicht oft genug benutzen, wenn du mich fragst«, murmelte ich. Vermutlich verstand mich niemand, denn mein Mund war mit mindestens vier von Amerikas Lieblingskeksen gefüllt. Ich wollte mehr sagen. Etwa fragen, warum man Mark Twain Vorwürfe mache, nur weil man selbst weder die Geduld noch den Mut habe, seinen Kindern zu erklären, dass das ›N-Wort‹ existiere und dass sie im Laufe ihres behüteten kleinen Daseins selbst ›Nigger‹ genannt werden oder, noch schlimmer, jemand anderen einen ›Nigger‹ nennen könnten. Niemand wird sie jemals »kleine schwarze Euphemismen« nennen, also herzlich willkommen im amerikanischen Wörterbuch – Nigger! Leider hatte ich vergessen, Milch zu bestellen, um die Kekse hinunterzuspülen. Und so hatte ich nie die Gelegenheit, Foy und seinen kleinkarierten Gesinnungsgenossen zu erklären, Mark Twains Botschaft laute, dass der schwarze Durchschnittsnigger dem weißen Durchschnittsnigger moralisch und intellektuell überlegen ist, aber nein, diese aufgeblasenen Dum-Dum-Nigger wollten das Wort verbannen, die Erfindung der Wassermelone rückgängig machen, das morgendliche Koksen, die Schwanzwaschung am Spülbecken und die ewige Schande, Schamhaare in der Farbe und Textur von Pfefferkörnern zu haben. Das ist der Unterschied zwischen amerikanischen Schwarzen und fast allen anderen unterdrückten Völkern auf diesem Planeten. Alle anderen schwören, nie zu vergessen, wir dagegen wollen alles aus unserer Akte tilgen, alles versiegeln und für immer wegschließen. Wir wollen, dass jemand wie Foy Cheshire unseren Fall der Welt darlegt, dies mit der Anweisung, die Jury möge über Jahrhunderte der Erniedrigungen und der Stereotype hinwegsehen und so tun, als würden die jämmerlichen Nigger, die man vor Augen hat, bei null beginnen.

Foy strickte weiter an seiner Verkaufsmasche: »Das ›N-Wort‹ ist das böseste und hässlichste Wort der englischen Sprache.«

»Ich kenne ein hässlicheres Wort als ›Nigger‹«, warf ich ein. Nachdem ich den Kleister aus Schokolade und Creme hinuntergewürgt hatte, hielt ich einen angebissenen Keks so, dass der dunkelbraune Halbkreis wie ein gut frisierter Afro der Firma Nabisco mit der Aufschrift OREO auf Foys gigantischem Kopf saß.

»Und zwar?«

»Und zwar jedes Wort mit dem Suffix ›in‹: Negerin, Jüdin, Dichterin, Schauspielerin, Ehebrecherin, Faktencheckerin. Mir wäre es lieber, ständig ›Nigger‹ genannt zu werden als ›Riesin‹, und sei es nur ein einziges Mal.«

»Problematisch«, murmelte jemand und benutzte damit das Codewort, mit dem schwarze Denker alles bezeichnen, was ihnen Unbehagen verursacht, ihnen die eigene Ohnmacht vor Augen führt und schmerzhaft bewusst macht, dass sie keine Antworten auf Fragen und Arschlöcher wie mich haben. »Wieso bist du hier, wenn du nichts Produktives zu sagen hast, Scheiße nochmal?«

Foy hob eine Hand, bat um Ruhe. »Die Dum-Dum-Donut-Intellektuellen achten jeden Beitrag. Und für alle, die es nicht wissen: Dieser Verräter ist der Sohn unseres Gründers.« Dann drehte er sich voller Mitleid zu mir um. »Fahr fort, Verräter. Du bist aufgekreuzt, um uns etwas zu sagen, also spuck's aus.«

Wenn man den Dum Dums etwas darlegt, muss eigentlich stets EmpowerPoint benutzt werden, ein »afroamerikanisches Software-Paket«, entwickelt von Foy Cheshire. Es gleicht den Microsoft-Produkten, nur dass die Schriftarten Namen wie Timbuktu, Harlem Renaissance und Pittsburgh Courier tragen. Ich öffnete den Besenschrank des Ladens. Neben Eimern und Mopps stand noch der alte Overheadprojektor. Glasoberfläche und eine einsame Folie waren zwar so dreckig wie das Fenster einer Gefängniszelle, aber das Gerät funktionierte noch.

Ich bat den stellvertretenden Manager, das Licht zu dimmen, und projizierte dann folgendes Schema an die Decke.

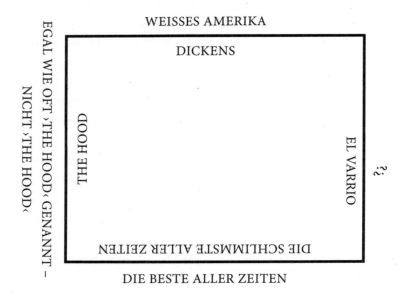

Die Grenzbezeichnungen, erklärte ich, sollten auf die Bürgersteige gesprüht, die Demarkationslinien durch eine Anordnung von Spiegeln und extrastarken Pinpoint-Lasern kenntlich gemacht werden, und sollte sich dies als verboten teuer erweisen, dann könnte ich die zwölf Meilen lange Grenze auch mit einem durchgehenden, zehn Zentimeter breiten Strich markieren. Als ich mich die Wörter »durchgehend« und »Demarkationslinien« sagen hörte, wurde mir klar, dass es mir mit diesem Scheiß ernster war als gedacht, und das, obwohl ich mir das alles aus dem Stegreif einfallen ließ. Und ja: »Ich lasse die Stadt Dickens wiederauferstehen.«

Gelächter. Schallendes Gelächter, tief aus der schwarzen Seele, wie es sich gutmütige Plantagenbesitzer in Filmen wie *Vom Winde verweht* ersehnen. Gelächter, wie man es in Basketball-Umkleidekabinen hört, bei Rap-Konzerten hinter der Bühne oder in den Hinterzimmern des blütenweißen Instituts für Black Studies an der Yale University, nachdem ein ebenso krauser wie kraushaariger Gastdozent die Kühnheit besessen hat, Franz Fanon, existentialistisches Denken, Stringtheorie und Bebop in Verbindung zu setzen. Nach dem Verstummen des Hohn-und-Spott-Chores wischte sich Foy die Lachtränen aus den Augen, aß den letzten Cannolo, schoss dann hinter mich und drehte das Foto meines Vaters mit dem Gesicht zur Wand, damit Pops nicht miterleben musste, wie sein Sohn den familiären Intellekt entweihte.

»Du sagst, du willst Dickens wiederauferstehen lassen?«, fragte Foy und brach so das Frage-und-Antwort-Eis.

»Ja.«

»Wir – und ich denke, ich spreche für die Mehrheit der Gruppe – haben nur eine Frage: Warum?«

Verletzt, weil niemand das erwartete Interesse zeigte, kehrte ich an meinen Platz zurück und brütete vor mich hin. Lauschte mit halbem Ohr den üblichen Jammertiraden über den Zerfall der schwarzen Familie und den eklatanten Mangel an schwarzem Unternehmergeist. Wartete darauf, dass Foy sagte »Und ähnliche Dinge«, Worte, die das »Roger. Over and out« des Diskurses unter schwarzen Intellektuellen sind.

»... und ähnliche Dinge.«

Endlich. Das Treffen war zu Ende. Die Versammlung löste sich auf, und ich öffnete die Hülle meines letzten Oreo-Kekses, der mir jedoch abrupt von einer schwieligen schwarzen Hand entrissen und in einen schmallippigen Mund gesteckt wurde.

»Genug für die ganze Rasse dabei, Nigger?«

Der Keksdieb hatte eine Duschkappe über seine geglätteten, auf grellrosa Lockenwicklern befestigten Haare gezogen, an seinen Ohren baumelten riesige Reifen, so dass er weniger wie der als King (ausgesprochen »Käng«) Cuz bekannte und berüchtigte Gangbanger aussah, sondern wie eine Blanche oder Madge. Ich verfluchte Cuz im Innersten, im tiefsten Innersten, als er über seine metallbekrönten Zähne leckte, winzige Flecken köstlicher Schokolade von seinen Brücken entfernte.

»Das haben meine Lehrer immer gesagt, wenn ich Kaugummi oder anderen Scheiß gekaut habe. ›Genug für die ganze Klasse dabei?‹.«

»Ja sicher, Nigger.«

Obwohl ich Cuz schon lange kenne, habe ich nie ein Gespräch mit ihm geführt, das über die Worte »Ja sicher, Nigger« hinausgegangen wäre. Das tut niemand, weil Cuz sogar im mittleren Alter noch extrem sensibel ist, und wenn du etwas Falsches sagst, beweist er aller Welt seine Sensibilität, indem er bei deiner Beerdigung heult. Deshalb verwickelt ihn niemand in ein Gespräch; wenn er jemanden anspricht, ob Mann, Frau oder Kind, antwortet man mit tiefer Stimme, so tief wie möglich: »Ja sicher, Nigger.«

King Cuz ist Stammgast bei den Treffen der Dum-Dum-Donut-Intellektuellen, seit mein Vater seine Mutter von den Gleisen der Metro-Bahn niggergeflüstert hat. Sie hatte sich mit einem Springseil auf die Pendlerstrecke gefesselt und geschrien:»Wenn eine weiße Schlampe Probleme hat, ist sie ein Fräulein in Nöten! Wenn eine schwarze Schlampe Probleme hat, ist sie eine Bürde für die Gesellschaft und eine Sozialbetrügerin. Wie kommt es, dass man nie ein schwarzes Fräulein sieht? Rapunzel, Rapunzel, lass dein Haar herunter!« Sie schrie so laut, dass ihre selbstmörderischen Protestrufe trotz des Gebimmels der niedergehenden Bahnschranke und des dröhnenden Zughorns der heranrasenden Blue Line zu hören waren. Damals war King Cuz noch Curtis Baxter, und ich kann mich daran erinnern, wie der Fahrtwind der vorbeisausenden Bahn die Tränen auf dem Gesicht des jungen Curtis zur Seite fegte, als mein Vater seine Mutter in den Armen hielt. Ich erinnere mich an die Bahngleise, rostig, vibrierend und so heiß, dass man sich bei einer Berührung verbrannte.

Na, genug für die ganze Rasse dabei?

Curtis wuchs zu King Cuz heran. Ein Gangster, hoch geachtet für seine Klugheit und Verwegenheit. Seine Truppe, die Rollin' Paper Chasers, war die erste Gang, die bei ihren Prügeleien ausgebildete Sanitäter dabeihatte. Wurden sie auf irgendeinem Flohmarkt zu einer Schießerei provoziert, dann brachten die Sanitäter die Verwundeten auf Tragen zu einem Feldlazarett hinter der Front. Man wusste nicht recht, ob man das traurig oder eher eindrucksvoll finden sollte. Bald nach dieser Neuerung beantragte er die Mitgliedschaft in der NATO. *Alle anderen sind in der NATO. Warum nicht die Crips? Glaubst du, wir können Estland nicht die Scheiße aus dem Leib prügeln?*

Ja sicher, Nigger.

»Ich muss ein paar Dinge mit dir besprechen.«

»Ja sicher, Nigger.«

»Aber nicht in diesem Laden.«

Cuz zog mich am Ärmel hoch, eskortierte mich in die dunstige Hund-der-Baskervilles-Nacht. Es ist immer ein Schock, wenn man nicht mitbekommen hat, wie es dunkel geworden ist, und wir blieben beide stehen, während sich der warme, feuchte Nebel und die Stille auf unsere Gesichter legten. Manchmal weiß man nicht genau, was unausrottbarer ist, Vorurteile und Diskriminierung oder die verdammten Dum-Dum-Treffen. Cuz bog die Finger nach innen und musterte seine langen, manikürten Nägel, zog dann eine intensiv gezupfte Augenbraue hoch und lächelte.

»Erst mal dein ›Dickens wiederauferstehen lassen‹. Scheiß drauf, was die Nigger von auswärts sagen, ich stehe voll auf deiner Seite. Und die paar Dum Dums aus Dickens haben nicht gelacht. Lass uns das durchziehen, Mann. Bei genauerem Nachdenken stellt sich doch die Frage, warum nicht auch Schwarze ihre Chinarestaurants haben sollen.«

»Ja sicher, Nigger.«

Dann tat ich etwas, das ich nie für möglich gehalten hätte. Ich führte ein Gespräch mit King Cuz, denn ich musste es wissen, und koste es mich das Leben oder auch nur das bisschen Ansehen, das ich als »stiller Motherfucker« im Viertel genoss.

»Ich muss dich was fragen, King Cuz.«

»Nenn mich Cuz, Kumpel.«

»Na schön, Cuz. Warum kommst du zu diesen Treffen? Solltest du nicht rumficken und verticken?«

»Früher wollte ich deinen Vater hören. Der Nigger hatte was drauf, ehrlich, er ruhe in Frieden. Jetzt gehe ich für den Fall hin, dass diese Dum-Dum-Nigger auf den Gedanken kommen, unser Viertel tatsächlich zu betreten, alles in die Luft jagen und so weiter. So kann ich die Homies im Not-

fall warnen wie damals Paul Revere: Ein Licht, wenn die
Typen im Landcruiser aufkreuzen, zwei Lichter, wenn sie im
C-Klasse-Mercedes anrollen. Die Spießer kommen! Die Spie-
ßer kommen!«

»Wer kommt wohin?« Das war Foy. Die Wernigger strömten
gerade zu ihren Autos. Machten sich bereit, die Stadt heimzu-
suchen. Curtis »King Cuz« Baxter ersparte sich eine Antwort
auf Foys Frage. Er fuhr einfach auf den Hacken seiner Con-
verse All Stars herum und stapfte zuhältermäßig in die dunstige Nacht. Mit einem so schweren Rechtsdrall wie bei einem
besoffenen Seemann mit Innenohrentzündung. Er rief mir
noch zu: »Denk über die schwarzen Chinarestaurants nach.
Und besorg dir eine Pussy. Du stehst viel zu stark unter Strom,
Mann.«

»Hör nicht auf den Typen. Die Pussy wird überbewertet.«

Während ich mein Pferd losband und aufsaß, drückte Foy
mit dem Daumen zwei Fläschchen mit verschreibungspflichti-
gen weißen Tabletten auf und schüttelte drei auf seine Hand.

»Null Komma null, null, eins«, sagte er und ließ die Tabletten auf seiner Handfläche hüpfen, damit ich sie auch richtig
sah. Zoloft und Lexapro.

»Was? Die Dosierung?«

»Nein, meine scheiß Einschaltquote. Dein Dad hielt mich
für bipolar, aber in Wahrheit bin ich nur ich selbst. Scheint
auch für dich zu gelten.«

Er tat so, als wolle er mir die Pillen anbieten, legte sie dann
behutsam auf seine Zunge und spülte sie mit einem Schluck
aus einem teuer aussehenden, silbernen Flachmann runter.
Nach dem Aus für seine Trickfilme hatte Foy mehrere morgendliche Talkshows moderiert. Mit jedem Flop rutschte er in
eine frühere Morgenstunde. Foy beweist seine Treue zur Gang,
indem er das Wort »Fakt« durch »schwarz« ersetzt, wie die

Gang der Bloods den Buchstaben C nicht benutzen, weil die Crips es als Anfangsbuchstaben haben (»Cap'n Crunch Cereal« heißt »Kap'n Krunch Kereal«). Und er hat sie alle interviewt, ob hohe Politiker oder todkranke Musiker, in Sendungen mit Titeln wie *Black* oder *Fiction, Blacktotum*. Seine letzte Show, *Just the Blacks, Ma'am*, ein humorvolles Rassen-Forum, lief sonntagmorgens um fünf Uhr auf einem öffentlichen Kanal. Um fünf Uhr früh sind auf der ganzen Welt nur zwei Nigger wach, nämlich Foy Cheshire und sein Make-up-Artist.

Ist vermutlich gewagt, einen Mann, der Anzug, Schuhe und Accessoires im Wert von fast fünftausend Dollar trägt, als verlottert zu beschreiben, aber von Nahem und im Schein der Straßenlaterne betrachtet, war er genau das. Sein einst gestärktes Hemd war zerknittert und schmuddelig. Die Aufschläge seiner nahezu faltenlosen Seidenhose waren schmutzig braun und zerfranst. Seine Schuhe waren abgelatscht, und er stank nach Crème de Menthe. Mike Tyson hat mal gesagt: »Dass man pleite ist und trotzdem in einer Villa wohnt, das gibt es nur in Amerika.«

Foy verschloss den Flachmann und stopfte ihn in die Tasche. Nun, da es keine weiteren Zeugen gab, wartete ich darauf, dass er sich komplett in einen Wernigger verwandelte. Dass ihm Fänge und Klauen wuchsen. Ob schwarze Werwölfe einen krausen Pelz hatten? Höchstwahrscheinlich.

»Ich weiß, was du vorhast.«

»Und was habe ich vor?«

»Du bist in etwa so alt wie dein Vater bei seinem Tod. Und während der letzten zehn Jahre hast du bei keinem Treffen auch nur ein einziges Wort gesagt. Warum also ausgerechnet heute das Gelaber davon, Dickens wiederauferstehen zu lassen? Weil du die Führung der Dum Dums übernehmen willst. Du willst zurückhaben, was dein Vater begründet hat.«

»Bestimmt nicht. Eine Gruppe, die in einem Donut-Laden über die Risiken von Diabetes diskutiert, kannst du gern behalten.«

Vielleicht hätte ich es da kapieren müssen. Mein Vater hatte eine Checkliste, anhand derer man feststellen konnte, ob jemand den Verstand verlor. Er sagte immer, es gebe deutliche Anzeichen für einen geistigen Zusammenbruch, die man häufig als Beweis für eine starke Persönlichkeit missverstehe. Arroganz. Größenwahn. Stimmungsschwankungen. Von Hominy abgesehen, der ein ebenso offenes Buch war wie die gewaltigen Mammutbaum-Querschnitte, die man im Wissenschaftsmuseum sieht, kannte ich nur die Anzeichen für das Absterben eines Baumes, nicht aber für das eines Menschen. Ein Baum zieht sich gleichsam in sich selbst zurück. Die Blätter werden fleckig. Manchmal hat die Rinde Beulen oder Risse. Die Äste können knochentrocken sein, aber auch weich und schwammig. Eine Untersuchung der Wurzeln ist da am eindeutigsten. Die Wurzeln verankern den Baum im Boden, halten ihn auf dieser rotierenden Kugel aus Scheiße am Platz, und wenn sie rissig und von Flechten und Pilzen übersät sind, tja ... Ich weiß noch, dass ich Foys Wurzeln betrachtete, ein Paar teurer, brauner Brogues. Sie waren staubig und abgeschabt. Angesichts der Gerüchte über die Scheidungsklage seiner Frau, seines Bankrotts und der unter null liegenden Einschaltquoten seiner Show hätte ich es vielleicht ahnen sollen.

»Ich behalte dich im Auge«, sagte er, in sein Auto steigend. »Die Dum-Dum-Donuts sind alles, was ich noch habe. Ich lasse nicht zu, dass du mir meinen Scheiß verdirbst.« Er hupte zweimal zum Abschied, dann war er weg. Brauste im Benz über den El Cielo Boulevard, flog mit Mach-Geschwindigkeit an Cuz vorbei, dessen träge wankender Gang selbst aus der Ferne unverkennbar war. Passiert nicht oft, aber alle Jubeljahre im Kalender des Crips lässt auch ein Mitglied der Dum-Dum-Donut-Intellektuellen etwas so Geniales wie »schwarzes Chinarestaurant« und »Pussy« vom Stapel.

»Ja sicher, Nigger«, sagte ich laut.

Und zum ersten Mal meinte ich es auch so.

8

Ich beschloss, den Grenzstreifen aufzumalen. Laser wären zwar nicht unbezahlbar gewesen, wenngleich Pointer mit der erforderlichen Stärke mehrere hundert Dollar kosteten, aber ich fand das Pinseln meditativ. Ich war immer schon ein Freund der Routine. Die formelhafte Eintönigkeit des Einsortierens und Füllens von Umschlägen spricht mich auf eine grundlegende, lebensbejahende Art an. Ich wäre ein guter Fabrikarbeiter, Vorratskammerverwalter oder Hollywood-Drehbuchautor geworden. Wenn ich im Schulunterricht etwas auswendig lernen musste, zum Beispiel das Periodensystem, meinte mein Vater immer, der Schlüssel zur Bewältigung langweiliger Aufgaben bestehe darin, nicht daran zu denken, was man tue, sondern sich dessen Bedeutung vor Augen zu führen. Hätte ich ihn gefragt, ob Sklaverei seelisch weniger schädlich wäre, wenn man es sie als »Gärtnern« denken würde, dann hätte ich allerdings eine Tracht Prügel kassiert, bei der sogar Kunta Kinte vor Schmerz jaulen müsste.

Ich kaufte Berge von Spraydosen mit weißer Farbe und eine Markierungsmaschine, wie man sie benutzt, um Linien und Markierungen auf Spielfeldern zu ziehen, und schaffte meinen Arsch vor den morgendlichen Hausarbeiten zum anvisierten Ort. Dort nahm ich die Straßenmitte in Beschlag, der Verkehr war noch schwach, und zog die Grenze ohne Rücksicht auf meine Klamotten oder darauf, ob die Linie gerade war oder nicht. Es war ein Beweis für die Nutzlosigkeit des Dum-Dum-

Donut-Thinktanks, dass niemand wusste, was ich tat. Die Mehrzahl der Leute, die mich nicht kannten, hielten mich für einen Performancekünstler oder für plemplem. Mit Letzterem konnte ich gut leben.

Aber nach einigen tausend Metern weißer Schlangenlinien kapierte jeder Bürger von Dickens, der älter als zehn war, was ich tat. Scharen von Obdachlosen und schulschwänzenden Teenagern bewachten die Linie. Zupften Laub und Abfall aus der feuchten Farbe. Verscheuchten Radfahrer und zerstreute Passanten, bevor sie die Grenze verwischen konnten. Wenn ich die Arbeit am nächsten Morgen wiederaufnehmen wollte, stellte ich manchmal fest, dass sie von jemand anderem fortgesetzt worden war. Dann hatte man meine Linie weitergezogen, oft in einer anderen Farbe. Gelegentlich war es keine Linie, sondern eine Spur von Blutstropfen oder ein Graffiti wie: _ *AceBoonakatheWestsidecrazy63rdStGangsta_*, oder, etwa an der Ecke des L. A.-LGBTDL-Krisencenters für Chicanos, Schwarze, Nicht-Homos und alle anderen, die sich unterversorgt, mangelhaft unterstützt und von Hit Cable Television Shows ausgebeutet fühlen, ein hundertdreißig Meter langer Regenbogen, an beiden Enden eingelassen in Töpfe voller goldener Kondome. Auf halber Strecke des Victoria Boulevard, wo die El Harvard-Brücke zum Sprung über den Bach ansetzt, hatte jemand mit lila Farbe *100 Smoots* quer über meine Linie geschrieben. Ich weiß bis heute nicht, was das heißen soll, aber ich möchte vermutlich einfach nur sagen, dass ich die Grenze dank der vielen Helfer relativ rasch ziehen konnte. Die Polizisten, die mich durch meine Wassermelonen und meine Arbeit kannten, eskortierten mich oft in ihren Streifenwagen. Prüften die Korrektheit des Grenzverlaufs anhand alter Ausgaben des *Thomas Guide*. Und die gutmütige Neckerei von Officer Mendez machte mir nichts aus.

»Was machst du da?«

»Ich suche die verschwundene Stadt Dickens.«

»Indem du eine weiße Linie auf einer Straße ziehst, die schon zwei gelbe Mittelstreifen hat?«

»Man liebt den räudigen Hund, der sich auf den Hinterhof verirrt, genau wie den Welpen, den man zum Geburtstag bekommt.«

»Dann solltest du einen Zettel aufhängen«, sagte sie und reichte mir einen Entwurf, den sie hastig auf der Rückseite eines Steckbriefes notiert hatte.

GESUCHT: HEIMATSTADT

Haben Sie meine Stadt gesehen?
Beschreibung: überwiegend schwarz und braun. Ein paar Samoaner. Freundlich. Trägt den Namen Dickens.

Belohnung gibt's im Himmel.

Wenn Sie Informationen haben, melden Sie sich bitte unter dieser Nummer: 1-(800) DICKENS.

Ich würdigte diese Hilfe, indem ich den Zettel mit einem gebrauchten Kaugummi am nächsten Telefonmast befestigte. Sucht man etwas, das man verloren hat, dann ist die Entscheidung, wo man den Zettel aufhängt, eine der schwersten im Leben. Ich wählte eine Stelle am unteren Ende des Mastes aus, zwischen der Werbung für ein Konzert der Uncle Jam's Army im Veteranenzentrum: »Uncle Jam Wants You! Dient und tanzt in Los Afghanistan, Kalifornien! Allah-Ak-Open-Bar von 21 bis 22 Uhr!« und einem Plakat, das für einen mysteriösen Traumjob warb, mit dem man von zu Hause aus tausend

Dollar wöchentlich verdienen konnte. Hoffentlich hatte der Mensch, der dies aufgehängt hatte, die Personalabteilung zur Rede gestellt, denn ich bezweifele stark, dass er mehr als dreihundert Dollar pro Woche verdiente, und er arbeitete sicher nicht von zu Hause aus.

Es dauerte sechs Wochen, die Grenze zu ziehen und zu beschriften, und am Ende war mir nicht ganz klar, was ich da vollbracht hatte, aber ich sah gern den Kids zu, die am Sonntag die Stadt umrundeten, indem sie, einen Fuß vor den anderen setzend, der Linie folgten, darauf achtend, ja keinen Zentimeter auszulassen. Manchmal begegnete ich einem älteren Mitbürger, der mitten auf der Straße verharrte, weil er die weiße Linie nicht zu überschreiten vermochte. Diese Leute standen verwirrt da und fragten sich, warum sie auf der Dickens-Seite so starke Gefühle entwickelten, auf der anderen Seite aber nicht. Obwohl dort genauso viel Hundescheiße auf dem Bürgersteig lag wie hier. Obwohl das Gras, jedenfalls die paar Halme, die es gab, ganz sicher nicht grüner war. Obwohl die Nigger hier wie dort uninteressant waren, hatten sie das Gefühl, auf diese Seite zu gehören. Woran lag das? Es war ja nur eine Linie.

Ich muss gestehen, dass ich nach der Fertigstellung auch einige Tage zögerte, die Linie zu überschreiten, weil mich die unregelmäßige Art, mit der sie die Überreste der Stadt umgab, an den sinnlosen Kreideumriss erinnerte, den die Polizei um die Leiche meines Vaters gezogen hatte. Dennoch gefiel mir die Kunstfertigkeit der Linie. Die Botschaft von Solidarität und Gemeinschaft, die sie aussandte. Und obwohl ich Dickens nicht wirklich hatte wiederauferstehen lassen, war es mir gelungen, die Stadt unter Quarantäne zu stellen. Und eine Kommune-cum-Lepra-Kolonie war kein schlechter Anfang.

PASSENDES RÜCKGELD ODER:
ZEN UND DIE KUNST DES BUSFAHRENS
UND DER BEZIEHUNGSREPARATUR

9

Der Mief weckte uns manchmal mitten in der Nacht. Chicago hat die »Hawk«-Winde, und Dickens hat, trotz frisch gezogener Grenze, den »Stank«, ein farbloses, in den Augen brennendes Miasma aus Schwefel und Scheiße, das den Ölraffinerien in Wilmington und der Kläranlage in Long Beach entspringt. Bei auflandigem Wind bekommt der Stank eine dampfige Schärfe, wenn er sich mit den Ausdünstungen der Salonlöwen mischt, die von den Partys in Newport Beach heimkehren, durchtränkt von Schweiß, ausgelaufenem Tequila und literweise appliziertem Drakkar Noir. Angeblich senkt der Stank die Verbrechensrate um neunzig Prozent, aber wenn man um drei Uhr früh von diesem Mief aus dem Schlaf gerissen wird, denkt man nur noch daran, Guy Laroche zu ermorden.

Eines Nachts, etwa zwei Wochen nach meiner Grenzziehung, war der Gestank so schlimm, dass ich keinen Schlaf mehr fand. Ich mistete die Ställe in der Hoffnung aus, der Geruch frischer Pferdeäpfel würde das Brennen in den Nasenlöchern lindern. Vergeblich. Ich konnte den Gestank nur neutralisieren, indem ich mir einen in Essig getränkten Lappen auf das Gesicht legte. Hominy trat ein, meinen Neoprenanzug über dem Arm, in der anderen Hand eine Bong. Er trug die Kleidung eines britischen Dieners, Frack inklusive, sprach sogar mit tremolierendem BBC-*Masterpiece-Theatre*-Akzent.

»Was tust du hier?«

»Ich habe das Licht gesehen und dachte, vielleicht hätte der Master heute Abend gern schwarzes Haschisch und etwas frische Luft.«

»Hominy, es ist vier Uhr früh. Warum bist du nicht im Bett?«

»Aus dem gleichen Grund wie du. Die Nacht stinkt wie das Arschloch eines Säufers.«

»Woher hast du den Frack?«

»In den Fünfzigern hatte jeder schwarze Schauspieler einen. Wenn man im Studio erschien, um für die Rolle eines Butlers oder Oberkellners vorzusprechen, sagten die Leute: ›Junge, durch dich haben wir gerade fünfzig Dollar gespart. Du hast den Job!‹«

Keine üble Idee, so ein kleiner Guten-Morgen-Joint und dann ein wenig Surfen. Ich wäre natürlich zu high, um selbst zum Strand zu fahren, was mir aber einen perfekten Vorwand liefern würde, zum ersten Mal seit Monaten mein Mädchen zu sehen. Ein paar Wellen und zugleich einen Hauch meines Babys mitnehmen? Ich würde gleichsam zwei Bürden mit einer Bong schlagen. Hominy führte mich in das Wohnzimmer, wirbelte Daddys Liegesessel herum und klopfte auf die Armlehne.

»Setz dich.«

Das Gasfeuer im Kamin erwachte tosend zum Leben, und ich hielt einen Kienspan in die Flammen, entfachte die Bong, zog lange und gleichmäßig daran und war schon high, da hatte ich noch nicht ausgeatmet. Offenbar hatte ich die Hintertür offen gelassen, denn eines der neugeborenen Kälber, schwarz und glänzend, kaum eine Woche alt und noch nicht an die Gerüche und Geräusche von Dickens gewöhnt, trabte herein und starrte aus großen, braunen Augen auf mich herab. Ich pustete ihm eine Haschwolke ins Gesicht, und wir spürten beide, wie wir uns entspannten. Während sich die Schwärze von unseren Häuten schälte, zischte das Melanin, löste sich in Nichts auf, wie Antazida in Leitungswasser.

Angeblich verkürzt jede Zigarette das Leben um drei Minuten, aber gutes Hasch rückt den Tod in weite Ferne.

Ein fernes Stakkato von Schüssen hallte durch die Luft. Das letzte Feuergefecht der Nacht, gefolgt von dem Knattern der Polizeihubschrauber. Das Kalb und ich teilten uns einen doppelten Single Malt, um etwas runterzukommen. Hominy bezog Stellung vor der Tür. Eine Parade von Rettungswagen raste auf der Straße vorbei, und er reichte mir mein Surfbrett wie ein Butler einem englischen Gentleman den Mantel. Manchmal beneide ich Hominy um seine Weltvergessenheit, egal ob gespielt oder nicht, denn im Gegensatz zu Amerika hat er eine neue Seite aufgeschlagen. Wir stellen uns die Geschichte gern als Buch vor, und genau das ist das Problem – wir bilden uns ein, umblättern und einfach voranschreiten zu können. Geschichte besteht aber nicht aus dem Papier, auf das sie gedruckt wurde. Sondern aus Erinnerungen, und diese bestehen aus Zeit, Gefühlen und Songs. Geschichte, das sind die Dinge, die uns begleiten.

»Master, ich finde, Sie sollten wissen, dass ich nächste Woche Geburtstag habe.«

Ich hatte geahnt, dass irgendwas im Busche war. Er war viel zu umsichtig. Nur: Was schenkt man einem Sklaven, der nicht mal seine Freiheit haben will?

»Hey, ist ja super. Wir machen einen Ausflug oder so. Aber kannst du bitte erst mal das Kalb hier rausschaffen?«

»Farmvieh fasse ich nicht an.«

Selbst wenn es draußen nicht stinkt, kann man mit dem Brett unterm Arm in Frühlingskluft unbehelligt durch die Straßen des Ghettos spazieren. Manchmal begegnet man einem neugierigen Gangster-Kid, das einen von Kopf bis Fuß mustert und sich fragt, wie viel das antike Town & Country-Brett mit den drei Finnen beim Pfandleiher wohl bringen würde. Manchmal stoppen sie mich vor dem Waschsalon, starren den Homie mit den Flip-Flops an und zwicken mich in die schwarze Haut aus Polyurethan.

»Hey, voll geil, Kumpel.«

»Was läuft?«

»Und wohin tuste deine Schlüssel?«

Der Bus 125 nach El Segundo kam pünktlich um 5:43. Die pneumatischen Türen schwangen mit dieser kräftigen, zischenden Effizienz auf, die ich so liebe, und die Fahrerin hieß mich mit den netten Worten willkommen: »Mach schon, Motherfucker, du lässt den Gestank rein.« Die Busfahrerin Nr. 623 glaubte, wir wären getrennt, nur weil sie vor Jahren diesen War-mal-Gangster-Rapper, MC Panache, geheiratet hat (heute leidlich berühmt als Fernsehcop und Billigbier-Werbefigur), vier Kinder bekam und ein Unterlassungsurteil erwirkte, das mich zwang, stets zweihundert Meter Abstand zu ihr und ihren Kindern zu halten, denn zuvor wäre ich ihnen von zu Hause bis zur Schule gefolgt und hätte geschrien: »Euer Dad kann eine Assonanz nicht von einer Elegie unterscheiden! Und der will Dichter sein.«

Ich setzte mich auf meinen Stammplatz, gleich bei den Stufen, lehnte mich zurück und streckte die Beine im Gang aus, hob das Brett wie einen afrikanischen Schild aus Fiberglas, um die Kanonade von Sonnenblumenkern-Geschossen und Pöbeleien so gut es ging abzuwehren.

»Fick dich.«

»Fick dich.«

Verbannt und tief getroffen huschte ich zum Ende des Busses, deponierte mein Surfbrett auf der hintersten Sitzbank und legte mich darauf wie ein Fakir mit gebrochenem Herzen auf sein Nagelbett, um den seelischen durch körperlichen Schmerz zu ersetzen. Der Bus rumpelte über die Rosecrans, und Marpessa Delissa Dawson, die unerwiderte Liebe meines Lebens, rief die Haltestellen aus wie ein buddhistischer Zeitnehmer, während ein drei Reihen vor mir sitzender Verrückter sein morgendliches Mantra rezitierte: *Ich mach die schwarze Schlampe fertig. Ich mach die schwarze Schlampe fertig. Ich mach die schwarze Schlampe fertig. Ich mach die schwarze Schlampe fertig.*

Im Los Angeles County gibt es mehr Autos als in jedem anderen urbanen Raum weltweit. Aber niemand erwähnt, dass die Hälfte der Kisten zwischen Lancaster und Long Beach in schmutzigen Ecken, die als Vorgärten gelten, auf Klötzen aus Aschenbeton aufgebockt sind. Gemeinsam mit dem Hollywood-Schriftzug, den Watts Towers und Aaron Spellings 19 000-Quadratmeter-Anwesen sind diese nicht mehr ganz so mobilen Automobile das, was in L. A. den antiken Wundern der Ingenieurskunst wie dem Parthenon, Angkor Wat, den großen Pyramiden und den uralten Tempeln von Timbuktu am nächsten kommt. Diese verrosteten, zwei- und viertürigen Antiquitäten trotzen den Winden und dem sauren Regen der Zeit, und wie im Falle von Stonehenge weiß niemand, welchem Zweck sie dienen. Sollen sie an die heißen Hot Rods und Lowrider gemahnen, die auf dem Cover von Custom-Car-Zeitschriften abgebildet sind? Vielleicht sind Kühlerfiguren und Heckflossen auf die Sterne und die Wintersonnenwende ausgerichtet. Vielleicht sind es Mausoleen, letzte Ruhestätten von Fahrern und Rückbank-Lovern. Ich weiß nur, dass jeder Metallkadaver ein Auto weniger auf der Straße und einen Fahrgast mehr im Bus der Schande bedeutet. Schande, weil es in L. A. immer um Raum geht, und weil das Selbstwertgefühl hier von der Entscheidung abhängt, wie man sich durch diesen Raum bewegt. Gehen entspricht dem Betteln auf der Straße. Taxis sind etwas für Ortsfremde und Prostituierte. Fahrräder, Skateboards und Rollerblades etwas für Kids und Gesundheitsfanatiker, Leute, die zu viel Muße haben. Und sämtliche Autos, von den Luxusimporten bis zur Kleinanzeigenkarre, sind Statussymbole, denn das Auto, jedes Auto, egal wie abgewetzt das Polster, wie ruckelnd die Fahrt, wie zerkratzt der Lack, ist besser als der Bus.

»Alameda!«, rief Marpessa, und eine Frau huschte an Bord, eine Plastiktüte zu viel in der Hand, das Portemonnaie mit dem Ellbogen fest gegen die Seite gedrückt. Sie ging auf der Suche nach freien Plätzen durch den Gang. Einen Neuankömmling in L. A. wittere ich aus einer Meile Entfernung. Es sind Leute, die lächelnd in den Bus steigen und andere Fahrgäste grüßen, weil sie trotz aller gegenteiligen Beweise glauben, die Benutzung öffentlicher Verkehrsmittel sei nur ein kurzfristiger Rückschlag. Es sind Leute, die unter den Anzeigen für ›Safe Sex‹ sitzen und verwirrt den Blick von ihrem Bret-Easton-Ellis-Roman heben, weil sie nicht kapieren, wieso die Arschlöcher, zwischen denen sie sitzen, nicht so weiß und wohlhabend sind wie die Arschlöcher in dem Buch. Es sind Leute, die wie Sieger in einer Gameshow auf der Stelle hüpfen, wenn sie entdecken, dass es bei In-N-Out-Burger eine geheime wie auch eine streng geheime Speisekarte gibt. »In Senf gebratene Burger? Verpiss dich, du Scheißhaufen!« Sie melden sich in der Laugh Factory für Open Mikes an. Joggen auf dem Bürgersteig und reden sich dabei ein, die Doppelpenetrierungsszene, die sie letzte Woche in Reseda gedreht haben, sei ein Sprungbrett zu etwas Größerem und Besserem. *La pornographie est la nouvelle nouvelle vague.*

Viele Eltern geben mit den ersten Worten an, die ihre Kinder sprechen. Mommy. Daddy. Ich liebe dich. Halt. Nein. Das gehört sich nicht. Mein Vater prahlte im Gegensatz dazu mit den ersten Worten, die er zu mir gesprochen hatte. Und das war nicht etwa »Hallo« und auch kein Gebet; er zitierte stattdessen eine Sentenz, die im ersten Kapitel jedes Einführungsbuches für Sozialpsychologie steht: *Jeder ist ein Sozialwissenschaftler.* Und meine ersten Feldforschungen betrieb ich vermutlich im Bus.

Als ich klein war, hießen die städtischen Verkehrsbetriebe RTD. Dieses Akronym stand offiziell für *Rapid Transit District*, aber Angelinos, die in Rattenlöchern wie Watts, La Puente und South Central wohnten und zu jung oder zu arm für ein Auto waren, lasen es als *Rough, Tough and Dangerous*. Meine erste wissenschaftliche Abhandlung, ich schrieb sie mit sieben, trug den Titel: »Neigungen bei der Sitzplatzwahl, abhängig von Rasse und Geschlecht, unter Berücksichtigung von sozialer Schicht, Alter, Fahrgastaufkommen und Körpergeruch.« Das Fazit lag natürlich auf der Hand. War man gezwungen, sich neben jemanden zu setzen, dann verletzte man zuerst die Privatsphäre von Frauen und zuletzt die von Schwarzen. War man ein männlicher Schwarzer, dann setzte sich niemand neben einen, nicht mal andere männliche Schwarze, außer den Leuten blieb absolut keine andere Wahl. Und wenn jemand widerwillig neben mich gesackt war, stellte er immer eine der drei Sicherheitsfragen, um herauszufinden, ob ich eine Bedrohung darstellte.

1. Wo wohnst du?
2. Hast du (hier Sportveranstaltung oder Kinofilm mit schwarzem Thema einfügen) gesehen?
3. Keine Ahnung, woher du kommst, Homie. Aber siehst du dieses Messer/diese Kanone/diesen ansteckenden Hautausschlag? Du lässt mich in Ruhe, und ich lasse dich in Ruhe, okay?

Ich sah, dass die Tüten der Frau schwer waren, denn sie zogen ihre Arme nach unten. Ihre Lebensmittel und ihre Träume waren kaum noch zu halten. Obwohl sie erschöpft war und mit jedem heftigen Hüpfen der ausgeleierten Federung weiter verzagte, stand sie lieber, als sich neben mich zu setzen. Sie kommen nach L. A., weil sie als weiß gelten wollen. Denn auch biologisch Weiße sind nicht unbedingt weiß-weiß. Ihnen fehlt das Laguna-Beach-Volleyball-Weiß. Das Bel-Air-Weiß. Das Omakaze-Weiß. Das Spicolli-Weiß. Das Bret-Easton-Ellis-Weiß. Das Drei-Vornamen-Weiß. Das Valet-Parken-Weiß. Das Protz-mit-argentinisch-portugiesischen-Vorfahren-Weiß. Das Amerikanische-Ureinwohner-Vorfahren-Weiß. Das Pho-Weiß. Das Paparazzi-Weiß. Das »Ich wurde mal beim Telemarketing gefeuert, aber seht her, jetzt bin ich berühmt«-Weiß. Das Calabaza-Weiß. Das »Ich liebe L. A., es ist der einzige Ort auf der Welt, an dem man innerhalb eines Tages Skilaufen und an den Strand und in die Wüste fahren kann«-Weiß.

Sie klammerte sich lieber an ihre Illusionen, als neben mir Platz zu nehmen, und wer wollte ihr das verübeln, denn als der Bus auf den Figueroa Boulevard fuhr, waren Leute eingestiegen, neben denen auch ich nicht hätte sitzen mögen. Etwa der verrückte Arsch, der immer wieder den Halteknopf drückte. »Anhalten, verdammt! Ich will aussteigen! Wohin fährst du, Scheiße nochmal?« Sogar zu dieser frühen Stunde war der Wunsch, der Bus möge zwischen den festen Haltestellen stoppen, ebenso unmöglich zu erfüllen wie die Bitte, die Besatzung einer Apollo-Rakete möge auf dem Flug zum Mond kurz beim Schnapsladen halten.

»Ich sagte: Halt den Scheißbus an. Ich komme zu spät zur Arbeit, du fette Scheißkuh!«

Fahrer und Wärter und Konzentrationslager-Kommandanten haben ihre jeweils eigenen Managementmethoden. Manche singen den Fahrgästen etwas vor. Beruhigen sie mit heiteren Jazzsongs aus den Zwanzigern und Dreißigern wie *Tea for Two* oder *My Funny Valentine*. Andere ziehen es vor, sich zu verbergen, ducken sich weg auf dem Sitz und lassen die Leute durch Klapsmühle und Gänge toben, schnallen sich gar nicht erst an, weil sie vielleicht rasch das Weite suchen müssen. Marpessa war nicht streng, ließ sich aber auch nicht die Butter vom Brot nehmen. Ihre Arbeitstage waren in der Regel voller Prügeleien, Handtaschendiebstähle, Schwarzfahrer, Belästigungen, Trunkenheit in der Öffentlichkeit, Gefährdung von Kindern, Zuhälterei und Niggern, die sich während der Fahrt hartnäckig auf die falsche Seite der gelben Linie stellten, Ballspielen im Bus, ganz zu schweigen vom gelegentlich versuchten Mord. Laut ihres Gewerkschaftsvertreters wurden Busfahrer in diesem Land täglich dreimal attackiert, und zweierlei wollte Marpessa nie sein, das hatte sie schon vor langer Zeit beschlossen: eine Statistik und jemandes »fette Kuh«. Ich weiß nicht, wie sie das Problem löste – durch ein freundliches Wort oder einen Wink mit dem Metallschlagstock, der hinter ihrem Sitz bereitlag –, weil ich einschlief und erst in El Segundo erwachte. Ihr Ruf »Endstation« hallte durch den leeren Bus.

Sie hätte es bestimmt lieber gesehen, wenn ich hinten ausgestiegen wäre, nur war sie sogar in ihrer grässlichen, kommunistengrauen Metro-Uniform und mit dreißig Pfund mehr auf den Rippen unfassbar sexy. Man kann den Blick nicht von einem Hund lösen, der auf dem Freeway den Kopf aus einem Autofenster streckt, und ich konnte meinen Blick nicht von ihr lösen.

»Mund zu, du fängst Fliegen.«

»Vermisst du mich?«

»Dich vermissen? Seit Mandelas Tod habe ich niemanden mehr vermisst.«

»Ist Mandela wirklich tot? Ich habe den Eindruck, dass er unsterblich ist.«

»Tja, so oder so, du steigst jetzt aus.«

»Siehst du? Du vermisst mich doch.«

»Ich vermisse deine verfluchten Pflaumen. Manchmal erwache ich mitten in der Nacht aus einem Traum von deinen Pflaumen und saftigen Granatäpfeln, Gott ist mein Zeuge. Ich hätte mich beinahe nicht von dir getrennt, weil ich ständig dachte: Wo kriege ich jetzt diese irren Cantaloupe-Melonen her, die wie multiple Orgasmen schmecken?«

Wir hatten unsere Kindheitsfreundschaft im Bus aufgefrischt. Ich war siebzehn, sorglos und naiv. Sie einundzwanzig und so attraktiv, dass sogar die schlecht sitzende, seetangbraune RTD-Uniform wie Haute-Couture aussah. Nur ihr Abzeichen störte, aber niemand, nicht mal John Wayne, darf sein Abzeichen entfernen. Damals fuhr sie den 434er – über Downtown nach Zuma Beach. Eine Strecke, auf der nach dem Santa Monica Pier fast niemand mehr im Bus saß, höchstens total fertige Typen, Gammler und Hausangestellte, die auf Anwesen in Malibu oder in Bungalows am Meer arbeiteten. Ich surfte in Venice und Santa Monica. Meist auf der Höhe von Rettungsstation 24. Manchmal auch auf Höhe der 20. Ohne konkreten Grund. Die Wellen waren mies. Es war zu voll. Ab und zu sah ich allerdings andere farbige Surfer. Nicht so in Hermosa, Redondo und Newport. Das war zwar viel näher an Dickens, aber die Wellen wurden von Jesus-Freaks dominiert, Komplett-Abstinenzlern, die vor jedem Set ihr Kruzifix küssten und hinterher erzkonservatives Gesprächsradio hörten. Auf Marpessas Strecke weiter oben an der Küste ging es entspannter zu. Die Westside. AC/DC, Slayer und KLOS-FM. Die Wellenreiter dort waren vom English Beat und Sonnenaufgang berauschte Crack- und Opiumskelette, die ihre Systeme und ihre Akne mit Cutbacks und schwankenden Floatern auf lahmen Brechern reinigten. Aber egal, wo man surft, es wimmelt immer von Motherfuckern auf der Sandbank. Das westliche, im Strandsand verlaufende Ende der Rosecrans Avenue ist zugleich der 42. Breitengrad, der die entspannte Hemisphäre der Küste des L. A. County von der gereizten scheidet. Von Manhattan Beach bis hinunter nach Cabrillo nennt man dich Nigger und erwartet, dass du dich verpisst. Nördlich von El Porto, bis hinauf nach Santa Monica, nennt man dich Nigger und erwartet, dass du kämpfst. In Malibu und noch weiter nördlich ruft man die Polizei. Ich gewöhne mir an, im Bus immer weiter nach Norden zu fahren, um länger mit Marpessa plaudern zu können. Nachdem wir nicht mehr bei Hominy abgehangen hatten, weil ihr Interesse an älteren Jungs erwacht war, hatten wir kaum noch Kontakt gehabt. Wenn wir zwei Stunden über das Slum-Leben in Dickens und den alten Hominy gequatscht hatten, war ich oft meilenweit von zu Hause entfernt, surfte mit Delphinen und Seehunden an immer entlegeneren Orten wie Topanga, Las Tunas, Amarillo, Blocker, Escondido und Zuma. Wurde klitschnass an Privatstränden getrieben, wo mich, nachdem ich über ihre sandigen Hinterhöfe getrabt war, gegen die Glasschiebetüren geklopft und darum gebeten hatte, Telefon und Toilette benutzen zu dürfen, lokale Milliardäre anglotzten, als wäre ich ein sprechendes Walross mit einem Afro wie eine Kopfweide. Aus irgendeinem Grund vertrauen Weiße, die nicht surfen, einem barfüßigen Nigger mit einem Brett unter dem Arm. Vielleicht dachten sie: Er hat die Hände zu voll, um unseren Fernseher zu klauen, und wohin soll er auch abhauen?

Nachdem ich einen Frühling an fast jedem Wochenende gesurft war, schenkte Marpessa mir so viel Vertrauen, dass sie mich zu meinem Highschool-Abschlussball begleitete. Weil die

Klasse nur aus einem Absolventen bestand, war es ein intimes Tête-à-Tête, bei dem mein Vater den Anstandswauwau und Chauffeur spielte. Wir gingen im Dillons tanzen, eine Disco im Stile eines Pagodenturms für Leute unter einundzwanzig, in der alles, typisch für L. A., säuberlich getrennt war. Erster Stock: New Wave. Zweiter Stock: Top-40-Soul. Dritter Stock: verwässerter Reggae. Vierter Stock: Banda, Salsa, Merengue und etwas Bachata, das alles in dem vergeblichen Versuch, den Florentine Gardens am Hollywood Boulevard Latino-Gäste abzujagen. Mein Vater weigerte sich, über den zweiten Stock hinauszugehen. Marpessa und ich nutzten die Gelegenheit, um ihn abzuhängen, und schlichen im muffigen Treppenhaus in den dritten Stock hinauf, wo wir zu Jimmy Cliff und den I-Threes tanzten und uns dann hinter die Lautsprecher verkrümelten, Mai Tais tranken und so nah wie möglich an die Crew von Kristy McNichol heranrückten, ohne in das Visier der Security zu geraten, der wir vorzugaukeln versuchten, wir seien die Quotenschwarzen unter den Freunden des Teenie-Filmstars. Dann ging es weiter ins Coconut Teazers, um die Bangles zu sehen, und Marpessa erzählte leise lallend von dem Gerücht, ein Typ namens Prince schlafe mit der Leadsängerin.

Weil ich seine Royal Badness nicht kannte, hätte ich fast einen Tritt in den Arsch kassiert. Und meinen ersten Kuss damit beinahe bis ich-weiß-nicht-wann hinausgezögert, aber nach einem frühen Denny's Grand Slam Breakfast, wir rasten mit 120 km/h auf der Überholspur des Freeway 10 dahin, lagen wir auf der Ladefläche des Pick-ups, Futter- und Saatgutsäcke als Kissen, und hakelten abwechselnd mit Zungen und Daumen. Spielten Wer-kann's-am-sanftesten. Küssten. Kotzten. Küssten wieder. »Sag nicht ›französisch‹«, ermahnte sie mich. »Sag Spucke tauschen oder Schlampen schlabbern. Sonst klingst du wie ein Anfänger.«

Mein Vater schaute nicht auf die Straße, sondern drehte sich ständig um, spähte neugierig durch das kleine Rückfenster, verdrehte die Augen über meine Methode, Marpessas Brüste zu streicheln, machte sich über meine spastischen Kopfbewegungen beim Küssen lustig, ließ das Steuer los und formte mit den Fingern einer Hand eine kreisförmige Vagina, stieß den Zeigefinger der anderen immer wieder hinein, das weltweit gültige Zeichen für »fick sie endlich«. Für jemanden, der eigentlich nur einen Beweis dafür hatte, dass er nicht nur mit seinen Studentinnen Sex hatte, nämlich mich, redete er ziemlich viel Scheiße.

Schon irre, wie viel Zeit unserer Beziehung wir in Bewegung verbracht haben, die Bus- und Spritzfahrten und Ritte zum Baldwin Theater nicht mitgerechnet. Marpessa legte die Füße auf das Steuer und bedeckte ihr Gesicht mit einer zerlesenen Ausgabe von Kafkas *Der Prozess*. Ich weiß es natürlich nicht genau, bilde mir aber gern ein, dass sie ein Lächeln verbarg. Die meisten Paare verbinden ihre Liebe mit bestimmten Songs. Wir hatten Bücher. Autoren. Künstler. Stummfilme. An den Wochenenden lagen wir oft nackt auf dem Heuboden, schnippten einander Hühnerfedern vom Rücken und blätterten in der *L. A. Weekly*. Wurde im LACMA eine Retrospektive von Gerhard Richter, David Hammons, Elizabeth Murray oder Basquiat gezeigt, dann tippten wir auf die Anzeige und sagten: »Sieh mal, da wird unser Öl-auf-Leinwand ausgestellt.« Wir wühlten uns im Amoeba Records am Sunset stundenlang durch die Kiste mit gebrauchten Filmen, hielten die Verfilmung von Erich Maria Remarques *Im Westen nichts Neues* in die Luft und sagten: »Hey, unser Film wurde endlich digital bearbeitet«, und hatten dann Trockensex in der Abteilung für Hongkong-Filme. Unser Held war aber Kafka. Wir lasen einander *Amerika* und die Parabeln vor. Manchmal lasen wir seine Bücher auf Deutsch, das wir nicht verstanden, und übersetzten frei assoziierend. Manchmal unterlegten wir den Text mit Musik, machten Breakdance zu *Die Verwandlung* oder Slowdance zu *Briefe an Milena*.

»Du hast immer gesagt, ich würde dich an Kafka erinnern, weißt du noch?«

»Nur weil du ein paar deiner lausigen Gedichte verbrannt hast, vergleiche ich dich noch lange nicht mit Kafka. Die Vernichtung von Kafkas Werk wurde vereitelt, aber ich habe das Streichholz für dich angerissen.«

Touché. Die Türen öffneten sich, und der salzige Meeresduft, die Gerüche von Ölvorkommen und Möwenscheiße wurden in den Bus geweht. Ich blieb unten auf der Stufe stehen und hantierte mit dem Brett, als würde es nicht durch die Tür passen.

»Wie geht's Hominy?«

»Ganz gut. Hat vor einer Weile versucht, sich umzubringen.«

»Der Mann ist echt durchgeknallt.«

»Ja. Immer noch. Er hat bald Geburtstag. Ich habe eine Idee, und du könntest mir helfen.« Marpessa lehnte sich zurück und legte ihr Buch auf den Bauch, der rund war wie im sechsten Monat.

»Bist du schwanger?«

»Pass auf, was du sagst, Bonbon.«

Sie war sauer auf mich, aber ich musste lächeln, weil es ewig lange her war, dass sie mich Bonbon genannt hatte. Ist zwar nicht der coolste Spitzname, näher bin ich einem Straßen-Alias aber nicht gekommen. In meiner Jugend hatte ich den Ruf, ein echter Glückspilz zu sein. Ich litt nie an einer der typischen Ghetto-Krankheiten. Wurde als Baby nie brutal geschüttelt. Fing mir nie Rachitis, Ringelflechte, Maulsperre, frühzeitige

Diabetes oder Hepatitis ein. Die Gangster fielen über meine Freunde her, aber nicht über mich. Aus irgendeinem Grund glückte es den Cops nie, meinen Namen auf die Scare Card zu setzen oder mich in den Schwitzkasten zu nehmen. Ich musste nie eine Woche lang im Auto hausen. Ich wurde nie mit irgendeinem Spinner verwechselt, der jemanden erschossen, vergewaltigt, verpfiffen, geschwängert, belästigt, um Geld geprellt, erniedrigt, vernachlässigt oder gefickt hatte. Ob Hasenpfote, Sonntagskind oder Glückspilz-Motherfucker, kein Spitzname blieb hängen, bis ich mit elf ohne mein Wissen von meinem Vater zum gesamtstädtischen Buchstabierwettbewerb angemeldet wurde, gesponsert von dem inzwischen eingegangenen *Dickens Bulletin*, eine Zeitung, so schwarz, dass die Seiten negativ gedruckt wurden: Kreidebleicher Stadtrat billigt Haushaltserhöhung ... Im Finale musste ich gegen Nakeshia Raymond antreten. Ihr Wort lautete »Omphaloskopie«. Meines lautete »Bonbon«. Danach hieß es bis zum Tod meines Vaters: *Bonbon, such die Zahlen für mich aus. Bonbon, puste mal auf meine Würfel. Bonbon, schreib den Beamten-Eignungstest* für mich. Bonbon, küss mein *Baby.* Seit man Pops erschossen hat, halten die Leute aber meist Abstand.

»Bonbon ...« Marpessa presste ihre Hände zusammen, um das Zittern zu stoppen. »Tut mir leid, dass ich so gemein zu dir war. Dieser beschissene Job ...«

Manchmal glaube ich, dass es keine messbare Intelligenz gibt, und selbst wenn, würde der Wert nichts besagen, schon gar nicht bei Farbigen. Vielleicht können Vollidioten keine Gehirnchirurgen werden, ein Genie aber durchaus Kardiologe oder Postangestellter. Oder Busfahrerin. Eine Busfahrerin, die ein paar miese Entscheidungen getroffen hat. Die zwar die Bücher nie aus der Hand gelegt hat, nach unserer kurzen Beziehung aber auf einen gewalttätigen Typen alter

Schule, später Möchtegern-Gangster-Rapper, hereinfiel, der sie morgens an den zur Hälfte gemachten Haaren nach draußen schleifte und zwang, im Valley Juwelierläden auszuspähen. Ich habe nie kapiert, warum man nicht sofort die Polizei rief, als eine junge, verdächtige Afroamerikanerin zehn Minuten nach dem Öffnen im Pyjama in den Laden spazierte, die Sicherheitsleute und Kameras fixierte und auf dem Weg zwischen Diamantringen und Broschen laut ihre Schritte zählte.

Wenn sie dann bei mir aufkreuzte, mit einem blauen Auge, versuchte sie sich im Schatten zu verbergen wie eine Schurkin aus einem Film Noir, polizeilich gesucht wegen zu viel Schauspielkunst und zu wenig Selbstwertgefühl. Das College war nicht ihr Ding, weil sie meinte, schwarze Frauen würden im Beruf zwar in gut bezahlte, unentbehrliche, dritt- oder viertklassige Positionen rutschen, aber nie an die zweite oder erste Stelle gelangen. Manchmal ist es dann besser, in jungen Jahren schwanger zu werden. Das schärft die Sinne. Sorgt für eine aufrechte Haltung. Damals stand Marpessa in der Hintertür und aß einen selbstgepflückten Pfirsich. Blut quoll ihr aus Nase und Lippen und vermischte sich mit dem Fruchtsaft, lief über ihr Kinn, tropfte auf ihr Shirt und ihre blitzblanken Sneaker, und die hinter ihr stehende Sonne verwandelte die Spitzen ihrer krausen, ungemachten Haare in einen lodernden Strahlenkranz aus rissigen Haarspitzen und Scham. Sie kam nicht herein, sondern sagte nur: »Meine Fruchtblase ist geplatzt«, und das brach mir natürlich das Herz. Eine rasende Autofahrt zum Martin Luther King Jr. Hospital alias Killer King und eine Periduralanästhesie später kam das Kind zur Welt. Sein zweiter Vorname lautete Bonbon, und es war ein Milch saugendes, Brustwarzen zerkauendes Grauen, das für Marpessa Anreiz genug war, doch noch den Busführerschein zu machen, und ihr in Erinnerung rief, dass ihre Leidenschaft, von Kafka,

Gwendolyn Brooks, Eisenstein und Tolstoi abgesehen, dem Fahren galt. In Bewegung zu bleiben, den Bus und das eigene Leben irgendwann sanft und gemächlich an der Endhaltestelle zu parken und die wohlverdiente Pause einzulegen.

»Und? Hilfst du mir bei Hominy?«

»Steig endlich aus dem Scheißbus.«

Ein Druck auf den Startknopf, und der Bus erwachte grollend zum Leben. Marpessa musste los; sie schloss die Tür vor meiner Nase, wenn auch langsam.

»Ist dir klar, dass *ich* die Linie um Dickens gezogen habe?«

»Ich habe davon gehört. Und wozu der Quatsch?«

»Ich lasse die Stadt wiederauferstehen. Und dich auch!«

»Viel Glück dabei.«

Wenn ich mit ein paar zotteligen Eingeborenen, blond und weiß, aber sonst fast so dunkel wie ich, nur dass sich ihre Gesichtshaut pellt wie die alten »Local Motion«-Sticker auf Autohecks, hinten auf einem schrottreifen Pick-up sitze, dann ist mein Gefühl, Surfer zu sein, manchmal noch intensiver als in den Momenten, wenn ich auf dem Brett liege, den Blick auf den dunstigen Horizont gerichtet, und auf die nächste Welle warte. Weil sie so nett waren, mich mitzunehmen, revanchiere ich mich mit einem Joint. Ich ziehe und reiche weiter, vorsichtig, damit der Joint keinen Knick bekommt, wenn der Wagen durch eines der tiefen kalifornischen Schlaglöcher kracht oder abrupt vor den »Wow-liegt-das-an-mir-oder-ist-echt-nicht-mehr-so-lange-rot«-Ampeln in die Bremsen geht.

»Irres Kraut, Mann. Woher hast du den Scheiß?«

»Ich kenne da ein paar Holländer mit einem Coffee-Shop.«

10

Rosa Parks weigerte sich an einem Wintertag im rassistischen Alabama, ihren Sitzplatz im Bus für einen Weißen zu räumen, und wurde so zur »Mutter der modernen Bürgerrechtsbewegung«. Jahrzehnte später konnte es Hominy Jenkins an einem jahreszeitlich nicht einzuordnenden Nachmittag und in einem angeblich nicht nach Rassen getrennten Teil von Los Angeles kaum erwarten, seinen Sitzplatz für einen Weißen zu räumen. Er saß vorn im Bus, direkt am Gang, ein Opa der post-rassistischen Bürgerrechtsbewegung, auch »Der Stillstand« genannt, und musterte jeden neuen Fahrgast. Pech für ihn, dass die Bevölkerung von Dickens so schwarz ist wie asiatisches Haar und so braun wie James Brown, aber nach fünfundvierzig Minuten Fahrt in einem Bus, in dem sich nur Angehörige von Minderheiten drängten, stieg in der Poinsettia Avenue endlich eine Frau mit Dreadlocks und einer aufgerollten Yogamatte unter dem Arm ein, die einer Weißen recht nahe kam.

»Herzlichen Glückwunsch zum Geburtstag, Hominy«, sagte sie fröhlich und ließ Bikram-Yoga-Schweiß auf seinen Hemdärmel tropfen.

»Woher wissen alle, dass ich heute Geburtstag habe?«

»Steht vorn am Bus. In großen, leuchtenden Lettern: 125er Bus – Herzlichen Glückwunsch zum Geburtstag, Hominy! – ein ganz lautes *Yowza* für dich, Motherfucker!«

»Oh.«

»Irgendwas Schönes zum Geburtstag bekommen?«

Hominy zeigte auf die blau-weißen, zigarettenschachtel-
großen Schilder, die im vorderen Drittel des Busses unter die
Fenster geklebt worden waren.

> Ggf. für Senioren, Behinderte und Weiße freigeben
> Personas Mayores, Incapacitadas y Güeros Tienen
> Prioridad de Asiento

»Das ist mein Geburtstagsgeschenk.«
Dickens hatte Hominys Geburtstag immer als Kollektiv
gefeiert. Es gab zwar keine Paraden oder eine feierliche Stadt-
schlüsselübergabe, aber die Leute gratulierten, indem sie, mit
Eiern, Erbsenpistolen und Baisertorten bewaffnet, vor der Tür
standen und »Yowza!« sangen. Und wenn er die Tür öffnete,
riefen sie: »Herzlichen Glückwunsch, Hominy!« und bewarfen
sein schwarzes, glänzendes Gesicht mit Eiern und Kuchen. Er
wischte sich hellauf begeistert die Pampe ab, zog sich um und
bereitete sich auf die nächste Gratulantentruppe vor, aber mit
der Stadt verschwand auch dieses Geburtstagsritual. Am Ende
klopfte nur noch ich an seine Tür und fragte ihn, was er sich
zum Geburtstag wünsche. Seine Antwort war stets die gleiche:
»Weiß nicht. Ein bisschen Rassismus würde reichen.« Dann
reckte er den Hals, um zu schauen, ob ich vielleicht eine faule
Tomate oder einen Sack Mehl hinter meinem Rücken verbarg.
*Da kreuzen ein paar Jungs auf und garnieren deine Visage mit
Tomaten?* Normalerweise kaufte ich ihm typisch amerikanischen Nippes: zwei Porzellan-Negerkinder mit Banjo, die unter
einem Blauregen Melodien zupfen, Obama als Plüschäffchen
oder eine dieser Brillen, die unweigerlich von afroamerikanischen und asiatischen Nasenrücken rutschen.

Als mir auffiel, dass Rodney Glen King genau wie Hominy
am zweiten April Geburtstag hatte, dämmerte mir etwas. Orte

wie Sedona, Arizona, haben einen Energie-Vortex, einen heiligen, mystischen Ort, der Besuchern ein Gefühl der Verjüngung und der spirituellen Erweckung bescherte, und L. A. hat offenbar diverse Rassismus-Vortexe. Orte, an denen man von tiefer Melancholie und einem Gefühl ethnischer Wertlosigkeit erfüllt wird. Orte wie die Standspur des Foothill Freeway, auf der nicht nur das Leben Rodney Kings in eine Abwärtsspirale geriet, sondern in gewisser Weise ganz Amerika mit seiner arroganten Auffassung von Fairplay. Ein rassistischer Vortex wie die Kreuzung von Florence und Normandie Avenue, wo Reginald Denny, dieser missgebürtige Trucker, einen Betonklotz, einen Zehn-Liter-Kanister und jahrhundertelange Frustration in die Fresse bekam. Oder der Chavez Ravine, wo man ein über Generationen gewachsenes mexikanisch-amerikanisches Viertel plattmachte, die Bewohner niederknüppelte und ohne Entschädigung zwangsumsiedelte, um Platz für ein Baseballstadion, eine ausreichend hohe Zahl an Parkplätzen und den Dodger Dog zu schaffen. Die Seventh Street, zwischen Mesa und Zentrum, ist der Vortex, auf dem 1942 eine lange Kolonne von Bussen bereitstand, der erste Schritt zur Masseninternierung japanischer Amerikaner. Und wo hätte Hominy glücklicher sein können als im 125er Bus, diesem durch Dickens rollenden Rassismus-Vortex? Sein Sitz, drei Reihen von der vorderen Tür entfernt und direkt am Gang, war das tosende Epizentrum des Rassismus.

Die Schilder wirkten so echt, dass sie von den meisten Leuten nicht als Nachbildungen erkannt wurden, und selbst nach der »Lektüre« gaukelte die Gewohnheit dem Denken zunächst vor, die Aufschrift laute wie üblich: GGF. FÜR SENIOREN UND BEHINDERTE FREIGEBEN. Die Beschwerde der Yoga-Tante war die erste, aber nicht die einzige, die Marpessa an dem Tag zu hören bekam. Sobald die schwarze Katze aus dem Sack war, motzten und meckerten die Fahrgäste während ihrer ganzen Schicht. Zeigten kopfschüttelnd auf die Aufkleber, nicht so sehr, weil sie es unfassbar fanden, dass die Stadt so dreist war, die öffentliche Rassentrennung wieder einzuführen, sondern weil dies mit so großer Verspätung geschah. Ihre Wut wurde selbst durch Gratisstückchen Baskin-Robbins Oreo Cookie Cake, die Minigläser mit J&B Brandy und Marpessas hochnäsige Entgegnung: »Dies ist Los Angeles. Auf der ganzen Welt gibt es keine rassistischere Stadt. Also was zur Hölle soll das Gezeter?« nicht maßgeblich gemildert.

»So eine Scheiße!«, rief ein Mann, bevor er um mehr Kuchen und einen weiteren Drink bat. »Ehrlich, das ist *beleidigend.*«

»Was heißt hier ›beleidigend‹?«, wollte ich auf dem Umweg über den Panoramarückspiegel von der unerwiderten Liebe meines Lebens wissen. Ich hatte Marpessa problemlos überreden können, den 125er Bus in ein Partyzentrum auf Rädern zu verwandeln, denn sie liebte Hominy genauso wie ich. Und dass ich ihr eine Erstausgabe von Baldwins *Giovannis Zimmer* versprach, schadete auch nicht. »Das ist nicht mal ein echtes Gefühl. Was sagt es über die Gefühlslage aus, wenn man angibt, beleidigt zu sein? Kein großer Theaterregisseur hat je zu einem Schauspieler gesagt: ›Okay, diese Szene braucht echtes Gefühl, also geh auf die Bühne und zeig mir, wie eine beleidigte Leberwurst aussieht!‹«

Marpessa bewegte den Schaltknüppel so kräftig und geschickt mit ihren aus gekappten Lederhandschuhen ragenden Fingern, dass es mich kaum noch auf dem Sitz hielt.

»Für einen unreifen Farmersjungen, der noch nie beleidigt wurde, weil er die ganze Zeit im Elfenbeinturm lebt, nimmst du den Mund ganz schön voll.«

»Das liegt nur daran, dass ich nicht wüsste, wie ich auf eine Beleidigung reagieren sollte. Wenn ich traurig bin, weine ich.

Wenn ich glücklich bin, lache ich. Aber was, wenn ich beleidigt bin? Ruhig und gelassen erklären, ich sei beleidigt, und dann aufgebracht abhauen, um einen Beschwerdebrief an den Bürgermeister zu schreiben?«

»Du bist ein kranker Idiot, und deine verdammten Schilder werfen die Schwarzen um fünfhundert Jahre zurück.«

»Und noch eines – wie kommt es, dass man nie jemanden sagen hört: ›Wow, du hast die Schwarzen um fünfhundert Jahre zurückgeworfen?‹ Warum sagt das niemand?«

»Weißt du, was du bist? Ein scheiß Rassen-Perversling. Du kriechst über Hinterhöfe und schnüffelst an der Dreckwäsche anderer, während du dir als Weißer verkleidet einen runterholst. Wir leben im gottverdammten einundzwanzigsten Jahrhundert. Menschen sind gestorben, damit ich diesen Job machen kann, und ich lasse mich von einem gehirnkranken Schwachkopf dazu überreden, einen rassengetrennten Bus zu fahren.«

»Um dich zu korrigieren: Wir schreiben das sechsundzwanzigste Jahrhundert, denn ich habe dafür gesorgt, dass die Schwarzen ab heute allen anderen Menschen auf diesem Planeten fünfhundert Jahre voraus sind. Außerdem siehst du doch, wie glücklich Hominy ist.«

Marpessa musterte das Geburtstagskind im Rückspiegel.

»Er sieht nicht glücklich aus. Er sieht aus, als hätte er Verstopfung.«

Sie hatte recht, Hominy wirkte nicht unbedingt glücklich, aber Motorradfreaks, die auf sechzehn Meter hohen Sprungrampen stehen und den Motor aufheulen lassen, während sie in die endlose Wüste und den Abgrund starren, der sich Gila Monster Canyon nennt, sehen auch nicht glücklich aus. Tatsächlich klammerte sich Hominy an die Lehne des nächsten Sitzes und suchte seine Umgebung mit so nervösen Blicken nach einem hellhäutigen Herrenmenschen ab wie eine suizidale Gazelle, die in der Serengeti Ausschau nach einer Raubkatze hält, um sich opfern zu können. Andererseits sind lebensmüde Heldentaten für sich genommen Belohnung genug, und als am Avalon Boulevard eine weiße Löwin in den Bus stieg und die penibel abgezählten Münzen in den Kasten klimpern ließ, hatte Hominy, diese scheue Nigger-Gazelle, bereits in die falsche Richtung geblickt und die Warnungen der Herde vor dem Raubtier an Bord nicht mitbekommen. Diese ängstliche Stille. Diese hochgezogenen Augenbrauen. Diese bebenden Nasenflügel. Als er den Geruch der Frau schließlich witterte, war es zu spät. Sie ragte über ihm auf, war drauf und dran, sich auf ihn zu stürzen, über einen elefantösen Mann hinweg, der Basketballkluft trug und eine Sportzeitschrift las. Endlich jaulte das alternde Frühwarnsystem in Hominys Kopf: »Achtung! Weiße Schlampe!«, und er nahm ruckartig die »Ja, Madam«-Haltung an. Er stand ohne Bitte oder Befehl auf, so unterwürfig und so feierlich schwarz, dass er den Platz nicht einfach nur zu räumen, sondern weiterzuvererben schien. In seinen Augen war dieser harte, orange-braune Plastikstuhl das Geburtsrecht der Frau, seine Geste ein Tribut, ein überfälliges Opfer an die Götter der weißen Überlegenheit. Hätte er mit angewinkelten Knien aufstehen können, dann hätte er das sicher getan.

Wenn es stimmt, dass ein Lächeln ein umgedrehtes Stirnrunzeln ist, dann war die zufriedene Miene Hominys, der im Bus nach hinten schlurfte, wohl ein umgekehrter Flunsch. Wahrscheinlich lag es an dieser Miene, dass sich niemand über ihn aufregte. Denn jeder von uns hat diese Miene in seinem Mimik-Repertoire. Diese fröhliche Maske, die wir wie Bankräuber aus der Gesäßtasche ziehen, wenn wir jemandem die Privatsphäre rauben oder irgendwie emotional entkommen wollen. Ich musste mich mächtig zusammenreißen, um die Frau nicht anzuflehen, mir die Ehre zu erweisen, sich auf meinen Platz zu setzen. Manchmal denke ich, dieses starre Grinsen, das an die Grimasse hölzerner Indianerfiguren vor Zigarrenläden erinnert, ist ein Resultat natürlicher Selektion – das »Überleben des Dümmsten«. Es gibt ein bestimmtes Foto, das oft benutzt wird, um die Evolution zu illustrieren, und darauf sind wir die schwarzen Motten, die sich an den dunklen, rußigen Baum klammern, für Fressfeinde unsichtbar und doch verletzlich. Die schwarze Motte hat den Job, die weiße Motte ständig zu beschäftigen. Sie wurde mit schlechter Lyrik, Jazz und trivialer Stand-up-Comedy über die Unterschiede zwischen weißen und schwarzen Motten an den Baum gepappt. »Warum fliegen weiße Motten immer zum Licht und klatschen dabei gegen Fliegengitter und so weiter? Schwarze Motten tun das nie. Flatternde Motherfucker.« Wir reißen uns ein Bein aus, damit die weiße Motte bei uns bleibt, weil sie das Risiko mindert, Opfer der Vögel, der Berufsarmee oder des Cirque du Soleil zu werden. Ich fand es immer schon bemerkenswert, dass die weiße Motte auf diesem Foto weiter oben am Stamm sitzt. Was will uns das Lehrbuch damit sagen? Dass die weiße Motte zwar gefährdeter ist, auf der evolutionären und sozialen Leiter aber höher steht? Auf jeden Fall gehe ich davon aus, dass die schwarze Motte die gleiche Miene aufsetzte wie Hominy, diese Unterwerfungsmiene, die alle schwarzen Lepidoptera und Menschen auszeichnet. Das automatische Buckeln, wenn man als Kunde in einem Geschäft steht und gefragt wird: »Arbeiten Sie hier?« Die Miene, die man während der Arbeit ständig zieht, außer in der Klokabine, das strahlende Lächeln, das man einem Weißen schenkt, der sich im Vorbeischlendern zu einem Schulterklopfen herablässt und sagt: »Gute Arbeit. Weiter so.« Die Miene, die Verständnis dafür heuchelt, dass der Bessere befördert wurde, obwohl man insgeheim weiß – obwohl auch der andere insgeheim weiß –, dass man selbst der bessere Mann ist, der beste Mann jedoch die Frau im zweiten Stock.

Und als Hominy, diese Unterwürfigkeit in Person, mit schlaffen Schultern und eben dieser Miene seinen Platz räumte, hatten alle anderen Fahrgäste das Gefühl, einen weißen Sitznachbarn zu haben, der einen Ärmel hochschiebt, um nach seinem Karibikurlaub die Hautfarbe zu vergleichen. Ein ähnliches Gefühl haben Asiaten bei der Frage: »Und woher kommen Sie ursprünglich?« Oder Latinos, wenn sie beweisen sollen, hierzulande ihren Wohnsitz zu haben, oder Frauen mit Körbchengröße XXL, die gefragt werden: »Sind die wirklich echt?«

Marpessa witterte erst Lunte, als sie merkte, dass die unbekannte Weiße während der ganzen dreistündigen Fahrt von der El Segundo Plaza nach Norfolk und zurück im Bus saß, aber da war es schon zu spät. Fast alle waren ausgestiegen, ihre Schicht war bald vorbei.

»Du kennst sie, oder?«

»Nein, ich kenne sie nicht.«

»Du lügst.« Marpessa ließ ihr Kaugummi platzen, griff dann zum Mikro und ließ über die Lautsprecher Hohn in den Bus triefen. »Miss. Verzeihen Sie, aber könnte die erdbeerblonde Dame, die sich zwischen einer ganzen Busladung von Niggern und Mexikanern (und mit ›Mexikaner‹ meine ich alle, ob aus Mittel-, Süd-, Nord- oder welchem Amerika auch immer, egal, ob hier geboren oder nicht) bizarrerweise sauwohl fühlt, bitte nach vorn kommen? Danke.«

Die Abenddämmerung senkte sich auf El Porto Harbor, und als die Weiße durch den Gang schlenderte, fiel der Sonnenschein in einem grellen Orange-Rot durch die Windschutzscheibe in den Bus und strahlte die Frau an, als wäre sie die Siegerin eines Schönheitswettbewerbs. Mir war nicht aufgefallen, wie hübsch sie war. Viel zu hübsch. Man hätte meinen können, Hominy hätte den Platz nicht geräumt, weil sie weiß, sondern so unfassbar attraktiv war, und bei diesem Gedanken sah ich die Bürgerrechtsbewegung in einem ganz neuen Licht. Vielleicht ging es gar nicht um die Rassenfrage. Vielleicht war Rosa Parks nicht aufgestanden, weil sie wusste, dass der Typ entsetzlich furzte oder zu den Nervensägen gehörte, die unbedingt wissen wollten, was man gerade las, und danach unaufgefordert erzählten, was sie gerade lasen oder gern lesen würden oder lieber nicht gelesen hätten oder angeblich, aber in Wirklichkeit nie gelesen hatten. Gut möglich also, dass Rosa Parks wie eines der weißen Highschool-Mädchen, die nach der Schule im Werkraum mit dem muskulösen schwarzen Athleten schlafen und, sobald ihre Väter Wind davon bekommen, laut Vergewaltigung schreien, nach der Verhaftung, den zig Kirchenversammlungen und all der Presse Rassismus schreien musste, denn sie hätte ja schlecht sagen können: »Ich habe meinen Platz nicht geräumt, weil der Typ wissen wollte, was ich lese.« In diesem Fall wäre sie von Negern gelyncht worden.

Marpessa sah zuerst mich an, danach ihre einsame weiße Passagierin, dann wieder mich. Sie hielt mitten auf einer vielbefahrenen Kreuzung und öffnete möglichst beamtenhöflich die Türen. »Alle, die ich nicht persönlich kenne, verlassen jetzt den Scheißbus.« »Alle« waren ein lahmarschiger Skateboarder und zwei hinten sitzende Kids, die während der letzten zwei Stunden so leidenschaftlich ineinander verschlungen gewesen waren wie verwickelte Gummibänder und sich nun auf der Rosencrans Avenue wiederfanden, Gratis-Anschlusstickets in den Händen, die nutzlos in der Meeresbrise flatterten. Miss

Freedom Rider wollte sich schon anschließen und aussteigen, da verstellte Marpessa ihr den Weg, wie Gouverneur Wallace 1963 den Eingang zur University of Alabama verstellt hatte.

Im Namen des größten Volkes, das jemals auf Erden wandelte, ziehe ich diese Linie in den Staub und werfe der Tyrannei den Fehdehandschuh vor die Füße und erkläre: Rassentrennung heute, Rassentrennung morgen, Rassentrennung für immer.

»Wie heißt du?«, fragte Marpessa, während sie zugleich dem nach Norden, in Richtung Las Mesas, fahrenden Bus winkte.

»Laura Jane.«

»Okay, Laura Jane, ich weiß nicht, woher du diesen nach Dünger stinkenden Schwachkopf kennst, aber ich hoffe, du stehst auf Partys.«

Anders als die teuren, seriösen Tagesausflüge nach Catalina Island war dieser improvisierte Geburtstagsparty-Trip auf dem Pacific Coast Highway ein echter Kracher und obendrein gratis, frei und franko. Unser Highway-mit-Meeresblick-Luxusreisebus bot alle Schikanen: Offene Bar. Aluminiumdosen mit Prägung, Shuffleboard mit Handbesen. Spiele wie im Kasino, bei denen man Pennys und Dominosteine setzte. Ein Münzwurfspiel namens »Werde-wie-ich« und eine Disco-Lounge. Kapitänin Marpessa befraute das Ruder und soff und fluchte wie eine angepisste Piratin. Ich spielte Erster Offizier, Proviantmeister, Matrose, Barkeeper und DJ. Wir sammelten noch ein paar Passagiere ein, als der Bus, in dem Whodinis *Five Minutes of Funk* erschallte, vor dem Jack-in-the-Box-Drive-thru gegenüber des Malibu-Anlegers hielt, und als wir fünfzig Tacos und einen Bottich Sauce verlangten, stellte die Nachtschicht die Arbeit ein und kam mit an Bord, mit Schürzen, Papierhüten und allem. Hätte ich Stift und Papier und der Bus eine Toilette gehabt, dann hätte ich noch ein Schild aufgehängt: ALLE ANGESTELLTEN MÜSSEN HÄNDE UND GEIST WASCHEN, BEVOR SIE IN IHR LEBEN ZURÜCKKEHREN.

Wenn man nachts die Pepperdine University hinter sich gelassen hat, sieht man kaum noch Lichter, der Highway wird einspurig und führt bergauf zu den Sternen wie eine Skate-Rampe. Nur das gelegentliche Aufblitzen entgegenkommender Scheinwerfer, mit Glück ein einsames Lagerfeuer am Strand und der Mondschein, der den Pazifik schwarz wie Obsidian schimmern lässt. Auf diesem kurvenreichen Straßenabschnitt hatte ich Marpessa zum ersten Mal den Hof gemacht. Ich küsste sie auf die Wange. Sie zuckte nicht zurück, und das hielt ich damals für ein gutes Zeichen.

Trotz der rumpelnden Fahrt hatte Hominy mitten auf der Tanzfläche verharrt und sich verbissen an die Haltestange sowie, stellvertretend, an die Geschichte der amerikanischen Rassendiskriminierung geklammert, doch auf Höhe von Puerco Beach gelang es Laura Jane, seine verknöcherten Denkmuster zu sprengen, indem sie ihr Becken rhythmisch in seinen Rücken stieß und an seinen Ohren zupfte. Wir nannten das »Heißmachen«, und dann tanzte sie im Takt der Musik geschmeidig und mit gereckten Armen um Hominy im Kreis. Nach dem Ende des Songs walzte sie zum Bug, die flaumige Oberlippe voller Schweißtropfen. Verdammt, sie war wirklich eine Wucht.

»Geile Party.«

Das Funkgerät brummte, und ein Fahrdienstleiter fragte besorgt: »Wo sind Sie?« Marpessa stellte die Musik leiser und antwortete etwas, das ich nicht hören konnte, schmatzte einen Kuss ins Gerät und schaltete aus. Wenn New York die Stadt ist, die niemals schläft, dann ist Los Angeles die Stadt, die immer auf dem Sofa schnarcht. Nach Leo Carillo ist der Highway gerader, und wenn der Mond hinter den Santa Monica Mountains versinkt und der Himmel pechschwarz wird, kann man bei genauem Hinhören zweimal hintereinander ein »Plopp!« hören. Das erste ist das Geräusch der Fernseher, die in vier Millionen Wohnzimmern gleichzeitig ausgehen, das zweite das Geräusch der Fernseher, die in vier Millionen Schlafzimmern gleichzeitig angehen. Filmemacher und Fotografen feiern den einzigartigen Sonnenschein in L. A., preisen, wie er sich über den Himmel ergießt, golden und zuckersüß wie Vermeer und Monet und Frühstückshonig zusammen. Doch der Mondschein in L. A. wie auch seine Abwesenheit sind genauso bemerkenswert. Bei Anbruch der Nacht bricht die Temperatur um sechs Grad ein, eine tiefe amniotische Dunkelheit umhüllt und liebkost dich wie eine Geliebte, die das Bett macht, während du noch darin liegst, und die Zeitspanne zwischen dem Erlöschen und dem Aufflammen der Fernseher ist die kurze Ruhephase, bevor die Strip-Clubs in Inglewood öffnen, bevor die Kakophonie des Silvestergeballers ertönt, bevor Santa Monica, Hollywood, Whittier und Crenshaw zu brummendem Leben erwachen, ist die Atempause, in der sich die Angelinos kurz besinnen. Um für die bis spätnachts geöffneten Läden in Koreatown zu danken. Für den Mariachi Plaza. Die Chili-Burger und Pastrami-Sandwichs mit Dip. Und natürlich für Marpessa, die durch die Windschutzscheibe zu den Sternen hinaufblinzelte und eher nach Gefühl fuhr, als der Straße zu folgen. Die Reifen knirschten beruhigend über den Asphalt, der Bus rollte durch die Stratosphäre, und als Marpessa das zweite »Plopp!« hörte, gab sie grünes Licht für weitere Musik, und es dauerte nicht lange, da drehten Hominy und das Jack-in-the-Box-Ballett Pirouetten im Gang und sangen die Songs von Tom Petty mit.

»Wo hat er dich aufgegabelt?«, wollte Marpessa von Laura Jane wissen, den Blick zur Milchstraße gerichtet.

»Er hat mich engagiert.«

»Bist du eine Nutte?«

»Fast. Schauspielerin. Ich gebe mich in Teilzeit hin, um die Rechnungen bezahlen zu können.«

»Ist sicher schwierig, Rollen zu bekommen, wenn man diesen Scheiß machen muss.« Marpessa sah Laura Jane scharf an, biss sich auf die Unterlippe und wandte die Aufmerksamkeit wieder dem Nachthimmel zu.

»Habe ich dich mal in irgendwas gesehen?«

»Ich spiele meist Fernsehwerbespots, und das ist hart. Wenn ich für eine Rolle vorspreche, sehen mich die Produzenten an wie du gerade und sagen: Nicht vorstädtisch genug. In der Branche bedeutet das ›zu jüdisch‹.«

Laura Jane, die spürte, dass Marpessas Chakren während der kurzen L. A.-Stille nicht ganz durchgepustet worden waren, schmiegte ihr hübsches Gesicht an die Wange der eifersüchtigen Busfahrerin. Sie betrachteten sich im Rückspiegel, sahen aus wie ungleiche siamesische Zwillinge, an den Köpfen zusammengewachsen. Eine schwarz und im mittleren Alter, die andere jung und weiß, mit einem gemeinsamen Gehirn, aber unterschiedlichen Denkweisen. »Ich wünschte, ich wäre schwarz«, sagte der weiße Zwilling lächelnd und strich über die glühende Wange der dunkleren Schwester. »Denn Schwarze bekommen alle Jobs.«

Marpessa schien auf Autopilot gestellt zu haben, denn sie löste die Hände vom Lenkrad und legte sie um den Hals Laura Janes. Nicht um sie zu erwürgen, sondern um den Kragen des Kleides gerade zu zupfen, als wollte sie ihrer bösen Zwillingsschwester verklickern, sie könnte sie jederzeit zerfleischen, wenn ihre Hälfte des Gehirns das Okay gäbe. »Ehrlich, ich

bezweifele, dass Schwarze ›alle Jobs‹ bekommen. Und wenn
es so wäre, dann nur, weil man in der Madison Avenue weiß,
dass Nigger von jedem Dollar, den sie verdienen, einen Dollar
und zwanzig Cent für den Mist ausgeben, den sie im Fernsehen sehen. Nehmen wir zum Beispiel eine übliche Werbung
für Luxusautos ...«

Laura Jane nickte, als würde sie tatsächlich zuhören, schob
ihre Arme schüchtern um Marpessa und ergriff das Lenkrad.
Wir kurvten kurz über den gelben Doppelstreifen, dann kor-
rigierte sie flink den Kurs, und der Bus schwenkte wieder auf
die Überholspur ein.

»Luxusautos. Was hast du gesagt?«

»Die subtile Botschaft der Luxusautowerbung lautet: ›Wir
bei Mercedes-Benz, BMW, Lexus, Cadillac oder welchem
Scheißunternehmen auch immer sind Opportunisten der
Gleichberechtigung. Sehen Sie dieses adrette, männliche, afroamerikanische Model am Steuer? Wir möchten gern, o heiliger
und heiß begehrter weißer, männlicher Konsument zwischen
dreißig und fünfundvierzig, der du in deinem Ruhesessel sitzt,
wir möchten gern, dass du dein Geld ausgibst und an unserer
glücklichen, sorgenfreien, vorurteilslosen Welt teilhast. Einer
Welt, in der schwarze Männer mit geradem Rücken am Steuer
sitzen, nicht so geduckt, dass man von der Seite nur die Spitze
ihres glänzenden Billardkugelkopfes sehen kann.«

»Und was ist so falsch daran?«

»Aber die unterschwellige Botschaft lautet: ›Pass gut auf,
du fauler, fetter, Marketing-manipulierbarer mieser Abklatsch
eines weißen Mannes. Du hast gerade zweiunddreißig Sekunden in der Phantasie eines Nigger-Dandys geschwelgt, der von
seinem Tudor-Stil-Schloss in einem aerodynamisch designten
Präzisionswerk deutscher Ingenieurskunst zur Arbeit braust,
also raff dich auf, Mann, und lass dich nicht von diesen Affen

mit Zahnstangenlenkung und Schiebedach vorführen, die den vom Hersteller empfohlenen Preis umstandslos auf den Tisch blättern, denn sie klauen dir deinen Teil des amerikanischen Traums!«

Bei der Erwähnung des amerikanischen Traums erstarrte Laura Jane und überließ Marpessa wieder das Lenkrad. »Das finde ich beleidigend«, sagte sie.

»Was? Das Wort ›Nigger‹?«

»Nein, ich finde es beleidigend, weil du eine schöne Frau bist, die zufälligerweise schwarz ist, und eigentlich solltest du klug genug sein, um zu wissen, dass nicht die Rasse das Problem ist, sondern die Klasse.«

Laura Jane schmatzte einen lauten Kuss auf Marpessas Stirn und fuhr auf den Absätzen ihrer Louboutins herum, um wieder an die Arbeit zu gehen. Ich fiel meiner geliebten Frau in den Arm, denn sonst hätte Laura Jane einen unerwarteten Nackenschlag kassiert.

»Weißt du, warum Weiße niemals nur weiß sind? Weil sie sich einbilden, von der Hand Gottes berührt worden zu sein, darum!«

Ich wischte den Lippenstiftabdruck mit dem Daumen von Marpessas Stirn.

»Diesen Klassenkampf-Quatsch kannst du den beschissenen Indianern und den Dodos erzählen. Ich müsste ›klug genug sein, um zu wissen‹? Was redet die Frau? Sie ist Jüdin. Sie sollte es besser wissen.«

»Sie hat nicht gesagt, dass sie Jüdin ist. Sie hat gesagt, dass die Leute *meinen*, sie sähe jüdisch aus.«

»Du bist ein mieser Verräter. Genau deshalb habe ich Schluss gemacht. Du stehst nie für dich ein. Wahrscheinlich bist du auf ihrer Seite.«

Godard ging das Filmemachen als Kritiker an, und Marpessa hielt es mit dem Busfahren genauso, aber ich fand, dass Jane nicht ganz unrecht hatte. Wie auch immer Menschen jüdischer Herkunft angeblich aussehen, ob Barbra Streisand oder die dem Namen nach jüdische Whoopie Goldberg, man sieht in der Werbung weder Leute, die »jüdisch« wirken, noch Schwarze, die »urban«, also »einschüchternd« wirken, und man sieht auch keine gutaussehenden Asiaten oder dunkelhäutigen Latinos. Ich bin sicher, diese Gruppen geben einen überproportional hohen Anteil ihres Einkommens für unnützen Scheiß aus. Und klar, in der idyllischen Welt der Fernsehwerbung sind Homosexuelle mythische Wesen, und doch sieht man mehr Werbespots mit Einhörnern und Kobolden als solche mit Lesben oder Schwulen. Vielleicht gibt es zu viele harmlos wirkende afroamerikanische Fernsehschauspieler. Das in Yale absolvierte Schauspielstudium und ihr Shakespeare-Training sind ohnehin für den Arsch, wenn sie einen Grill umringen und Sentenzen von sich geben wie: »Fürwahr, Homeboy, mit Eurer gütigen Erlaubnis: Ihr wisset, dass Budweiser der König unter den Bieren ist. Unruhig ruhet der schaumige Kopf, der die Krone trägt.« Wenn man genauer darüber nachdenkt, wird einem allerdings bewusst, dass nicht Juden, Homosexuelle oder urbane Neger in der Autowerbung ausgeblendet werden, sondern der Autoverkehr.

Marpessa verlangsamte das Tempo, als sie vom Highway auf eine versteckte, kurvenreiche Seitenstraße abbog. Wir krochen an einer Kalksteinerhebung vorbei, einer wackeligen, zum Strand hinabführenden Holztreppe, danach über einen leeren Parkplatz. Dort schaltete sie runter und bugsierte den Bus wie einen Strandbuggy direkt in den Sand, hielt parallel zum Horizont und, weil die Flut auflief, in fünfzig Zentimeter tiefem Wasser.

»Keine Bange, diese Kisten sind fast amphibisch und fahren in jedem Gelände. Ein Bus muss überall durchkommen, ob durch Schlammlawinen oder die Ausflüsse der defekten Kanalisation von L. A. Hätte man am D-Day bei der Landung in der Normandie Nahverkehrsbusse eingesetzt, dann wäre der Krieg zwei Jahre früher aus gewesen.«

Die Türen flogen auf, hinten und vorn, und der Pazifik klatschte liebevoll gegen die unteren Tritte, verwandelte den Bus in eines der Hotelzimmer in Bora-Bora, die fünfzig Meter vom Ufer entfernt auf Pfählen im Wasser stehen. Ich erwartete halb, dass ein Angestellter von Jack-in-the-Box auf Jetskis angebraust kam, um uns Handtücher und eine zweite Runde Sauerteigburger und Vanille-Shakes zu bringen.

Al Green sang von Liebe und Glück. Laura Jane zog sich nackt aus. Im dämmerigen Licht des Busses schimmerte ihre glatte, blasse, dünne Haut wie das Perlmutt-Innere einer Abalone. Sie schritt an uns vorbei.»Ich habe in einer Thunfischwerbung mal eine Nixe gespielt, muss aber gestehen, dass keine schwarzen Schauspielerinnen dabei waren. Warum gibt es eigentlich keine afroamerikanischen Nixen?«

»Schwarze Frauen hassen es, nasse Haare zu bekommen.«

»Oh.« Und mit diesem Wort schwang sie sich ins Wasser, wobei sie die Aluminiumverstrebung des Busses benutzte wie eine Stripperin die Stange. Die Jack-in-the-Box-Belegschaft folgte, splitternackt bis auf die Papierhüte.

Hominy schlich nach vorn und schaute sehnsüchtig auf das Wasser.

»Sind wir noch in Dickens, Master?«

»Nein, Hominy, sind wir nicht.«

»Und wo ist Dickens jetzt? Da draußen, jenseits des Wassers?«

»Dickens lebt in unseren Köpfen. Echte Städte haben Grenzen. Und Ortsschilder. Und Partnerstädte.«

»Haben wir das auch bald?«

»Ich hoffe.«

»Und, Massa, wann bekommen wir meine Filme von Foy Cheshire zurück?«

»Sobald wir die Stadt Dickens wieder in ihr Recht gesetzt haben. Dann schauen wir, ob er sie hat. Versprochen.«

Hominy, noch vollständig angezogen, blieb in der Tür stehen und testete die Wassertemperatur mit der Kappe seines Arbeitsstiefels.

»Kannst du schwimmen?«

»Na klar. Erinnerst du dich nicht an *Die Tiefseefischer*?«

Diesen makabren Klassiker der *Kleinen Strolche* hatte ich ganz vergessen. Die Bande schwänzt die Schule und landet am Ende auf einem Fischerboot, das einen die Küste terrorisierenden Hai fangen soll. Weil Pete, der Welpe, den Köder gefressen hat, reiben sie den kleinen Hominy mit Lebertran ein, stechen in einen seiner Finger, befestigen einen Angelhaken an einer Gürtelschlaufe und hängen ihn ins Wasser, damit er den Hai anlockt. Unter Wasser muss er Luft aus Kugelfischen saugen, um nicht zu ertrinken. Ein Zitteraal verpasst ihm mehrmals Schläge in die Leistengegend. Die Folge endet damit, dass ein riesiger Oktopus seine Anerkennung für die Kleinen Strolche zeigt, die das Meer endlich von der bisswütigen Bestie befreit haben (wie sich zeigt, ist Alfalfas Singstimme so schrill, dass sie sogar unter Wasser Haie verscheucht), indem er die Jungs mit schwarzer Tinte besprüht. Als die pechschwarze Truppe an den Anleger voller besorgter Eltern zurückkehrt, entfährt es Hominys und Buckwheats Mami: »Buckwheat, ich hab schon an deine Papi gesacht, ich kümmer mich nich' um seine andere Kinder!«

Marpessa schlief auf meinem Schoß ein, und ich schaute aufs Meer, lauschte den ans Ufer schlagenden Wellen und dem glockenhellen Gelächter. Am meisten faszinierte mich die korallenrosige Nacktheit Laura Janes, die auf dem Rücken schwamm und den Sternen dabei Brustwarzen und Schamhaar darbot, das wie ein ingwerfarbenes Büschel seidigen Seegrases im klaren Wasser auf und ab wogte. Ein Scherenschlag, ein neckischer Blick, dann war sie unter Wasser. Marpessa knuffte mich kräftig in die Rippen. Ich musste mich mächtig zusammenreißen, um ihr nicht die Genugtuung zu gönnen, die schmerzende Stelle zu reiben.

»Na, sieh mal an, du glotzt weiße Schlampen genauso an wie alle anderen Nigger in L. A.«

»Weiße Bräute lösen bei mir nichts aus. Das weißt du.«

»Blödsinn, dein Steifer hat mich geweckt.«

»Aversionstherapie.«

»Was?«

Ich mochte ihr nicht erzählen, wie mein Vater meinen Kopf in ein Tachistoskop eingeschlossen und mir drei Stunden lang im Sekundentakt Fotos der verbotenen Früchte seiner Ära gezeigt hatte, Pinup-Girls und *Playboy*-Ausfalter. Bettie Page, Betty Grable, Barbra Streisand, Twiggy, Jayne Mansfield, Marilyn, Sophia Loren; wie er mir dann Okra- und Brechwurzel-Shakes eingeflößt hatte. Ich kotzte mir die Gedärme aus dem Leib, während die Stereoanlage dröhnend laut Buffy Sainte-Marie und Linda Ronstadt spielte. Die visuellen Reize wirkten, aber die Musik verfing nicht. Ich höre bis heute Rickie Lee Jones, Joni Mitchell und Carole King, wenn ich aufgewühlt und bedrückt bin, allesamt Frauen, die lange vor Biggie, Tupac oder einem der Ice Coons Kalifornien gefeiert haben. Wenn man genau hinsieht und das Licht richtig steht, sieht man aber noch das Nachbild des Centerfolds der nackten Barbi Benton, das sich meinen Pupillen eingebrannt hat wie billigen Plasmabildschirmen.

»Ach, nichts. Ich mag weiße Mädchen einfach nicht, das ist alles.«

Marpessa setzte sich aufrecht hin und schmiegte ihren Kopf in meine Halsbeuge. »Bonbon?« Sie duftete wie immer – nach Babypuder und Designershampoo. Mehr brauchte sie nicht. »Wann hast du dich in mich verliebt?«

»*Die Farbe von verbranntem Toast*«, sagte ich. Das war der Titel eines Bestsellers, genauer der Memoiren eines Typen aus Detroit mit einer »verrückten« weißen Mutter, die nicht wollte, dass ihre gemischtrassigen Kinder durch das Wort »schwarz« traumatisiert wurden. Sie hatte sie deshalb als braun erzogen, Beigeoloide genannt und den Brown History Month mit ihnen gefeiert. Der Junge glaubte bis zu seinem zehnten Lebensjahr, er wäre so dunkel, weil sein verschwundener Vater die von einem Blitz verkohlte Magnolie im Hof der Sozialbausiedlung gewesen sei. »Du hast dich von meinem Vater zum Eintritt in den Dum-Dum-Donut-Buchclub überreden lassen. Alle anderen fanden das Buch super, aber du hast während der Diskussion gemault. ›Wieso werden schwarze Frauen immer anhand ihres Teints beschrieben! Das ist doch ätzend. Honigfarben hier! Herrenschokoladendunkel da! Meine Oma mütterlicherseits war mokkabraun, Café-au-lait-farben, Graham-scheiß-Cracker-bräunlich! Wieso beschreibt man Weiße nie durch Vergleiche mit Lebensmitteln und Heißgetränken? Warum gibt es in diesen rassistischen Büchern ohne dritten Akt keine joghurtbleichen, eierschalenfahlen, fettarmemilchweißen Protagonisten? Genau deshalb nervt schwarze Literatur!‹«

»Habe ich wirklich gesagt, dass schwarze Literatur nervt?«

»Jep, und ich war hin und weg.«

»Ja, scheiße, aber Weiße haben auch Teints.«

Der Bus schwankte in einer überraschend starken Dünung. Im Glühen der Scheinwerfer sah ich, dass sich weiter draußen im Meer eine große Welle bildete. Ich schüttelte Sneaker und Strümpfe von den Füßen, zog das Shirt aus und schwamm ihr entgegen. Marpessa stand in der Tür, die Flut reichte ihr bis zu den Schienbeinen, und formte ihre Hände zu einem Trichter, damit sie trotz donnernder Wellen und des immer stärkeren Süd-Süd-West-Windes zu hören war. »Willst du denn gar nicht wissen, wann ich mich in dich verliebt habe?«

Als wäre sie jemals in mich verliebt gewesen.

»Ich habe mich jedes Mal in dich verliebt, wenn wir essen gegangen sind! Dann habe ich mir gesagt: ›Endlich mal ein Schwarzer, der nicht immer so sitzen muss, dass er die Tür im Auge hat! Endlich ein Nigger, der nicht so tut, als wäre er der größte Macker! Der nicht dauernd unter Strom steht, weil er ein so böser Bube ist, dass er ständig gejagt wird!‹ Wie hätte ich mich da nicht in dich verlieben sollen?«

Wenn man ohne Brett auf einer guten Welle surfen will, ist das Timing entscheidend. Man muss warten, bis der Magen in die Leistengegend sackt, und in genau diesem Moment muss man der anbrandenden Welle zwei Schwimmzüge voraus sein. Sobald die Strömung einem das Gefühl gibt, gewichtslos zu sein, macht man noch zwei kräftige Schwimmzüge, reckt das Kinn, presst einen Arm gegen die Seite, streckt den anderen leicht angewinkelt aus und lässt sich dann einfach zum Ufer tragen.

Lichter der Stadt: Ein Interludium

Ich habe das Konzept der Partnerstadt nie ganz verstanden, aber es hat mich immer fasziniert. Ich empfinde die Art, auf die sich Städte finden und umwerben, nicht so sehr als Adoption, sondern vielmehr als Inzest. Manche Partnerschaften, etwa die zwischen Tel Aviv und Berlin, Paris und Algier, Honolulu und Hiroshima, sollen eine Feindschaft beenden und der Auftakt von Frieden und Wohlstand sein; arrangierte Ehen, in denen sich beide Städte am Ende lieben lernen. Aber es gibt auch Nothochzeiten, weil eine Stadt (z. B. Atlanta) eine andere (z. B. Lagos) gleich bei der ersten Begegnung, die vor Jahrhunderten komplett außer Kontrolle geriet, geschwängert hat. Manche Städte heiraten wegen Geld oder Prestige; andere, um ihrem Land eins reinzuwürgen. *Weißt du, wer heute Abend zum Essen kommt? Kabul!* Manchmal verlieben sich zwei Städte aufgrund gegenseitigen Respekts und einer gemeinsamen Vorliebe für Wandern, Gewitter und klassischen Rock 'n' Roll. Man denke an Amsterdam und Istanbul. Buenos Aires und Seoul. Aber weil die Durchschnittsstadt heutzutage schwer damit beschäftigt ist, den Haushalt auszugleichen und die Infrastruktur vor dem Kollaps zu bewahren, fällt es den meisten Städten schwer, einen Seelenverwandten zu finden, und so wendet man sich an »Partnerschaft Global«, eine internationale Organisation, die Liebespartner an einsame Gemeinwesen vermittelt. Wie sich von selbst versteht, war ich, obwohl ich wie ganz Dickens immer noch einen Kater hatte, furchtbar aufgeregt, als Miss

Susan Silverman, Städtepartnerschafts-Consultant, zwei Tage nach Hominys Geburtstag wegen meiner Bewerbung anrief.

»Hallo. Wir freuen uns, Ihren Antrag auf eine internationale Städtepartnerschaft bearbeiten zu dürfen, nur können wir Dickens nicht auf der Karte finden. Es liegt in der Nähe von Los Angeles, richtig?«

»Wir waren mal amtlich eine Stadt, jetzt sind wir besetztes Territorium. Wie Guam, Amerikanisch-Samoa oder das Mare Tranquillitatis.«

»Ihre Stadt liegt also am Ozean?«

»Ja, an einem Ozean der Sorge.«

»Ob sie als Stadt anerkannt sind oder nicht, ist egal. *Partnerschaft Global* hat auch schon Partner für Stadtteile gefunden. Die Partnerstadt von Harlem, New York, ist das italienische Florenz, denn beide Orte haben eine Renaissance erlebt. Hat Dickens auch eine Renaissance erlebt?«

»Nein. Nicht mal die Aufklärung ist bis zu uns durchgedrungen.«

»Schade. Wäre schön, wenn Ihre Stadt am Meer läge, denn das ist immer ein Pluspunkt. Ich habe ihre demographischen Daten durch Urbana, unseren Partnervermittlungscomputer, laufen lassen, und er hat drei mögliche Partner ausgespuckt.«

Ich griff nach meinem Atlas und versuchte zu erraten, wer die Glücklichen waren. Mir war natürlich klar, dass keine Städte wie Rom, Nairobi, Kairo oder Tokio zu erwarten wären. Aber ich rechnete fest mit ein paar heißen Nummern aus der zweiten Reihe, etwa Neapel, Leipzig oder Canberra.

»Ich nenne die drei Partnerstädte, geordnet nach Eignung … Juárez, Tschernobyl und Kinshasa.«

Sonderbar, dass es Tschernobyl auf die Liste geschafft hatte, zumal es keine Stadt ist, aber Juárez und Kinshasa waren bedeutende und weltweit bekannte, wenn auch nicht gerade glanzvoll beleumdete Kommunen. Aber Bettler dürfen nicht wählerisch sein. »Wir akzeptieren alle drei!«, rief ich ins Telefon.

»Tja, schön und gut, nur haben alle drei Dickens als Partnerstadt abgelehnt.«

»Was? Warum? Aus welchem Grund?«

»Juárez (alias ›Die Stadt, die nie aufhört zu bluten‹) findet Dickens zu brutal. Tschernobyl war nicht abgeneigt, fand die Nähe zum Los Angeles River und zu den Klärwerken am Ende aber problematisch. Man stört sich auch daran, dass Sie diese starke Umweltverschmutzung so gleichgültig hinnehmen. Und Kinshasa, in der Demokratischen Republik Kongo ...«

»Sagen Sie mir nicht, dass die ärmste Stadt im ärmsten Land der Welt, dessen durchschnittliches Jahreseinkommen bei einer Ziegenglocke, zwei raubkopierten Michael-Jackson-Kassetten und drei Schlucken trinkbaren Wassers liegt, der Ansicht ist, wir seien zu arm für eine Städtepartnerschaft.«

»Nein, man findet Dickens zu schwarz. Wenn ich mich recht erinnere, hat man sich so ausgedrückt: ›Diese rückständigen amerikanischen Nigger sind noch nicht so weit!‹«

Weil es mir zu peinlich war, Hominy zu beichten, dass ich keine Partnerstadt für Dickens hatte finden können, speiste ich ihn mit kleinen schwarzen Lügen ab. »Danzig zeigt Interesse. Wir bekommen auch positive Signale aus Minsk, Kirkuk, Newark und Nyack.« Irgendwann fielen mir keine Orte mehr ein, die auf *k* endeten, und Hominy demonstrierte seine Enttäuschung, indem er sich auf einer Plastikkiste für Milchflaschen, die er umgedreht auf die Einfahrt stellte, zur Versteigerung anbot. Er stand halb nackt und mit schlaffer Brust neben einem in den Rasen geklopften Schild: ZU VERKAUFEN – GEBRAUCHTER NEGERSKLAVE – NUR DONNERSTAGS GEZÜCHTIGT – GUTER GESPRÄCHSPARTNER.

Dort verharrte er über eine Woche. Wenn ich ihn aus dem Weg haben wollte, weil ich das Auto brauchte, war Hupen zwecklos. Er rührte sich nur, wenn ich schrie: »Achtung, Mann, Quäker!« Oder: »Da kommen Frederick Douglass und diese verdammten Abolitionisten! Lauft um euer Leben!« Dann ging er im Maisfeld in Deckung. An dem Tag, als ich zu dem Termin mit meinem Apfelbaum-Kontaktmann aufbrechen wollte, war er allerdings besonders dickköpfig.

»Schaff endlich deinen Arsch aus dem Weg, Hominy.«

»Ich weigere mich, für einen Massa zu schuften, der es nicht mal schafft, eine Partnerstadt zu finden. Heute rührt sich der Feld-Nigger nicht vom Fleck.«

»Feld-Nigger? Nicht, dass du müsstest, aber du rührst nicht mal den kleinen Finger. Du hängst die ganze Zeit im Whirlpool ab. Feld-Nigger, ja, scheiße, du bist ein gottverdammter Heiße-Badewanne-Sauna-Bananen-Daiquiri-Nigger. Und jetzt beweg dich endlich!«

Am Ende entschied ich mich für drei Partnerstädte, wie Dickens Orte, die unter fragwürdigen Umständen von der Landkarte verschwunden waren. Erstens Theben. Nicht die altägyptische Stadt, sondern die kolossalen Kulissen von Cecil DeMilles Stummfilm *Die zehn Gebote*. Maßstabsgetreu nachgebaut und seit 1923 unter den riesigen Nipomo-Dünen der Strände von Guadalupe, Kalifornien, begraben, dienten ihre stabilen Holztore, Hypostyl-Tempel und Pappmaché-Sphinxe Ramses und einer Phalanx von Zenturionen und Legionären als Wohnstatt. Vielleicht wird es irgendwann von einem auflandigen Sturm entstaubt und freigelegt, und dann kann Mose die Israeliten wieder nach Ägypten und Dickens in die Zukunft führen.

Sodann schloss die aufstrebende, unsichtbare Stadt Dickens Partnerschaften mit zwei weiteren Orten: mit Döllersheim in

Österreich und mit der Verlorenen Stadt Weißer Männlicher Privilegien. Döllersheim, ein Dorf im Norden Österreichs, nur einen Handgranatenwurf von der Grenze Tschechiens entfernt, war der Geburtsort von Hitlers Großvater mütterlicherseits. Wie man munkelt, ließ der Führer den Ort kurz vor dem Krieg von seinen Elitetruppen, die ihre Elite beweisen sollten, zurück ins Erste Reich bomben, vor allem, weil er seine medizinische Vorgeschichte auslöschen wollte (nur ein Hoden, Nasenkorrektur, Syphilis-Diagnose und hässliches Babyfoto), außerdem seinen ursprünglichen Nachnamen (Schicklgruber-Bush) und seine jüdische Herkunft. Eine Taktik, die die Vergangenheit wirksam ausradierte, denn bis heute weiß man über Hitler mit Gewissheit nur, dass er ein totales Arschloch, ein frustrierter Künstler und obendrein humorlos war, eine Beschreibung, die auf so gut wie jeden zutrifft.

Es gab einen kleinen Bieterkrieg zwischen Geisterstädten auf der ganzen Welt, die in den Genuss der Ehre kommen wollten, dritte Partnerstadt von Dickens zu werden. Varosia, früher ein lebenssprühendes Hochhausviertel in Famagusta, Zypern, das bei der türkischen Invasion evakuiert und nie abgerissen oder neu besiedelt wurde, war reizvoll. Außerdem erhielten wir ein tolles Angebot von der Bokor Hill Station, dem verlassenen französischen Ferienort, dessen Rokoko-Ruinen bis heute im kambodschanischen Dschungel verrotten. Nach einer beeindruckenden Präsentation rückte das östlich von Java gelegene Krakatau in den Vordergrund. Kriegsverheerte und verlassene Orte, wie das französische Oradour-sur-Vayres oder Gorouma und Paoua in der Zentralafrikanischen Republik, bemühten sich auch um eine Partnerschaft. Am Ende überzeugte uns aber das flehentliche Werben der Verlorenen Stadt Weißer Männlicher Privilegien, ein umstrittenes Gemeinwesen, dessen bloße Existenz oft geleugnet wird (vor allem von privilegierten männlichen Weißen). Andere erklären kategorisch, die Mauern des Ortes seien durch Hiphop und die Prosa Roberto Bolaños endgültig durchbrochen worden. Die Beliebtheit würziger Thunfisch-Wraps und eines schwarzen Präsidenten, so heißt es, hätten für die Dominanz der männlichen Weißen die gleichen Folgen gehabt wie die mit Windpocken infizierten Decken für die Indianer Nordamerikas. All jene, die an den freien Willen und den freien Markt glauben, sind der Meinung, die Verlorene Stadt der Weißen Männlichen Privilegien sei für ihren Untergang selbst verantwortlich, denn der stete Strom von oben erlassener, einander widersprechender religiöser und säkularer Edikte habe den leicht zu beeindruckenden männlichen Weißen verwirrt. Habe ihn auf einen Zustand so tiefer sozialer und seelischer Angst reduziert, dass er nicht mal mehr ficke. Nicht mehr wähle. Nicht mehr lese. Und vor allem nicht mehr glaube, absoluter Maßstab und letzte Vollendung zu sein, oder wenigstens genug Grips habe, um dies nicht mehr öffentlich zu behaupten. Man kann jedenfalls nicht mehr durch die Straßen der Verlorenen Stadt Weißer Männlicher Privilegien gehen und sein Ego mit mythischen Phrasen wie »Wir haben dieses Land aufgebaut!« füttern, weil ringsumher braune Männer nageln und hämmern, französische Weltklasse-Gerichte kochen und dein Auto reparieren. Wie soll man noch »Amerika – entweder du liebst es oder du verlässt es!« brüllen, wenn man sich insgeheim danach sehnt, in Toronto zu leben? Eine Stadt, die man anderen gegenüber als »so kosmopolitisch« preist, was in Wahrheit bedeutet: »Nicht zu kosmopolitisch.« Wie soll man andere noch »Nigger« nennen, ob laut oder in Gedanken, wenn man von seinen blütenweißen Kindern als »Nigger« beschimpft wird, weil man ihnen den Autoschlüssel verweigert? Wenn stinknormale »Nigger« Dinge tun, zu denen sie eigentlich nicht fähig sein dürften, etwa als Schwimmer bei den Olympischen Spielen antreten oder ihre Gärten gestalten? Mein Gott, wenn dieser Irrsinn so weitergeht, wird ein Nigger eines Tages – Gott behüte – bei einem erstklassigen Film Regie führen. Aber keine Sorge, Stadt der Verlorenen Weißen Männlichen Privilegien, ob eingebildet oder echt, Hominy und ich decken deinen Rücken, und wir sind stolz darauf, dich als Partnerstadt von Dickens, alias die Letzte Bastion des Schwarzseins, gewonnen zu haben.

ZU VIELE MEXIKANER

11

»Zu viele Mexikaner«, murmelte Charisma Molina, die französisch manikürten Finger vor den Mund gelegt, damit sie niemand hören konnte. Ich erlebte nicht zum ersten Mal, dass diese rassistische Ansicht öffentlich geäußert wurde. Seit die amerikanischen Ureinwohner den El Camino Real hinauf- und hinuntertrotteten, um die beschissenen Glocken ausfindig zu machen, die an jedem Sonntag bei Tagesanbruch läuteten, die Dickhornschafe verscheuchten und so manchen meskalinberauschten Selbstfindungstrip verdarben, haben die Kalifornier die Mexikaner verflucht. Die Indianer, auf der Suche nach Ruhe und Frieden, fanden schließlich Jesus, Zwangsarbeit, Peitsche und die Knaus-Ogino-Methode. »Zu viele Mexikaner«, tuschelten sie untereinander auf Weizenfeldern und hinteren Kirchenbänken, wenn niemand hinsah.

All jene Weißen, die den Schwarzen nie etwas zu sagen hatten außer »kein Zimmer frei«, »du hast einen Fleck übersehen« oder »fang den Ball«, haben uns nun doch etwas mitzuteilen. Wenn wir an einem vierzig Grad heißen Tag im San Fernando Valley die Einkäufe zu ihrem Auto schleppen oder ihren Briefkasten mit Rechnungen vollstopfen, drehen sie sich zu uns um und sagen: »Zu viele Mexikaner«, wobei sie voraussetzen, als besorgte Fremde seien auch wir überzeugt, dass weder Hitze noch Luftfeuchtigkeit die Schuld an allem trügen, sondern unsere kleinen braunen Brüder im Süden und im Norden und nebenan und im Grove und überall sonst in »Califas«.

Für Schwarze ist der Slogan »zu viele Mexikaner« die Ausrede dafür, dass wir, die historisch am besten dokumentierten Arbeiter der Geschichte, uns dazu hergeben, an rassistischen Demos gegen die historisch am schlechtesten dokumentierten Arbeiter teilzunehmen, die sich auf die Suche nach besseren Lebensbedingungen gemacht haben. »Zu viele Mexikaner« lautet die Rechtfertigung dafür, dass wir an unserem Trott festhalten. Denn auch wir träumen beim Tee gern davon, uns auf die Suche nach besseren Lebensbedingungen zu machen, und blättern dabei durch die Immobilienangebote.

»Wie wäre es mit Glendale, Baby?«

»Zu viele Mexikaner.«

»Downey?«

»Zu viele Mexikaner.«

»Bellflower?«

»Zu viele Mexikaner.«

Zu viele Mexikaner. Das ist der Allgemeinplatz eines jeden Handwerkers ohne Lizenz, der genug davon hat, unterboten zu werden, und sich weigert, das Ausbleiben von Aufträgen schlampiger Arbeit, nepotistischen Einstellungspraktiken und einer langen Liste lausiger Online-Referenzen anzulasten. Die Mexikaner sind an allem schuld. Wenn in Kalifornien jemand niest, sagt man nicht »Gesundheit«, sondern »Zu viele Mexikaner«. Dein Pferd trabt in Santa Anita beim fünften Rennen lahm dem Feld hinterher? *Zu viele Mexikaner.* Im Commerce Casino wirft der letzte Esel in der Runde seine dritte Dame? *Zu viele Mexikaner.* Das ist ein kalifornischer Refrain, aber Charisma Molina, stellvertretende Leiterin der Chaff Middle School und beste Freundin Marpessas (meine Geliebte, egal, was zum Teufel sie sagt), war nicht nur die erste mexikanische Amerikanerin, die ich diese Worte sagen hörte, nein, sie war auch die erste, die sie ernst meinte. Buchstäblich.

Wenn ich Schule schwänzte, ging ich im Gegensatz zu den Kleinen Strolchen nie Fischen – sondern zur Schule. Wenn mein Vater beim Negrologie-Unterricht eingepennt war, schlich ich mich aus dem Haus und sauste zur Chaff, um den Kindern durch den Maschendrahtzaun beim Handball und Kickball zuzusehen. Mit etwas Glück erhaschte ich einen Blick auf Marpessa, Charisma und ihre Homegirls, die am hinteren Tor Hof hielten, fesch wie eine Bläser-Bigband, die Hüften beim Hula-Hoop schwingend und singend: *Ah beep beep, walking down street, ten times a week ... Ungawa! Ungawa! Das heißt Black Power! ... Ich bin Soul Sister Nummer neun, besorg's mir noch mal, alter Freund ...*

Die meisten Kinder der Chaff erwogen bereits am Career Day, der alljährlich zwei Wochen vor den Sommerferien stattfand, einen frühzeitigen Karriere-Selbstmord, ohne auch nur einen einzigen Eignungstest absolviert oder Lebenslauf verfasst zu haben. Allerdings war die Ansammlung von Bergleuten, Golfball-Auflesern, Korbflechtern, Grabengräbern, Buchbindern, traumatisierten Feuerwehrleuten und dem letzten Astronauten der Welt draußen auf dem Schulhof nie besonders inspirierend. Es war jedes Jahr das Gleiche. Wir erzählten, wie unverzichtbar und erfüllend unser Job sei, aber keiner konnte die Fragen aus den letzten Reihen beantworten. Wenn du so beschissen wichtig bist, wenn die Welt ohne dich nicht funktioniert, wieso langweilst du uns dann zu Tode? Warum siehst du dann so unglücklich aus? Wieso gibt es keine Feuerwehrfrauen? Warum sind Krankenschwestern so unfassbar lahmarschig? Die einzige Frage, die zur Zufriedenheit der Kinder beantwortet wurde, war an den letzten Astronauten gerichtet, einen älteren schwarzen Herrn, so gebrechlich, dass er sich auf Erden bewegte wie in der Schwerelosigkeit. Was tun Astronauten, wenn sie aufs Klo müssen? *Tja, keine Ahnung, wie das heute läuft, aber damals haben sie dir eine Plastiktüte auf den Arsch geklebt.*

Niemand möchte Farmer werden, und so wurde ich gut einen Monat nach Hominys Geburtstagsaktion von Charisma aufgefordert, mal was anderes auszuprobieren. Wir saßen vorn auf meiner Veranda und rauchten Hasch, als sie mich mit den Worten provozierte, sie habe genug davon, miterleben zu müssen, wie mich die Familie Lopez – oder die »Stetson-Mexikaner von nebenan«, wie sie die Leute auch nannte – Jahr für Jahr mit ihren prächtigen Pferden, dem mit *Vaquero*-Glitzerkram verzierten Sattelzeug und ihrer brokatbesetzten, knittersamtigen Cowboy-Kluft und ihren raffinierten Lasso-Tricks blamierten. »Niemand interessiert sich für die subtilen Unterschiede zwischen Mist und Dünger oder für die nachhaltige Gesundheitspflege des Butternut-Kürbisses. Die Kids haben kurze Aufmerksamkeitsspannen. Man muss sie sofort packen und darf sie dann nicht mehr loslassen. Im letzten Jahr war deine Vorstellung so langweilig, dass die Kids dich mit deinen eigenen Biotomaten beworfen haben. Gibt es Schlimmeres?«

»Deshalb mache ich nicht mehr mit. Ich habe keine Lust mehr auf den Scheiß.«

Charisma kniff ein Auge zu, spähte in die Bong und reichte sie mir dann zurück.

»Das Ding ist alle.«

»Willst du noch mehr?«

Charisma nickte.

»Na klar, und ich will auch wissen, wie dieser Stoff heißt und wie es kommt, dass ich den Börsenmarkt und all den Scheiß, den ich in meinem Oberseminar für englische Literatur lese, plötzlich verstehe.«

»Diese Sorte hab ich auf den Namen ›Perspikuität‹ getauft.«

»Ja, Mann, dieser Scheiß ist so gut, dass ich sogar weiß, was Perspikuität heißt, obwohl ich das Wort noch nie gehört habe.« Ein Hund bellte. Ein Hahn krähte. Eine Kuh muhte. Der Lärm des Harbor Freeway klang wie I-A-I-A-O. Charisma schüttelte sich die glatten schwarzen Haare aus dem Gesicht und nahm einen Zug, der die Rätsel des Internets erklärte, den *Ulysses* und Jean Toomers Roman *Zuckerrohr* und die Vorliebe der Amerikaner für Koch-Shows. Und ihr dämmerte, wie sie mich zur Teilnahme am Career Day überreden konnte.

»Marpessa macht auch mit.«

Ich musste nicht noch mehr kiffen, um zu wissen, dass ich diese Frau für immer lieben würde.

Im Westen ballten sich Wolken zusammen, und es sah nach Regen aus, aber nichts konnte Charisma davon abhalten, ihre Schüler in den Genuss der Entdeckung all jener Karrieremöglichkeiten kommen zu lassen, die den Jugendlichen indigener Minderheiten im heutigen Amerika offenstanden. Nachdem Müllmänner, Bewährungshelfer, DJs und Backup-Rapper ihren Sermon abgelassen hatten, war etwas Action gefragt. Als Vertreterin des Transportwesens legte Marpessa, die mich den ganzen Tag keines Blickes gewürdigt hatte, eine Stunt-Fahrt hin, die die *Fast and Furious*-Franchise-Industrie vor Neid hätte erblassen lassen. Sie fuhr mit ihrem dreizehn Tonnen schweren Bus einen gekonnten Slalom zwischen Verkehrskegeln, drehte reifenqualmende Runden auf den Foursquare-Plätzen und fuhr, nachdem sie auf eine improvisierte Rampe aus Bänken und Tischen gerumpelt war, auf zwei Rädern rund um den Schulhof. Nach dieser Show lud sie die Kinder zu einer Führung durch ihren Bus ein. Als die Kids einstiegen, waren sie laut und fröhlich, aber zehn Minuten später kamen sie still und ernst wieder raus und bedankten sich beim Aussteigen bedrückt bei Marpessa. Ein junger Mann, der einzige weiße Lehrer an der Schule, schluchzte in die vor das Gesicht geschlagenen Hände. Nach einem letzten todtraurigen Blick auf den Bus entfernte er sich von der Gruppe und sank gegen die Kiste mit Bällen, versuchte, sich zu beruhigen. Unfassbar, dass eine Erläuterung der Busverbindungen und Tariferhöhungen so deprimierend sein konnte. Ein Nieselregen setzte ein.

Charisma verkündete, nun beginne der ländliche Teil des Programms. Nestor Lopez war an der Reihe. Aus Jalisco stammend und über Las Cruces nach Dickens gekommen, waren die Lopez' die ersten Mexikaner, die sich im Farms-Viertel niederließen. Ich war etwa sieben, als sie kamen. Mein Vater beklagte sich stets über die laute Musik und die Hahnenkämpfe. Die einzige Lektion, die mir im Hausunterricht je über mexikanisch-amerikanische Geschichte erteilt wurde, lautete: »Kämpfe nie gegen einen Mexikaner. Denn wenn du gegen einen Mexikaner kämpfst, musst du einen Mexikaner töten.« Der vier Jahre ältere Nestor war allerdings total cool, obwohl ich ihn natürlich irgendwann wegen eines nicht zurückgegebenen Hot-Wheels-Autos oder irgendeines anderen Schwachsinns würde töten müssen. Jeden Sonntagnachmittag, wenn er vom Religionsunterricht kam, sahen wir *Charro*-Filme und verwackelte Videos von Kleinstadt-Rodeos. Wir tranken aus Porzellantassen nach Zimt schmeckenden, heißen *Ponche,* den seine Mutter zubereitet hatte, und verbrachten den restlichen Nachmittag damit, uns vor makabren Videos mit Titeln wie *300 porrazos sangrientos, 101 muertes del jaripero, 1000 litros de sangre* oder *Si chingas al toro, te llevas los cuernos* zu gruseln. Und obwohl ich die meiste Action durch meine Finger hindurch sah, wurde ich die Bilder der armen Cowboys nicht mehr los, die freihändig, ohne Rodeo-Clowns, ohne Sanitäter und ohne jede Furcht auf Stieren ritten und von riesigen *toros destructores* zu hutlosen, wirbellosen Lumpenpuppen zerdrückt wurden. Wenn sich irre spitze Stierhörner in ihre Cowboyhemden und Aorten bohrten, kreischten wir mitfühlend. Wenn Schädel und Kiefer eines gestürzten Reiters in den blutigen Dreck gestampft wurden, klatschten wir ab. Doch irgendwann entfremdeten wir uns, wie bei schwarzen und mexikanischen Jungen üblich. Wir waren die Opfer von Knast-Gang-Edikten, die mit uns zwar nichts zu tun hatten, aber vorschrieben, dass sich Nigger und Latinos voneinander fernzuhalten hätten. Inzwischen sehe ich Nestor, vom gelegentlichen Straßenfest abgesehen, nur noch am Career Day, wenn er, untermalt von der Ouvertüre aus *Wilhelm Tell*, hinter der alten Metallwerkstatt hervorprescht, auf seinem Bronco Reitkunststücke vorführt und sich den Arsch aufreißt.

Ich habe nie ganz ergründen können, für welchen Beruf Nestor steht – vermutlich »Großmaul« –, aber nach seiner Rodeo-Show lüpfte er zum tosenden Applaus der Menge den mit Troddeln und Schnüren geschmückten Sombrero, starrte mich im Vorbeireiten mit einem höhnischen Grinsen nieder und machte auf dem Sattel einen Kopfstand, ohne die Hände zu Hilfe zu nehmen. Als ich anschließend von Charisma vorgestellt wurde, ertönte ein lautes allgemeines Gähnen, das vermutlich in ganz Dickens zu hören war.

»Was ist das für ein Geräusch? Ein startendes Flugzeug?«

»Nein, das ist der Nigger-Farmer. An der Middle School ist offenbar wieder Career Day.«

Ich führte ein nervöses braunäugiges Kalb auf die Home Plate des Baseballfeldes, umzäunt mit wackeligem Maschendraht. Ein paar mutigere Kinder ignorierten ihren knurrenden Magen und ihren Vitaminmangel und lösten sich aus den Reihen, um sich dem Tier zu nähern. Sie streichelten das Kalb, wenn auch vorsichtig, denn sie konnten sich ja vielleicht eine Krankheit einfangen oder sich verknallen, und sie sprachen in den Zungen der Verdammten.

»Sein Fell so weich.«

»Dem seine Augen sehen aus wie Milk Duds. Ich will dem Scheiß am liebsten fressen.«

»Wie dieser Kuh-Nigger so sabber-seufz die Lippen schleckt, das erinnert mir an deine behinderte Mutter.«

»Fick dich. Du behindert!«

»Ihr sind doch alle behintert. Wisst ihr nich', dass Kühe auch Menschen sind?«

Von dem fehlerhaften »behintert« abgesehen, wusste ich, dass ich der Hit war, oder zumindest mein Kalb. Charisma rollte die Zunge zwischen den Zähnen zusammen und pfiff so messerscharf wie ein Footballtrainer. Mit diesem Pfiff hatte sie Marpessa und mich früher gewarnt, wenn mein Vater auf dem Gehweg nahte. Zweihundert Kids wurden schlagartig still und richteten ihr Aufmerksamkeits-Defizit-Syndrom auf mich.

»Hallo, alle zusammen«, sagte ich und spuckte auf den Boden, denn so machten das Farmer. »Ich bin aus Dickens, genau wie ihr ...«

»Woher?«, schrien mehrere Schüler. Ich hätte genauso gut behaupten können, aus Atlantis zu sein. Die Kinder waren aus »keinem Dickens nicht«. Sie machten die Zeichen ihrer Gangs und erzählten, woher sie kamen: Southside Joslyn Park Crip Gang; Varrio Trescientos y Cinco; Bedrock Stoner Avenue Bloods.

Im Gegenzug machte ich die Geste, die bei Farmern einem Gang-Zeichen am nächsten kommt, und zog die Hand über meine Kehle – die universelle Geste für Motor aus. Dann erklärte ich: »Tja, ich bin aus Farms, das wie alle anderen von euch genannten Orte in Dickens liegt, ob ihr das nun wisst oder nicht, und die stellvertretende Schulleiterin Molina hat mich gebeten, euch zu zeigen, wie der typische Tag eines Farmers aussieht. Und weil das Kalb heute achtwöchiges Jubiläum feiert, habe ich mir gedacht, ich erzähle euch etwas über Kastration. Es gibt drei Kastrationsmethoden …«

»Was ist ›Kastration‹, Maestro?«

»Eine Methode, die verhindert, dass männliche Tiere Nachwuchs zeugen.«

»Gibt es denn keine Kuh-Kondome?«

»Keine schlechte Idee, aber Rinder haben keine Hände und genauso wenig Respekt vor dem Selbstbestimmungsrecht der Frauen wie die Republikanische Partei, und deshalb ist dies eine Möglichkeit, den Zuwachs zu kontrollieren. Außerdem sind die Tiere danach fügsamer. Weiß jemand, was ›fügsam‹ heißt?«

Ein mageres Mädchen mit kalkigem Teint wischte sich die laufende Nase und hob dann eine Hand, so widerwärtig aschfahl, so weiß und mit so trockener Haut, wie man es nur von Schwarzen kennt.

»Das heißt, dass jemand eine Pussy ist«, sagte sie, und trat unaufgefordert vor, um mir zu assistieren, indem sie über die flauschigen Ohren des Kalbes strich.

»Ja, das könnte stimmen.«

Die Kinder traten näher und schlossen den Kreis, vielleicht, weil sie das Wort »Pussy« lockte, vielleicht auch, weil sie irrtümlich glaubten, etwas über Sex zu erfahren. All jene, die nicht in den vorderen Reihen standen, huschten und sausten auf der Suche nach einem Platz mit besserem Blick hin und her. Ein paar Kids kletterten auf die Stangen des Maschendrahtzauns und beäugten die Vorführung von oben wie Medizinstudenten im Seziersaal. Ich warf das Kalb auf die Flanke, kniete mich auf Hals und Brustkasten und bat mein handcremeloses Cowgirl, die Hinterbeine des Tieres zu spreizen, bis die Genitalien des kleinen Kälbchens den Elementen ausgesetzt waren. Charisma merkte, dass ich die Aufmerksamkeit ihrer Schüler gewonnen hatte, sah nach dem immer noch wimmernden weißen Lehrer und schlich danach auf Zehenspitzen zu Marpessas Bus. »Wie schon gesagt, gibt es drei Kastrationsmethoden: chirurgisch, elastisch und unblutig. Bei der elastischen Methode befestigt man hier ein Gummiband, damit die Hoden nicht mehr durchblutet werden. Sie verschrumpeln dann und fallen irgendwann ab.« Ich packte den Ansatz des Hodensacks und drückte so fest zu, dass Kalb und Kinder gleichzeitig hochfuhren. »Bei der unblutigen Kastration durchtrennt man da und da die Samenleiter.« Ich zwickte zweimal kräftig hinein, was das Kalb vor Schmerz und Scham wimmern und die Kinder sadistisch grölen ließ. Dann ließ ich ein Klappmesser aufspringen, reckte die Klinge über meinen Kopf und fuchtelte damit herum, in der Hoffnung, es würde dramatisch in der Sonne blitzen, aber es war zu bewölkt. »Und chirurgisch ...«

»Ich will das machen.« Das war das kleine schwarze Mädchen, das den Hodensack des Kalbes mit klaren, braunen Augen voll wissenschaftlicher Neugier betrachtete.

»Ich glaube, dazu brauchst du eine schriftliche Erlaubnis deiner Eltern.«

»Welche Eltern? Ich wohne im El Nido«, erwiderte sie und meinte das Heim in der Wilmington, dessen Name im Viertel den gleichen Klang hatte wie der in einem James-Cagney-Film eingestreute Name Sing Sing.

»Wie heißt du?«

»Sheila. Sheila Clark.«

Sheila und ich tauschten Plätze, kletterten übereinander und untereinander weg, wobei wir das hilflose Kalb weiter auf den

Boden drückten. Danach reichte ich ihr das Messer und die Kastrationszange, die einer Gartenschere glich und wie jedes andere gute Werkzeug genau das tat, was sein Name versprach. Einen Liter Blut, eine überraschend geschickte Entfernung der oberen Hälfte des Hodensacks, ein kunstvolles Herausreißen der Hoden, ein lautes Knirschen beim Durchtrennen des Samenleiters, einen Schulhof voll kreischender Schüler und Lehrer und ein sexuell dauerhaft frustriertes Kalb später beendete ich die Vorstellung, der nur noch Sheila Clark und drei andere Schüler beiwohnten. Diese waren aber so fasziniert, dass sie durch die immer größer werdende Blutlache wateten, um die Wunde genauer zu betrachten, während ich mit dem strampelnden Kalb rang. »Wenn ein Rind hilflos auf der Seite liegt, wird das in der Viehzucht ›Ruhestellung‹ genannt. Das ist ein günstiger Moment für andere schmerzhafte Maßnahmen, etwa die Enthornung, das Impfen, das Anbringen von Brandzeichen und Ohrmarke ...«

Es regnete stärker. Die großen, warmen Tropfen ließen kleine Staubwolken aufsteigen, als sie auf den dürren Boden klatschten. Mitten auf dem Schulhof leerten Hausmeister und Helfer hastig eine Großmülltonne. Sie türmten kaputte Holztische, zerbrochene Schultafeln und die Reste einer von Termiten zerfressenen Handballwand auf und stopften die Lücken mit Zeitungspapier aus. Normalerweise endete der Career Day mit einem großen Feuer, in dem Marshmallows geröstet wurden. Dieses Mal wurde es wohl nichts mit dem Feuer, denn der Himmel wurde dunkler und der Regen steter, während Karrieristen und Lehrpersonal, ausgenommen die Heulsuse von Mathelehrer, der einen platten Basketball anstarrte, als stünde das Ende der Welt bevor, die Kinder von der demolierten Schaukel rissen, dem rostigen Klettergerüst, der morschen Holzburg. Nestor umkreiste die verängstigte Herde hoch zu

Ross, damit niemand zu den Toren floh. Marpessa hatte den Bus gestartet, und als Charisma ausstieg, erholte sich das Kalb gerade von seinem Schock. Ich hielt Ausschau nach meiner Assistentin, Sheila Clark, aber sie hielt die blutigen Hoden an den Fasersträngen, ließ sie in der Luft zusammenstoßen wie zwei Klick-Klack-Kugeln, die sie für fünfundzwanzig Cent aus dem Automaten gezogen hatte.

Als ich das Kalb in die Kopfzange nahm, mich auf den Rücken drehte und die Stiefelhacken in seinen Schritt drückte, damit es mir nicht ins Gesicht trat, wendete Marpessa den Bus und fuhr durch das Seitentor auf die Shenandoah Street, ohne mir zum Abschied auch nur zu winken. Scheiß auf sie. Charisma stand lächelnd vor mir, sie sah den Schmerz in meinen Augen.

»Ihr zwei wart füreinander bestimmt.«

»Tust du mir einen Gefallen? Holst du das Antiseptikum und das Cremefläschchen mit der Aufschrift *Fliegenschutz* aus meiner Tasche?« Die stellvertretende Direktorin Molina tat, was sie von Kindesbeinen an getan hatte: Sie machte sich die Hände schmutzig, indem sie das strampelnde Tier mit Desinfektionsmittel einsprühte und klebrigen Fliegenschutz auf die Wunde schmierte, die dort klaffte, wo die Hoden gewesen waren.

Als sie fertig war, tippte ihr der tränenüberströmte weiße Lehrer auf die Schulter und löste wie ein Fernsehcop, der Marke und Waffe abgibt, den neuen, glänzenden »Teach for America«-Button von seiner Strickjacke, drückte ihn Charisma in die Hand und ging ins Unwetter davon.

»Was ist denn mit dem los?«

»Als wir im Bus waren, ist deine magere Magd Sheila aufgestanden, hat auf das GGF. FÜR WEISSE FREIGEBEN-Schild gezeigt und dem jungen Mr. Edmunds ihren Platz angeboten.

Und dieser Idiot nimmt ihr Angebot an, setzt sich, kapiert, was er getan hat, und klappt dann total zusammen.«

»Wie? Die Schilder sind noch dran?«

»Das weißt du nicht?«

»Was weiß ich nicht?«

»Du erzählst so viel Mist über das Viertel, aber du weißt nicht, was im Viertel abgeht. Seit du diese Schilder angebracht hast, ist Marpessas Bus der sicherste Ort in der ganzen Stadt. Sie hatte die Dinger auch vergessen, bis ihr Schichtleiter darauf hinwies, dass sie seit Hominys Geburtstagsparty keinen Schadensbericht mehr eingereicht habe. Und dann ist es ihr bewusst geworden. Mit wie viel Respekt die Leute sich jetzt begegnen. Sie grüßen beim Einsteigen und danken beim Aussteigen. Kein Zoff zwischen Gangs. Ob Crip, Blood oder Cholo, alle drücken den Halteknopf nur ein einziges Mal. Und weißt du, wo die Kids ihre Hausaufgaben erledigen? Nicht zu Hause, nicht in der Bücherei, sondern im Bus. So sicher ist er.«

»Kriminalität ist zyklisch.«

»Nein, es liegt an den Schildern. Erst motzen die Leute, aber dann bremst sie der Rassismus. Macht sie demütig. Verdeutlicht ihnen, wie viele Fortschritte wir gemacht haben und, wichtiger noch, dass wir noch lange nicht am Ziel sind. In diesem Bus hat man das Gefühl, als hätte der Geist der Rassentrennung die Menschen in Dickens näher zusammengebracht.«

»Und die Lehrer-Heulsuse?«

»Mr. Edmunds ist ein glänzender Mathelehrer, kann den Kids aber offenbar nichts über sie selbst beibringen, also vergiss ihn.«

Das halbwegs geheilte Kalb kam wieder auf die Beine. Sheila, die kleine Entmannerin, beugte sich hänselnd über sein Gesicht und hielt die Hoden wie Kunstschmuck an ihre

Ohrläppchen. Das Kalb schnupperte zum Abschied ein letztes Mal an seiner Männlichkeit und trabte davon, um sich mit den Tetherball-Stangen zu verbrüdern, die nutzlos, schief und ebenfalls ohne Eier neben der Cafeteria standen. Charisma rieb ihre müden Augen. »Wenn ich diese kleinen Motherfucker dazu bringen könnte, sich in der Schule genauso zu verhalten wie im Bus, dann wäre das schon was.«

Angeführt von Nestor Lopez, der der Kinderherde zehn Pferdelängen voraus war, weil er seine Belohnung kassieren wollte, wurden Sheila und ihre Mitschüler im Nieselregen durch die Betonprärie gescheucht, vorbei an Bungalows mit Dächern aus Teerpappe und mit Fenstern, deren Scheiben aus buntem Bastelpapier und Zeitungsseiten bestanden. Die Gebäude waren in einem so lausigen Zustand, dass die afrikanischen Ein-Raum-Schulen, die man bei spätabendlichen Spendenaufrufen im Fernsehen sehen kann, im Vergleich wie College-Seminarräume wirken. Es war wie ein moderner Pfad der Tränen. Man versammelte die Kinder rund um den Berg aus kaputtem Schulmobiliar. Auch wenn die Regentropfen zischend auf die großen Marshmallow-Tüten, den immer dunkleren Holzhaufen und die feuchten Zeitungen fielen, war ihre Vorfreude ungetrübt. Sie standen vor der Aula der Schule, deren Dach beim Northridge-Erdbeben von 1994 eingestürzt und nie repariert worden war. Charisma strich über die Rose-Parade-Glöckchen an Nestors Sattel. Ihr Klingeln brachte die Kinder zum Lächeln. In diesem Moment kam Sheila Clark angerannt, unter Tränen ihre Schulter reibend. »Der weiße Junge hat mir einen Hoden geklaut, Miss Molina!«, jaulte sie und zeigte auf das pausbäckige Latino-Kid, drei Grade dunkler als sie, der vergeblich versuchte, den Hoden wie einen Pflummi auf dem nassen Boden springen zu lassen. Charisma streichelte besänftigend Sheilas geflochtene Haare. Es war mir neu, dass schwarze Kinder ihre Latino-Altersgenossen als weiß bezeichneten. Als ich in ihrem Alter gewesen war, in einer Zeit, als wir vor Spielen wie »Kick the Can« und »Red Light, Green Light« schnell »Nicht ich!« gerufen hatten, lange vor der Gewalt, der Armut und den Kämpfen untereinander, die Dickens, früher eine Stadt für alle, in getrennte, von Gangs regierte Viertel aufgesplittert hatten, war jeder Bürger, egal welcher Rasse, schwarz gewesen, und man hatte den Grad der Schwärze weder an der Hautfarbe noch an der Art der Haare bemessen, sondern daran, ob jemand »im Grunde genommen« oder »eigentlich« sagte. Marpessa hatte oft erzählt, sie habe erst begriffen, dass Charisma trotz der schwarzen, bis über den Hintern fallenden Haare und ihres *Horchata*-Teints nicht schwarz war, als sie nach der Schule von ihrer Mutter abgeholt worden war. Die Mutter hatte sich ganz anders bewegt und geredet als ihre Tochter. Daraufhin hatte sich Marpessa erstaunt zu ihrer besten Freundin umgedreht. »Du bist Mexikanerin?« Charisma war erblasst, voller Angst, ihr Homegirl könnte ausrasten, und hatte schon rufen wollen: »Ich bin keine Mexikanerin«, aber dann hatte sie ihre im Gewimmel der schwarzen Gesichter und Sprachmelodien stehende Mutter betrachtet, als würde sie sie zum ersten Mal sehen, und etwas gesagt wie: »Oh, Fuck, ich bin Mexikanerin! *Hijo de puta!*« Das war lange her.

Bevor man das Feuer entfachte, sprach die stellvertretende Schulleiterin Molina zu ihren Truppen. Stimme und ernste Miene verrieten, dass sie als Generalin am Ende ihrer Kräfte war. Sich damit abgefunden hatte, dass die schwarz-braunen Kohorten, die sie in die Welt hinausschickte, keine echte Chance hatten. *Cada día de carreras profesionales yo pienso la misma cosa. De estos doscientos cincuenta niños, cuántos terminarán la escuela secundaria? Cuarenta pinche por ciento? Órale, y de esos cien con suerte, cuántos irán a la universidad?* Online, Junior, College-Clown, *o lo que sea?* Etwa fünf, *más o menos.* *Y cuántos graduarán?* Vielleicht zwei. *Qué lástima. Estamos chingados.*

Obwohl ich wie fast alle in Los Angeles aufgewachsenen männlichen Schwarzen bestenfalls mehrsprachig genug bin, um Frauen jeglicher Herkunft in ihrer jeweiligen Sprache sexuell zu belästigen, verstand ich den Kern der Botschaft. Diese Kids waren am Arsch.

Überraschend viele Kinder hatten Feuerzeuge dabei, aber trotz vieler Versuche wollte das durchnässte Holz nicht brennen. Charisma befahl eine Gruppe von Schülern zum Lagerschuppen. Sie kehrten mit Pappkartons zurück und kippten den Inhalt aus. Kurz darauf erhob sich eine anderthalb Meter breite und einen Meter hohe Pyramide aus Büchern, und sie wuchs immer weiter.

»Worauf wartet ihr, Teufel noch mal?«

Das musste sie nicht zweimal sagen. Die Bücher brannten wie Anmachholz, und die Flammen eines anständigen Lagerfeuers züngelten in den Himmel, während die Schüler fröhlich auf Bleistifte gespießte Marshmallows rösteten.

Ich nahm Charisma beiseite. Ich konnte es nicht fassen, dass sie Bücher verbrannte. »Ich dachte, es würde an Schulbedarf mangeln.«

»Das sind keine Bücher. Die Dinger stammen von Foy Cheshire. Er will den Schulen einen Lehrplan namens ›Feuer frei auf den Kanon!‹ aufdrücken, der aus überarbeiteten Klassikern mit Titeln wie *Onkel Toms Loft* und *Der Aufbauspieler im Roggen* besteht. Aber im Ernst, wir haben alles ausprobiert: kleinere Klassenräume, längerer Unterricht, bilinguale, monolinguale, sublinguale Ansätze, Ebonics, Lautiermethode und Hypnose. Ein Farbschema zur Optimierung des Lernumfelds. Aber egal, ob man die Wände in warmen oder etwas kühleren Farbtönen streicht, am Ende haben weiße Lehrer das Sagen, die weiße Methodologie predigen und Weißwein trinken, und irgendein weißer Möchtegern-Behördenhengst droht, deine Schule unter Zwangsverwaltung zu stellen, weil er Foy Cheshire kennt. Nichts funktioniert. Aber eines weiß ich genau: Die Chaff Middle School wird keine Ausgaben von *Der Hasch-Mann kommt* an ihre Schüler verteilen.«

Ich kickte ein halb verbranntes Buch aus dem Feuer. Das Cover war verkohlt, aber noch lesbar: *Der Große Blacksby*. Die erste Seite begann wie folgt:

Offene Worte. Als ich noch jung, dumm und voller Scheiße war, impfte mir mein stets anwesender, kein bisschen stereotyper afroamerikanischer Vater, der immer gut zu meiner Mutter war, ein Wissen ein, das ich seither unaufhörlich verbreite.

Ich fackelte das Buch mit meinem Feuerzeug endgültig ab, hielt die brennenden Seiten unter einen auf ein Holzlineal gespießten Marshmallow, den Sheila mir netterweise gereicht hatte. Sie hatte ein Springseil in eine Leine verwandelt und streichelte den Kopf des Kalbes. Der Latino versuchte derweil, die Hoden mit Klebstoff und einer Büroklammer wieder anzubringen, bis er von Charisma am Nacken auf die Beine gerissen wurde.

»Findet ihr den Career Day schön, Kinder?«

»Ich will Tierärztin werden!«, antwortete Sheila.

»Ist doch schwul«, entgegnete ihre Nemesis, der einhändig mit den Eiern jonglierende Latino-Junge.

»Jonglieren ist schwul!«

»Leute ›schwul‹ zu nennen, weil sie dich ›schwul‹ genannt haben, ist schwul!«

»Das reicht«, rügte Charisma. »Mein Gott, gibt es irgendwas, das ihr Kids nicht für schwul haltet?«

Der fette Junge dachte lange nach. »Weißt du, was nicht schwul ist? Schwul sein.«

Die Tränen lachende Charisma sackte auf eine beigefarbene Fiberglasbank, und dann ertönte das Fünfzehn-Uhr-Klingeln; es war ein langer Tag gewesen. Ich setzte mich neben sie. Die Wolken öffneten alle Schleusen, und der Nieselregen wurde zu einem anhaltenden Regenguss. Schüler und Lehrer rannten zu ihren Autos, zur Bushaltestelle, in die Arme ihrer wartenden Eltern, während wir wie gute Südkalifornier ohne Schirm im Regen sitzen blieben und den Tropfen lauschten, die im allmählich erlöschenden Feuer knisterten.

»Ich habe eine Idee, wie man die Kinder dazu bringen könnte, einander so zu respektieren wie im Bus, Charisma.«

»Und wie?«

»Rassentrennung in der Schule.« Ich hatte das kaum ausgesprochen, da begriff ich, dass Rassentrennung der Schlüssel dazu war, Dickens wiederauferstehen zu lassen. Das im Bus existierende Gemeinschaftsgefühl würde sich in der Schule und von dort in der ganzen Stadt verbreiten. Die Apartheid hatte das schwarze Südafrika zusammengeschweißt, warum also nicht auch Dickens?

»Rassentrennung? Du willst den Unterricht nach Hautfarben trennen?«

Charisma sah mich an wie einen ihrer Schüler, der nicht dumm, aber naiv war. Denn die Chaff Middle School war immer wieder segregiert worden, vielleicht nicht nach Hautfarben, aber nach Lesevermögen und Verhaltensauffälligkeiten. Jene, für die Englisch Zweitsprache war, lernten auf andere Art als die Englisch-nur-dann-wenn-ich-Lust-habe-Sprachigen. Im Black History Month schaute mein Vater die immer am späten Abend ausgestrahlten Aufnahmen der brennenden Freedom-Busse, der knurrenden und kläffenden Hunde, und dann sagte er zu mir: »Integration kann man nicht erzwingen, Junge. Die Leute, die sich integrieren wollen, tun das auch.« Ich habe nie gründlich durchdacht, ob und in wieweit ich dem zustimme, aber seine Erkenntnis hat sich mir eingeprägt. Hat mir verdeutlicht, dass Integration für manche Menschen ihre Grenzen hat. Hier in Amerika kann »Integration« auch ein bloßes Alibi sein. »Ich bin kein Rassist. Meine Partnerin beim Abschlussball, mein Cousin zweiten Grades, mein Präsident sind schwarz (oder was auch immer).« Das Problem besteht darin, dass wir nicht wissen, ob Integration ein natürlicher oder unnatürlicher Zustand ist. Ist Integration, ob erzwungen oder freiwillig, soziale Entropie oder soziale Ordnung? Der Begriff wurde niemals richtig definiert. Trotzdem dachte Charisma über die Rassentrennung nach, während sie den letzten Marshmallow über den Flammen hin und her drehte. Ich wusste, was ihr durch den Kopf ging. Sie dachte, dass in ihrer eigenen Schulzeit die Schülerschaft ihrer Alma Mater zu achtzig Prozent schwarz gewesen war, heute aber zu fünfundsiebzig Prozent aus Latinos bestand. Sie dachte daran, was ihre Mutter, Sally Molina, während ihrer Kindheit und Jugend in den 1940ern und 1950ern, also zur Zeit der Rassentrennung, in einer Kleinstadt in Arizona erlebt hatte. Sie hatten in der Kirche auf der heißen Seite sitzen müssen, am weitesten von Jesus und den Notausgängen entfernt. Sie hatte auf mexikanische Schulen gehen und ihre Eltern und ihren kleinen Bruder auf dem mexikanischen Friedhof am Highway 60, außerhalb der Stadt, bestatten müssen. Und als die Familie 1954 nach Los Angeles zog, zeigte sich, dass die Diskriminierung dort die gleiche war. Nur dass sie im Gegensatz zu den schwarzen Angelinos an den öffentlichen Stränden baden durften.

»Du willst an der Schule die Rassentrennung einführen?«
»Genau.«

»Wenn du das für machbar hältst, dann leg los. Aber vergiss nicht, dass es zu viele Mexikaner gibt.«

Ich kann natürlich nicht für die Kinder sprechen, aber als ich nach dem Career Day nach Hause fuhr, auf dem Beifahrersitz das frisch kastrierte Kalb, das den Kopf aus dem Fenster reckte und Regentropfen mit der Zunge auffing, fühlte ich mich so inspiriert wie selten zuvor, hatte auch ein klareres Ziel vor Augen. Wie hatte Charisma sich ausgedrückt? »Man hat das Gefühl, als würde der Geist der Rassentrennung die Menschen in Dickens näher zusammenbringen.« Ich beschloss, meiner neuen Karriere als Stadtplaner mit den Verantwortungsbereichen Restauration und Rassentrennung weitere sechs Monate zu geben. Wenn es dann nicht klappte, konnte ich mich wieder darauf besinnen, schwarz zu sein.

12

Der Sommer nach dem Career Day war total verregnet. Die weißen Jungs am Strand nannten ihn »Bommer«, wie weiland der »Bommer 1942«. In den Wetterberichten ging es nur noch um Rekordregenfälle und anhaltende Bewölkung. Morgens gegen halb zehn formierte sich ein Tiefdruckgebiet über der Küste, und dann goss es bis zum frühen Abend. Viele Leute surfen nicht bei Regen und noch viel mehr weigern sich, nach einem Sturm hinauszugehen, weil sie befürchten, sich durch den Schlamm und die verseuchten Abwasser, die nach schweren Regenfällen in den Pazifik strömen, Hepatitis einzufangen. Ich dagegen surfe gern bei Regen, denn es gibt weder Gedrängel noch Windsurfer. Wenn man sich von den Arroyos bei Malibu und Rincon fernhält, deren fauliger Schmutz oft über die Ufer tritt, kann einem nichts passieren. Nein, in dem Sommer machte ich mir keine Gedanken über Fäkalien und Mikroben, sondern plagte mich mit meinen Satsumas und der Rassentrennung ab. Wie konnte eine Zitrusfrucht, die hochsensibel auf Wasser reagiert, unter Monsun-Bedingungen gedeihen? Wie sollte man eine Schule, in der schon Trennung herrschte, nach Rassen trennen?

Hominy, der Rassen-Reaktionär, war keine Hilfe. Er fand die Vorstellung super, den Schulbetrieb nach Hautfarben zu trennen, weil er glaubte, das würde Weiße nach Dickens locken. Er hoffte, die Stadt würde wieder der wohlhabende weiße Vorort seiner Jugend werden. Autos mit Heckflossen. Strohhüte

und Sock-Hops. Gesellige Runden mit Eiscreme und Episko-
palen. Das wäre das Gegenteil der Weißen-Flucht, meinte er.
»Der Ku-Klux-Influx.« Als ich ihn fragte, wie das gehen solle,
zuckte er jedoch nur mit den Schultern und textete mich wie
ein ideenloser konservativer Senator mit wirren Geschichten
aus der guten alten Zeit zu. »In einer Folge der *Kleinen Strolche*
versucht Stymie, einer Geschichtsarbeit zu entgehen, für die
er nicht gelernt hat, indem er seinen Tisch in Brand setzt. Am
Ende fackelt er die ganze Schule ab, klar, und die Bande muss
die Arbeit auf einem Löschfahrzeug schreiben, weil Miss Crabtree so einen Mist nicht duldet.« Hinzukamen natürlich die
Schuldgefühle, die man als Verfechter der Rassentrennung hat.
Ich blieb nachts wach und versuchte, Sonnenscheinbärchi, dessen sonnengelbes Fell im Laufe der Jahre zehendreckbräunlich
und fleckig geworden war, von den Vorteilen einer Neuauflage
der Rassentrennung zu überzeugen. Paris hat den Eiffelturm,
St. Louis den Arch und New York ein irrsinnig hohes Einkom-
mensgefälle, und Dickens hätte nach Rassen getrennte Schulen. Die Broschüre der Handelskammer wäre auf jeden Fall
hochattraktiv. *Willkommen in der glorreichen Stadt Dickens:*
Das urbane Paradies am Los Angeles River. Heimat der wilden
Gangs vagabundierender Jugendlicher, eines Filmstars im Ruhe-
stand und der nach Rassen getrennten Schulen!
   Viele Leute behaupten, Wasser habe sie zu ihren besten
Ideen inspiriert. Unter der Dusche. Im Pool. Auf eine Welle
wartend. Was irgendwie mit negativen Ionen, weißem Rauschen und Einsamkeit zu tun hat. Man sollte also meinen, dass
es einem Ein-Personen-Brainstorming gleichkäme, wenn man
bei Regen surft – nicht so bei mir. Die besten Ideen habe ich
nicht beim Surfen, sondern auf der Rückfahrt. Also saß ich da,
nach einer herrlichen Surfrunde an einem Juliregentag im Verkehr feststeckend und nach Abwässern und Algen stinkend,

und sah zu, wie die reichen Kids nach der Sommerschule aus der Intersection Academy strömten, einem prestigeträchtigen privaten »Angelpunkt der Bildung«, direkt am Meer. Als sie über die Straße zu den wartenden Limousinen und Luxuswagen gingen, zeigten sie mir »Shaka«-Geste und Gang-Zeichen, steckten den struppigen Kopf in mein Auto und sagten: »Haste Hasch, Bro? ›Hang ten‹, afroamerikanischer Wellenreiter!«

Trotz des unablässigen Regens schienen diese Schüler nie nass zu werden. In erster Linie, weil Diener und Küchenmägde ihren übermütigen Mündeln mit Regenschirmen in der Hand hinterherhetzten, aber manche Kinder waren schlicht zu weiß, um nass zu werden. Man stelle sich Winston Churchill, Colin Powell und Condoleezza Rice oder den Lone Ranger klitschnass vor, dann weiß man, was ich meine.

Als ich acht war, liebäugelte Pops kurz, aber durchaus ernsthaft damit, meinen intellektuell faulen Arsch an einer piekfeinen Prep-School anzumelden. Über mir aufragend, während ich bis zu den Knien im Reisfeld stand und Pflanzen in den Schlamm setzte, murmelte er etwas von der Wahl zwischen den Juden in Santa Monica und den Gojim in Holmby Hills und zitierte Forschungsergebnisse, laut derer sich schwarze Kinder, die mit weißen Kindern gleich welchen Glaubens zur Schule gehen, »besser machen«, um danach nicht ganz so glaubwürdige Forschungsergebnisse zu bemühen, die besagten, Schwarze seien zur Zeit der Rassentrennung »besser dran gewesen«. Ich weiß nicht mehr, wie er »besser dran sein« definierte oder warum ich nie auf die Interchange oder die Haverford-Meadowbrook ging. Vielleicht, weil ich hätte pendeln müssen. Vielleicht, weil es zu teuer gewesen wäre. Aber als ich beobachtete, wie diese Kids, Söhne und Töchter von Moguln der Film- und Musikindustrie, aus dem topmodernen Gebäude defilierten, dämmerte mir, dass ich als einziger Schüler von Daddys häuslicher G-9-Schule in den Genuss einer absolut rassengetrennten Schulausbildung gekommen war, die mich Gott sei Dank weitgehend vor Infinity Pools, hausgemachtem Foie gras und amerikanischem Ballett bewahrt hatte. Und obwohl ich noch immer nicht wusste, wie ich meine Satsumas retten konnte, hatte ich plötzlich eine Idee, wie eine Schule, die trotz der Latinos genau genommen komplett schwarz war, nach Rassen getrennt werden konnte. Unterwegs hallte die Stimme meines Vaters in meinem Kopf nach.

Hominy erwartete mich mit einem großen grün-weißen Golf-Regenschirm auf dem Hof, seine bloßen Füße hinterließen tiefe Hammerzeh-Abdrücke im nassen Gras. Seit ich eingewilligt hatte, die Middle School nach Rassen zu trennen, war er viel fleißiger. Er war natürlich noch immer kein John Henry, entwickelte aber Eigeninitiative, wenn ihn etwas interessierte. In letzter Zeit hatte er sich intensiv um den Satsuma-Baum gekümmert. Hatte manchmal stundenlang daneben gestanden und Vögel und Insekten verscheucht. Die Satsumas erinnerten ihn an die Kameradschaft zu Filmstudiozeiten. An das Daumenhakeln mit Wheezer. An die Kopfnüsse für Fatty Arbuckle. An Wahrheit-oder-Pflicht-Spiele, deren Verlierer durch den Set von Laurel und Hardy rennen mussten. Und dann, es war während der Dreharbeiten zu *Ich seh Tulpen und 'ne Rose, ich seh deine Unterhose*, entdeckte Hominy die Satsuma-Mandarine. Die Bande hatte sich in der Pause am Büfett versammelt, futterte Cupcakes und trank Cream Soda. Doch an jenem Tag waren Kinobesitzer aus dem Süden am Set, und weil das Studio bei den Vertretern dieses Kastensystems gut Wetter machen wollte, das die Streifen nicht zeigte, weil darin weiße und schwarze Kinder zusammen spielten, bat man Hominy und Buckwheat, mit ein paar japanischen Komparsen zu essen. Die Japaner mimten mexikanische Banditen, denn 1936 hatte man fast alle Mexikaner ausgewiesen. Sie boten den beiden Soba-Nudeln und Satsumas an, importiert aus dem Land der aufgehenden Sonne und garantiert keine Gewerkschaftskost. Und da stellten die schwarzen Jungs fest, dass der perfekt ausgewogene süßsaure Geschmack dieser Frucht das Einzige war, was den ätzenden Nachgeschmack der Melonen vertrieb, die in den Filmen für die befreiende Komik zu sorgen hatten. Worauf die beiden Zusatzklauseln in ihre Verträge einfügen ließen: Am Set durfte es nur noch Satsumas geben. Keine Clementinen, Mandarinen oder Tangelos. Denn es ging nichts über eine Satsuma, wenn man nach einem harten Tag des Herumnegerns seine Würde wiederherstellen wollte.

Hominy glaubte nach wie vor, ich würde den Baum um seinetwillen hegen und pflegen. Dass ich ihn an dem Tag gepflanzt hatte, als Marpessa und ich uns offiziell getrennt hatten, wusste er nicht. Ich hatte gerade das mittlere Semester meines ersten Collegejahres geschafft und fuhr nach Hause, sauste auf der CA-91 nach Westen, angespornt durch die Vorstellung, gleich nach meiner Ankunft Glückwunsch-Sex zu haben. Stattdessen entdeckte ich am Ohr einer Sau einen Zettel mit den Worten *Nee, Nigger*.

Er zerrte verzweifelt an einem Ärmel meines Surfanzugs. »Du hast mich gebeten, dir Bescheid zu geben, wenn die Satsumas so groß sind wie Tischtennisbälle, Massa.« Hominy hielt den Regenschirm über meinen Kopf wie ein Golfcaddy, der trotz einer lausigen Runde seines Bosses nicht aufgibt. Er reichte mir das Refraktometer, scheuchte mich auf den Hinterhof, und so stapften wir durch den Schlamm zu dem im Wasser stehenden Baum. »Bitte, Massa, Beeilung. Ich glaube nicht, dass sie durchkommen.«

Die meisten Zitrusfrüchte müssen regelmäßig bewässert

werden, nicht so die Satsumas. Sie verwandeln Wasser in Pisse, und egal wie emsig ich die Pflanzen beschnitt, die diesjährige Ernte hing schwer und schäbig an den Zweigen. Fände ich keine Möglichkeit, die Wasserzufuhr einzuschränken, dann würde alles verderben, dann wären zehn Jahre und fünfundzwanzig Kilo japanischen Import-Düngers umsonst. Ich schnitt eine Frucht vom erstbesten Baum. Riss oben die Schale auf und bohrte den Daumen in das Fruchtfleisch, drückte ein paar Tropfen auf das Refraktometer, diesen kleinen, überteuerten, japanischen Apparat, der den Anteil der Saccharose im Saft misst.

»Wie viel?«, fragte Hominy verzweifelt.

»Zwei Komma drei.«

»Wo liegt das auf der Süße-Skala?«

»Irgendwo zwischen Eva Braun und einem südafrikanischen Salzbergwerk.«

Ich habe mit meinem Pflanzen nie niggergeflüstert. Ich glaube nicht daran, dass sie empfindsame Wesen sind, aber nachdem Hominy gegangen war, sprach ich eine Stunde zu den Bäumen. Ich las ihnen Gedichte vor und sang den Blues.

13

Offene Rassendiskriminierung habe ich nur ein einziges Mal erlebt. Eines Tages behauptete ich dummerweise gegenüber meinem Vater, in Amerika gebe es keinen Rassismus. Nur gleiche Chancen für alle, die die Schwarzen ignorierten, weil wir keine Verantwortung für uns selbst übernehmen wollten. Noch am gleichen Tag, genauer gesagt mitten in der Nacht, riss mein Vater mich aus dem Bett, und wir brachen zu einer schlecht geplanten Fahrt über Land auf, die uns ins tiefste und weißeste Amerika führen sollte. Nach einer dreitägigen Nonstop-Tour landeten wir in einer namenlosen Stadt am Mississippi, die nur aus einer staubigen, glühend heißen Kreuzung, Krähen, Baumwollfeldern sowie, gemessen an der freudig erregten Miene meines Vaters, aus blankem Rassismus bestand.

»Da ist es«, sagte er und zeigte auf einen verlotterten Einkaufsladen, so in die Jahre gekommen, dass der heiter im Fenster blinkende Flipper nur Zehncentstücke schluckte und die schwindelerregende Höchstpunktzahl 5637 anzeigte. Ich hielt Ausschau nach Rassismus. Vor dem Laden hockten drei gedrungene Weiße auf Coca-Cola-Holzkisten und quatschten irgendeinen Mist über ein bevorstehendes Stock-Car-Rennen, alle mit dieser sonnenverbrannten Krähenfuß-Visage, die für ein unbestimmbar hohes Alter steht. Wir hielten an der Tankstelle gegenüber. Als die Glocke bimmelte, erschraken sowohl ich als auch der schwarze Angestellte. Er riss sich zögernd von dem Video-Schachspiel los, das er am Fernseher mit einem Freund spielte.

»Volltanken bitte.«

»Klar. Ölstand prüfen?« Mein Vater nickte, den Blick auf den Laden gegenüber geheftet. Der Tankwart, Clyde, vorausgesetzt, man durfte dem in schwungvollen roten Buchstaben auf den blauen Overall gestickten Namen trauen, erfüllte umgehend seine Pflicht. Er prüfte Ölstand, Reifendruck und wischte mit einem schmierigen Lappen über Windschutzscheibe und Heckfenster. Ich glaube, ich sah zum ersten Mal, dass jemand bei dieser Arbeit strahlte. Und was die Sprühflasche auch immer enthielt, die Fenster waren noch nie so blitzblank gewesen. Als Clyde vollgetankt hatte, fragte mein Vater: »Dürfen mein Junge und ich hier ein Minütchen stehen bleiben?«

»Aber sicher doch.«

Ein *Minütchen*? Ich senkte beschämt den Kopf. Ich hasse es, wenn Leute Schwarzen gegenüber kumpelhaft tun, denen sie sich überlegen fühlen. Was käme als Nächstes? Ich »tu« dann mal gehen? Jawoll, Massa? Ein Chor, der »Who Let the Dogs Out« schmetterte?

»Was machen wir hier, Dad?«, murmelte ich, den Mund voller Salzcracker, die ich seit Memphis in mich hineingestopft hatte. Alles, nur um die Hitze zu vergessen, die endlosen Baumwollfelder und den Gedanken daran, wie schlimm die Sklaverei gewesen sein musste, wenn sich jemand in dieser Ecke einreden konnte, Kanada sei nicht weit weg. Obwohl mein Vater nie davon sprach, war er wie seine entflohenen Vorfahren nach Kanada getürmt, um dem Vietnamkrieg zu entgehen. Sollten Schwarze jemals Reparationen für die Sklavenzeit erhalten, dann gäbe es jede Menge Motherfucker, die in Kanada Miete und Steuern nachzahlen müssten.

»Was machen wir hier, Dad?«

»Wir glotzen dreist«, antwortete er und holte einen superscharfen General-Patton-Feldstecher aus einem schicken Lederfutteral, hielt sich die schwarze Monstrosität vor die Augen und drehte sich zu mir um, die Augen hinter den dicken Linsen groß wie Billardkugeln. »Und wenn ich dreistes Glotzen sage, meine ich das auch!«

»Dreistes Glotzen«, das wusste ich dank der Quizfragen, die mir mein Vater jahrelang zum schwarzen Brauchtum gestellt hatte, sowie durch ein Buch von Ishmael Reed, das auf unserem Klokasten gelegen hatte, hieß, dass ein männlicher Schwarzer eine Südstaaten-Weiße angaffte. Und nun glotzte mein Dad durch sein Fernglas, dessen Linsen in der Mississippi-Sonne wie Halogen-Leuchtfeuer blitzten, die gut zehn Meter entfernte Ladenfront an. Eine Frau trat auf die Veranda, eine Schürze über dem karierten Fünfziger-Jahre-Kleid, in der Hand einen Reiserbesen. Sie begann zu fegen, wobei sie es vermied, ins grelle Licht zu blicken. Die weißen Männer saßen angesichts seines unverschämt dreisten Nigger-Glotzens mit offenem Mund und breiten Beinen da.

»Mann, was für Titten!«, schrie mein Vater so laut, dass er bis in den letzten Winkel der Südstaaten zu hören war. Ihr Busen war gar nicht so gigantisch, aber durch das tragbare Äquivalent des Hubble-Teleskops betrachtet, wirkte ihre Körbchengröße B vermutlich wie die *Hindenburg* oder das Goodyear-Luftschiff, je nachdem. »Jetzt, Junge, jetzt!«

»Was jetzt?«

»Geh hin und pfeif der weißen Frau nach.«

Er stieß mich aus dem Auto, und ich ging über den einspurigen Highway, der so dick mit steinhartem Lehm verkrustet war, dass man nicht erkennen konnte, ob er jemals asphaltiert worden war, wirbelte dabei eine Nebelwolke aus rotem Staub auf. Ich blieb gehorsam vor der weißen Dame stehen und begann zu pfeifen. Versuchte es jedenfalls. Denn mein Vater wusste nicht, dass ich nicht pfeifen konnte. Das Pfeifen gehört zu den wenigen Dingen, die man an öffentlichen Schulen lernt. Ich war zu Hause unterrichtet worden, hatte meine Mittagspause also damit verbracht, hinten im kleinen Baumwollbeet zu stehen und aus dem Gedächtnis alle schwarzen Kongressabgeordneten aufzuzählen: Blanche Bruce, Hiram Rhodes, John R. Lynch, Josiah T. Walls... Obwohl es kinderleicht klingt, wusste ich nicht, wie man die Lippen zu einem Pfiff spitzte. Aus dem gleichen Grund beherrsche ich auch nicht den vulkanischen Gruß, kann das Alphabet nicht auf Befehl rülpsen oder jemandem den Stinkefinger zeigen, ohne die übrigen vier Finger mit der anderen Hand runterzudrücken. Den Mund voller Cracker zu haben, war auch keine große Hilfe, und das Ergebnis bestand darin, dass ich vorgekaute Hafermehlkekse arhythmisch auf die hübsche rosa Schürze versprühte.

»Was macht der Idiot da?«, fragten die Weißen, ihre Augen verdrehend und Tabaksud auf den Boden rotzend. Das wortkargste Mitglied des Trios stand auf und straffte sein *Keine Nigger in der NASCAR*-T-Shirt. Er nahm den Zahnstocher träge aus dem Mund und sagte: »Das ist der *Boléro*. Der kleine Nigger pfeift den *Boléro*.«

Ich sprang auf und ab und schüttelte begeistert seine Hand. Er hatte natürlich recht, ich versuchte, Ravels Meisterwerk zu pfeifen. Ich wusste vielleicht nicht, wie man pfiff, aber eine Melodie gelang mir immer.

»Der *Boléro*? Wieso denn das, du blöder Motherfucker!«

Das war Pops, der so schnell aus dem Auto gestürmt kam, dass seine Staubwolken ihre eigenen Staubwolken aufwirbelten. Er war unzufrieden, denn ich schien nicht nur nicht zu wissen, wie man pfiff, sondern genauso wenig, *was* man pfiff. »Du sollst anzüglich pfeifen! So ...« Er glotzte die Frau ebenso aufdringlich wie dreist an, spitzte die Lippen und pfiff so lüstern und brünstig, dass sich nicht nur ihre allerliebst lackierten Zehennägel kräuselten, sondern auch die adrette rote Schleife im blonden Haar. Nun war sie an der Reihe. Und während mein Vater schwarz und geil dastand, erwiderte sie sein Glotzen nicht nur ebenso dreist, sondern rieb obendrein die Hose über seinem Schwanz. Knetete seinen Schritt so feuereifrig, als wäre es Pizzateig.

Dad flüsterte ihr rasch etwas ins Ohr, drückte mir einen Fünf-Dollar-Schein in die Hand, sagte, er sei gleich wieder da, und dann stürmten sie zu unserem Auto und brausten auf einer Schotterpiste davon. Ich blieb zurück, damit ich für die Verbrechen meines Vaters gelyncht werden konnte.

»Gibt es von hier bis Natchez auch nur einen Schwarzen, den Rebecca nicht gefickt hat?«

»Tja, sie weiß wenigstens, was ihr gefällt. Dein scheiß Pimmelarsch weiß bis heute nicht, ob er Männer mag oder nicht.«

»Ich bin bisexuell. Ich mag's sowohl als auch.«

»Gibt's nich'. Entweder-oder. Als Mann scharf zu sein auf Dale Earnhardt – meine Fresse.«

Während die braven alten Burschen über die Vorzüge und Manifestationen der Sexualität diskutierten, ging ich in den Laden, um ein Getränk zu kaufen, dankbar dafür, noch am Leben zu sein. Sie hatten nur eine Sorte und Größe, Coca-Cola in der klassischen 0,33-Liter-Flasche. Ich öffnete eine und sah zu, wie die Kohlensäure-Kobolde in den Sonnenstrahlen tanzten. Ich kann schwer beschreiben, wie lecker diese Cola schmeckte, aber es gibt dazu einen uralten Witz, den ich erst kapierte, als das schäumende braune Elixier beruhigend durch meine Gurgel rann.

Der weiße Malocher Bubba, ein Nigger und ein Mexikaner sitzen an einer Bushaltestelle, als – BAMM! – ein Dschinn mit viel Rauch aus dem Nichts erscheint. »Jeder von euch hat einen Wunsch frei«, sagt der Dschinn und richtet Turban und Rubinringe. Also sagt der Nigger: »Ich möchte, dass all meine schwarzen Brüder und Schwestern in Afrika sind, denn dort wird uns das Land ernähren, und alle Afrikaner werden zu Wohlstand gelangen.« Der Dschinn wedelt mit den Händen, und – BAMM! – alle Schwarzen verschwinden aus Amerika nach Afrika. Dann sagt der Mexikaner: »Órale, hört sich gut an. Ich möchte, dass all meine mexikanischen Landsleute wieder in Me-chi-ko sind, denn dort können wir prima leben, haben alle Jobs und trinken aus prächtigen Teichen voller Tequila.« BAMM! Alle verschwinden aus Amerika nach Mexiko. Danach wendet sich der Dschinn an Bubba, den Südstaaten-Proll, und sagt: »Und was möchtet Ihr, Sahib? Euer Wunsch ist mir Befehl.« Bubba schaut den Dschinn an und fragt: »Alle Mexikaner sind jetzt wirklich wieder in Mexiko und alle Nigger in Afrika?«

»Ja, Sahib.«

»Tja, ziemlich heiß heute. Ich schätze, ich hätte gern eine Cola.«

So lecker war diese Cola.

»Macht sieben Cent. Leg sie einfach auf den Tresen, Junge. Deine neue Mommy ist in Nullkommanichts wieder da.«

Zehn Colas und siebzig Cent später waren weder meine neue Mutter noch mein alter Vater wieder da, und ich musste ganz dringend pinkeln. Die Typen in der Tankstelle spielten noch Schach, der Cursor des Tankstellenwarts hing so zögernd über einer in die Ecke gedrängten Figur, als hinge das Schicksal der Welt von seiner Entscheidung ab. Dann rückte er kurzerhand mit einem Springer vor. »Wen willst du mit deinem Sizilianischen Mittelgambit verarschen? Deine Diagonalen sind doch total ungeschützt.«

Meine Blase war am Platzen, und ich erkundigte mich bei dem schwarzen Kasparow nach der Toilette.

»Die Toiletten sind nur für Kunden.«

»Mein Dad hat doch gerade getankt…«

»Dein Vater kann hier nach Lust und Laune scheißen. Aber du trinkst die Cola der Weißen, als wäre das Eis drüben kälter als hier.«

Ich zeigte auf das im Kühlschrank stehende Spalier von 0,33-Liter-Flaschen. »Wie viel?«

»Ein Dollar fünfzig.«

»Gegenüber kosten sie nur siebzig Cent.«

»Kauf schwarz oder verpiss dich. Und zwar wörtlich.«

Der schwarze Bobby Fisher, dem ich leidtat und der gerade nach Punkten gewann, zeigte auf ein fernes Gebäude.

»Siehst du die stillgelegte Busstation neben der Baumwollmaschine?«

Ich flitzte los. Obwohl das Gebäude nicht mehr in Betrieb war, flogen Baumwollsamen durch die Luft wie kratzige Schneeflocken. Ich eilte zur Rückseite, an der Maschine, den nutzlosen Paletten, einem verrosteten Gabelstapler und dem Geist von Eli Whitney vorbei. Das dreckige Unisex-Klo brummte nur so von Fliegen. Fußboden und Brille waren klebrig wie Fliegenfänger. Nach vier Generationen braver, alter Burschen mit Ballon-Blasen, die literweise Besoffen-bei-der-Arbeit-Pisse vergossen hatten, war es dunkelgelb verfärbt. Bei dem beißenden Gestank von nie hinuntergespültem Rassismus und Kot verzog ich das Gesicht und bekam eine Gänsehaut auf den Armen. Ich wich langsam zurück. Auf der versifften Klotür stand in verblasster Schrift NUR FÜR WEISSE, und ich schrieb darunter mit dem Finger GOTT SEI DANK in den Dreck, pinkelte dann auf einen Ameisenhaufen. Denn der Rest dieses Planeten schien »Nur für Farbige« zu sein.

14

Auf den ersten Blick wirkt Dons, das hügelige Viertel etwa zehn Meilen nördlich von Dickens, in das Marpessa nach der Heirat mit MC Panache zog, wie jede andere wohlhabende afroamerikanische Enklave. Kurvige Alleen. Vor den Häusern tadellose Gärten im japanischen Stil. Windspiele, die der sanften Brise Stevie-Wonder-Melodien entlockten. Stolz im Vorgarten präsentierte amerikanische Flaggen und Wahlkampfplakate, die für korrupte Politiker werben. Als wir noch zusammen waren, kurvten Marpessa und ich nach einer abendlichen Sause manchmal durch dieses Viertel, lenkten Daddys Pickup durch Straßen mit spanischen Namen wie Don Lugo, Don Marino und Don Felipe. Wir nannten die modernen, wenn auch kleinen Häuser mit Swimmingpool, Steinfassade, Milchglasscheiben und Hartholz-Balkon mit Blick auf die Downtown von Los Angeles »Familie-Brady-Häuser«. Wie in: »Die beschissenen Wilcox' sind eingezogen, Kumpel. Die Nigger hängen jetzt in einem Familie-Brady-Haus in der Don Quixote ab.« Eines Tages, so unsere Hoffnung, würden wir mit einem ganzen Wurf Kinder in einem dieser Häuschen wohnen. Die schlimmste Katastrophe wäre dann, dass wir unserem ältesten Sohn irrtümlich unterstellen, er hätte gekifft, dass ein Football-Fehlwurf die Nase unserer Tochter bräche und unsere Schlampe von Hausmädchen ständig den Postboten anmachte. Dann würden wir sterben und wie alle braven amerikanischen Familien in die globale Syndikatsbildung eingehen.

Nach der Trennung hielt ich über einen Zeitraum von zehn Jahren regelmäßig vor ihrer Bude, wartete, bis die Lichter ausgingen, richtete das Fernglas auf einen Vorhangspalt des Erkerfensters und observierte das Leben, das eigentlich meines hätte sein sollen, ein Leben mit Sushi und Scrabble, Kindern, die im Wohnzimmer lernten und mit dem Hund spielten. Sobald die Kinder im Bett wären, hätte ich mit Marpessa *Nosferatu* und *Metropolis* geschaut und geheult wie ein Schlosshund an der Stelle, an der Paulette Goddard und Charlie Chaplin einander umschleichen wie Hunde bei Hitze, denn das hätte mich an uns erinnert. Manchmal pirschte ich auf die Veranda und steckte einen Schnappschuss des gedeihenden Satsuma-Baumes mit den Worten *Unser Sohn, Kazuo, lässt grüßen* in die Fliegengittertür.

Wenn kein Unterricht stattfindet, kann man eine Schule nicht nach Rassen trennen, und so verbrachte ich in jenem Sommer mehr Zeit vor ihrem Haus als juristisch gesehen gut für mich war. Aber dann, eines warmen Augustabends, zwang mich der in Marpessas Einfahrt stehende, dreizehn Meter lange Metro-Bus zu einer Änderung meiner Stalker-Routine. Schwarze Angestellte nehmen ihre Arbeit ebenso oft mit nach Hause wie ihre weißen Pendants in besser bezahlten Berufen. Die alte Faustregel, laut der man doppelt so gut sein müsse wie ein Weißer, halb so gut wie ein Chinese und viermal so gut wie der Neger, der den Job vor einem hatte, gilt bis heute, ganz egal, wie viel man verdient. Trotzdem war ich baff, als ich den 125er Bus erblickte, dessen Heck den Bürgersteig blockierte und dessen rechte Reifen einen bis dahin makellosen Rasen ruiniert hatten.

Ich schlich an den Gardenien und dem Schild von Westec-Security vorbei, das Foto des Baumes in der Hand. Stellte mich auf Zehenspitzen und lugte durch ein Busfenster, beschirmte die Augen mit den Händen. Trotz der kühlen Nachtluft war der Bus noch warm, roch nach Treibstoff und dem Schweiß der Arbeiterklasse. Hominys Geburtstagsparty war vier Monate her, aber die GGF. FÜR SENIOREN, BEHINDERTE UND WEISSE FREIGEBEN-Schilder hingen noch. Ich fragte mich laut, wieso man ihr das hatte durchgehen lassen.

»Sie behauptet, es sei ein Kunstprojekt, Nigger.«

Die Mündung der kurzläufigen 38er, die sich in meine Wange bohrte, war kalt und unpersönlich, die Stimme dahinter jedoch das genaue Gegenteil, nämlich herzlich und warm. Vertraut.»Wenn ich nicht den Gestank der Kuhscheiße auf deinem Arsch gewittert hätte, Kumpel, wärst du jetzt genauso tot wie alle gute schwarze Musik.«

Stevie Dawson, Marpessas kleiner Bruder, drehte mich um und zerquetschte mich beinahe in seiner Umarmung, die Kanone in der Hand. Hinter ihm stand Cuz mit geröteten Augen und einem benebelten, fröhlichen Grinsen, das sich quer über seine Grimasse zog. Stevie, sein Junge, war aus dem Knast. Ich freute mich auch, ihn zu sehen; es war mindestens zehn Jahre her. Stevies Pflichtverteidiger war noch lausiger als der von Cuz. Er gehört keiner Gang an, weil er zu verrückt für die Crips und zu fies für die Bloods ist, und er hasst Spitznamen, weil er meint, richtig üble Motherfucker bräuchten keinen. Gibt zwar einige Sturköpfe, die sich mit Vornamen anreden lassen, aber aus dem Mund eines Niggers klingt der Name Stevie wie ein chinesisches Homophon. Wenn man ihn ein paar Mal gehört hat, weiß man aber trotzdem, wen sie meinen. In Kalifornien hat man drei Würfe frei: Nach zwei Schuldsprüchen kann einen das dritte Vergehen, egal wie läppisch, lebenslang hinter Gitter bringen. Stevies dritter Wurf schien dem Fänger allerdings an der Linie aus den Händen geglitten zu sein, denn der Staat hatte ihn wieder aufs Feld geschickt.

»Wie bist du rausgekommen?«

»Panache hat ihn rausgeholt«, antwortete Cuz und offerierte mir einen Schluck Tanqueray, der fast so schlimm schmeckte wie der Diät-Grapefruitsaft zum Nachspülen.

»Und wie? Hat er eines seiner scheiß Wohltätigkeitskonzerte gegeben und dich in einem Lautsprecher rausgeschmuggelt?«

»Die Macht des Wortes. Durch seine Rolle als Fernsehcop und die Auftritte in der Bierwerbung hat Panache Kontakte zu ein paar weißen Bonzen. Man hat Schreiben aufgesetzt, und da bin ich. Auf Bewährung, mit scheißstrengen Auflagen.«

»Welche Auflagen?«

»Mit der Auflage, nicht mehr erwischt zu werden. Was sonst?«

Einer der Hunde begann zu bellen. Der Küchenvorhang teilte sich, Licht fiel in die Einfahrt. Ich zuckte zusammen, obwohl wir nicht zu sehen waren.

»Scheiß dir nicht in die Hose. Panache ist nicht da.«

»Ich weiß. Er ist nie da.«

»Und woher weißt du das? Hast du meine Schwester schon wieder gestalkt?«

»Wer ist da?« Das war Marpessa, die mir so weitere Peinlichkeiten ersparte. Ich bedeutete Stevie, ich sei nicht da.

»Nur ich und Cuz.«

»Dann schafft eure Ärsche rein, bevor was passiert.«

»Ja, eine Sekunde.«

Als ich Stevie kennenlernte, er wohnte damals mit seiner Schwester noch in Dickens, stand eine Limousine vor ihrem Haus. Vom Abend des Abschlussballs abgesehen, sieht man im Ghetto selten Limousinen. In dem schwarzen Stretch-Cadillac – von Minibar bis Heckscheibe vollgestopft mit Ganoven, hell und dunkel, lang und kurz, klug und dumm – saßen Stevies Jungs. Jungs, die im Laufe der Jahre allein oder zu zweit von der

Bühne abtreten sollten, an richtig blutigen Tagen auch zu dritt. Bei Überfällen auf Banken und Lebensmittellaster. Morden. Panache und King Cuz waren die einzigen Homies, die Stevie geblieben waren. Seine Freundschaft mit Panache war echt, aber die beiden profitierten auch voneinander: Panache war kein Gangster, genoss durch Stevie aber echte Street Credibility in der Rap-Szene, und was Stevie betraf, so zeigte ihm Panaches Erfolg, wie weit man es bringen konnte, wenn man das richtige weiße Vitamin-B hatte. Damals wollte sich Panache als Zuhälter inszenieren. Klar, er hatte Frauen, die irgendwelchen Scheiß für ihn machten, aber welcher Nigger hatte die nicht? Ich weiß noch, wie Panache im Wohnzimmer stand, Marpessa böse anstarrte und, begleitet von Stevie als DJ, das rappte, was ihm die erste goldene Schallplatte einbringen sollte.

Three in the afternoon, Mormons at my pad
Need new croaker sacks and feelin' bad
Promising salvation to a nigger like me
Brigham Young must be stupid and high on PCP

Hätte Stevie ein lateinisches Motto, dann wäre es *Cogito ergo Boogieum*. Ich denke, also jamme ich.

»Wieso ist Marpessas Bus hier?«, wollte ich von ihm wissen.

»Wieso bist *du* hier, Nigger?«, bellte er zurück.

»Ich wollte das für sie hierlassen.« Ich zeigte ihm das Foto des Satsuma-Baumes, das er mir sofort aus der Hand riss. Ich hätte ihn gern gefragt, ob das Obst angekommen war, das ich ihm im Laufe der Jahre immer wieder geschickt hatte, die Papayas, Kiwis, Äpfel und Blaubeeren, doch die Glätte seiner Haut, das Weiß seiner Augen, der Glanz seines Pferdeschwanzes und die lässige Art, wie er sich an meine Schulter lehnte, sagten mir, dass es so war.

»Sie hat erzählt, dass du diese Fotos hinterlässt.«

»Ist sie sauer?«

Stevie zuckte mit den Schultern und starrte weiter die Polaroid-Aufnahme an. »Der Bus steht hier, weil sie den Bus von Rosa Parks verloren haben.«

»Wer hat den Bus von Rosa Parks verloren?«

»Irgendwelche Weißen. Wer denn sonst, verdammte Kacke? Der Bus, den sie den Kindern jeden Februar im Rosa Parks Museum oder an welchem Scheißort auch immer zeigen, weil sie sagen, dass er die Geburtsstätte der Bürgerrechtsbewegung ist, ist angeblich nicht der echte, sondern nur irgendein alter Bus der Stadt Birmingham, den man auf einem Schrottplatz gefunden hat. Meint jedenfalls meine Schwester.«

»Im Ernst?«

Cuz trank zwei tiefe Schlucke Gin. »Was meinst du mit ›im Ernst‹? Glaubst du wirklich, irgendwelche bleichgesichtigen Südstaaten-Prolls hätten sich ein Bein ausgerissen, um den echten Bus zu retten, nachdem Rosa Parks dem weißen Amerika eine geknallt hat? Das wäre in etwa so, als würden die Celtics das Trikot von Magic Johnson unter dem Dach von Boston Garden aufhängen. Absolut undenkbar. Sie findet es aber klasse, was du mit dem Bus gemacht hast – die Aufkleber und der ganze Scheiß. Weil das die Nigger zum Nachdenken bringt. Sie ist auf ihre Art stolz auf dich.«

»Ehrlich?«

Ich betrachtete den Bus. Versuchte, ihn in einem anderen Licht zu sehen. Nicht nur als ein dreizehn Metallblechmeter langes Symbol grundlegender Rechte, das Getriebeflüssigkeit auf den Asphalt tropfen ließ. Ich stellte mir vor, man hätte ihn im Smithsonian aufgehängt, und eine Museumsführerin würde darauf zeigen und sagen: »Dies ist der Bus, in dem Hominy Jenkins, der letzte Kleine Strolch, verkündet hat, die

Rechte der Afroamerikaner seien weder von Gott gegeben noch in der Verfassung verankert, sondern absolut haltlos.«

Stevie hielt sich das Foto unter die Nase, holte tief Luft und fragte:»Wann sind die Orangen reif?«

Ich hätte am liebsten auf die orange-grünen runden Früchte gezeigt und mit meiner Idee geprahlt, den Boden rund um den Baum mit weißer, wasserdichter Folie abzudecken, was nicht nur verhinderte, dass noch mehr Wasser in die Erde sickerte, sondern auch dafür sorgte, dass der reflektierte Sonnenschein auf die Früchte fiel, die so eine noch schönere Farbe bekamen. Aber ich brachte nur hervor:»Bald. Sind bald reif.«

Stevie schnupperte ein letztes Mal am Foto und hielt es dann King Cuz unter die geschwollenen Nasenlöcher.

»Riechst du den Zitrusduft, Nigger? Das ist der Duft der Freiheit.«

Dann packte er mich bei den Schultern.»Und was habe ich da über schwarze Chinarestaurants gehört?«

15

Der Geruch lockte sie an. Gegen sechs Uhr früh entdeckte ich
den ersten Jungen, der zusammengekauert und schwer atmend
auf meiner Einfahrt lag, die Nase unter das Tor geschoben
wie ein läufiger Hund. Er sah glücklich aus. Er war nicht im
Weg, also ließ ich ihn liegen und ging die Kühe melken. Los
Angeles quillt aus rätselhaften Gründen von autistischen Kindern über, und ich dachte, er sei eines von ihnen. Im Laufe
des Tages bekam er jedoch Gesellschaft. Gegen Mittag drängten sich alle Kinder aus der Nachbarschaft vorn auf meinem
Hof. Sie verbrachten den letzten Tag der Sommerferien damit,
im Gras Uno zu spielen und auszutesten, wer am sanftesten
zuschlagen konnte. Sie zupften Stacheln von den Kakteen und
pikten sich gegenseitig in den Hintern, sie rissen die Blüten-
blätter meiner Rosen aus und kratzten ihre Namen mit Stein-
salz auf die Einfahrt. Sogar die Lopez-Kinder, Lori, Dori, Jerry
und Charlie, die nebenan in ihrer zwei Hektar großen Hinter-
hof-Idylle mitsamt eines großzügig bemessenen Pools spielen
konnten, rotteten sich um ihren kleinen Bruder Billy zusammen und lachten hysterisch, als er ein Erdnussbuttersandwich
in sich hineinstopfte. Dann torkelte ein kleines, mir unbekann-
tes Mädchen zu einer Ulme und ließ eine Kolonne Ameisen in
ihrer Kotze ersaufen.

»Okay – was zum Teufel ist hier los?«

»Der Stank«, sagte Billy, nachdem er einen großen Happen
des Sandwichs hinuntergeschluckt hatte, dessen Belag nicht

nur aus Erdnussbutter, sondern – den schwarzen Beinchen auf seiner Zunge nach zu urteilen – auch aus Fliegen zu bestehen schien. Ich roch nichts, und Billy zerrte mich auf die Straße. Dort begriff ich, warum sich das kleine Mädchen erbrochen hatte; der Mief war unerträglich. Der Stank war über Nacht aufgekommen und hatte sich wie eine himmlische Flatulenz im Viertel ausgebreitet. Mein Gott. Warum hatte ich das nicht früher bemerkt? Ich stand mitten auf der Bernard Avenue, und die Kids winkten mich so wild zu sich wie Soldaten des Ersten Weltkriegs, die einen verwundeten Kameraden aus der Senfgaswolke in die relative Sicherheit des Schützengrabens holen. Als ich wieder an der Bordsteinkante stand, traf mich der erfrischende Duft der Zitrusfrüchte wie ein Schlag ins Gesicht. Kein Wunder, dass sich die Kinder auf meinem Grundstück eingenistet hatten, denn die Satsuma-Bäume verströmten ihren Wohlgeruch wie drei Meter hohe Lufterfrischer.

Billy zog an meinem Hosenbein. »Wann sind die Orangen endlich reif?«

Ich hätte gern gesagt, morgen ist es so weit, musste aber erst das kleine Mädchen beiseitestoßen, um auch vor die Ulme kotzen zu können, nicht wegen des Gestanks, sondern weil zwei rote Fliegenaugen zwischen Billys Zähnen steckten.

Am nächsten Morgen, dem ersten Schultag, versammelten sich die Nachbarskinder samt Eltern vor dem Tor der Einfahrt. Die Kleinen, adrett und sauber und mit nagelneuer Schuluniform, klammerten sich an den Holzzaun und versuchten, durch die Spalten zwischen den Latten einen Blick auf mein Vieh zu erhaschen. Die Erwachsenen, teils noch im Pyjama, gähnten und schauten auf die Uhr, zogen die Bademantelgürtel straff, während sie das Geld für meine nicht pasteurisierte Milch – fünfundzwanzig Cent pro Liter – in die Hände ihrer Kinder drückten. Ich fühlte mit den Eltern, denn nachdem ich,

durch die hartnäckigen letzten Schwaden des Stanks wach-
gehalten, über Nacht in Gedanken eine imaginäre, rein weiße
Schule konzipiert hatte, war auch ich müde.

Schwer zu sagen, wann Satsumas reif sind. Die Farbe ist
keine große Hilfe. Auch die Textur der Schale nicht. Der
Geruch ist ein guter Indikator, aber am eindeutigsten ist es,
sie einfach zu probieren. Ich schenke dem Refraktometer allerdings größeres Vertrauen als meinen Geschmacksknospen.

»Wie ist der Wert, Massa?«

»Sechzehn Komma acht.«

»Ist das gut?«

Ich warf Hominy eine Orange zu. Wenn Satsumas richtig
reif sind, ist die Schale so geschmeidig, dass sie sich fast von
selbst löst. Er schob sich eine Kostprobe in sein schulranzen-
großes Maul und plumpste danach in gespielter Ohnmacht so
gekonnt auf den Bauch, dass der Hahn aufhörte zu krähen,
weil er befürchtete, der alte Mann wäre tot.

»Oh, Scheiße.«

Die Kids glaubten, er wäre verletzt. Ich glaubte das auch,
aber dann setzte er ein breites »Jawoll, Sir, Boss, prima Futter!«-
Lächeln auf, warm und strahlend wie die aufgehende Sonne.
Er stand langsam auf, steppte auf weichen Sohlen zum Zaun,
schlug sogar Purzelbäume und demonstrierte so, dass er noch
etwas von dem alten Varietéartisten und Stunt-Nigger in sich
trug. »Ich sehe Weiße!«, schrie er in gespieltem Entsetzen.

»Lass sie rein, Hominy.«

Er öffnete das Tor ein Stückchen, als würde er durch den
Vorhangspalt eines Chitlin'-Circuit-Theaters spähen: »Ein
kleiner schwarzer Junge sieht in der Küche seiner Mutter beim
Braten eines Hühnchens zu. Als er das Mehl entdeckt, tupft er
sich etwas davon aufs Gesicht. ›Schau mal, Ma‹, sagt er, ›ich
bin weiß!‹

›Was hast du gesagt?‹, fragt seine Mama, und der Junge wiederholt: ›Schau mal, ich bin weiß!‹ KLATSCH! Seine Mama schlägt ihn mit Schmackes. ›Sag das nie wieder!‹, ruft sie und befiehlt ihm, seinem Vater zu erzählen, was er gerade gesagt hat. Der Krokodilstränen weinende Junge geht zu seinem Vater. ›Was hast du denn, Sohnemann?‹ ›M-M-Mommy hat mich ge-ge-geschlagen!‹ ›Und warum hat sie das getan, Sohnemann?‹, fragt sein Vater. ›W-w-weil ich gesagt habe, i-ich sei w-w-weiß.‹ ›Was?‹ BAAAMMM! Sein Vater schlägt ihn noch heftiger als die Mutter. ›Erzähl deiner Großmutter, was du gesagt hast! Sie wird dich Mores lehren!‹ Der Junge heult und zittert und ist total durcheinander. Er geht zur Großmutter. ›Ja, Schätzchen, was ist denn los?‹, fragt sie. Und der Junge antwortet: ›S-s-sie haben mich ge-geschlagen.‹ ›Warum denn, Schätzchen? Wieso haben sie das getan?‹ Er erzählt die Geschichte, und als er fertig ist – ZACKBUMM! –, schlägt ihn seine Großmutter mit einer solchen Wucht, dass er fast auf den Boden fliegt. ›Sag das nie wieder‹, faucht sie. ›Und was hast du daraus gelernt?‹ Der Junge reibt seine Wange und meint: ›Ich habe daraus gelernt, dass ich nur zehn Minuten weiß sein muss, um euch Nigger zu hassen!‹«

Die Kids wussten nicht genau, ob er scherzte oder Blödsinn redete, lachten aber, denn jeder fand irgendetwas Witziges an den Grimassen, den Flexionen und der kognitiven Dissonanz, die sich einstellte, weil das Wort »Nigger« von einem Mann ausgesprochen wurde, der so alt war wie das Schimpfwort selbst. Die meisten hatten seine Filme nie gesehen. Sie wussten nur, dass er ein Star war. Das ist das Schöne an den Minstrel-Shows: ihre Zeitlosigkeit. Das besänftigende Gefühl der Ewigkeit, das sich angesichts des trägen Schlenkerns seiner Glieder einstellte, des Rhythmus' seines Juba, der erhabenen Tiefe seines Jive, als er die Kinder auf die Farm ließ und den Witz dabei auf Spanisch wiederholte. Das Publikum stürmte mit Tassen, Thermoskannen und tauben Ohren an ihm vorbei, ließ das verfluchte Federvieh auseinanderstieben.

Un negrito está la cocina mirando a su mama freir un poco de pollo ... 'Aprendí que he sido blanco por solo diez minutos y ya los odio a ustedes mayates!'

Angeblich ist das Frühstück die wichtigste Mahlzeit des Tages, für manche Kinder vielleicht auch die einzige, und so bot ich ihnen zusätzlich zur Milch jeweils eine frische Satsuma an. Früher hatte ich am ersten Schultag Zuckerstangen verteilt und Pferdereiten organisiert. Setzte sie zu dritt auf den Sattel und brachte die kleinen Scheißer hoch zu Ross zum Schulhof. Aber das war vorbei. Denn vor zwei Jahren hatte der Sechstklässler Cipriano »Candy« Martínez, halb Schwarzer, halb Salvadorianer und drüben am Prescott Place wohnend, versucht, auf »Hey-Ho, Silver!«-Art und Lone-Ranger-Manier zu fliehen, weil er zu Hause missbraucht wurde. Ich musste den dampfenden Pferdeäpfeln den ganzen weiten Weg bis Panorama City folgen, um ihn wiederzufinden.

Ich packte zwei Kinder, die sich in die Nähe des Pferdestalls verirrt hatten, bei den Armen und riss sie in die Höhe.

»Bleibt von den Scheißpferden weg!«

»Und was ist mit dem Orangenbaum, Mister?«

Meine Kunden drängten sich unter dem Satsumabaum, standen schuldbewusst in Bergen von Schalen, die Lippen fruchtsaftfeucht, denn der betörende Duft der Satsumas war unwiderstehlich, und sie hatten den Mittagssnack nicht bis zur Pause oder zur nächsten Soap Opera aufschieben können.

»Nehmt so viele, wie ihr wollt«, sagte ich.

Mein Vater sagte immer: »Gib einem Nigger den kleinen Finger, und er nimmt die ganze Hand.« Ich hatte früher nie kapiert, wie man eine ganze Hand mitnehmen konnte, aber in diesem Fall bedeutete es die komplette Plünderung meines kostbaren Satsuma-Baumes. Hominy, der sich seinen Bauch hielt, weil er im fünften Monat mit etwa zwanzig Zitrusfrucht-babys schwanger war, schlenderte auf mich zu.

»Diese gierigen Nigger klauen dir alle Orangen, Massa!«

»Halb so wild, ich brauche nur ein paar.«

Und wie um meine Worte zu beweisen, kullerte eine plumpe Satsuma, die panisch versuchte, der Fressorgie zu entkommen, bis vor meine Füße.

Ein überschwänglicher Hominy, die Sonne im Gesicht und den süßen Geschmack von Satsumas auf der rosaroten Komiker-zunge, führte die Kinder wie der Rattenfänger von Hameln ihrem grausamen Schicksal entgegen. Gefolgt von ihren be-dingungslos liebenden, überbehütenden Eltern und von mir, der größten aller Ratten, als Schlusslicht. Kristina Davis, ein kleines Mädchen, die ihre langen Knochen und weißen Zähne dem jahrelangen Konsum meiner nicht pasteurisierten Milch verdankte, umschloss meine Hand mit festem Griff.

»Wo ist deine Mutter?«, fragte ich.

Kristina legte sich einen Finger auf die Lippen und holte Luft.

Bevor sich Eltern Geheimdienst-Earpieces in die Hörkanäle stopften, um ihre Brut auf Schritt und Tritt überwachen zu können, lernte man in Städten wie Dickens auf dem Weg zur Schule und auf dem Heimweg noch mehr als im Unterricht. Das war meinem Vater klar, und deshalb setzte er mich zur Erweiterung meiner Bildung hin und wieder außerplanmäßig in einem fremden Viertel aus und ließ mich zum dortigen Hort des Lernens latschen. Das waren Lektionen in sozialem Orien-tierungssinn, nur dass ich weder Karte noch Kompass, weder Kochgeschirr noch Slang-Slang-Wörterbuch dabei hatte. Im

Los Angeles County lässt sich das Gefährdungslevel eines Viertels glücklicherweise anhand der Straßenschilder abschätzen. Normalerweise sind die Schilder in L. A. in einem blassmetallischen Mitternachtsblau gehalten. Saß ein Vogelnest aus Tannennadeln darauf, wies das auf immergrüne Bäume und einen nahen Golfplatz hin. Dann waren es überwiegend weiße Schüler, deren Eltern in Obere-Mittelschicht-Vierteln wie Cheviot Hills, Silver Lake und Palisades über ihre Verhältnisse lebten. Einschusslöcher und ein um den Pfosten gewickeltes, gestohlenes Auto hingegen deuteten auf Kinder mit ähnlich krausen Haaren wie ich, ähnlichem Kleidungsstil und ähnlichem Taschengeldniveau aus Vierteln wie Watts, Boyle Heights und Highland Park hin. Himmelblau signalisierte entspannt-coole Schlafgemeinden wie Santa Monica, Rancho Palos Verdes und Manhattan Beach. Dann waren die Typen lässig, pendelten mit allen erforderlichen Fortbewegungsmitteln zur Schule, ob mit Skateboard oder Hängegleiter, auf der Wange noch den Lippenstiftabdruck des Abschiedskusses ihrer Mami. Carson, Hawthorne, Culver City, South Gate und Torrance sind durch das Kaktusgrün der Arbeiterklasse markiert; dort sind die kleinen Homies eher locker im Umgang, selbstständig und mehrsprachig, und sie beherrschen die Zeichensprache der hispanischen, schwarzen und der Samoa-Gangs fließend. In Hermosa Beach, La Mirada und Duarte sind die Straßenschilder fahlbraun wie billiger, gepanschter Malt Whisky. Die Jungen und Mädchen schleppen sich deprimiert und benebelt zur Schule, vorbei an Reihenhäusern im Hacienda-Stil. Beverly Hills wiederum zeichnet sich natürlich durch strahlend weiße Schilder aus. Durch extrem breite und hügelige Straßen und weiße Kids, die sich durch mein Äußeres nicht beunruhigen lassen. Meine Anwesenheit als Zugehörigkeit verstehen. Sich nach der Bespannungsstärke meiner Tennisschläger erkundigen. Mich über den Blues belehren, die Geschichte des Hiphop, Rastafari, die Koptische Kirche, Jazz, Gospel und die unermesslich vielen Zubereitungsmöglichkeiten für Süßkartoffeln.

Ich hätte Kristina gern ausgewildert. Sie gedrängt, den allerlängsten Schulweg zu nehmen. Sie sollte unbeaufsichtigt unter Dickens' pechschwarzen Straßenschildern herumtollen und in einem Hochbegabtenseminar lernen, wie man mit seinem Freund auf dem Sofa Pornos glotzt. Als Gasthörerin in einem Kurs sitzen, in dem man ihr vorführt, wie man in Bob's Big Boy-Restaurant marschiert und das Frühstücks-Trinkgeld vom Tresen klaut. Eine unabhängige Studie über die Poetik der Regenbogen in den Wasserstrahlen der Rasensprinkleranlagen schreiben oder über den Lockruf, mit dem Neckholder-Bustier-Nutten und Lila-Pailletten-Kleid-Prostituierte in aller Herrgottsfrühe Männer auf dem Long Beach Boulevard dazu bringen, ihrem Schwanz zu folgen. Ich hätte Kristina gern von der Leine gelassen, aber wir standen schon vor der Schule, pünktlich zum Neun-Uhr-Klingeln.

»Schnell, sonst kommst du zu spät.«

»Sind doch sowieso alle spät«, meinte sie und rannte zu ihren Freundinnen.

Alle waren spät dran. Schüler, Lehrkörper, Verwaltung, Eltern und Vormünder versammelten sich vor der Chaff Middle School, überhörten die Klingel und betrachteten prüfend die neuen Schulrivalen vom anderen Ende der Stadt, die auf der anderen Straßenseite zu sehen waren.

Die »Wheaton Academy Charter Magnet School« für Kunst, Naturwissenschaften, Geisteswissenschaften, Wirtschaft, Mode und Alles Andere Auch war ein aalglatter, topmoderner Spiegelglasbau, der eher einem Todesstern als einem Ort des Lernens glich. Die Schülerschaft sollte weiß sein und in jeder Hinsicht exzellent. Von alledem existierte natürlich nichts, denn die

Wheaton Academy war nur eine vorgetäuschte Baustelle. Ein leeres Grundstück, umgeben von einem blauen Sperrholzzaun mit rechteckigen Löchern, durch die Passanten eine Bautätigkeit ausspähen konnten, die nie beginnen würde. Alles, was es von der Schule gab, war ein 150 × 150 cm großes Aquarell vom Institut für Meereskunde an der Universität von Eastern Maine, das ich heruntergeladen, vergrößert, unter einer Plastikplane aufgestellt und an einem Tor befestigt hatte, verriegelt mit einem Kettenschloss. Die Schülerschaft bestand aus Balletteusen, Turmspringern, Geigerinnen, Fechtern, Volleyballspielern und Töpferinnen, deren Schwarz-Weiß-Porträts ich von den Webseiten der Intersection Academy und des Haverford-Meadowbrook geklaut, vergrößert und auf den Zaun geklebt hatte. Ein genauerer Blick hätte gezeigt, dass die Wheaton Academy eigentlich das Zehnfache dieses Baugrunds hätte einnehmen müssen. Wenn man aber den roten Lettern unter dem Bild glauben konnte, dann eröffnete die Wheaton Academy tatsächlich »in Kürze«.

Allerdings nicht rasch genug für die ebenso besorgten wie misstrauischen Eltern aus Dickens, die sich inständig wünschten, dass ihre Kinder in den Reihen der gewaltigen Anglo-Kids aufgehen würden, deren Metallzahnspangen nicht nur ihr irre weißes Lächeln, sondern auch ihre Zukunft in ein strahlendes Licht tauchten. Eine übereifrige Mutter, demonstrativ auf ein fleißiges Kind und einen engagierten Lehrer zeigend, die über den Messergebnissen eines auf die Sterne gerichteten Spektrographen brüteten, stellte Charisma die Frage, die alle beschäftigte.

»Was müssen meine Kinder tun, um auf diese Schule zu gehen, Stellvertretende Schulleiterin Molina? Einen Test machen?«

»Sozusagen.«

»Heißt was?«

»Was haben alle Schüler auf dem Foto gemeinsam?«

»Sie sind weiß.«

»Tja, das ist die Antwort. Wenn Ihr Kind diesen Test besteht, ist es aufgenommen. Aber Vorsicht: Das wissen Sie nicht von mir! Gut, die Show ist vorbei. Jeder, der etwas lernen will, setzt sich jetzt in Bewegung, denn ich schließe die Türen hinter mir ab. *Vámonos*, Leute.«

Als der nach Westen fahrende Bus die Rosecrans Avenue und Long Beach Avenue erreichte, dies mit einer stinkenden, aber pünktlich um 9:49 in der Nase beißenden Auspuffwolke, hatte sich die Menge längst zerstreut, und ich saß neben Hominy an der Haltestelle, rauchte einen Joint und wiegte meine letzten beiden Satsumas im Arm. Marpessa öffnete die Bustüren mit einer finsteren, zwischen Ekel und Verachtung schwankenden Miene, die an die Halloween-Maske einer zornigen Schwarzen erinnerte. Das schreckte vielleicht ihre Kollegen oder die Nigger an der Ecke ab, aber nicht mich. Ich warf ihr die Orangen zu, und sie brauste ohne ein Dankeswort davon.

Nach knapp zweihundert Metern ging der 125er Bus mit einem schrillen Kreischen in die Bremsen, die so abgenutzt waren wie die Schuhe eines Penners, setzte zurück und bog scharf rechts ab. Wenn Marpessa und ich uns mal so richtig gefetzt hatten, war es immer um die Frage gegangen, ob dreimal rechts abbiegen einmal links bedeute. Marpessa beharrte darauf. Gut möglich, dass man nach links fuhr, nachdem man dreimal sinnlos rechts abgebogen war, nur würde man sich dann einen Block hinter der Stelle befinden, an der man gestartet war. Als das Fahrzeug, das eigentlich nur bewiesen hatte, dass diverse illegale Kehrtwenden stets zum Ausgangspunkt zurückführten, wieder vor mir stand, war es nicht mehr der 9:49-Bus, sondern der 9:57-Bus.

Die Türen gingen auf, Marpessa saß noch immer am Steuer. Dieses Mal lächelte sie über das ganze, von Satsuma-Fruchtsaft bedeckte Gesicht. Ich habe das Geräusch, mit dem ein Sicherheitsgurt gelöst wird, schon immer gemocht. Dieses befreiende Klacken und dann das Surren, mit dem der Gurt wohin auch immer schnurrt. Marpessa fegte die Schalenreste von ihrem Schoß und stieg aus dem Bus.

»Okay, Bonbon, du hast gewonnen«, sagte sie, zupfte mir den Joint aus dem Mund und beförderte ihr makelloses Hinterteil wieder in den Bus, entschuldigte sich für die Verspätung, nicht aber für den Haschgeruch, als sie sich wieder anschnallte und in den Verkehr einfädelte, Rauch aus dem schmalen Fenster auf der Fahrerseite blies, mit rosa Fingernägeln lässig auf die Straße aschte. Sie wusste es nicht, aber sie rauchte Aphasia. Ich aber wusste, dass wir von nun an unsere Vergangenheit auf sich beruhen lassen würden. Oder wie wir in Dickens sagen: »So ist das manchmal ... *Is exsisto amo ut interdum.*«

16

Im späteren Verlauf des Tages kehrte ich wie jeder brave Sozialpyromane, der seinen Brandbeschleuniger wert ist, zum Ort des Verbrechens zurück. Der Einzige, der den Tatort auf Spuren von Brandstiftung untersuchte, war Foy Cheshire. Ich erlebte zum ersten Mal seit über zwanzig Jahren, dass er sich aus dem Dum Dum Donuts wagte und einen Fuß auf die *terra firma* von Dickens setzte. Er hatte seinen Mercedes halb auf dem Bürgersteig geparkt, stand vor dem blauen Zaun der Möchtegern-Wheaton-Academy und fotografierte mit einer arschteuer aussehenden Kamera. Ich saß auf meinem Pferd, auf der Chaff-Seite der Straße, und beobachtete, wie er ein Bild schoss und dann in sein Notizbuch kritzelte. Im zweiten Stock öffnete eine Schülerin ein Fenster, schaute von ihrem uralten Schulmikroskop, das sogar Leeuwenhoek als antiquiert empfunden hätte, auf das godzillagroße Bild eines Wunderkindes der Wheaton Academy, dessen Elektronenmikroskop so tiptopmodern war, dass man sogar im *California Institute of Technology* vor Neid erblasst wäre.

Foy entdeckte mich von der anderen Straßenseite aus. Er legte sich die Hände um den Mund und rief etwas, und wegen des Verkehrs, der lautstark auf der Rosecrans Avenue hin und her rauschte, musste ich mir sowohl seine Erscheinung als auch seine Worte zusammenreimen.

»Hast du diesen Scheiß hier gesehen, Verräter? Weißt du, wer das war?«

»Ja, weiß ich!«

»Klar weißt du das, verdammte Kacke. Nur die Mächte des Bösen setzen eine rein weiße Schule mitten ins Ghetto.«

»Und wer sind diese Mächte? Die Nordkoreaner?«

»Glaubst du ernsthaft, dass sich Nordkorea für Foy Cheshire interessiert? Das ist definitiv ein CIA-Komplott oder etwas noch Schlimmeres, zum Beispiel eine HBO-Dokumentation über meine Person! Hier braut sich irgendeine ruchlose Scheiße zusammen! Wärst du während der letzten Monate mal zu einem Treffen gekommen, dann ... Ist dir klar, dass irgendein rassistisches Arschloch in einem Nahverkehrsbus Schilder angebracht hat ...«

Wenn früher irgendwelche Schwachköpfe ein Attentat aus dem fahrenden Auto verübten, war es für die Opfer eine letzte Warnung, wenn plötzlich ein Auto grundlos abbremste. Das heisere Rülpsen, mit dem die Umdrehungszahl eines V-6-Motors beim Einlegen des ersten Ganges sank, war das urbane Äquivalent zum Knacken des dürren Astes, mit dem der Jäger das Wild aufscheucht. Doch im Falle dieser lautlosen, energiesparenden neuen Hybrid-Autos hörst du einen Scheiß. Kaum hast du kapiert, was Sache ist, da wird die Heckscheibe deines iridiumsilbernen Benz auch schon von einer Kugel durchlöchert, und die Attentäter verpissen sich still und heimlich, wenn auch mit dem Ruf: »Schaff deinen schwarzen Arsch zurück ins weiße Amerika, Nigger!«, in einer Kiste, die auf hundert Kilometer schlappe vier Liter verbraucht. Ich dachte noch, ich kenne doch das Lachen, das zu dem mageren schwarzen Arm gehörte, in der Hand einen Revolver, der verdächtig nach der Waffe aussah, die mir Marpessas Bruder Stevie vor zwei Wochen in die Wange gedrückt hatte. Und die Hinterfotzigkeit eines Feuerüberfalls aus einem Elektroauto wies alle Merkmale der Kriegstaktik des Feldherrn King Cuz auf. Doch erst als ich die Straße überquerte, um nachzuschauen, ob Foy okay war, witterte ich den Duft einer Orange, die ihm von einem der Attentäter an den Kopf geworfen worden war – ganz eindeutig eine meiner Satsumas.

»Alles klar, Foy?«

»Fass mich nicht an! Das ist Krieg, und ich weiß, auf wessen Seite du stehst!«

Ich wich zurück, während Foy Staub von seinen Klamotten klopfte, etwas von Verschwörungen murmelte und so widerwillig zum Auto stapfte, als müsste er die belagerten Philippinen verlassen. Die Flügeltür seines klassischen Sportwagens federte hoch, und bevor er einstieg, setzte er die Fliegerbrille auf und erklärte in bester General-BlackArthur-Manier: »Ich komme wieder, Motherfucker. Ob du es glaubst oder nicht!«

Die Schülerin im zweiten Stock hatte das Fenster geschlossen und sich wieder an das Mikroskop gesetzt. Sie blinzelte rasant, um den Blick zu fokussieren, drehte den Objektträger um und notierte ihre Ergebnisse im Schulheft. Im Gegensatz zu Foy und mir hatte sie sich mit ihrer Situation abgefunden, denn sie wusste, dass es in Dickens halt manchmal so war, wenngleich es nicht unbedingt so sein musste.

ÄPFEL UND ORANGEN

17

Ich bin frigide. Nicht in dem Sinne, dass ich keine sexuellen Bedürfnisse hätte, sondern auf die fiese Art, auf die Männer während der Ära der freien Liebe in den 1970ern ihre eigenen sexuellen Defizite auf Frauen projizierten, indem sie diese als »frigide« oder »tote Fische« abkanzelten. Kein Fisch kann so mausetot sein wie ich. Ich ficke wie ein Guppy auf dem Trockenen. Eine Portion Sashimi vom Vortag hat mehr »Wellenbewegung« als ich. Und so lag ich am Tag des Feuerüberfalls und des Orangenwurf-Attentats, dem Tag, an dem Marpessa ihre verdächtig klebrige, nach Satsuma-Säure schmeckende Zunge in meinen Mund bohrte und ihre Schamgegend an meiner Leistenregion rieb, im Bett – reglos. In meiner Beschämung hatte ich mir die Hände vor das Gesicht geschlagen, denn Sex mit mir ist wie Sex mit dem Sarkophag Tutanchamuns. Allerdings gab sie mir nie zu verstehen, dass meine sexuelle Unfähigkeit ein Problem war. Sie verpasste mir nur ein paar Ohrfeigen und fiel über meinen Gestrandeter-Wal-Kadaver her wie ein Wrestler, der am Samstagabend auf einen Revanchekampf brennt. Von mir aus hätte der Kampf ewig währen können.

»Heißt das, wir sind wieder zusammen?«

»Es heißt, dass ich darüber nachdenke.«

»Kannst du vielleicht etwas schneller darüber nachdenken, vielleicht auch etwas weiter rechts? Ja, genau so.«

Marpessa ist der einzige Mensch, der mich durchschaut. Nicht einmal mein Vater konnte mich ergründen. Wenn ich einen Fehler begangen, etwa Mary McLeod Bethune mit Gwendolyn Brooks verwechselt hatte, polterte er: »Nigger, wenn ich nur wüsste, was zur Hölle mit dir los ist!« Und dann warf er mir alle 943 Seiten des *DSPSS IV* (*Diagnose- und Statistikhandbuch psychischer Störungen bei Schwarzen*, vierte überarbeitete Ausgabe) an den Kopf.

Aber Marpessa kapierte, was Sache war. Damals war ich achtzehn. Zwei Wochen, bevor mein erstes College-Semester zu Ende ging. Wir befanden uns im Gästehaus. Sie – blätterte im blutbefleckten *DSPSS IV*. Ich – war wie üblich nach dem Sex wie ein furchtsames Teenager-Gürteltier zu einer Kugel aufgerollt und heulte aus keinem ersichtlichen Grund wie ein Schlosshund.

»Hier – jetzt weiß ich endlich, was mit dir los ist«, sagte sie und schmiegte sich an mich. »Du leidest an Bindungsunfähigkeit.« Warum tippen einem die Leute immer in die Seite, wenn sie wissen, dass sie recht haben? Ein kurzes Vorlesen würde doch reichen. Warum reibt man es dem anderen noch durch selbstgefälliges Tippen unter die Nase?

»Bindungsunfähigkeit – Im Rahmen der Persönlichkeitsentwicklung mangelnde bzw. deutlich gestörte soziale Bindungskraft, die Mehrheit der Kontexte, Situationen und Vorgänge betreffend. Tritt vor dem fünften Lebensjahr ein und setzt sich bis in das Erwachsenenalter fort, wie dargelegt unter Punkt 1 und/oder Punkt 2:

1. *Anhaltende Unfähigkeit, in einer dem Entwicklungsstadium angemessenen Form auf soziale Interaktionen zu reagieren oder diese zu initiieren (so reagieren Kind oder Erwachsener auf fürsorgliche Personen und den Trost schwarzer LiebhaberInnen mit einer Mischung aus Nähe, Vermeidung und Widerstand gegen Trost, teils auch mit*

erstarrtem Argwohn). Vulgärübersetzung: Wenn man den Nigger berührt, zuckt er zusammen oder erschreckt sich. Ist hin- und hergerissen, hat keine echten Freunde, und wenn er dich nicht anglotzt, als wärst du gerade von Bord eines Bananendampfers gegangen, heult er wie eine kleine Pissnelke.

2. *Diffuse Bindungen in Gestalt willkürlicher Geselligkeit, dazu ausgeprägte Unfähigkeit, angemessen bewusste Beziehungen zu schwarzen Personen und Dingen zu entwickeln (z. B. übertriebene Vertraulichkeit mit relativ fremden Menschen oder defizitäres Urteil bei der Auswahl von Bezugspersonen).* Vulgärübersetzung: Der Nigger fickt an der Riverside-Uni weiße Schlampen.

Ein Wunder, dass wir überhaupt eine Weile zusammen waren. Ich starrte ihre verschwommene Silhouette so lange an, bis sie den Kopf hinter dem karierten Duschvorhang hervorstreckte. Ich hatte vergessen, wie braun sie war. Wie gut sie aussah, wenn ihre Haarsträhnen auf einer Gesichtshälfte klebten. Manchmal sind die kürzesten Küsse die schönsten. Über ihre rasierte Scham konnten wir später noch diskutieren.

»Wie sieht der Zeitplan aus, Bonbon?«

»Was uns betrifft: ab jetzt bis dann. Die Rassentrennungssache würde ich gern bis zum Hood Day erledigen. Ich habe also noch sechs Monate Zeit.«

Marpessa zog mich in die Dusche und gab mir eine Tube mit Aprikosen-Peelingcreme, die nicht mehr geöffnet worden war, seit sie zuletzt hier geduscht hatte. Ich verteilte die Creme auf ihrem Rücken und schabte dann eine Nachricht in die körnigen Verwirbelungen, die angeblich für samtige Haut sorgen. Sie konnte stets entziffern, was ich schrieb.

»Weil dieser Nigger Foy und der Rest der Welt dafür sorgen

werden, dass dir der Scheiß irgendwann um die Ohren fliegt. Vergiss die Rassentrennung, du weißt doch, dass die Motherfucker schon damals, als es Dickens noch gab, nicht besonders scharf auf die Stadt waren.«

»Du warst heute auch in diesem Auto, richtig?«

»Scheiße, Mann, nachdem mich Cuz und mein Bruder von der Arbeit abgeholt hatten, sind wir auf dem Heinweg über die weiße Linie gefahren, die du gezogen hast, und weißt du – das war so, als würde man bei einer total abgefuckten House-Party aufkreuzen, wo die Musik in Endlosschleife läuft, und plötzlich hast du dieses Wummern in der Brust, und dann denkst du nur noch: Wenn ich jetzt sterbe, wäre mir das *scheißegal*. So war das. Wie das Überschreiten einer Schwelle.«

»Du hast die verdammte Orange geworfen. Ich wusste es.«

»Hab den blöden Motherfucker voll in die Fresse getroffen.«

Marpessa presste die Ritze ihres wohlgeformten Hinterteils in meinen Schoß. Sie musste wieder zu ihren Kindern, wir hatten also nicht viel Zeit, und weil sie mich kannte, war klar, dass wir nicht viel Zeit bräuchten.

Trotz erster Symptome des verflixten siebzehnten Jahres bestand Marpessa darauf, die Sache langsam anzugehen. Weil sie am Wochenende arbeitete und irrsinnig viele Überstunden schob, sahen wir uns nur montags und dienstags. Wenn wir abends ausgingen, besuchten wir das Einkaufszentrum, Lyriklesungen in Coffee Shops und, für mich am quälendsten, die Open-Mike-Abende im Phletora Comedy Club. Marpessa fand meinen Wheaton-Chaff-Rassentrennungsscherz widerwärtig und meinte, ich solle meinen Sinn für Humor schärfen, indem ich lernte, wie man Witze erzählte. Wenn ich mich sträubte, sagte sie stets: »Du bist nicht der einzige schwarze Mann auf der Welt, der nicht ficken kann, aber ich gehe bestimmt nicht mit dem einzigen aus, der null Sinn für Humor hat.«

L. A. ist eine sterbenslangweilig rassengetrennte Stadt, von den Musikclubs über die Gefängnisse bis hin zu der Tatsache, dass koreanische Taco-Wagen nur in weißen Vierteln zu finden sind. Epizentrum der sozialen Apartheid ist allerdings die Stand-up-Comedy-Szene. Der dürftige Beitrag der Stadt Dickens zur langen Tradition schwarzer Komiker ist ein Open-Mike-Abend, gesponsert von den Dum-Dum-Donut-Intellektuellen, der den Laden an jedem zweiten Dienstag im Monat in einen Club mit zwanzig Tischen verwandelt. Dieser heißt »Comedy-Bühne und Forum für die Freiheit afroamerikanischer Witze und Wortspiele, welche die Plethora afroamerikanischer Humoristen ins Rampenlicht rücken, die wiederum...«. Der Name ist noch länger, aber ich habe das Banner, das man vorübergehend über dem riesigen Donut auf dem Parkplatz aufspannt, nie komplett gelesen. Ich nenne den Laden nur »Plethora«, denn auch wenn Marpessa meinte, mir fehle es an Humor, so war es dennoch Tatsache, dass sich in dem Club eine Plethora absolut humorloser Schwarzer herumtrieb, die wie alle schwarzen Sportkommentatoren, die intelligent klingen wollen, bei jeder passenden und unpassenden Gelegenheit den Begriff »Plethora« benutzten.

Etwa:

Q: Wie viele weiße Jungs braucht es, um eine Glühbirne in die Lampe zu schrauben?
A: Eine Plethora! Denn sie haben die Glühbirne von einem Schwarzen geklaut! Von Lewis Latimer, der nicht nur die Glühbirne, sondern eine ganze Plethora genialer Scheiße erfunden hat!

Und ehrlich, solche Witze bekamen eine Plethora von Applaus. Jeder männliche Schwarze, egal welchen Teints und welcher politischen Überzeugung, glaubt insgeheim, er wäre in einem von drei Bereichen besser als jeder andere: im Basketball, im Rappen oder im Witzeerzählen.

Marpessa hält mich für humorlos, aber sie hätte mal meinen Vater erleben sollen. Damals, während der Blütezeit schwarzer Stand-up-Comedy, schleifte auch er mich an jedem Dienstag zu den Open Mikes. In der ganzen Geschichte der amerikanischen Schwarzen gab es nur zwei Menschen, die vollkommen unfähig waren, einen Witz zu erzählen: Martin Luther King Jr. und mein Vater. Sogar im Plethora zeigten die »Komiker« manchmal aus Versehen Humor. »Ich spreche für eine Rolle im neuen Film von Tom Cruise vor. Tom Cruise spielt darin einen geistig zurückgebliebenen Richter ...« Das Problem des Open-Mike-Abends im Plethora bestand darin, dass es kein Zeitlimit gab, weil »Zeit« als weißes Konzept galt, und vielleicht stimmt das, denn der Haken an den Comedy-Auftritten meines Vaters war, dass er nullkommanull Timing hatte. Dr. King war immerhin so vernünftig, sich gar nicht erst an einem Witz zu versuchen. Daddy erzählte seine Witze, wie er Pizza bestellte, Gedichte schrieb oder seine Dissertation verfasst hatte – nach den Vorgaben der *American Psychological Association*. Nachdem er auf die Bühne getrottet war, begann er im Stil einer wissenschaftlichen Abhandlung mit dem mündlichen Äquivalent einer Titelseite. Dann sagte er seinen Namen und den Titel des Witzes. Ja, seine Witze hatten Titel. »Dieser Witz heißt ›Ethnische und religiöse Unterschiede der Kundschaft von Etablissements zum Konsum alkoholischer Getränke‹.« Dann folgte eine Inhaltsangabe. Er sagte nicht einfach: »Ein Rabbi, ein Priester und ein Schwarzer gehen in eine Bar«, sondern: »Gegenstand dieses Witzes sind drei Männer, zwei davon Geistliche, einer jüdischen Glaubens, der andere ein geweihter katholischer Priester. Die Religionszugehörigkeit der afroamerikanischen Person ist ebenso unklar wie sein Bildungsgrad. Setting des Witzes ist ein Etablissement mit Ausschanklizenz. Nein, halt. Ein Flugzeug. Verzeihung, mein Fehler. Sie wollen Fallschirmspringen.« Schließlich räusperte er sich, stellte sich zu dicht an das Mikro und gab zum Besten, was er gern als »Hauptteil« des Witzes bezeichnete. Comedy ist Krieg. Wenn das Programm eines Komödianten funktioniert, hat er getötet; verpufft der Witz, dann nennt man das Sterben. Nicht, dass mein Vater auf der Bühne gestorben wäre. Er opferte sich für den einen anderen absolut humorlosen unbekannten Schwarzen, der sicher irgendwo existiert, so wie es irgendwo sicher außerirdisches Leben gibt. Ich habe Selbstopferungen erlebt, die lustiger waren als das Programm meines Vaters, aber es gab keinen Gong, den man hätte schlagen, keine riesenlangen Stangen, mit denen man ihn von der Bühne hätte stoßen können. Er ignorierte die Buhrufe und ging von der Pointe zum Abschluss des Witzes über. Dieser löste verstreutes Husten aus. Einen Chor lautstarker Missbilligung und eine Plethora vielsagenden Gähnens. Er beschloss den Witz mit den Quellenangaben:

»Jolson, Al (1918). ›Sambo und Mammy haben die Freigabe zum Abheben auf Startbahn 5‹, *Ziegfeld Follies*.

Williams, Bert (1917). ›Wenn Nigger fliegen könnten‹, *The Circuitous Chitterling Tour*.

»Der Unbekannte Minstrel (circa 1899). ›Dem Varieté-Drecksweiße klau'n mich meinen Scheiß‹, *Semi-Freimaurer-Loge Cleveland, Ohio*.

Und vergesst nicht, der Kellnerin ein Trinkgeld zu geben.«

Nachdem Marpessa stundenlang die Massen durch die Stadt gekarrt hatte, war sie zwar erschöpft, sorgte aber dafür, dass wir rechtzeitig kamen, und setzte meinen Namen ganz oben auf die Liste der Auftretenden, damit ich meine Comedy-

Pflichten erfüllte. Ich kann gar nicht sagen, wie sehr ich mich davor fürchtete, vom Moderator vorgestellt zu werden. »Und jetzt bitte Beifall für Bonbon.«

Wenn ich dann auf der Bühne stand, hatte ich das Gefühl, mich außerhalb meines Körpers zu befinden. Ich starrte ins Publikum und sah, dass die Leute in der ersten Reihe faule Tomaten, Eier und vergammelte Kohlköpfe bereithielten, um den urkomischen Motherfucker zu bewerfen, der jeden alten und abgedroschenen Richard-Pryor-Witz erzählte, den er aus der Plattensammlung seines Vaters noch in Erinnerung hatte. Trotzdem zwang mich Marpessa jeden Dienstagabend mit der Drohung auf die Bühne, sie werde erst wieder mit mir schlafen, wenn ich sie zum Lachen brächte. Wenn ich dann nach meinem sogenannten Programm an den Tisch zurückkehrte, war sie eingeschlummert, vielleicht vor Erschöpfung, vielleicht aus Langeweile. Eines Abends gelang es mir dann doch, einen echten Witz zu erzählen, der zum Gedenken an meinen Vater einen Titel trug. Dieser war allerdings sehr lang:

Warum der ganze Abbott-und-Costello-Varieté-Quatsch in der schwarzen Community nicht funktioniert

Wer steht auf der ersten Base?
Weiß nicht, deine Mama?

Marpessa hielt sich vor Lachen den Bauch, sie wälzte sich im schmalen Gang zwischen den Klappstühlen. Ich wusste, dass die sexuelle Dürreperiode an diesem Abend ihr Ende finden würde.

Es heißt immer, man solle nicht über seine eigenen Witze lachen, aber genau das tun Top-Komiker, und sobald der Open Mike zu Ende war, sprang ich in den 125er Bus, der vor dem

Club stand, weil er von Marpessa, die ihr Denkmal auf vier Rädern nicht aus den Augen lassen wollte, als Familienkutsche benutzt wurde. Bevor sie auch nur auf die Idee kam, die Handbremse zu lösen, lag ich schon nackt auf der hintersten Bank, bereit für einen Getönte-Scheiben-Quickie. Marpessa holte einen großen Pappkarton unter dem Fahrersitz hervor, schleifte ihn durch den Gang und kippte mir den Inhalt in den Schoß. Begrub meine schmerzhafte Erektion unter einer fünf Zentimeter hohen Flut von Computerausdrucken, Karteikarten und Fortschrittsberichten.

»Was zum Teufel ist das?«, fragte ich. Wühlte in den Papieren, damit mein Schwanz etwas Luft bekam.

»Ich spiele die Botin für Charisma. Die Sache läuft erst seit sechs Wochen, steht also noch am Anfang, aber sie meint, der nach Rassen getrennte Unterricht funktioniere schon jetzt. Die Zensuren steigen, die Verhaltensprobleme schwinden, aber sie möchte, dass du die Ergebnisse durch eine statistische Analyse erhärtest.«

»Verdammt, Marpessa! Diese Scheiße wieder in den Karton zu packen kostet genauso viel Zeit wie die Berechnungen.«

Marpessa packte meinen Penis am unteren Ende und drückte.

»Schämst du dich für mich, weil ich Busfahrerin bin, Bonbon?«

»Was? Wie kommst du darauf?«

»Nur so.«

Ihre verdrossene Miene verflog nicht, und ihre Brustwarzen wurden nicht hart, da konnte ich ihre Ohren noch so lange stümperhaft lecken und schlecken. Von meinen Vorspielversuchen gelangweilt, stopfte sie einen Fortschrittsbericht in meine Harnröhre und drehte meinen Dickschädel dann so hin, dass ich ihn vor Augen hatte wie eine Dinner-Speisekarte für Frühaufsteher. Ein Sechstklässler namens Michael Gallegos belegte

Fächer, die mir ein Rätsel waren, und erhielt Zensuren, die ich nicht entziffern konnte. Aber laut der Kommentare der Lehrer hatte er merkliche Fortschritte in dem gemacht, was sie als Zahlengefühl und Denkleistung bezeichneten.

»›ZE‹? Welche Zensur soll das sein?«

»ZE steht für ›zeigt Einsatz‹.«

Charisma hatte die psychologischen Feinheiten meines Plans, die sogar mir selbst erst mit Verspätung aufgingen, intuitiv erfasst. Sie verstand die Sehnsucht der Farbigen nach einer dominierenden weißen Präsenz wie jener der Wheaton Academy, denn ihr war Folgendes klar: Wenn uns jemand, der weißer ist als wir, reicher ist als wir, schwarzer ist als wir, chinesischer ist als wir, besser ist als wir, egal was ist als wir, mit der Tatsache konfrontiert, dass alle gleiche Rechte haben, dann weckt das, obwohl wir in einer Zeit der Rassengleichheit leben, unser Bedürfnis, Eindruck zu schinden, uns zu benehmen, das Hemd in die Hose zu stecken, unsere Schularbeiten zu erledigen, pünktlich zu erscheinen, unsere Freiwürfe zu machen, zu unterrichten und den Wert unserer Person unter Beweis zu stellen, um ja nicht gefeuert, verhaftet, auf Lastwagen davongekarrt und erschossen zu werden. Unter dem Strich sagt die Wheaton Academy ihren Schülern, was Booker T. Washington, der große Pädagoge und Gründer des Tuskegee Institute einmal zu seinem ungebildeten Volk sagte: »Lasst euren Eimer hinab, wo ihr auch seid.« Ich werde zwar nie begreifen, warum es ein Eimer sein muss oder wieso der kurzsichtige Booker T. nicht empfahl, Bücher, Rechenschieber oder Laptops hinabzulassen, aber ich kann Charismas und Booker T. Washingtons Bedürfnis nach einem stets abrufbereiten weißen Panoptikum nachvollziehen. Es ist kein Zufall, dass Jesus, die Vertreter der NBA und der NFL und die Stimmen unserer GPS-Geräte (sogar der japanischen) weiß sind.

Wirksamere Liebestöter als Rassismus und ein Bericht, der in der Harnröhre steckt, sind kaum denkbar, und nachdem sich die halbnackte Marpessa auf mich gehievt hatte, ließen sowohl sie als auch mein Penis den schläfrigen Kopf in der Peripherie meines Bauchnabels ruhen. Sie umklammerte noch meinen Phallus, hatte sich jedoch an jenen Ort verabschiedet, an dem Busfahrerinnen zu träumen pflegen. Bestimmt die Flugschule, denn in Marpessas Träumen können Busse fliegen. Sie sind stets pünktlich und haben keine Motorschäden. Sie benutzen Regenbogen als Brücken und Wolken als Anleger, werden von Rollstuhlfahrern flankiert wie von Jagdfliegern, die einem Bomberverband Geleitschutz geben. Wenn Marpessa ihre Flughöhe erreicht hat, scheucht sie Schwärme von Möwen und Niggern, die bis zu ihrem Dahinscheiden immerfort nach Süden ziehen, mit einer Hupe aus dem Weg, die nicht trötet, sondern Roxy Music, Bon Iver, Sunny Levine und Nicos *These Days* dudelt. Und alle Fahrgäste verdienen ihren Lebensunterhalt. Und Booker T. Washington fliegt auch regelmäßig mit und sagt beim Einsteigen: »Wenn du Bonbon siehst, diesen Kosmischen Verräter und deine einzig wahre Liebe, dann lass deinen Slip hinab, wo auch immer du bist.«

18

Anfang November, etwa sechs Wochen nach den Schüssen, konnte ich bei Marpessa gute Fortschritte verzeichnen, aber was die beiden Ziele betraf, die jetzt, da ich einigermaßen regelmäßig Sex hatte, am vordringlichsten waren, nämlich die Einführung der Rassentrennung in Dickens und der erfolgreiche Kartoffelanbau in Südkalifornien, so blieben die Resultate mager. Ich wusste, dass die Kartoffeln nicht gediehen, weil das Klima zu warm war. Was die Rassentrennung anging, so hatte ich jedoch keine zündende Idee mehr, und bis zum Hood Day waren es nur noch wenige Monate. Vielleicht trug ich wie jeder zeitgenössische Künstler nur ein gutes Buch, nur ein gutes Album und nur einen kümmerlichen Akt monumentalen Selbsthasses in mir.

Hominy und ich standen auf dem Streifen Land, den ich für die Knollengewächse vorgesehen hatte. Ich kroch herum, prüfte die Kompostmischung und die Bodendichte, drückte rotbraune Saatkartoffeln in die Erde, während er am laufenden Band Vorschläge zur ganzstädtischen Diskriminierung machte und bei seiner einzigen Aufgabe versagte – den Gartenschlauch so auszulegen, dass die von mir hineingestochenen Löcher nach oben zeigten.

»Wie wäre es, Massa, wenn wir allen, die wir nicht mögen, ein Erkennungszeichen verpassen und sie in Lager einweisen?«

»Gab es schon.«

»Gut, noch ein Vorschlag: Wir teilen die Leute in drei Gruppen ein, schwarz, farbig und gottähnlich. Erlassen ein paar Ausgangssperren und installieren ein Ausweissystem ...«

»Alter Hut, Hottentotte.«

»Das würde in Dickens gut funktionieren, weil alle – Mexikaner, Samoaner oder Schwarze – diverse braune Teints haben.« Er warf den Schlauch in die verkehrte Furche und wühlte in der Tasche. »Ganz unten stünden die Unberührbaren. Die absolut nutzlosen Typen. Fans von Nagelknipsern, Verkehrspolizisten und Leute mit Drecksjobs, die wie du mit menschlichen und tierischen Exkrementen hantieren.«

»Und zu welcher Kategorie würdest du gehören, wenn du der Sklave eines Unberührbaren wärst?«

»Ich wäre ein begabter Künstler und Tragöde. Ein Brahmane. Nach dem Tod käme ich ins Nirwana. Du würdest wieder dort landen, wo du bist, und durch Kuhscheiße waten.«

Ich wusste seine Ratschläge zu würdigen, aber während er sich weiter über die Varnas ausließ und eine Dickens angemessene Version des indischen Kastensystems skizzierte, dämmerte mir die Ursache für meine Denkblockade. Ich hatte Skrupel. Begriff, dass ich das Arschloch auf der Wannsee-Konferenz war, der Burenabgeordnete im Johannesburg des Jahres 1948, der Möchtegern-Hipster im Grammy-Komitee, der die Bandbreite der Preisverleihungen durch sinnlose Kategorien wie »Beste R&B-Gesangsperformance eines Duos oder einer Band« oder »Bestes Rock-Instrumentalstück eines Solisten, der zwar programmieren kann, aber kein einziges Instrument spielt« erweitern will. Ich war der Idiot, der bei der Diskussion über Themen wie Waggon-Kontingente, Bantu-Siedlungen und alternative Musik zu feige war, um aufzustehen und zu sagen: »Merkt ihr Motherfucker denn nicht, welchen Schwachsinn wir gerade reden?«

Nachdem ich die Kartoffeln gesetzt, den Mist verteilt und

den Schlauch endlich in die richtige Furche gelegt hatte, war es an der Zeit, mein improvisiertes Bewässerungssystem zu testen. Ich öffnete den Wasserhahn und beobachtete, wie sich die quer durch die Strauchbohnen, längs der Gemüsezwiebeln und rund um den Kohl verlegten dreißig nicht durchlöcherten Schlauchmeter aufblähten und wie dann sechs Wasserstrahlen in den Himmel schossen, im hohen Bogen über, aber nicht auf die Kartoffeln regneten, und einen kargen Winkel dicht vor dem Zaun unter Wasser setzten. Entweder waren die Löcher zu klein oder der Wasserdruck war zu hoch; auf jeden Fall würde ich in diesem Jahr keine eigenen Kartoffeln ernten. Laut des Wetterberichts war nächste Woche mit Temperaturen um siebenundzwanzig Grad zu rechnen. Zu warm für das erfolgreiche Gedeihen der Knollen.

»Willst du nicht ausstellen, Massa? Du vergeudest Wasser.«

»Schon klar.«

»Vielleicht kannst du die Kartoffeln das nächste Mal in den Dreck setzen, auf dem das Wasser landet.«

»Geht nicht. Dort ist mein Dad begraben.«

Kein Motherfucker glaubt mir, dass ich ihn auf dem Hinterhof beerdigt habe. Aber so ist es. Ich bat meinen Anwalt, Hampton Fiske, ein paar Formulare zurückzudatieren, und bettete ihn dann in den hintersten Winkel, wo sich früher der trübe Teich befunden hatte. Auf diesem Fleckchen wuchs und wächst nichts. Weder vor seinem Tod noch danach. Es gibt keinen Grabstein. Bevor ich Marpessas Satsuma-Baum pflanzte, probierte ich es mit einem Apfelbaum als Ehrenmal. Dad mochte Äpfel. Futterte sie ständig. Leute, die ihn nicht näher kannten, hielten ihn für kerngesund, weil er in der Öffentlichkeit selten ohne McIntosh-Apfel und Gemüsesaft gesehen wurde. Pops aß gern Braeburns und Galas, aber sein Lieblingsapfel war der Honeycrisp. Wurde ihm ein fader Red

Delicious angeboten, dann glotzte er, als hätte man schlecht über seine Mama gesprochen. Schade, dass ich nach seinem Tod nicht in die Taschen seines Sportmantels geschaut habe, denn es war sicher ein Apfel darin. Er nahm immer einen mit, weil er nach den Treffen gern daran knabberte. Ich würde auf einen Golden Russet tippen, weil sich die Sorte lange lagern lässt. Wir hatten allerdings nie Apfelbäume. Dad beklagte sich oft über die großkotzigen Weißen der Westside, aber ich habe den Verdacht, dass er insgeheim gern zu Gelson's fuhr, wenn Opalescents für vier Dollar fünfzig das Pfund im Angebot waren, oder auch zum Farmers Market, wenn dort die Sorte Enterprise erhältlich war. Auf der Suche nach einem geeigneten Baum fuhr ich bis Santa Paula. Es sollte etwas Besonderes sein. Die Cornell University züchtet seit den späten 1890ern die besten Äpfel auf Erden. Früher war man dort sehr kulant. Wenn man höflich fragte und Versand und Transport bezahlte, schickten sie eine Kiste Jonagold-Äpfel aus der Spätsaison, und sei es, um ihr Evangelium zu verbreiten. Während der letzten Jahre ist die Cornell jedoch aus rätselhaften Gründen dazu übergegangen, Lizenzen für neue Sorten an lokale Farmer zu vergeben, und wenn man keine Farm in Upstate New York besitzt, hat man Pech und muss sich mit dem gelegentlich importierten Florina begnügen. Deshalb haben die universitären Obstwiesen in Geneva, New York, für den Schwarzmarkthandel mit Äpfeln die gleiche Bedeutung wie das kolumbianische Medellín für das Kokain. Mein Verbindungsmann war Oscar Zocalo, früher mein Laborpartner an der Riverside, der an der Cornell promovierte. Wir trafen uns während einer Flugshow auf dem Parkplatz des Flughafens. Dumpfbacken im Doppeldecker, die alles aus ihren Sopwith Camels und Curtiss' herausholten. Oscar wollte den »Deal« unbedingt im Krimistil von Autofenster zu Autofenster abwickeln. Die Kostprobe war so lecker, dass ich den Fruchtsaft, der über mein Kinn lief, aufwischte und auf meine Gaumen strich. Ich weiß nicht, ob es eine Ironie ist, aber die besten Äpfel schmecken nach Pfirsich. Ich kehrte mit einem Velvet-Scrumptious-Baum nach Hause zurück, die Nummer eins der Apfel-Welt, mit großartigem Ernteertrag, makellosem Fruchtfleisch, knallvoll mit Vitamin C. Ich pflanzte den Baum einen halben Meter von Daddys Ruhestätte entfernt. Wäre doch schön, wenn er ein bisschen Schatten hätte, dachte ich. Zwei Tage später war der Baum tot. Und die Äpfel schmeckten nach Mentholzigaretten, Leber mit Zwiebeln und billigem Scheißrum.

Ich stand auf dem schlammigen Grab meines Vaters, im Sprühregen, der eigentlich für die Kartoffeln gedacht war, und hatte die ganze Farm im Blick. Die Obstbaumspaliere. Nach Farben geordnet. Von hell bis dunkel. Zitronen. Aprikosen. Granatäpfel. Pflaumen. Satsumas. Feigen. Ananas. Avocados. Ich sah die Felder, auf denen ich im Wechsel Mais und Weizen oder, wenn ich Lust habe, die Wasserrechnung zu bezahlen, auch Reis anbaue. Das Gewächshaus steht in der Mitte. Dahinter erstrecken sich die blätterigen Prozessionen von Kohl, Salat, Gemüse, Gurken. Die Weinstöcke stehen vor dem südlichen Zaun, die Tomaten vor dem nördlichen, dann folgt die weiße Wand der Baumwolle. Ich habe die Baumwolle seit dem Tod meines Vaters nicht mehr angerührt. Was sagte Hominy zu mir, als ich zum ersten Mal davon sprach, Dickens wiederauferstehen zu lassen? *Kennst du die Redewendung ›Man sieht den Wald vor lauter Bäumen nicht‹? Tja, Massa, du siehst die Plantage vor lauter Niggern nicht.* Wem machte ich etwas vor? Ich bin Farmer, und Farmer trennen von Natur aus. Wir trennen die Spreu vom Weizen. Ich bin nicht Rudolf Hess, P. W. Botha, Capitol Records oder die gegenwärtigen Vereinigten Staaten von A. All diese Arschlöcher trennen, weil sie an der

Macht bleiben wollen. Ich bin Farmer, und ein Farmer trennt, um dafür zu sorgen, dass jeder Baum, jede Pflanze, jeder arme Mexikaner, jeder arme Nigger Zugang zu Sonnenschein und Wasser, dass jeder lebendige Organismus Raum zum Atmen hat.

»Hominy?«

»Ja, Massa?«

»Welchen Tag haben wir heute?«

»Sonntag. Wieso? Willst du zu den Dum Dums?«

»Ja.«

»Dann frag den Scheißnigger, wo meine verdammten *Kleine Strolche*-Filme abgeblieben sind!«

19

Die Teilnehmerzahl war überschaubar, vielleicht zehn Leute. Foy, unrasiert und im zerknitterten Anzug, stand unbeherrscht zuckend und blinzelnd in der Ecke. Er war kürzlich in den Nachrichten gewesen. Seine unehelichen Kinder waren so zahlreich, dass sie wegen der emotionalen Belastung, der sie ausgesetzt waren, weil er sein Gesicht bei jeder Gelegenheit vor ein Mikro oder in eine Kamera hielt, eine Sammelklage angestrengt hatten. Zurzeit wurden er selbst und die Dum-Dum-Donut-Intellektuellen nur noch durch die euklidisch glatte Perfektion seines kastenförmigen Haarschnitts und durch seine Rollkartei zusammengehalten. Man kann schwerlich den Glauben an jemanden verlieren, der sogar während der schlimmsten Lebenskrise adrett frisiert ist und Freunde wie Jon McJones herbeipfeifen kann, einen schwarzen Konservativen, der seinen Sklavennamen vor nicht allzu langer Zeit um das »Mc« ergänzt hatte. McJones las aus seinem neuesten Buch, *Mick, wenn ich bitten darf: Die schwarzirische Reise vom Ghetto zum Gälischen.* Der Autor war ein guter Fang für Foy, und angesichts des gratis Bushmills-Whiskeys hätten eigentlich mehr Leute da sein müssen, aber die Dum-Dum-Donut-Intellektuellen starben aus, das war klar. Vielleicht hatte das Konzept einer Clique dummer schwarzer Denker am Ende seine Nützlichkeit verloren. »Ich bin in Sligo, einem kleinen Künstlerdorf an der Nordküste der Grünen Insel«, las McJones. Sein Lispeln und die aufgesetzt weiße Aussprache weckten in mir den Wunsch, ihm in die Fresse zu hauen. »Im Fernsehen wird die nationale Hurling-Meisterschaft übertragen. Kilkenny gegen Galway. Männer mit Stöcken, die einem kleinen weißen Ball nachjagen. Hinter mir steht ein Typ im Fisherman-Pullover und mit bulligen Schultern, der den Knauf eines Shillelagh auf seine Handfläche klatschen lässt. Ich habe mich noch nie so zu Hause gefühlt.«

Ich setzte mich neben King Cuz, der wie üblich die hinterste Reihe bespielte, einen Ahornriegel futterte und in einer zufällig herumliegenden Nummer der Autozeitschrift *Lowrider* blätterte. Bei meinem Anblick tippte Foy Cheshire auf seine Patek Philippe, als wäre ich ein Diakon, der verspätet in die Kirche hetzte. Mit Foy stimmte irgendetwas nicht. Er störte McJones immer wieder mit dummen Fragen.

»Hurling, ja, das ist auch College-Slang für Kotzen, stimmt's?«

Ich borgte mir Cuz' Ausgabe von *Der Ticker*, denn er schaute ja gerade nicht hinein. Im Quartal nach der Gründung der Wheaton Academy war die Arbeitslosigkeit in Dickens um ein Achtel gesunken. Die Immobilienpreise waren um drei Achtel gestiegen. Sogar die Raten der Abschlüsse lagen um ein Viertel höher. Die Schwarzen schrieben endlich schwarze Zahlen. Und obwohl das soziale Experiment noch am Anfang stand und die statistischen Stichproben relativ beschränkt waren, logen die Zahlen nicht. Während der letzten drei Monate hatten die Schüler der Chaff Middle School weitaus bessere Noten erzielt. Nicht, dass jemand Klassen übersprang oder demnächst einen Auftritt in *Wer wird Millionär* hätte, doch unter dem Strich zeugten die Resultate der staatlichen Leistungstests von verheißungsvoller Kompetenz, wenn auch noch nicht von Meisterschaft. Und wenn ich die staatlichen Richtlinien richtig verstand, bedeutete diese Verbesserung, dass man die Schule nicht unter Zwangsverwaltung stellen würde, jedenfalls nicht so bald.

Nach der Lesung ging Foy nach vorn, so begeistert klatschend wie ein Kind nach seiner ersten Puppentheatervorstellung. »Ich danke Mr. McJones für diese anregende Lesung, aber bevor wir zum Thema des heutigen Nachmittags kommen, möchte ich noch etwas ankündigen. Erstens wurde *Black Checker*, meine aktuelle Show im frei empfangbaren Fernsehen, abgesägt. Zweitens hat, was viele von euch sicher wissen, eine neue Schlacht begonnen, und das feindliche Schlachtschiff liegt in Gestalt der Wheaton Academy, einer rein weißen Schule, direkt vor unserer Nase. Aber grämt euch nicht, denn ich habe eine Geheimwaffe entwickelt.« Foy leerte seine Aktentasche auf dem nächstbesten Tisch aus – sie enthielt ein neues Buch. Zwei Leute standen sofort auf und verschwanden. Ich wäre ihnen gern gefolgt, aber mir fiel ein, dass ich mit einer bestimmten Absicht erschienen war, und außerdem interessierte einen Teil von mir brennend, welchen amerikanischen Klassiker Foy jetzt schon wieder verhunzt hatte. Bevor er das Buch herumgehen ließ, zeigte er es Jon McJones, der mit einem Blick reagierte, der zu besagen schien: »Bist du sicher, dass du diese Scheiße auf die Welt loslassen willst, Nigger?« Sobald das Buch hinten ankam, wurde es mir von Cuz gereicht, der es keines Blickes würdigte, und nachdem ich den Titel gelesen hatte, mochte ich es nicht mehr hergeben. *Die Abenteuer von Tom Sieger.* Mir schwante, dass Foys Werke zur schwarzen Volkskunst gehörten und eines Tages ihren Wert haben würden. Ich bereute die Bücherverbrennung und bedauerte, nicht schon längst eine Sammlung angelegt zu haben, denn während der letzten zehn Jahre hatte ich über meine breite schwarze Nase immer wieder auf ebenso erste wie einzige Ausgaben inzwischen wohl nicht mehr erhältlicher Bücher hinabgeschaut, die Titel trugen wie *Der alte schwarze Mann und der aufblasbare Winnie-der-Puuh-Swimmingpool, Verhaltene Erwartun-*

gen, Middlemarch mitten im April, Ich krieg deine Kohle – das schwöre ich. Das Cover von *Tom Sieger* zeigte einen schwarzen Jungen im Prep-School-Alter, der Penny Loafers, Socken mit Argyle-Muster und eine gelbgrüne, mit Walen bestickte Hochwasserhose trug und, bewaffnet mit einem Eimer weißer Tünche, tapfer vor einer Wand voller Gang-Graffiti stand, drohend beäugt von einem Rudel schmuddeliger Ganoven.

Als mir *Tom Sieger* von Foy entrissen wurde, hatte ich das Gefühl, als wäre mir der Touchdown-Ball entglitten, dessen Fang das Spiel entschieden hätte. »Dieses Buch, das bekenne ich ganz offen, ist eine VBW, eine Volksbildungswaffe!« Foy konnte seine Aufregung nicht zügeln, seine Stimme schnellte um zwei Oktaven in die Höhe, er sprach mit einer Inbrunst à la Hitler. »Die Gestalt Tom Siegers hat nicht nur mich inspiriert, nein, sie wird eine ganze Nation dazu bringen, den Zaun weiß zu übermalen! Um die entsetzlichen Bilder der Rassentrennung zu tilgen, die die Wheaton Academy repräsentiert. Wer macht mit?« Foy zeigte auf die Eingangstür. »Ich weiß folgende afroamerikanische Helden auf meiner Seite …« Die Namen, mit denen Foy um sich warf, muss ich aus juristischen Gründen verschweigen, denn als ich mich nach dem umdrehte, was ich für Foys unsichtbare Halluzinationen hielt, standen wahrhaftig drei der weltweit berühmtesten Afroamerikaner in der Tür des Dum Dum Donuts, der bekannte Fernseh-Familienmensch _ i _ _ _ _ _ b _ sowie die schwarzen Diplomaten _ o _ _ _ _ o _ _ _ und _ _ n _ _ _ ee _ _ _ _ _ c _. Als Foy gewittert hatte, dass die Dum-Dum-Donut-Intellektuellen am Aussterben waren, hatte er kein Halten mehr gekannt und wer-weiß-welche Strippen gezogen. Die drei Superstars, überrascht von dem kleinen Publikum, setzten sich zögernd, bestellten Kaffee und Bear-Claw-Hefestücke, was für sie sprach, und beteiligten sich an dem Treffen, das Jon McJones unter anderem mit dem bekannten republikanischen Gewäsch bestritt, 1860 habe ein in die Sklaverei geborenes Kind bessere Chancen gehabt, mit beiden Elternteilen aufzuwachsen, als ein Baby, das nach der Wahl des ersten afroamerikanischen Präsidenten auf die Welt gekommen sei. McJones war ein versnobter Neger, der seinen Selbsthass hinter Libertarismus verbarg; ich hatte immerhin die Größe, keinen Hehl daraus zu machen. Danach zitierte er Statistiken, die selbst dann bedeutungslos gewesen wären, wenn sie gestimmt hätten, denn Sklaven waren nun mal Sklaven. In der Zeit vor dem Bürgerkrieg basierten die meisten Ehen nicht auf Liebe, sondern waren Zwangsgemeinschaften. Er verschwieg, dass manche Sklavenheirat zwischen Geschwistern oder sogar zwischen Mutter und Sohn geschlossen wurde. Dass eine Scheidung während der Sklaverei unmöglich war. Man konnte nicht »kurz mal Zigaretten holen« und nie wiederkommen. Und all die Zwei-Eltern-Haushalte, die kinderlos waren, weil man die Kinder wer weiß wohin verkauft hatte? Als moderner Sklavenhalter fand ich es beleidigend, dass man die Grausamkeit und Bösartigkeit unterschlug, die der ehrwürdigen Institution der Sklaverei zu eigen waren.

»Was für ein Haufen Scheiße«, unterbrach ich McJones, indem ich wie ein Schuljunge die Hand hob.

»Sei froh, dass du hier und nicht in Afrika geboren wurdest!«, fauchte C _ _ _ n _ _ w _ _ _ in einem Ghetto-Tonfall, der seinen Lebenslauf und den Pullover mit V-Ausschnitt Lügen strafte.

»Wie? Hier?« Ich zeigte auf den Fußboden. »Etwa in Dickens?«

»Tja, nicht unbedingt in einem Drecksloch wie Dickens«, meinte McJones und warf den anderen Gästen einen »Keine Sorge, ich habe das unter Kontrolle«-Blick zu. »Hier will keiner leben, klar, aber Sie können mir nicht weismachen, lieber in

Afrika als an einem anderen Ort in Amerika geboren worden zu sein.«

Eigentlich bist du doch froh, hier zu leben und nicht in Afrika. Die Trumpfkarte, die alle kleinkarierten Nativisten ausspielen. Würde man mir einen Cupcake an die Schläfe halten, dann würde ich natürlich zugeben, lieber hier als irgendwo in Afrika zu leben, obwohl ich höre, dass Johannesburg gar nicht übel und die Brandung an den Stränden von Kap Verde total irre ist. Trotzdem bin ich nicht so verblendet, mir einzubilden, rund um die Uhr erhältliche Chili-Burger, Schreibtischstühle von Aeron und Blu-Rays seien das Leid von Generationen wert. Ich glaube kaum, dass sich irgendeine Vorfahrin auf dem Sklavenschiff, in den Atempausen zwischen Schlägen und Vergewaltigungen, knietief in ihrer Scheiße stehend, mit dem Gedanken tröstete, das ewige Morden, die unsäglichen Schmerzen, das unstillbare Leid, die Seelenqualen und galoppierenden Krankheiten würden sich eines Tages auszahlen, weil ihr Urururururgroßenkel dann Wi-Fi hätte, egal wie langsam und unstet das Signal.

Ich schwieg und überließ es King Cuz, für mich zu streiten. Von der Bemerkung abgesehen, der Eistee brauche mehr Zucker, hatte er zwanzig Jahre lang nichts Substanzielles zu den Treffen beigetragen, und trotzdem ließ er sich auf ein Kräftemessen mit jemandem ein, der vier hohe Abschlüsse hatte und zehn Sprachen beherrschte, unter denen außer Französisch keine schwarze war.

»Nigger, ich lasse nicht zu, dass du Dickens besudelst!«, sagte Cuz scharf, stand auf und richtete einen frisch manikürten Finger auf McJones. »Dies ist kein Drecksloch, sondern eine Stadt!«

Besudeln? Vielleicht waren zwanzig Jahre Dum-Dum-Donut-Rhetorik doch nicht ganz für die Katz gewesen.

McJones war jedoch hoch anzurechnen, dass er sich weder durch den Tonfall noch durch die Statur von Cuz ins Bockshorn jagen ließ. »Ich habe mich vielleicht missverständlich ausgedrückt. Dennoch muss ich mich gegen deine Behauptung verwahren, Dickens sei eine Stadt, denn der Ort ist eindeutig ein Brennpunkt, kaum mehr als eine amerikanische Barackensiedlung. Gewissermaßen ein post-schwarzer, post-rassistischer, post-soulmusikalischer Flashback in eine Ära romantisch verklärter schwarzer Ignoranz...«

»Spar dir deinen post-soulmusikalischen, post-schwarzen Scheißdreck für Typen auf, die was dafür übrig haben, okay, Schwachkopf? Denn ich bin *prä*-schwarz, so viel ist sicher. In Dickens geboren und aufgewachsen. Ein Homo-Sapiens-OG-Crip aus dem gottverdammten uranfänglichen Hottehüh, Nigger.«

King Cuz' kurzer Monolog schien Miss R _ _ _ zu beeindrucken, denn sie löste ihre Beine voneinander und spreizte sie so weit, dass die Innenseite ihres rechten Oberschenkels zu sehen war, tippte mir dann auf die Schulter.

»Der große Motherfucker, spielt der Football?«

»Ist mal ein bisschen übers Feld gelaufen, damals in der Highschool.«

»Мои трусики мокрые«, sagte sie in genüsslichem Russisch.

Ich bin kein Linguist, nehme aber stark an, dass sie damit sagen wollte, Cuz dürfe sie jederzeit von hinten penetrieren. Der alte Kämpe stratzte mitten in den Donut-Laden, wobei die Gummisohlen seiner Segeltuchsneaker bei jedem Schritt quietschten. »Das hier, du arrogant uncooler Motherfucker, das ist Dickens.« Und zu einem Beat, den nur er im Ohr hatte, begann er den als Crip Walk bekannten hochkomplexen Gangster-Soft-Shoe. Er tanzte auf Ballen und Hacken, ohne sich je vom Publikum abzuwenden. Die Knie aneinandergelegt und die Hände frei, schlenkerte er in engen konzentrischen Kreisen durch den Raum, die so schnell in sich zusammenfielen, wie sie sich ausgedehnt hatten. Der Fußboden schien heiß zu sein, so glühend heiß, dass er keine Sekunde an einem Fleck verharren konnte. King Cuz debattierte auf jene Art mit McJones, auf die er sich am besten verstand.

Will was, krieg was, schlimm genug, nimm was ...
Velis aliquam, acquiris aliquam, caninus satis,
capis aliquam.

Als sich das kleine Publikum um die beiden Kontrahenten scharte, erledigte ich den Auftrag, den ich mir erteilt hatte. Ich hängte das Foto meines Vaters ab und klemmte es unter meinen Arm. In dieser Stadt die Rassentrennung einzuführen, während das Foto an der Wand hing, wäre so, als hätte man direkt neben dem elterlichen Schlafzimmer Sex. Könnte sich nicht konzentrieren. Könnte nicht so laut sein wie gewünscht. Ich stahl mich davon, während King Cuz damit beschäftigt war, McJones, _ _ _ l C _ _ _ y, _ _ _ _ n P _ _ _ _ _ und der verträumt dreinschauenden _ o n d _ _ _ _ z z _ _ _ _ e den Crip Walk beizubringen. Und sie lernten wie Profis. Stapften herum wie Gangbanger alter Schule. Logisch, denn der Crip Walk, durch die Massai überliefert und von den Tänzen der Cherokee abgekupfert, die man in alten Western sieht, ist ein uralter Tanz der Krieger. Einer, der den *danseur noble* mit Hängehose zur Zielscheibe macht. Dieser Tanz bedeutet: »Wenn du so weit bist, dann schieß, Gridley.« Und alle im Rampenlicht stehenden Nigger, selbst diese konservativen V-Männer, wissen, wie es sich anfühlt, wenn der eigene Rücken das Schwarze der Zielscheibe ist.

Ich band gerade mein Pferd los, als Foy einen vaterfigürlichen Arm um meine Schultern legte. So nervös und angespannt hatte ich seinen Ziegenbart noch nie erlebt. Sein Nacken war dreckverkrustet, der penetrante Körpergeruch biss in meiner Nase.

»Du reitest in den Sonnenuntergang, Verräter?«

»Ja, tue ich.«

»Langer Tag.«

»Die schwachsinnige Behauptung, während der Sklaverei sei es allen besser gegangen, geht wahrscheinlich sogar dir über die Hutschnur, stimmt's, Foy?«

»Immerhin nimmt McJones Anteil.«

»Ach, komm, er nimmt genauso viel Anteil an den Schwarzen wie ein Zwei-Meter-plus-Mann an Basketball. Er muss Anteil nehmen, weil er in allem anderen eine Niete ist.«

Foy, der wusste, dass ich den Dum-Dum-Donut-Intellektuellen für immer den Rücken kehrte, warf mir jenen betrübten Blick zu, mit dem Missionare die Dschungel-Heiden bedachten. Ein Blick, der besagte: Wenn ihr zu blöd seid, Gottes Liebe zu ermessen, dann ist das schnuppe. Er liebt euch trotzdem, aber rückt eure Frauen, die Langstreckenläufer und die Rohstoffe raus.

»Und diese rein weiße Schule beunruhigt dich nicht?«

»Nö, weiße Kids müssen schließlich auch was lernen.«

»Aber weiße Kids kaufen nicht meine Bücher. Apropos ...«

Foy zückte eine Ausgabe von *Tom Sieger*, die er ungebeten für mich signierte.

»Darf ich dich was fragen, Foy?«

»Klar.«

»Ist bestimmt eine urbane Legende, aber besitzt du wirklich die Rechte an den richtig rassistischen *Kleine Strolche*-Filmen? Wenn ja, könnte ich dir ein Angebot machen.«

Ich hatte offenbar einen Nerv getroffen. Foy schüttelte den Kopf, zeigte auf sein Buch, schlurfte wieder hinein. Als sich die Glastüren öffneten, konnte ich hören, wie King Cuz, der reichste Schwarze der Nation und zwei legendäre Neger-Minister inbrünstig den Text von NWAs »Fuck tha Police« rappten. Bevor ich *Tom Sieger* in der Satteltasche versenkte, las ich die Widmung, die ich als etwas bedrohlich empfand.

Für den Verräter.
Wie der Vater, so der Sohn ...
Foy Cheshire

Scheiß auf den Mann. Ich galoppierte nach Hause. Trieb mein Pferd über den Guthrie Boulevard und erfand unterwegs eine Innenstadt-Dressur, indem ich, den Verkehrspolizisten ignorierend, zwischen den orangenen Kegeln des gesperrten Mittelstreifens Slalom ritt. Auf dem Charlton Drive ergriff ich eine lahmende Skateboarderin und zog sie, den Zügel mit einer Hand haltend, wie ein Longboard-Cabrio von der Airdrome bis in die Sawyer mit, ließ sie dann scharf in die Burnside einschwenken. Schwer zu sagen, was ich mir davon versprach, Dickens wieder zu einem Ruhm zu verhelfen, den es nie gekannt hatte. Selbst wenn es eines Tages wieder offiziell als Stadt anerkannt werden sollte, würde es weder Fanfaren noch Feuerwerke geben. Niemand käme auf den Gedanken, im Park ein Denkmal für mich zu errichten oder eine Grundschule nach mir zu benennen. Einen Rausch, wie ihn Jean Baptiste Point du Sable oder William Overton empfanden, als sie ihre Flaggen in Chicago und Portland aufpflanzten, würde es nicht geben. Schließlich hätte ich nichts gegründet oder entdeckt. Stattdessen fegte ich den Dreck von einem Artefakt, das nie komplett begraben worden war. Nach meiner Heimkehr sattelte Hominy aufgeregt mein Pferd ab, denn er wollte mir unbedingt den frisch ambivalenzbereinigten Artikel in einem Online-Lexikon zeigen, verfasst von einem anonymen Gelehrten:

> Dickens ist eine nicht eingetragene Stadt im Südwesten des Los Angeles County. War früher tiefschwarz, wimmelt heute von Mexikanern. Einst als Welthauptstadt des Mordens bekannt, ist die Kacke heute nicht mehr ganz so schlimm am Dampfen, aber man sollte nicht stolpern.

Ja, sollte Dickens jemals wieder ein echter Ort werden, dann wäre Hominys strahlendes Lächeln höchstwahrscheinlich die einzige Belohnung, die ich zu erwarten hätte.

20

Bitte nicht weitersagen, aber die Wiedereinführung der Rassentrennung in Dickens, die wir während der folgenden Monate betrieben, machte durchaus Spaß. Im Gegensatz zu Hominy hatte ich nie einen richtigen Job gehabt, und auch wenn es kein Geld dafür gab und wir uns über das Gefühl der Ohnmacht lustig machten, bedeutete es in gewisser Weise einen Machtzuwachs, mit Hominy durch die Stadt zu fahren, ich der böse Sozialwissenschaftler, er mein Igor. Von Montag bis Freitag stand er jeweils um Punkt dreizehn Uhr neben dem Pick-up.

»Bereit zur Rassentrennung, Hominy?«

»Jawohl, Master.«

Wir fingen klein an, und wie sich zeigte, waren der Ruhm und die Bewunderung, die Hominy vor Ort genoss, Gold wert. Er schlenzte auf weichen Sohlen zur Tür herein und legte dann eine hoch anspruchsvolle Tanz-und-Gesang-Nummer aus den alten Chitlin'-Circuit-Tagen hin, bei der Honi Coles, die Nicholas Brothers und Buck & Bubbles in ihren Blackface-Gesichtern grün vor Neid geworden wären:

Weil die Haare krausig enden,
Weil die Zähne grellweiß blenden,
Weil ich stets ein Lächeln zeige
Und mich immer modisch kleide,

Weil ich froh und glücklich bin,
Nehm ich alles grinsend hin.
Selbst wenn sie mich »Lichtblick« nennen,
Fange ich nicht an zu flennen,
Mag die Haut auch dunkel sein.

Danach klemmte er ein NUR FÜR FARBIGE-Schild in das Schaufenster des Ladens, Restaurants oder Schönheitssalons, als gehöre das zu seinem Auftritt. Man nahm die Schilder nie ab, jedenfalls nicht in unserem Beisein; er hatte zu hart dafür geschuftet.

Wenn Hominy Mittagspause machte oder im Pick-up schnarchte, betrat ich die Läden, im Gedenken an meinen Vater manchmal in seinem Laborkittel und mit Klemmbrett. Ich überreichte dem Eigentümer meine Karte und erklärte, ich sei vom Bundesamt für ethnische Ungerechtigkeiten und führe eine Studie über die Auswirkungen der »Rassentrennung auf das normative Verhalten nach Rassen getrennter Menschen« durch. Ich bot drei Schilder zur Auswahl an, die man gegen eine Gebühr von schlappen fünfzig Dollar vier Wochen aufhängen sollte: NUR FÜR SCHWARZE, ASIATEN UND LATINOS; NUR FÜR LATINOS, ASIATEN UND SCHWARZE; und KEIN ZUTRITT FÜR WEISSE. Ich war überrascht, wie viele Händler bereitwillig für das Schild KEIN ZUTRITT FÜR WEISSE blechten. Wie bei den meisten sozialen Experimenten üblich, ließ ich den zweiten Besuch trotz Ankündigung ausfallen, aber es passierte oft, dass ich nach Ablauf der vier Wochen einen Anruf von Ladenbetreibern erhielt, die sich bei Dr. Bonbon danach erkundigten, ob es möglich sei, die Schilder im Fenster hängen zu lassen, weil sie ihrer Kundschaft das Gefühl gäben, etwas Besonderes zu sein. »Die Kunden finden das großartig. Sie haben das Gefühl, Mitglieder eines öffentlichen Privatclubs zu sein!«

Ich konnte den Betreiber des Meralta, des einzigen Kinos der Stadt, rasch davon überzeugen, dass sich die Beschwerden halbieren würden, wenn er das Parkett mit dem Schild NUR FÜR WEISSE UND SCHWEIGSAME kennzeichnete, den Balkon dagegen für SCHWARZE, LATINOS UND SCHWER-HÖRIGE reservierte. Wir baten nicht immer um Erlaubnis; so änderten wir die Öffnungszeiten der Wanda-Coleman-Bücherei von »Sonntag bis Dienstag: Geschlossen. Mittwoch bis Samstag: 10:00 – 17:30« mit Farbe und Pinsel in »Sonntag bis Dienstag: Nur für Weiße. Mittwoch bis Samstag: Nur für Farbige«. Als sich die Erfolge Charismas an der Chaff Middle School herumsprachen, kamen wiederholt Organisationen auf mich zu, die eine kleine maßgeschneiderte Rassentrennung wünschten. Der lokale Ableger von »Un Millar de Muchachos Mexicanos (o Los Emes)« etwa wollte in seinem Bestreben, die Jugendkriminalitätsrate im Viertel zu reduzieren, nicht mehr nur Mitternachts-Basketballspiele organisieren. »Irgendetwas, das besser zur Körpergröße der Mexikaner und der amerikanischen Ureinwohner passt«, eine sportliche Herausforderung, die nicht viel Platz brauchte und bei der die Kinder auf Augenhöhe gegeneinander antraten. Mein dezenter Hinweis auf die Basketball-Erfolge von Eduardo Nájera, Tahnee Robinson, Earl Watson, Shoni Schimmel und Orlando Méndez-Valdez vermochte die Leute nicht umzustimmen.

Das kurze Treffen bestand nur aus zwei Fragen meinerseits: Erstens: »Haben Sie Geld?«

»Wir haben gerade eine Hunderttausend-Dollar-Spende von ›Wish Upon a Star‹ erhalten.«

Zweitens: »Helfen die nicht ausschließlich todkranken Kindern?«

»So ist es.«

In der Phase, als die Regierung den Civil Rights Act mit großem Nachdruck umzusetzen versuchte, füllten manche Kommunen, in denen Rassentrennung galt, ihre öffentlichen Bäder lieber auf, als nichtweiße Kinder an dem perversen Spaß teilhaben zu lassen, ins Wasser zu pinkeln. Wir benutzten das Geld in einem inspirierten Akt umgekehrter Rassentrennung, um einen Bademeister zu engagieren, der sich als Obdachloser ausgab, und bauten ein Schwimmbecken »Nur für Weiße«, umgeben von einem Maschendrahtzaun, über den die Kinder mit großer Freude kletterten, um Marco Polo zu spielen und kollektiv unter Wasser den Atem anzuhalten, wenn ein Streifenwagen in Sicht kam.

Als Charisma den Eindruck gewann, ihre Schüler könnten ein Gegengewicht zu Black History und Hispanic Heritage gebrauchen, diesem Bombardement mit scheinheiligem Stolz und Randgruppen-Marketing, hatte ich die Idee für eine einmalige Whitey-Woche. Trotz des Namens war die Whitey-Woche eine nur dreißigminütige Feier all der Wunder, die die rätselhafte weiße Rasse zur Freizeitwelt beigesteuert hat. Sie war als Verschnaufpause für Kinder gedacht, die im Klassenzimmer Wanderarbeit, illegale Einwanderung und den atlantischen Sklavenhandel nachspielen mussten, die der aufgezwungenen Lüge müde und überdrüssig waren; wenn es einer ihrer Leute geschafft habe, könne es jeder schaffen. Wir brauchten zwei Tage, um die stillgelegte bürstenlose Autowaschanlage am Robertson Boulevard in einen Tunnel des Weißseins zu verwandeln. Wir änderten die Hinweisschilder so, dass die Kinder unter mehreren Rassenwaschoptionen auswählen konnten:

Normalweiße:	Im Zweifel für den Angeklagten
	Höhere Lebenserwartung
	Niedrigere Versicherungsprämien
Luxusweiße:	Normalweiße inklusive
	Polizeiliche Verwarnungen statt
	Verhaftungen
	Gute Plätze bei Konzerten und
	Sportveranstaltungen
	Die Welt dreht sich um dich und deine
	Sorgen
Superluxusweiße:	Luxusweiße inklusive
	Jobs mit jährlichem Bonus
	Wehrdienst ist nur was für arme
	Schweine
	Vorzugsstudienplatz am College deiner
	Wahl
	Therapeuten, die zuhören
	Boote, die du nie benutzt
	Alle Laster und Unarten, die man
	»Phasen« nennt
	Keine Verantwortung für Kratzer und
	Dellen, und für im Unterbewussten
	vergessene Dinge

Wir spielten die weißeste Musik, die uns einfiel (Madonna, The Clash und Hootie & the Blowfish), und die Kinder, Badeanzug und gekappte Hosen tragend, tanzten und lachten dazu im heißen Seifenschaumwasser. Ohne auf das bernsteinfarbene Warnlicht zu achten, liefen sie unter den Wasserfall des nicht ganz so heißen Carnaubawachses. Wir verteilten Süßigkeiten und Limonade und ließen sie im heißen Sturmwind der Trockner stehen, so lange sie wollten, um sie daran zu erin-

nern, dass sich das Leben als privilegierter Weißer und Wohl-
habender anfühlte, als wehte einem stets ein warmer Wind ins
Gesicht. Als säße man den lieben langen Tag vorn in einem
Cabrio.

Es war gar nicht unbedingt so, dass wir uns das Beste bis
zum Schluss aufsparen wollten, aber kurz vor dem Hood Day
hatten Hominy und ich in fast jedem Viertel und jeder öffentlichen Einrichtung von Dickens irgendeine Form von Rassentrennung installiert, außer im Martin-Luther-»Killer«-King-
Jr.-Krankenhaus, das paradoxerweise in Polynesian Gardens
lag. Polynesian Gardens alias P. G. ist ein überwiegend von
Latinos bewohntes Viertel, dem man eine Feindseligkeit gegenüber Afroamerikanern nachsagt. Die lokale Fama behauptete gar, die Verletzungen, die schwarze Dickensianer auf der
Fahrt durch P. G. davontrügen, seien übler als die Beschwerden, die sie veranlasst hätten, zum Krankenhaus aufzubre-
chen. Jede Straße in jeder Ecke des L. A. County kann riskant
sein, zumal, wenn man sich nicht auskennt, und das sowohl
wegen der Polizei als auch wegen der Gangs. Man weiß nie,
wann man gestoppt wird, weil Klamotten oder Haut die falsche
Farbe haben. Ich hatte in Polynesian Gardens nie Probleme,
aber um ehrlich zu sein, war ich auch nie bei Nacht dort. Und
am Abend vor unserer Aktion im Krankenhaus hatte es eine
Schießerei zwischen Varrio Polynesian Gardens und Barrio
Polynesian Gardens gegeben, zwei Gangs, die seit langem eine
blutige Fehde gegeneinander führten, die sich an Schreibweise
und Aussprache entzündet hatte. Um sicherzustellen, dass
Hominy und ich mit heiler Haut hinein- und hinausgelang-
ten, montierte ich auf den vorderen Kotflügeln meines Pick-
ups je einen Wimpel der Lakers in Lila und Gold und ließ zur
Sicherheit eine Flagge in Iwo-Jima-Übergröße auf dem Dach
flattern, die die 1987 errungene Meisterschaft feierte. Jeder –

wirklich jeder – in Los Angeles findet die Lakers super. Auf der Centennial Avenue bauschte sich die Lakers-Flagge sogar hinter den Lowriders, die nie schneller als zwanzig km/h fahren, majestätisch im Abendwind und verlieh dem Pick-up das Flair einer Botschafter-Limousine, so dass wir unter dem Schutz einer vorübergehenden diplomatischen Immunität durch das Viertel gelangten.

Der Chef des Martin-Luther-»Killer«-King-Jr.-Krankenhauses, Dr. Wilberforce Mingo, war ein alter Freund meines Vaters. Als er hörte, dass ich die Grenzlinien gezogen, die Ausfahrtschilder aufgestellt und die Idee für die Wheaton Academy gehabt hatte, gestattete er mir, sein Haus nach Rassen zu trennen. Er lehnte sich im Stuhl zurück und meinte, für zwei Pfund Kirschen dürfe ich sein Krankenhaus nach Belieben umstrukturieren. Also pinselten Hominy und ich im Schutz der »Kratzt kein Schwein«-Dunkelheit den Schriftzug *Bessie-Smith-Traumata-Zentrum* in fetten, triefenden, blutroten Horrorfilm-Werbeplakat-Lettern auf eine bis dahin namenlose, gläserne Notausgangstür des Krankenhauses. Anschließend befestigten wir ein schlichtes, schwarz-weißes Schild mit der Aufschrift NUR FÜR RETTUNGSWAGEN IM BESITZ VON WEISSEN am mittleren Betonpfeiler.

Ich gebe zu, dass ich Schiss hatte. Das Krankenhaus war die einzige große Einrichtung, in der mein Rassentrennungswerk höchstwahrscheinlich auch von Außenstehenden bemerkt werden würde. Weil ich Schiss davor hatte, die Arbeit im Innenbereich fortzusetzen, bat ich Hominy, mir eine der frischen Möhren zu reichen, die ich am Vorabend geerntet hatte.

»Was geht ab, Doc?«, neckte ich ihn, an der Möhre knabbernd.

»Weißt du, Massa, Bugs Bunny war auch nur ein Br'er Rabbit mit einem schlaueren Agenten.«

277

»Hat der Fuchs Br'er Rabbit jemals erwischt? Denn ich bin mir ziemlich sicher, dass uns die weißen Jungs nach dieser Aktion schnappen werden.«

Hominy schob das »Baufirma Sunshine Sammy«-Schild auf der Seite des Pick-ups gerade, schnappte sich dann Farbdosen und zwei Pinsel von der Ladefläche.

»Wenn irgendwelche Weißen hier durchkommen und diesen Scheiß sehen, Massa, dann werden sie wie üblich denken: Die spinnen, diese Neger, und sich wieder um ihren eigenen Kram kümmern.«

Noch vor Jahren, in der Ära vor dem Internet, dem Hiphop, der Spoken Word Poetry und Kara Walkers Scherenschnitten, hätte ich ihm vielleicht zugestimmt. Aber schwarz zu sein ist nicht mehr das, was es mal war. Als Schwarzer hat man im Alltag schon immer jede Menge Mist erlebt, aber früher hatte man wenigstens eine Privatsphäre. Unser Slang und unsere miese Mode verbreiteten sich erst Jahre später. Wir hatten sogar unsere eigenen supergeheimen Sextechniken. Ein Neger-Kamasutra, das auf Spielplatz, Eingangstreppe und von betrunkenen Eltern überliefert wurde, die ihre Schlafzimmertür nur einen Spalt offen ließen, damit »die kleinen Nigger mal was lernen«. Aber die Überflutung des Internets mit schwarzer Pornographie bietet allen, die monatlich fünfundzwanzig Dollar hinblättern oder keinen Respekt vor dem Recht auf geistiges Eigentum haben, einen Zugriff auf unsere einst ureigenen Sextechniken. Und nun müssen es nicht nur weiße Frauen, sondern Frauen jeder Glaubensrichtung, Hautfarbe und sexuellen Orientierung über sich ergehen lassen, von ihrem Partner in einem Tempo von einer Meile pro Minute gerammelt zu werden und bei jedem zweiten Stoß den Schrei zu hören: »Wem gehört diese Fotze?« Obwohl das heutige Mainstream-Amerika Basquiat, Kathleen Battle und Patrick Ewing nie richtig zu würdigen wusste – und bisher weder *Schafe töten* noch Lee Morgan, Talkumpuder, Fran Ross oder Johnny Otis für sich entdeckt hat –, steckt es die Nase bis zum Anschlag in unsere Angelegenheiten, und mir begann zu dämmern, dass ich in den gottverdammten Knast wandern würde.

Hominy stieß mich durch die automatischen Türen. »Keiner interessiert sich einen Scheiß für das, was hier läuft, bis die Scheiße nach draußen läuft.«

Heutige Krankenhäuser kommen ohne das Leitsystem kunterbunter Linien aus. Als es noch Schmetterlingsverbände, akzentfrei sprechende Krankenschwestern und Nähte gab, die sich nicht von selbst auflösten, erhielt man an der Rezeption eine Mappe und folgte der roten Linie zur Radiologie, der orangenen zur Onkologie, der lilanen zur Kinderheilkunde. Im Killer King schleicht ein Patient der Notaufnahme, der nicht länger darauf warten will, dass er von einem System wahrgenommen wird, das sich einen Dreck für ihn interessiert, oder der einen Plastikbecher mit einem abgetrennten Finger in Händen hält, das Eis längst geschmolzen, oder der eine Blutung mit dem Spülschwamm stoppt oder schlicht tödlich gelangweilt ist, zur gläsernen Trennwand und fragt die Oberschwester: Wohin führt diese schlammbraune Linie? Die Schwester zuckt nur mit den Schultern. Und weil der Patient seine Neugier nicht zügeln kann, folgt er der Linie, die Hominy und ich über Nacht und während des darauffolgenden Vormittags im Schweiße unseres Angesichts gezogen haben, damit jeder auch ja die VORSICHT FRISCH GESTRICHEN-Schilder beachtet. Kein Patient kommt der Gelben Steinstraße nach Oz jemals näher als durch diese Linie.

Pantone 426C ist eine verstörende, rätselhafte Farbe, obwohl sie einen Hauch Kornblumenblau enthält. Ich entschied mich dafür, weil sie je nach Licht, Körpergröße oder Laune entweder braun oder schwarz wirkt. Wenn man dem fünf Zentimeter breiten Streifen aus dem Wartezimmer folgt, durchschreitet man zwei Doppeltüren, biegt in einem Labyrinth von Gängen, in denen verlorene Patientenseelen umhergeistern, mehrmals scharf nach links und rechts ab und gelangt schließlich über drei staubige, dreckige Treppenfluchten in ein schmuddeliges Vestibül, erhellt von einer roten Lampe. Dort gabelt sich die Linie und führt zu drei identischen, anonymen Doppeltüren. Die erste öffnet sich zu einer rückwärtigen Gasse, die zweite zum Leichenschauhaus und die dritte zu einer Batterie von Limonaden- und Fastfood-Automaten. So habe ich zwar nicht die Probleme der Zwei-Klassen-Medizin oder die ethnischen Ungerechtigkeiten des Gesundheitssystems gelöst, aber mir wurde erzählt, dass Patienten, die dem schwarz-braunen Pfad folgen, mehr Eigeninitiative entwickeln. Dass sie, wenn ihr Name endlich aufgerufen wird, den betreuenden Arzt als Erstes fragen: »Bevor Sie mich behandeln, muss ich eines wissen, Doktor. Liegt Ihnen meine Gesundheit wirklich am Herzen? Ich meine – interessiert Sie das einen Scheiß?«

21

Zur Feier des Hood Day stießen King Cuz und seine jeweilige Gang, die Colosseum Blvd et tu oder die Brute Gangster Munificent Neighborhood Crips'n'Shit, früher stets auf das Territorium ihrer Erzfeinde vor, der Venice Seaside Boys, und rollten, die Sonne im Rücken, auf der Suche nach Action, in einem Konvoi von vier Autos und zwanzig Schwachköpfen über die Broadway Street. Es war für fast alle der einzige Tag im Jahr, an dem sie ihr Viertel verließen, außer sie wurden in den Knast gekarrt. Doch seit es Darlehen mit flexiblem Zinssatz gibt, sind die meisten Venice Seaside Boys von Weinbars, Praxen für ganzheitliche Medizin und missmutigen Filmstars, die ihre mit fünf Meter hohen Kirschholzwällen verbarrikadierten 2500-Quadratmeter-Grundstücke in Zwei-Millionen-Dollar-Anwesen verwandelt haben, aus ihrem Revier verdrängt worden. Wenn sie jetzt »Einsatz zeigen« und ihre Scholle verteidigen wollen, müssen fast alle aus weit entfernten Orten wie Palmdale und Moreno Valley anrücken. Außerdem macht die Sache keinen Spaß mehr, wenn sich deine Feinde weigern, das Feuer zu erwidern. Nicht, weil es ihnen an Mut oder Munition mangelte, sondern weil sie nach drei Stunden Freeway-Verkehr und Straßensperrungen einfach zu ausgelaugt sind, um noch abzudrücken. Und so feiern die vormals verfeindeten Viertel den Hood Day, indem sie ihren Bürgerkrieg nachspielen. Sie treffen sich an den Stätten der großen Schlachten und beschießen sich mit Platzpatronen und Römischen Lichtern, während unbedarfte Zivilisten in den Cafés am Bürgersteig in Deckung gehen. Sie strömen aus ihren frisierten Karren und Cadillacs, und dann jagen die missratenen Söhne der Westside einander auf den Trottoirs von Vencie Beach wie Möchtegern-Machos, die im Matsch eine Runde Football ohne Regeln spielen. Sie kabbeln und knuffen und erweisen so den Kämpfen Reverenz, die Geschichte geschrieben haben: die Schlacht in der Shenandoah Street, das Lincoln-Boulevard-Scharmützel und das berüchtigte Massaker im Los Amigos Park. Danach treffen sie sich mit Freunden und Familie im Erholungspark, einem entmilitarisierten Softballfeld in zentraler Lage, und bekräftigen den Frieden bei Barbecue und Bier.

Im Gegensatz zu den Polizeibehörden, die eine gesunkene Kriminalitätsrate stets auf ihre »Null Toleranz«-Taktik zurückführen, glaube ich nicht, dass sich die relative Ruhe, die während dieses Frühjahrs in Dickens herrschte, meiner lokalen Apartheid-Kampagne verdankte, sondern dass der diesjährige Hood Day schlicht anders war. Marpessa, Hominy, Stevie und ich verkauften unser Obst am Besucherstand viel rascher als üblich, und die Leute waren bereit, mehr dafür zu zahlen. Normalerweise präsentiert jede Gang ihr Viertel an einem bestimmten Tag. Die Six-Trey Street Sniper City Killers etwa reservieren den Park für den dritten Juni, weil es der sechste Monat im Jahr ist, und weil *trey* drei bedeutet. Anders als man vermutet hätte, melden sich die Los Osos Negros Doce y Ocho für den Park nicht am achten Dezember, sondern am zwölften August an, weil die kalifornischen Winter im Gegensatz zum landläufigen Klischee arschkalt sind. Ich war an einem milden fünfzehnten März im Erholungspark, denn für die Colosseum Blvd et tu und die Brute Crips ist der Hood Day identisch mit den Iden des März. Was auch sonst?

Heute heißt jedes Viertel »Hood«, von reichen Enklaven

wie Calabasas Hills, Shaker Heights und Upper East Side bis zum Studentenzoo der staatlichen Universität, aber wenn ein Los Angelino in den späten 1980ern das Wort verwendete, etwa: »Ich an deiner Stelle würde den Motherfucker im Auge behalten. Er oder sie kommt aus der Hood!«, oder: »Ich weiß, ich habe Abuela Silvia nicht am Sterbebett besucht, aber was erwartest du? Sie lebt in der Hood!«, dann war immer ein ganz bestimmtes Viertel gemeint – Dickens. Und dort, im Erholungspark, sonst Baseballplatz, versammelten sich Gang- und Familienmitglieder jeder Couleur und Nationalität unter dem Hood-Day-Banner, das man über dem Stand des heimischen Teams aufgespannt hatte. Nach den Krawallen war Dickens, zuvor ein Ort der Eintracht, wie der Balkan in unzählige kleine Einheiten zersplittert, und nun feierten King Cuz und Panache, ehedem der Tito und der Slobodan Milošević der Stadt, die Wiedervereinigung, als hätte Jugoslawien doch noch zusammengefunden. Sie rappten auf der improvisierten Bühne mit vollem Körpereinsatz zum Beat, mit Oakley-Sonnenbrille und Doris-Day-Dauerwelle, die auf ihren breiten Schultern hüpfte.

Ich hatte Panache jahrelang nicht gesehen. Keine Ahnung, ob er wusste, dass ich mit Marpessa schlief. Ich hatte ihn nie um Erlaubnis gebeten. Als ich ihm zusah, dachte ich aber, dass ich es vielleicht doch hätte tun sollen, denn er konnte Lulu Belle, sein Kaliber-zwölf-Repetierflinten-Äquivalent zur Gitarre B. B. Kings, wie ein krimineller Jongleur in die Luft werfen, auffangen, durchladen und eine Radkappe vom Himmel holen wie eine Tontaube, alles mit einer Hand. King Cuz brüllte ins Mikro: »Ich weiß, dass mindestens einer von euch Niggern chinesisches Essen dabeihat!«

Zwei Typen, die von der Polizei und allen anderen, die über einen Straßen-IQ von mindestens 50 verfügten, als »verdächtige männliche Personen hispanischer Herkunft« etikettiert worden wären, standen etwas abseits der Festivitäten an der First-Base-Linie, die Arme vor der Brust verschränkt. Sie sahen zwar mehr oder weniger aus wie alle anderen Leute im Park, musterten die Anwesenden aber so verächtlich, dass man nicht genau sagen konnte, ob sie aus Dickens stammten. Sie fühlten sich ideologisch offenbar ebenso gut aufgehoben wie Nazis bei einem Ku-Klux-Klan-Treffen, schienen aber keine hohe Meinung von der Eintracht der Kulturen zu haben. Man munkelte, dass sie aus Polynesian Gardens waren. Das Duo wurde von dem unwiderstehlichen Duft des Hickory-Holz-Barbecues trotzdem immer weiter auf das Feld gelockt. Als die beiden schließlich auf dem On-deck-Kreis standen, fragte Stevie, der gerade die Ananas mit einer Machete zerteilte: »Kennst du die Nigger?« Er ließ die zwei Typen, die nun die Stufen zum Stand hinunterkamen, nicht aus den Augen. Beide trugen weit geschnittene Khakihosen, die sich über Cortez-Sneaker von Nike ergossen, so nagelneu, dass man das Rauschen eines ganzen Ozeans aus Muckibudenschweiß hätte hören können, wenn man sich einen Schuh ans Ohr gehalten hätte. Stevie tauschte einen Knastblick mit einem Typen, der Fischerhut und Footballtrikot trug und seinen Unterkiefer mit dem Tattoo *Stomper* verziert hatte. Im Viertel tragen die Männer nicht etwa deshalb Trikots, weil sie Fans einer bestimmten Mannschaft wären. Farbe, Logo und Nummer haben immer einen Gang-Bezug.

Wenn du frisch aus dem Knast bist, dreht sich alles um die Ethnie. Nicht, dass es in überwiegend schwarzen Crip- oder Blood-Banden keine Mexikaner oder in Latino-Cliquen keine Schwarzen gäbe. Immerhin dreht sich auf der Straße alles um Nähe und Nachbarschaft. Man fühlt sich seinem Viertel und den Homies verbunden, egal welcher Ethnie. Im Gefängnis ändert sich die Identitätspolitik allerdings. Vielleicht geht es wie im Kino gnadenlos um Weiße gegen Schwarze gegen Mexikaner gegen Weiße, und trotzdem höre ich gelegentlich von hartgesottenen, farbenblinden Typen, die in den Knast einfahren und dort mit den Niggern oder Vatos tanzen, die sie reingebracht haben. *Fuck La Raza. Chinga Black Power. Die Mutter dieses Niggers hat mir immer zu essen gegeben, wenn ich hungrig war, also lass den blöden Scheiß.*

Zuerst nickte mir der Idiot mit eiskappenweißem T-Shirt und dem senkrecht auf die Kehle tätowierten Wort *Puppet* zu.

»*Qué te pasa, pelón?*«

Wir Glatzköpfe haben mit rassistischer Feindseligkeit nichts am Hut. Wir haben akzeptiert, dass alle neugeborenen Babys, egal welcher Herkunft, mexikanisch aussehen und alle Glatzköpfe mehr oder weniger wie Schwarze. Ich bot ihm meinen Joint an. Seine Ohren wurden sofort knallrot, und seine Augen glänzten wie japanische Lackwaren.

»Was zur Hölle ist das, du Hund?«, hustete Puppet.

»Ich nenne es Karpaltunnel. Los, versuch mal, eine Faust zu ballen.«

Puppet versuchte, die Faust zu ballen, vergeblich. Stomper sah ihn an, als wäre er verrückt, riss mir dann zornig den Joint aus der Hand. Ich brauchte kein Programmheft, um zu ahnen, dass Puppet und Stomper, der äußeren Erscheinung zum Trotz, nicht auf der gleichen Seite standen. Nach einem langen Zug verknotete Stomper seine Finger zu den raffiniertesten Gang-Zeichen, konnte aber nicht die Faust ballen, so sehr er sich auch bemühte. Er zog seine vernickelte Knarre aus dem Hosenbund. Er konnte sie kaum halten, geschweige denn abdrücken. Stevie lachte und spendierte eine Runde Ananasscheiben. Die Homeboys bissen hinein, und kaum hatten sie die unerwartete Süße mit einem leicht pfefferminzigen Abgang geschmeckt, wanden sie sich kichernd wie kleine

Kinder. Dann latschten die beiden Cholos unter den biestigen Blicken der anderen Gangster tief in das Mittelfeld, verputzten in aller Ruhe die Ananas und teilten sich den Rest Marihuana.

»Dir ist klar, dass NK auf dem Nacken von Johnny Unita nicht für ›netter Kerl‹ steht, oder?«

»Ich weiß, was das heißt.«

»Es heißt Nigger-Killer. Die beiden Nigger gehören aber zu unterschiedlichen Gangs. Barrio P.G. und Varrio P.G. Nicht gerade ihr Ding, so zusammen abzuhängen.«

Hominy und ich tauschten ein Lächeln. Vielleicht funktionierten die zwei Schilder, die wir auf dem Rückweg vom Krankenhaus in Polynesian Gardens angebracht hatten. Wir hatten sie auf jeder Seite der Baker Street an einen Telefonmast genagelt, und zwar genau an jener Stelle, wo die rostigen Bahngleise das Viertel in Varrio P.G. und Barrio P.G. teilen. Wir befestigten sie so, dass Leute, die lesen wollten, was auf dem Schild stand, das sich auf ihrer Seite befand, die Gleise überqueren mussten. Sie mussten sich also auf feindliches Terrain wagen, nur um zu entdecken, dass das Schild auf der Nordseite der Straße das Gleiche verkündete wie das auf der Südseite; auf beiden stand: DIE RICHTIGE SEITE DER GLEISE.

Marpessa zog mich aus dem Stand zum Schlagmal, wo King Cuz mit einer Delegation alternder Ganoven und Möchtegern-Gangster in der Batter's Box stand und sich mit Rippchen und Ananas mästete. Panache kaute sein Stückchen Ananas bis auf die Rinde ab und erzählte gerade Storys über das Tourneeleben eines Musikers, als er von Marpessa unterbrochen wurde.

»Ich will dir nur sagen, dass ich Bonbon ficke.«

Panache stopfte sich den Ananasrest samt Rinde, Stacheln und allem in den Mund, um den letzten Saft auszusaugen. Als das Obststück so trocken war wie ein Knochen in der Wüste, kam er auf mich zu, tippte mit der Mündung von Lulu Belle gegen meine Brust und sagte: »Ja, Scheiße, wenn ich jeden Morgen etwas von dieser Ananas haben könnte, würde ich den Nigger auch ficken.«

Ein Schuss krachte. Stomper, offenbar noch unter der Wirkung von Karpaltunnel, lag auf dem Rücken, die Knarre zwischen den nackten Füßen, lachte sich den Arsch ab und schoss mit den Zehen in den Himmel. Weil das nach einer lustigen Aktion aussah, hüpften die Mehrheit der Männer und einige Frauen, einen Schuh ausgezogen, den anderen noch am Fuß, mit dem Joint im Mund und der Waffe in der Hand über das staubige Mittelfeld, um ein paar Schüsse abfeuern zu können, bevor die Cops kamen.

22

Schwarze »schlagen ein«. Damit ist in Hollywood gemeint, dass man eine dynamische Kamerapräsenz hat, fast übermäßig fotogen ist. Aus diesem Grund, so Hominy, drehe man kaum noch Buddy-Filme mit schwarzer und weißer Besetzung; der eigentliche Star werde in den Hintergrund gedrängt. Tony Curtis. Nick Nolte. Ethan Hawke dreht einen Film mit einem Afroamerikaner, und am Ende geht es um die Frage, wer der eigentliche Unsichtbare Mann auf der Leinwand ist. Und gab es je einen Buddy-Film mit einem schwarz-weißen Frauenpaar? Die einzigen, die auf der Leinwand genug Präsenz entwickelten, um sich behaupten zu können, waren Gene Wilder und Spanky McFarland. Alle anderen – Tommy Lee Jones, Mark Wahlberg, Tim Robbins – soffen gnadenlos ab.

Als ich sah, wie sich Hominy beim L. A. Festival für Verbotene Filme und Offen Rassistische Animationen im großen Saal des Nuart Theatre Schlagabtausche mit Spanky lieferte, war unschwer zu erkennen, warum ihn damals alle Branchenkenner für den nächsten großen schwarzen Kinderstar gehalten hatten. Die strahlenden Augen und glänzenden Pausbäckchen waren unwiderstehlich. Sein Haar war so kraus und so trocken, dass man meinte, es könnte sich jederzeit spontan von selbst entzünden. Man konnte sich an ihm nicht sattsehen. Mit der zerschlissenen Latzhose und den schwarzen, zehn Nummern zu großen, knöchelhohen Schuhen war er die ultimative Verkörperung präpubertärer Männlichkeit. Niemand konnte

288

so viel einstecken wie Hominy. Verrückt, wie er dem unzensierten, erbarmlungslosen Bombardment aus Melonen und Mein-Daddy-ist-im-Knast-Witzen trotzte. Wie er jede Beleidigung mit einem von Herzen kommenden, heiseren »Yowza!« entgegennahm. Schwer zu sagen, ob er unter dem Beschuss Feigheit oder Haltung bewies, denn er hatte den glubschäugigen, verdatterten Blick perfektioniert, der in Verbindung mit dem weit offenen Mund noch immer als das Nonplusultra schwarzkomödiantischen Schauspieltalents gilt. Der schwarze Entertainer von heute muss diese Miene nur noch ein- oder zweimal pro Film aufsetzen, aber der arme Hominy war gezwungen, dreimal pro Filmrolle wie ein Neger zu reagieren, und das stets in extremer Nahaufnahme.

Als die Lichter angingen, verkündete der Moderator, der letzte noch lebende Kleine Strolch sei anwesend, und bat Hominy auf die Bühne. Es gab stürmische Ovationen, worauf er sich die Tränen aus den Augen wischte und ein paar Fragen beantwortete. Wenn sich das Gespräch um Alfalfa und die Bande dreht, ist Hominy extrem klar. Er erklärte den Plan für die Dreharbeiten. Die Anweisungen. Wer sich mit wem gut verstand. Wer hinter der Kamera der Lustigste war. Der Fieseste. Er klagte, man habe die emotionale Bandbreite von Buckwheat nie zu würdigen gewusst, und pries die Fortschritte, die sein Mentor während der MGM-Zeit in Sprechweise und Diktion gemacht hatte. Ich betete im Stillen, dass niemand nach Darla fragte, denn Hominy hätte sicher wieder von der Cowgirl-Nummer erzählt, die sie während der Dreharbeiten zu *Football Romeo* in einer Pause unter der Tribüne geschoben hatten.

»Wir haben noch Zeit für eine letzte Frage.«

Direkt neben mir, auf der anderen Seite des Gangs, standen mehrere schwarz geschminkte Mädchen gleichzeitig auf. Sie gehörten offenbar einer Verbindung an und sahen mit ihren viktorianischen Frauenoberhosen, den auf die Brust gestickten griechischen Lettern *N I Γ* und den üppigen, von hölzernen Wäscheklammern gehaltenen Zöpfen aus wie Puppen bei einer Antiquitäten-Auktion. Sie setzten wie aus einem Mund zu einer Frage an.

»Wir würden gern wissen ...«

Eine Kanonade von Buhrufen, Pappbechern und Popcornschachteln brachte sie zum Verstummen. Hominy sorgte für Ruhe im Saal. Es wurde mucksmäuschenstill, und als ihm die selbstgerechte Aufmerksamkeit des Publikums wieder zuteilwurde, sah ich, dass die Frau, die mir am nächsten saß, Afroamerikanerin war, das verrieten ihre winzigen Ohren. Ein rarer Anblick an einem Sonntagnachmittag: Eine waschechte Negerin, schwarz wie Siebziger-Jahre-Funk, schwarz wie eine zwei minus in organischer Chemie, schwarz wie ich.

»Was habt ihr für ein Problem?«, wollte Hominy von der Menge wissen.

Ein großer, bärtiger, weißer Junge mit Filzhut, der ein paar Reihen vor mir saß, stand auf und zeigte auf die verkleideten Verbindungsschwestern. »Sie haben ein Blackface, meinen das aber nicht ironisch«, sagte er trotzig. »Das ist uncool.«

Hominy beschirmte die Augen mit einer Hand, spähte in das Publikum, ohne etwas sehen zu können, und fragte: »Blackface? Was soll das sein?«

Anfangs lachte das Publikum. Doch als Hominy nicht lächelte, glotzte ihn der Typ so tölpelhaft großäugig an, wie man es seit den Tagen so genialer Possenreißer wie Stepin Fetchit oder George W. Bush, dem ersten schwarzen Präsidenten, nicht mehr gesehen hatte.

Der weiße Typ machte Hominy respektvoll auf einige der Filme aufmerksam, die gerade gezeigt worden waren, zum Beispiel *Das Halbblut*, in dem Spanky sein Gesicht mit Tinte schwarz färbt und sich als Hominy ausgibt, damit sein dämmerungshäutiger Freund den Test im Buchstabieren besteht und die Bande auf dem Schulausflug in den Vergnügungspark begleiten kann. Oder *Schwarzer Schuftikus*, in dem sich Alfalfa aufniggert, weil er als erstes Banjo in einer rein schwarzen Knastband vorspielen will. Oder *Jigga-Buh!*, wo Froggy ein Gespenst verjagt, indem er sich bis auf die Unterhose auszieht, von Kopf bis Fuß mit Kaminruß beschmiert und brüllt:»Buh-ga! Buh-ga! Buuuuu!« Hominy nickte, hakte die Daumen hinter die Hosenträger und wippte auf den Hacken. Entzündete und rauchte eine unsichtbare Zigarre, ließ sie im Mund hin- und herrollen.»Oh, wir haben das nicht Blackface genannt. Sondern Schauspielerei.«

Und schon fraß ihm das Publikum wieder aus der Hand. Man glaubte, er würde scherzen, aber er meinte es todernst. Wenn man sich schwarz anmalt, ist das für Hominy kein Rassismus. Sondern gesunder Menschenverstand. Schwarze Haut sieht besser aus. Sieht gesünder aus. Sieht schöner aus. Sieht machtvoll aus. Bodybuilder und Teilnehmer an internationalen Latin-Dance-Wettbewerben schwärzen sich aus diesem Grund. Deshalb tragen Berliner, New Yorker, Geschäftsleute, Nazis, Cops, Taucher, Panther, Bösewichte und Bühnenarbeiter des Kabuki-Theaters Schwarz. Denn sollte die Nachahmung tatsächlich die höchste Form der Schmeichelei sein, dann wären weiße Minstrel-Shows ein Kompliment, eine widerwillige Anerkennung der Tatsache, dass man als Nicht-Schwarzer der wahren Freiheit nur etwas näher kommt, indem man sich schwarz anmalt. Man frage Al Jolson oder die zahllosen asiatischen Komödianten, die ihren Lebensunterhalt verdienen, indem sie»schwarz« spielen. Man frage die Verbindungs-Mädchen, die sich wieder setzten und ihr einziges wirklich schwarzes Mitglied sich selbst überließen.

»Stimmt es, dass Foy Cheshire die Rechte an den richtig übel rassistischen *Kleine Strolche*-Streifen besitzt, Mr. Hominy?«

Mann, sprich den Nigger ja nicht auf diese Foy-Cheshire-Scheiße an.

Ich betrachtete die schwarz angemalte Schwarze und fragte mich, ob sie schauspielerte oder sich frei fühlte. Ob ihr bewusst war, dass ihre natürliche Hautfarbe dunkler als die dunkle Schminke war. Rein technisch gesehen, war ihre Schminke eine Spur zu hell. Hominy zeigte auf mich, und als er mich als seinen »Master« vorstellte, fuhren die Köpfe herum, weil man wissen wollte, wie ein leibhaftiger Sklavenhalter aussah. Ich war drauf und dran zu erklären, dass Hominy »Manager« und nicht »Master« hatte sagen wollen, aber dann fiel mir ein, dass in Hollywood beides auf dasselbe hinausläuft. »Ich denke, das stimmt. Und ich denke, mein Master wird die Filme zurückholen, damit die Welt eines Tages meine besten, schändlichsten und würdelosesten Auftritte sehen kann.« Zum Glück wurde das Saallicht gedimmt. Die rassistischen Trickfilme begannen.

Ich mag Betty Boop. Sie hat eine gute Figur, ist ein Freigeist, liebt Jazz und auch Opium, wie es scheint, denn in einem halluzinogenen Kurzfilm mit dem Titel *Hochs und Tiefs* versteigert der Mond eine Erde aus der Depressions-Ära an die anderen Planeten. Saturn, eine alte, jüdische Kugel samt Brille, schlechten Zähnen und schwerem jiddischen Akzent, erhält den Zuschlag und reibt sich gierig die Hände. »Mir hab's. Mir hab's die ganze Welt. Ach, Gottchen«, ruft er verzückt, bevor er dem Erdkern die Schwerkraft entzieht. Man schreibt das Jahr 1932, und Max Fleischers metaphorischer Jude verschlimmert eine bereits chaotische globale Situation noch weiter. Betty kratzt das nicht, denn in einer Welt, in der Katzen und Kühe fliegen und der Regen von unten nach oben fällt, muss man vor allem darauf achten, dass das Kleid nicht gen Himmel strebt und den engen Slip enthüllt. Und wer weiß, vielleicht gehört Miss Boop ja doch zum Stamm? Während der nächsten sechzig Minuten scheitern besoffene amerikanische Ureinwohner mit schlaffen Federn am Fang des Warner-Brothers-Kaninchens, von ihrer Assimilation ganz zu schweigen. Eine mexikanische Maus versucht, die Gringo-Miezekatze zu überlisten, um sich über die Grenze schleichen und *queso* stehlen zu können. Eine scheinbar endlose Folge afroamerikanischer Katzen, Krähen, Ochsenfrösche, Dienstmägde, Crabspieler, Baumwollpflücker und Kannibalen spielen Looney-Tunes-Trottel mit Reibeisenstimme, untermalt von *Swanee River* und Duke Ellingtons *Jungle Nights in Harlem*. Manchmal wird eine offiziell weiße Figur wie Schweinchen Dick durch einen Flintenschuss oder eine Dynamitexplosion in einen schießpulverfarbigen Mimen verwandelt und erhält wie in den Minstrel-Shows des frühen neunzehnten Jahrhunderts einen Nigger-ehrenhalber-Status, der es ihm erlaubt, während des Abspanns straflos Lieder wie *Camptown Races* anzustimmen. Am Schluss des Programms gewinnen Popeye und Bugs Bunny abwechselnd im Alleingang den Zweiten Weltkrieg, indem sie hasenzahnige, vieräugige, Dünnsinn faselnde japanische Soldaten durch gewaltige Holzhammer und Geisha-Tricks aus der Fassung bringen. Nachdem Superman, unterstützt durch Gongs und ein johlendes Publikum, die Marine des Deutschen Reiches komplett pulverisiert hat, gehen die Lichter endlich an. Jeder kann dein Gesicht sehen, und du hast ein Gefühl, als hätte dich deine Mutter beim Onanieren erwischt.

Drei Reihen vor mir wollen ein Schwarzer, ein Weißer und ein Asiate gehen, sie greifen nach den Jacken und versuchen, den Hass abzuschütteln, den die Filme ausgelöst haben. Der schwarze Junge, der sich beschämt in seinem Superman-Umhang versteckt, weil man ihn in Trickfilm-Klassikern wie

Pechschwarz und die sieben Zwerge erniedrigt und verhöhnt hat, attackiert spaßeshalber den asiatischen Homeboy. Brüllt: »Schnappt euch Patrick! Er ist der Feind!« Und Patrick, in dessen Ohren Bugs Bunnys *Japse-Affe-Schlitzauge*-Tiraden nachhallen, hebt abwehrend die Hände und erwidert: »Ich bin kein Feind. Ich bin Chinese.« Der weiße Junge, den dieser Wortwechsel weder betrifft noch beeindruckt, steckt sich lachend eine Kippe zwischen die Lippen. Mach Rauchpause, Soldat. Schon verrückt, dass ein Abend mit *Kleine Strolche*-Streifen und Technicolor-Trickfilmen, manche fast hundert Jahre alt, genügt, um die Glut von Rassismus und Scham wieder anzufachen. Nichts konnte rassistischer sein als das »Entertainment«, das ich gerade gesehen hatte, und deshalb war klar, dass die Gerüchte, Foy besitze einen Teil des *Kleine Strolche*-Katalogs, nicht zutrafen.

Ich entdeckte Hominy unten im Foyer, wo er Andenken signierte, die meisten ohne Bezug zu den Kleinen Strolchen. Er verewigte sich auch auf alten Filmplakaten, Onkel-Remus-Sammelstücken und Jackie-Robinson-Devotionalien, auf allem, was aus der Zeit vor 1960 stammte. Ich vergesse manchmal, wie witzig Hominy ist. Damals mussten Schwarze stets hellwach sein, um sich der permanenten Hinterhalte der Weißen zu erwehren. Man musste immer ein Bonmot oder eine bodenständige Binsenweisheit parat haben, um weiße Provokateure zu entwaffnen und in die Schranken zu weisen. Vielleicht konnte man den Prügeln entgehen, wenn der Sinn für Humor die Weißen daran erinnerte, dass der Krauskopf doch etwas Menschenähnliches in sich trug, vielleicht bekam man dann endlich den noch ausstehenden Lohn. Scheiße, für Schwarze entsprach ein einziger Tag in den 1940ern dreihundert Jahren Improvisations-Training bei Theatertruppen wie The Groundlings und Second City. Man muss am Samstagabend nur fünfzehn Minuten vor der Glotze sitzen, um zu kapieren, dass es fast keine witzigen Schwarzen mehr gibt, und dass blanker Rassismus auch nicht mehr das ist, was er mal war.

Hominy posierte für ein Foto mit den schwarz geschminkten Mädchen der Verbindung *Nu Iota Gamma*. »Na, habt ihr die Haare passend zu den Vorhängen gefärbt?«, fragte Hominy trocken und mit strahlendem Lächeln. Diesen Scherz wusste nur die echte Schwarze in der Gruppe zu würdigen, und sie musste unwillkürlich lächeln. Ich trat neben sie. Sie beantwortete meine Fragen, bevor ich sie stellen konnte.

»Warum ich hier mitmache? Weil ich Medizin studieren will, und weil diese weißen Schlampen Kontakte haben. Ein Alte-Damen-Netzwerk gibt es inzwischen auch. Wenn du nicht gegen sie anstinken kannst, dann spiel mit. Das sagt meine Mama, denn der Rassismus ist allgegenwärtig.«

»Bestimmt nicht allgegenwärtig«, beharrte ich.

Die zukünftige Dr. med. Topsy dachte kurz nach, wickelte sich eine entflohene Haarsträhne um den Finger. »Kennst du den einzigen Ort, an dem es keinen Rassismus gibt?« Sie sah sich um, weil sie nicht wollte, dass ihre Schwestern mithörten, und flüsterte: »Erinnerst du dich an die Fotos, auf denen der schwarze Präsident mit seiner Familie Arm in Arm über den Rasen des Weißen Hauses geht? Auf diesen Bildern und in dem Moment – nur in dem Moment – gibt es keinen Rassismus.«

Im Theaterfoyer gab es jedoch reichlich Rassismus.

Ein lässiger, gut gelaunter Weißer schnippte den Schirm seiner Baseballmütze über das rechte Ohr, legte dann einen Arm um Hominy, küsste ihn auf die Wange und schüttelte seine Hand. Fehlte nur noch, dass sie sich gegenseitig Bimbo und Bleichgesicht nannten.

»Ich will dir nur sagen, dass all diese Rapper, die ständig davon quatschen, die ›letzten wahren Nigger‹ zu sein, dir nicht mal ein Tröpfchen Wasser reichen können, denn du, Mann, bist nicht nur der letzte Kleine Strolch, sondern auch der letzte wahre Nigger. Und ich meine ›Nigger‹ mit hartem *r*.«

»Besten Dank, weißer Mann.«

»Hast du einen Schimmer, warum es keine Nigger mehr gibt?«

»Nein, Sir, keinen blassen.«

»Weil die Weißen die neuen Nigger sind. Nur sind wir zu selbstbesessen, um das zu registrieren.«

»Die ›neuen Nigger‹, sagst du?«

»Ganz genau, sowohl du als auch ich – Nigger bis zum Schluss. Ebenbürtig in der Bürgerrechtslosigkeit, bereit, gegen das scheiß System zu kämpfen.«

»Du sitzt dann allerdings nur halb so lange im Knast wie ich.«

Auf dem Parkplatz des Nuart Theatre erwartete uns Topsy, die farbige Verbindungsschwester. Sie war noch geschminkt und verkleidet, trug jetzt aber eine Designer-Sonnenbrille. Sie wühlte aufgeregt in ihrer Büchertasche. Ich versuchte, Hominy in den Pick-up zu bugsieren, bevor er sie sah, aber sie schnitt uns den Weg ab.

»Mr. Jenkins, ich möchte Ihnen etwas zeigen.« Sie holte einen Wälzer von Ordner heraus, den sie auf der Motorhaube des Pick-ups öffnete. »Das sind Kopien der Protokollbücher aller *Kleine Strolche*-Filme, die in den Hal Roach Studios und bei MGM gedreht wurden.«

»Heilige Scheiße.«

Bevor Hominy hineinschauen konnte, schnappte ich mir den Ordner und überflog das Inhaltsverzeichnis. Alles war da. Die Titel, Schauspieler und Crew, Drehtage und Produktionskosten, Gewinne und Verluste aller 227 Filme. Halt – 227?

»Sind es denn nicht nur 221 Filme?«

Topsy lächelte und blätterte zur vorletzten Seite. Man hatte sechs aufeinanderfolgende Einträge zu Filmen, die Ende 1944 gedreht worden waren, komplett geschwärzt. Gut möglich also, dass irgendwo noch zwei Stunden präpubertären Klamauks existierten. Ich hatte das Gefühl, in einen streng geheimen FBI-Bericht über die Ermordung Kennedys zu schauen. Ich löste das Blatt aus dem Ordner und hielt es in die Sonne, um durch die Zensurschwärze in die Vergangenheit zu schauen.

»Wer hat das deiner Meinung nach getan?«, fragte ich sie.

Topsy holte noch eine Fotokopie aus der Tasche. Es war eine Liste aller Personen, die das Protokollbuch seit 1963 in der Hand gehabt hatten, insgesamt vier: Mason Reese, Leonard Maltin, Foy Cheshire und Butterfly Davis, vermutlich Topsys wahrer Name. Ich sah noch auf den Zettel, da saßen Hominy und Butterfly schon im Pick-up. Er hatte einen Arm um ihre Schultern gelegt und drückte auf die Hupe.

»Dieser Nigger hat meine Filme! Los, fahren wir!«

Die Fahrt von West L. A. zu Foys Anwesen in den Hollywood Hills dauerte ungebührlich lange. Als ich damals von meinem Vater gezwungen wurde, ihn zu den Diskussionsrunden mit Foy zu begleiten, bei denen sie quatschten, bis sie schwärzer als schwarz waren, hatte kaum jemand die Nord-Süd-Abkürzungen vom Kessel in die Hügel gekannt, und Crescent Heights und Rossmore waren ruhige Nebenstraßen gewesen; inzwischen waren es große, mehrspurige Ausfallstraßen, auf denen sich der Verkehr staute. Ja, Mann, ich badete damals in Foys Pool, während die beiden über Rassenfragen und Politik diskutierten. Mein Vater zeigte nie Verbitterung darüber, dass Foy sein Anwesen der Kohle verdankte, die er mit *The Black Cats 'n' Jammin Kids* gescheffelt hatte, einer Serie, deren Original-Storyboard bis heute in meinem Schlafzimmer hängt. »Abtrocknen, Motherfucker!«, sagte Dad stets.

»Du lässt Wasser auf den brasilianischen Kirschholzfußboden tropfen!«

Unterwegs sahen sich Butterfly und Hominy Fotos an, die sie und ihre Verbindungsschwestern zeigten, wie sie die Vorzüge des Multikulturalismus feierten. Sie schwärzten Los Angeles Ethnie um Ethnie an, Viertel um Viertel. Jedes Straßenverkehrsgesetz und soziale Tabu missachtend, saß sie auf Hominys Schoß, beide nicht angeschnallt. »Da bin ich bei der Grillparty in Compton... das dritte ›Ghetto-Chick‹ von rechts.« Ich warf einen verstohlenen Blick auf den Schnappschuss. Mädchen und Partner waren schwarz geschminkt, trugen Afrolook-Perücken, präsentierten Basketbälle und Kanonen und rauchten Joints, den Mund voller Goldzähne und Hähnchenschenkel. Was ich beleidigend fand, war nicht der rassistische Spott, sondern der Mangel an Phantasie. Wo waren die Zip Coons, die Dandys der Minstrel-Shows? Die Jazz-Hepcats? Die Mammis? Die ewigen Querulanten? Die Hausmeister? Die Dual-Threat-Quarterbacks? Die Wochenendwetterbericht-Moderatoren? Die Rezeptionistinnen, die einen in jedem Filmstudio und jeder Talent-Agentur der Stadt begrüßen? *Mr. Witherspoon ist sofort unten. Möchten Sie ein Glas Wasser?* Das ist das Problem dieser Generation: Sie hat keine Ahnung von ihrer eigenen Geschichte.

»Das war der ›Bingo sin Gringo‹-Abend zur Feier des Cinco de Mayo...« Im Gegensatz zu den Grillparty-Fotos war Butterfly hier gut zu erkennen: Sie saß neben einer Asiatin und trug wie alle anderen Mädchen der Verbindung einen mächtigen Sombrero, einen Poncho, *bandoleras* und einen dreißig Zentimeter langen Pancho-Villa-Hängeschnauzer, trank wie alle anderen Tequila und kleckerte auf ihre Spielkarten. *Beocho... Bingo!* Butterfly blätterte durch ihre Fotos. Der Titel jeder Fete war zugleich ein Dresscode: Der Bunker – die Reiner-Genpool-Party. Die Shabu-Shabu-Schlummerparty! Der Pfad der Biere – Wander- und Peyote-Trip.

Foys Grundstück, abseits des Mulholland Drive auf einem Hügelrücken mit Blick auf das San Fernando Valley gelegen, war größer, als ich es in Erinnerung hatte. Die Tudor-Stil-Villa mit kreisförmiger Einfahrt wirkte trotz des am Tor befestigten, riesigen Zwangsvollstreckungsbescheids eher wie ein britisches Mädchenpensionat. Wir stiegen aus. Ich atmete die frische, saubere Bergluft ein und hielt sie an, während Hominy und Butterfly zum Tor schlenderten.

»Ich kann Filme in dem Haus wittern.«

»Das Ding steht leer, Hominy.«

»Sie sind da drin. Das weiß ich.«

»Und was willst du tun? Den Hof umgraben wie in *Unerwartete Reichtümer?*«, fragte ich, eine Anspielung auf Spankys *Kleine Strolche*-Schwanengesang.

Hominy rüttelte am Zaun. Und dann fiel mir der Code ein, wie man sich an die Telefonnummer des besten Freundes aus der Kindheit erinnert. Ich tippte 1-8-6-5 in das Codeschloss. Ein Summen, die Rollenkette straffte sich und zog das Tor auf. 1865 – Schwarze sind so beschissen leicht zu durchschauen.

»Kommst du, Massa?«

»Nee, macht ihr zwei das mal allein.«

Ich wandte mich nach Norden und sprintete in perfektem Timing zwischen einem vorbeirasenden Maserati und einem BMW-Cabrio hindurch, offenbar ein Geburtstagsgeschenk für die beiden darinsitzenden Teenager. Ein Trampelpfad schlängelte sich durch den Chaparral bergab und führte nach einer guten Meile zu einer Nebenstraße und zum Crystal Water Canyon Park, einem kleinen, aber tadellos gepflegten Erholungsgelände mit ein paar Picknicktischen, Schatten spendenden Bäumen und einem Basketballfeld. Ich setzte mich unter eine Tanne, ohne das aus der Rinde sickernde Harz zu beachten. Die Ballspieler machten Dehnübungen, um vor Sonnenuntergang noch ein oder zwei Spiele zu schaffen. Ein einsamer Schwarzer, Mitte dreißig, halbnackt und mit heller Haut, ging auf dem Mittelkreis auf und ab. Er gehörte zu jenen mittelmäßigen Spielern, die weiße Basketballfelder in reichen Vierteln wie Brentwood und Laguna frequentieren, sei es auf der Suche nach einem guten Spiel, einer Gelegenheit zu dominieren, oder vielleicht sogar, um einen Job zu ergattern, wer weiß.

»Alle Nigger, die auf dem Platz sind, weil sie Aufmerksamkeit bekommen wollen, verpissen sich jetzt«, brüllte der Bruder zur Freude der weißen Jungs.

Der Philosophieprofessor im Sabbatical passte den Ball nach innen. Ein Anwalt für Personenschäden machte aus der Ecke einen Korb. Ein fetter Apotheker, der erstaunlich viel Geschick bewies, spielte einen Kinderarzt mit beidhändigem Dribbling aus, vermasselte aber den Korbleger. Ein Wertpapierhändler warf so weit daneben, dass der Ball aus dem Feld flog und in Richtung Parkplatz rollte. Obwohl es in L. A. ebenso viele Luxusautos wie Einkaufswagen gibt, war Foys 300SL, Baujahr 1956, absolut unverkennbar. Vermutlich gab es auf der ganzen Welt keine hundert Stück mehr davon. Foy saß vor dem Kühler auf einem kleinen Gartenstuhl, plauderte mit dem Handy am Ohr und tippte auf einem Laptop, fast so alt wie sein Auto. Er ließ seine Klamotten trocknen. Hemden und Hosen hingen auf Bügeln an den offenen Autotüren, die aussahen wie die Flügel eines durch die Luft rauschenden silbernen Drachens. Ich musste ihn einfach fragen. Also stand ich auf und ging am Basketballfeld vorbei. Zwei Spieler, die um den Ball rangelten, purzelten zu Boden. Stritten sich um den Ball, bevor sie wieder auf die Beine kamen.

»Wem gehört die Karre?«, fragte mich ein Spieler in ausgelatschten Sportschuhen, seine ausgestreckten Arme ein stummes Flehen um Gnade. Ich erkannte den Typen. Er spielte den schnauzbärtigen, ermittelnden Detective in einer längst eingestellten, aber immer noch ausgestrahlten Cop-Serie – in der Ukraine ein Renner. »Sie gehört dem Kerl mit der haarigen Brust.« Der Filmstar widersprach. Doch es stimmte.

Foy sah mich an, sprach und tippte aber weiter. Quasselte in einem Affenzahn einen unverständlichen, sinnlosen Wortsalat ins Handy. Es schien um Hochgeschwindigkeitszüge und die Wiedergeburt des schwarzen Pullman-Schaffners zu gehen. Die Pirelli-Weißwandreifen des Mercedes waren abgefahren. Gelber Schaum quoll wie Eiter aus den rissigen, löcherigen Ledersitzen. Wahrscheinlich war Foy obdachlos, weigerte sich aber, seine Uhr oder sein Auto zu verkaufen, das trotz des lausigen Zustands sicher mehrere hunderttausend Dollar bei einer Auktion eingebracht hätte.

»Was schreibst du da?«

Foy legte sich das Handy auf die Schulter. »Einen Essay-Band mit dem Titel *Eines Tages spreche ich Weiß.*«

»Wann hattest du zuletzt eine originelle Idee, Foy?«

Foy dachte nach, absolut nicht beleidigt, und sagte schließlich: »Zuletzt? Vor dem Tod deines Vaters, schätze ich.« Dann telefonierte er weiter.

Nach der Rückkehr in Foys ehemaliges Haus fand ich Hominy und Butterfly beim Nacktbaden im Pool. Erstaunlich, dass kein nerviger Nachbar auf die Idee gekommen war, die Polizei zu rufen. Vermutlich sieht ein alter Schwarzer aus wie jeder andere. Es dunkelte, und die Unterwasserbeleuchtung schaltete sich still und automatisch ein. Das weiche Hellblau eines bei Nacht beleuchteten Pools ist meine Lieblingsfarbe. Hominy war im tiefen Teil und tat so, als könne er nicht schwimmen, klammerte sich mit aller Macht an Butterflys üppige Schwimmhilfen. Er hatte seine Filme nicht gefunden, aber was er im Arm hielt, schien ihn darüber hinwegzutrösten. Ich zog mich aus und glitt ins Wasser. Kein Wunder, dass Foy pleite war, denn das Wasser war mindestens dreißig Grad warm.

Auf dem Rücken dümpelnd, sah ich den Polarstern, der in dem aus dem Wasser aufsteigenden Dampf funkelte und mich auf eine Freiheit aufmerksam machte, die ich mir vielleicht gar nicht wünschte. Ich dachte an meinen Vater, dessen Ideen das Geld für dieses jetzt der Bank gehörende Anwesen eingebracht hatten. Ich rollte mich auf den Bauch und versuchte, die Haltung einzunehmen, in der er tot auf der Straße gelegen hatte. Wie hatten seine letzten Worte gelautet, bevor man ihn erschossen hatte? *Ihr habt ja keine Ahnung, wer mein Sohn ist.* Trotz der ganzen Mühe, trotz Dickens, der Rassentrennung, Marpessa, der Farmarbeit weiß ich noch immer nicht, wer ich bin.

Du musst dich zweierlei fragen: Wer bin ich? Und wie gelingt es mir, ich selbst zu werden?

Ich war so orientierungslos wie eh und je, erwog ernsthaft, die Feldfrüchte auszuroden, das Vieh zu verkaufen und ein gigantisches Wellenbad auf das Ackerland zu setzen. Denn auf dem eigenen Hinterhof zu surfen, wäre irre cool, oder?

23

Etwa zwei Wochen nach der Jagd auf den verlorenen Film-schatz des Laurel Canyon kam das Geheimnis ans Licht. Die Zeitschrift *New Republic*, die seit dem Lindbergh-Baby kein Kind mehr auf dem Cover gehabt hatte, brachte die Story als Aufmacher. Unter der Titelzeile »Der neue Jim Crow: Hat das staatliche Bildungssystem dem Weißen Kind die Flü-gel gestutzt?« stand ein zwölfjähriger weißer Junge mit fetter Goldkette als bierglasgroßes Symbol eines invertierten Rassis-mus auf den Stufen der Chaff Middle School. Struppige blonde Haare ragten unter der Schirmmütze und den geräuschmini-mierenden Kopfhörern hervor. Er hielt ein Ebonics-Wörter-buch in der einen Hand, in der anderen einen Basketball. Seine zum grimmigen Grinsen verzogenen Lippen enthüllten eine golden schimmernde Zahnspange, und sein XXXL-T-Shirt trug die Aufschrift *Energy = ein Emcee*[2].

Mein Vater lehrte mich vor langer Zeit, dass die Antwort auf eine Frage auf dem Cover einer Nachrichtenzeitschrift stets »Nein« lautet, weil die Redaktion weiß, dass »Ja«-Fra-gen die Leser ebenso wenig abschrecken wie Warnungen vor dem Rauchen oder Nahaufnahmen eiternder Genitalien, denn diese animieren eher zum Rauchen und zu ungeschütztem Sex. Also bekommt man Boulevardjournalismus à la: *O. J. Simpson und die Rassenfrage: Wird das Urteil Amerika spalten?* Nein. *Ist der Antisemitismus wieder auf dem Vormarsch?* Nein, denn er wurde nie gestoppt. *Hat das staatliche Bildungssystem dem*

Weißen Kind die Flügel gestutzt? Nein, denn eine Woche, nachdem diese Ausgabe ausgeliefert worden war, sprangen fünf weiße Kinder, mit Büchern, Pfefferspray und Vergewaltigungsalarm-Trillerpfeifen im Rucksack aus einem gemieteten Bus, um die Chaff Middle School wieder zu durchmischen, wurden von Charisma Molina, der stellvertretenden Schulleiterin, aber am Betreten der quasi rassengetrennten Institution gehindert.

Die Publicity wegen der schulischen Fortschritte, die, sollten sie in diesem Tempo weitergehen, die Chaff im Laufe des nächsten Jahres zur viertbesten staatlichen Bildungsanstalt avancieren lassen würden, kam natürlich unerwartet, aber Charisma hätte klar sein müssen, dass es 250 arme farbige Schüler, die eine grottenschlechte Schulbildung bekommen, nie auf eine Titelseite schaffen, ein einziges weißes Kind, dem gute Bildung vorenthalten wird, dagegen einen Shitstorm in den Medien auslöst. Andererseits konnte niemand ahnen, dass sich ein Bündnis aus frustrierten weißen Eltern bilden würde, die auf Foy Cheshires Rat hörten und ihre Kinder von viel zu schlechten staatlichen und viel zu teuren privaten Schulen abzogen. Und verlangten, es müsse wieder Pflicht sein, dass alle Kinder zusammen im Bus zur Schule führen, etwas, das ihre Eltern eine Generation zuvor noch vehement bekämpft hatten.

Der Staat Kalifornien, zu pleite und zu beschämt, um eine bewaffnete Eskorte bereitzustellen, sah tatenlos zu, wie die Opferlämmer der Reintegration, Suzy Holland, Hannah Nater, Robby Haley, Keagan Goodrich und Melonie Vandeweghe, aus dem Bus stiegen, nicht unter den Fittichen der Nationalgarde, dafür beschützt vom Zauber des Live-Fernsehens und der großen Klappe Foy Cheshires. Es war mehrere Wochen her, dass ich ihn vor seiner Auto-Behausung erblickt hatte, und soweit ich wusste, war zum letzten Dum-Dum-Treffen niemand erschienen, obwohl der hochgelobte Community-Organisator _ _ r _ _ _ O _ _ _ _ reden sollte.

Die »Dickens Five«, wie das Quintett später genannt wurde, zogen die Schultern hoch und hoben die Arme vor das Gesicht, um sich während ihres Spießrutenlaufs in die Geschichtsbücher vor dem Stein- und Flaschenhagel zu schützen. Doch im Gegensatz zum dritten September 1957 in Little Rock, Arkansas, spuckte man ihnen in der Stadt Dickens nicht ins Gesicht, stimmte auch keine rassistischen Parolen an, sondern bat sie um Autogramme und wollte wissen, ob sie schon ein Date für den Juniorenball hätten. Als die Möchtegern-Schulanfänger oben auf der Treppe standen, wurden sie aber von Charisma gestoppt, die in bester Gouverneur-Faubus-Manier wie angewurzelt dastand, die Arme links und rechts gegen den Türrahmen gestemmt. Hannah, die Größte der Gruppe, wollte sich vorbeidrängeln, doch Charisma hielt stand.

»Kein Zutritt für Anglos.«

Hominy und ich standen bei dieser Auseinandersetzung nicht nur auf der anderen Seite, hinter Charisma, sondern auch auf der falschen Seite der Geschichte, so wie alle an der Little Rock Central High School oder 1962 an der University of Mississippi, Aufsichts- und Kantinenpersonal ausgenommen. Hominy war an jenem Tag in der Schule, um ein Tutorium zum Thema Jim Crow zu geben. Charisma hatte mich gebeten, das Schreiben vorzulesen, das den mit der Post versandten Ausgaben von Foy Cheshires neuestem multikulturell umgemodelten Buch beigelegt war, *Von Reis und Yen*, eine chinesische Adaption von Steinbecks Klassiker, angesiedelt in den Tagen der Eisenbahn-Kulis. Foys Version war ein Kohlepapierdurchschlag des Originals, allerdings ohne Artikel und mit vertauschtem *l* und *r*. *Vierreicht haben arre auf del velfruchten Wert Angst voleinandel.* Ist mir ein Rätsel, wieso Leute wie Foy Cheshire, ein halbes Jahrhundert nach Charlie Chans Sohn Nr. 1, dem Bandmitglied der Smashing Pumpkins, all den phantastischen Musikproduzenten, Skateboardern und den braven asiatischen Ehefrauen weißer Typen in Werbespots für Baumärkte immer noch glauben, der Yen sei eine chinesische Währung und asiatische Amerikaner könnten das beschissene r nicht aussprechen, aber das hastig hingeworfene Schreiben war irgendwie irritierend:

Liebe Spielfigur der liberalen Agenda,
schon klar, dass Sie dieses umwerfende und unfassbar tiefgründige Werk nicht in den Lehrplan aufnehmen, aber das ist Ihr Pech. Dieses Buch wird mich in der auto-didaktischen Tradition von Autoren wie Virginia Woolf, Kawabata Yasunari, Mishima Yukio, Majakowski und David Foster Wallace verankern. Wir sehen uns am kommenden Montag in der Schule. Vielleicht findet in Ihren Räumen Unterricht statt, aber Sie werden Gasthörer in meiner Welt sein. Bringen Sie Stift, Papier und den nig-gerflüsternden Verräter mit.
Hochachtungsvoll,
Foy »Wussten Sie, dass Ghandi seine Frau geschlagen hat?« Cheshire

Als Charisma fragte, warum er ausgerechnet diese Autoren genannt habe, erwiderte ich, ich müsse passen, verschwieg aber, dass die Liste nur aus Autoren bestand, die Selbstmord begangen hatten. Schwer zu sagen, ob dieses Schreiben einen Suizid ankündigen sollte, aber man konnte hoffen. Heutzutage gibt es kaum noch Schwarze, die in irgendwas die Nummer eins sind, und obwohl Foy ein guter Kandidat für die Position des »ersten schwarzen Autors, der sich aus der Welt befördert« wäre, war Vorsicht geboten. Denn wenn er tatsächlich ein »Autodidakt« war, dann hatte er den lausigsten Lehrer der Welt.

Foy trat vor die Meute, um die Verhandlungen zu führen. Er zauberte einen Stapel DNA-Testergebnisse aus dem Hut, mit denen er wedelte, nicht vor Charismas Nase, sondern vor der Linse der nächsten Kamera. »Ich habe hier eine Liste von Untersuchungsergebnissen, die belegen, dass sich jedes dieser Kinder mütterlicherseits durch die Jahrtausende bis in den Großen Afrikanischen Grabenbruch zurückführen lässt.«

»Auf wessen Seite stehst du, Nigger?«

Weil ich in den unheiligen Hallen der Schule stand, wusste ich nicht, wer gefragt hatte, aber es war eine gute Frage, auf die Foy, seinem Schweigen nach zu urteilen, keine Antwort hatte. Nicht, dass ich gewusst hätte, auf wessen Seite ich stand. Ich wusste nur, dass die Bibel, die Vertreter des »Conscious Rap« und Foy Cheshire nicht auf meiner Seite standen. Charisma dagegen wusste, wo sie stand, und sie stieß Foy und die Kinder mit beiden Händen die Treppe hinunter wie Bowlingkegel. Ich ließ den Blick über die Gesichter auf meiner Seite der Schwelle gleiten: Hominy, die Lehrer, Sheila Clark, alle etwas verängstigt, aber fest entschlossen. Scheiße, vielleicht stand ich am Ende doch auf der richtigen Seite der Geschichte.

»Wenn ihr unbedingt in Dickens zur Schule gehen wollt, dann solltet ihr warten, bis die Schule gegenüber öffnet.«

Die zukünftigen weißen Schüler rappelten sich auf und drehten sich nach ihren Vorläufern um, den stolzen Pionieren der sagenumwobenen Wheaton Academy. Diese hatte aufgrund der jungfräulichen Gebäude, des fähigen Lehrpersonals, des grünen, weitläufigen Campus eindeutig ihre Anziehungskraft, und die Schüler drifteten sehnsüchtig zu diesem schulischen Himmelreich wie Engel, angelockt durch Lautenklänge und gutes Mensaessen, aber Foy stellte sich ihnen in den Weg. »Fallt nicht auf diese Götzenbilder rein«, brüllte er. »Diese Schule ist die Wurzel allen Übels. Ein Schlag ins Gesicht für jeden, der sich jemals für Gleichberechtigung und Gerechtigkeit eingesetzt hat. Ein rassistischer Witz, der die hart arbeitenden Menschen dieser Stadt und aller anderen Orte verhöhnt, weil er alten Gäulen, die zu müde zum Wegrennen sind, eine Möhre vor das Maul hält. Außerdem existiert diese Schule nicht.«

»Aber sie sieht so echt aus.«

»Die besten Träume sind die, die sich echt anfühlen.«

Enttäuscht, aber nicht entmutigt, ließ sich die Truppe im Gras rings um den Flaggenmast nieder. Es war eine multikulturelle Pattsituation, in der Mitte der schwarze Foy und die weißen Kinder, links und rechts von ihnen Charisma und die utopische Schimäre der Wheaton Academy.

Wie es heißt, versuchte der Vater von Tiger Woods, seinen Sohn beim Wochenendgolf aus der Fassung zu bringen, indem er Kleingeld in der Tasche klimpern ließ, wenn Tiger gerade den Ball auf kürzeste Distanz zum Sieg einlochen wollte. Ein billiger Trick, aber am Ende stand ein Spieler, der sich so gut wie nie ablenken lässt. Ich dagegen bin leicht abzulenken. Lasse mich ständig auf Abwege führen, weil mein Vater gern etwas spielte, das er »Was geschah danach« nannte. Wenn ich mit etwas beschäftigt war, zeigte er mir eine bekannte historische Aufnahme und fragte: »Und? Was geschah danach?« Wir waren bei einem Spiel der Bruins, als er in einer wichtigen Auszeit das Foto von Neil Armstrongs Fußabdruck im Staub des Mondes zückte. Was geschah danach? Ich zuckte mit den Schultern. »Weiß nicht. Er hat diese Fernsehwerbespots für Chrysler gemacht.«

»Falsch. Er wurde Alkoholiker.«

»Ich glaube, das war Buzz Aldrin, Dad ...«

»Tatsache ist, dass viele Historiker glauben, er sei schon blau gewesen, als er den Mond betreten hat. ›Ein kleiner Schritt für einen Menschen, aber ein großer Schritt für die Menschheit.‹ Was zur Hölle soll das heißen?«

Während meines ersten Baseballspiels in der Little League warf mir der schlaksige Mark Torres, dessen Würfe so hart waren und so schnell kamen wie eine Teenager-Erektion, einen 0-2-Fastball zu, den weder der Schiedsrichter noch ich kommen sahen und den ich nur aufgrund des Luftzugs an meiner Stirn bemerkte. Mein Vater stürmte aus dem Unterstand. Nicht um mir Tipps zum Schlagen zu geben, sondern um mir das berühmte Foto der amerikanischen und russischen Soldaten zu zeigen, die sich an der Elbe treffen, Hände schütteln und das faktische Ende des Zweiten Weltkrieges auf europäischem Boden feiern. Was geschah danach?

»Amerika und die Sowjetunion fochten über fünfzig Jahre lang einen Kalten Krieg aus, der beide zwang, Milliarden Dollar für die Verteidigung auszugeben, und zwar nach einem Pyramidenschema, das Dwight D. Eisenhower später den Militärisch-industriellen Komplex nannte.«

»Teils richtig. Stalin hat jeden russischen Soldaten auf diesem Foto wegen Verbrüderung mit dem Feind erschießen lassen.«

Science-Fiction-Fans bezeichnen den Film entweder als Star Wars II oder V, je nachdem, wie eingefleischt sie sind. Aber egal – mitten im dramatischen Laserschwert-Duell zwischen Darth Vader und Luke Skywalker, der Dunkle Lord hatte Luke soeben einen Arm abgeschlagen, entriss mein Vater einem Platzanweiser die Taschenlampe und drückte mir ein Schwarz-Weiß-Foto auf die Brust. Was geschah danach? Im fahlen Lichtschein sah ich eine junge Schwarze in tadellos gebügelter

Bluse, die eine Mappe schützend vor Brüste und Seele hielt, beides noch nicht voll entwickelt. Sie trug eine große dunkle Sonnenbrille, ignorierte aber sowohl mich als auch die weiße Frau, die sie aus dem Hintergrund anbrüllte.

»Sie gehört zu den ›Little Rock Nine‹. Damals ließ man die Armee anrücken. Sie konnte zur Schule gehen. Und alle waren glücklich bis in alle Ewigkeit.«

»Danach setzte der Gouverneur die Integration an den Schulen aus, obwohl sie gesetzlich vorgeschrieben war, und schloss jede Highschool in der Stadt. Wenn Nigger lernen wollten, sollte niemand lernen. Und apropos Lernen – schon gemerkt, dass sie diesen Teil der Story in der Schule nie erwähnen?« Ich habe nie etwas dazu gesagt, dass »sie« auch Lehrer waren wie mein Vater. Ich weiß nur, dass ich mich fragte, warum Luke Skywalker ohne ersichtlichen Grund kopfüber in den sternenhellen Abgrund stürzte.

Manchmal wünschte ich, Darth Vader wäre mein Vater gewesen. Dann hätte ich es besser gehabt. Ich hätte zwar keine rechte Hand mehr, müsste aber auch nicht die Bürde meiner schwarzen Hautfarbe mit mir herumschleppen, wäre nicht gezwungen, ständig entscheiden zu müssen, ob mich das überhaupt interessiert oder nicht. Außerdem bin ich Linkshänder.

Da waren sie also alle, hartnäckig wie grüne Grasflecken auf der Hose, und warteten darauf, dass irgendjemand intervenierte. Die Regierung. Gott. Bleichmittel, das die Farben nicht angreift. Die Macht. Wer auch immer.

Charisma warf mir einen genervten Blick zu. »Wird der Scheiß jemals aufhören?«

»Nein«, murmelte ich und trat in den kalifornischen Frühlingsmorgen, wie üblich von luftiger Makellosigkeit. Foy ließ seine Truppen *We Shall Overcome* anstimmen. Sie sangen Arm in Arm ausgelassen im Chor, wiegten sich im Takt. Die meisten Leute glauben, *We Shall Overcome* wäre Gemeingut. Sie bilden sich ein, nach dem selbstlosen Kampf der Schwarzen für ihre Bürgerrechte dürfe man den ermutigenden Refrain immer dann schmettern, wenn man sich ungerecht behandelt oder verraten fühlt, so sei es angemessen. Wenn man aber vor dem U. S. Copyright Office stünde und *We Shall Overcome* sänge, um gegen Leute zu protestieren, die davon profitieren, unerlaubt Songs zu singen, müsste man auch für jede Wiedergabe zehn Cent an die Pete-Seeger-Stiftung zahlen. Obwohl Foy, aus voller Lunge singend, das Wort »someday« durch ein lautstarkes »Right Now!« ersetzt hatte, ließ ich deshalb vorsichtshalber eine Münze auf den Boden fallen.

Foy reckte die Arme hoch über den Kopf. Dadurch verrutschte sein Pullover und enthüllte nicht nur seine Wampe, sondern auch den Griff einer Pistole, die in seinem italienischen Ledergürtel steckte. Das erklärte den veränderten Songtext, seine Ungeduld, das Schreiben und den verzweifelten Blick. Und warum hatte ich nicht schon längst bemerkt, dass er nicht mehr die akkurat geschnittene, kantige Frisur trug?

»Ruf die Polizei, Charisma.«

Nur College-Hippies, schwarze Gospelsänger, Fans der Chicago Cubs und diverse andere Idealisten kennen die Strophen zwei bis sechs von *We Shall Overcome*, und als seine Herde über die nächste Strophe stolperte, zog Foy die Knarre und schwenkte sie wie eine Kaliber-45-Stichwortkarte. Obwohl die Sänger ihm den Rücken zukehrten, peitschte er den Chor durch dessen Song-Unkenntnis und stürmte dann an mir und Hominy vorbei zum Schuleingang, der ihm aber versperrt blieb, weil Charisma die Türen hinter sich verriegelt hatte.

Die Bürger von Dickens zerstreuen sich nicht so leicht. Ebenso wenig die Vertreter der lokalen Medien, die an Gemetzel in der Unterwelt und einen schier unerschöpflichen Vorrat an Psychokillern gewöhnt waren. Als Foy zwei Schüsse auf das Hinterteil seines schräg auf der Rosecrans geparkten Mercedes abfeuerte, teilte sich die abgebrühte Menge deshalb nur so weit, dass eine Rettungsgasse für die weißen Kids entstand, die in die relative Sicherheit ihres Schulbusses flohen und sich auf die Sitze duckten. Die Rassentrennung auszuheben, ist immer mühsam, und nachdem Foy zwei weitere Schüsse abgefeuert hatte, wurde es noch mühsamer, Fortschritte zu erzielen, weil der Freiheitsbus der Bürgerrechtsbewegung mehrere platte Reifen hatte.

Foy schoss eine weitere Kugel in den Mercedes-Stern. Und siehe da, dieses Mal klappte der Kofferraum auf, so langsam und majestätisch, wie man es nur von Mercedes-Benz-Kofferräumen kennt, und er wuchtete einen alten Eimer mit weißer Farbe heraus. Bevor ich oder jemand anderer an ihn herankommen konnte, wirbelte er herum und hielt uns mit Waffe und schiefem Gesang auf Abstand. »I shall overcome!« hatte er den Refrain jetzt auf seine Person zugeschnitten. Wie sagen die Juroren bei den Gesangswettbewerben im Fernsehen immer? Du hast den Song zu deinem Song gemacht.

Das Schmatzen, mit dem sich ein Farbeimer öffnet, ist immer ein äußerst befriedigendes Geräusch. Und Foy, zu Recht mit sich selbst und seinem Autoschlüssel zufrieden und weiter aus voller Lunge singend, kam auf die Beine und richtete die Pistole direkt auf meine Brust, den Rücken zur Straße. »Habe ich hunderttausend Mal erlebt«, pflegte mein Vater zu sagen. »Berufsnigger, die ausrasten, weil die Show vorbei ist.« Die Schwärze, die sie so lang in ihrem Bann gehalten hat, löst sich so rasant auf wie Schmutz auf einer Fensterscheibe bei Regen. Übrig bleibt nur die offensichtliche »condition humaine«, und jeder kann dich durchschauen. Die Lüge im

Lebenslauf wurde aufgedeckt. Der Grund dafür, dass sie so lange für ihre Berichte gebraucht haben, kommt ans Licht, und ihre Säumigkeit liegt nicht etwa an der peniblen Mühe, die sie auf die Details verwendet haben, sondern an ihrer Dyslexie. Und es erhärtet sich der Verdacht, dass die Mundspülung, die der farbige Mann stets auf seinem Tisch in der Ecke, direkt neben den Toiletten, stehen hat, keine Flüssigkeit enthält, die »für frischen Atem sorgt und vierundzwanzig Stunden vor Bakterien schützt, die Zahnfleischentzündungen auslösen«, sondern Pfefferminzschnaps. Eine Flüssigkeit, die vor schlechten Träumen schützt und dich in der falschen Gewissheit wiegt, dein mundgespültes Lächeln werde die anderen langsam aber sicher zermürben. »Habe ich hunderttausend Mal erlebt«, pflegte er zu sagen. »Die Nigger an der Ostküste haben wenigstens den Vineyard und Sag Harbor. Und wir? Las Vegas und das scheiß El Pollo Loco.« Was mich betrifft, so finde ich El Pollo klasse, und davon abgesehen glaubte ich nicht, dass Foy für mich oder andere eine Gefahr darstellte, aber sollte ich mit dem Leben davonkommen, dann würde ich dennoch sofort die Filiale Ecke Vermont und 58th Street aufsuchen. Ein Dreier-Menü bestellen – knuspriger, über dem Feuer gerösteter Mais, Kartoffelbrei und dieser köstliche rote Fruchtpunsch, der wie die Party zu meinem achten Geburtstag schmeckt.

Die Sirenen waren noch eine halbe Stadt entfernt. Obwohl das County jede Menge Steuern für viel zu hoch bewertete Grundstücke kassierte, wurde Dickens sein gerechter Anteil am öffentlichen Dienst vorenthalten. Und angesichts der aktuellen Kürzungen und der Korruption bemisst sich die Reaktionszeit in Äonen, sind die Angestellten, die in der Telefonzentrale Anrufe aus dem Holocaust, aus Ruanda, Wounded Knee und Pompeji durchgestellt haben, bis heute an ihrem Platz. Foy hatte die Waffe von mir abgewandt, richtete sie auf sein Ohr und kippte sich den Eimer mit der nicht angerührten Farbe über den Kopf. Zähflüssig und klumpig lief sie über seine linke Gesichts- und Körperhälfte, bis ein Auge, ein Nasenloch, ein Hemdsärmel, ein Hosenbein und eine Uhr von Patek Philippe komplett weiß waren. Foy war kein Baum der Erkenntnis, sondern bestenfalls ein Busch der Meinungen, doch ob es nun ein Publicity-Stunt war oder nicht, er war innerlich am Absterben, das stand fest. Ich senkte den Blick auf seine Wurzeln. Der weiße Wasserfall, der über den Ziegenbart rann und vom Kinn tropfte, hatte einen seiner braunen Schuhe bekleckert. Er war eindeutig total durch den Wind, denn wenn es eines gibt, was ein erfolgreicher Schwarzer wie Foy noch heißer liebt als Gott, Vaterland und seine Mami mit den schinkendicken Armen und Beinen, dann sind es seine Schuhe.

Ich ging zu ihm. Mit erhobenen Armen und offenen Händen. Foy drückte die Waffe noch tiefer in seinen missgestalteten Afro, er war seine eigene Geisel. Selbstmord durch Abdrücken oder Drumherumdrücken, egal, ich war einfach nur heilfroh, dass er nicht mehr sang.

»Foy«, sagte ich und klang überraschend stark, wie mein Vater, »du musst dich zweierlei fragen: Wer bin ich? Und wie gelingt es mir, ich selbst zu werden?«

Ich erwartete die »Da schufte ich mich krumm für euch Nigger, und das ist der Dank«-Klage darüber, dass niemand seine Bücher kaufe. Dass sich nichts daran geändert habe, wie die Welt uns sehe, und schon gar nichts daran, wie wir uns selbst sähen, obwohl er Produzent, Regisseur, Cutter, Caterer und Star einer Fernsehtalkshow sei, die auf zwei Kontinenten laufe und eine drollige, vereinheitlichte und romantisierte Version schwarzer Intellektualität in einige Dutzend Wohnzimmer in über sechs Ländern bringe. Dass er höchstpersönlich für die Wahl eines schwarzen Präsidenten gesorgt habe, ohne dass sich etwas geändert hätte. Dass ein Nigger letzte Woche in *Teen Jeopardy* 75 000 Dollar gewonnen habe, ohne dass sich etwas geändert hätte. Dass eigentlich sogar alles noch schlimmer geworden sei. Weil »Armut« nicht nur aus unserem Wortschatz, sondern aus dem Bewusstsein getilgt worden sei. Weil weiße Jungs jetzt in den Autowaschanlagen arbeiteten. Weil die Frauen in Pornos besser aussähen denn je, und attraktive Schwule jetzt für Geld ihre Sexpartner spielten. Weil berühmte Schauspieler Werbespots drehten, in denen sie die United States Army und die Telefongesellschaften priesen. Weißt du, woran man merkt, dass alles am Arsch ist? Daran, dass jemand glaubt, wir würden immer noch das Jahr 1950 schreiben, und es für angebracht hält, die Rassentrennung wieder in das amerikanische Ethos zu integrieren. Dieser Jemand bist nicht zufällig du, Verräter? Der Hinweisschilder aufstellt? Der Schein-Schulen hinsetzt, als wäre das Ghetto ein gefaktes Paris samt Bahnhöfen, Triumphbögen und Eiffeltürmen, wie man es im Ersten Weltkrieg errichtete, um die deutschen Bomber zu täuschen. Wie die Pseudo-Läden, -Theater und -Parks, die die Deutschen während des nächsten Krieges in Theresienstadt anlegten, um dem Roten Kreuz vorzumachen, sie würden keine Gräueltaten begehen, wo doch der Krieg eine endlose Folge von Gräueltaten war – eine Kugel, eine illegale Inhaftierung, eine Sterilisierung, eine Atombombe nach der anderen. Du kannst mich nicht verarschen. Ich bin weder die Luftwaffe noch das Rote Kreuz. Ich stamme nicht aus diesem Drecksloch ... Wie der Vater so der Sohn ...

Wenn dir das eigene Blut durch die Finger rinnt, gibt es dafür nur ein Wort: »sprudelnd«. Als ich mich aber in der Gosse krümmte, die Hände auf den Bauch gedrückt, hatte ich das Gefühl, dass etwas zum Abschluss gekommen war. Ich hatte den Schuss nicht gehört, aber zum ersten Mal im Leben etwas mit meinem Vater gemeinsam – ich hatte genau wie er von einem feigen Motherfucker eine Kugel in den Wanst bekommen. Und das fand ich irgendwie befriedigend. Ich hatte den Eindruck, meine Schuld gegenüber ihm und seinen verkorksten Vorstellungen von Kindheit und Schwarzsein endlich abgetragen zu haben. Daddy hielt den Glauben, mit etwas abschließen zu können, für Unsinn. In seinen Augen war das ein falsches psychologisches Konzept, von Therapeuten entwickelt, um die Schuldgefühle westlicher Weißer zu lindern. Er habe im Studium und im Beruf keinen einzigen farbigen Patienten davon sprechen hören, mit etwas »abschließen« zu wollen, meinte er. Man wolle Rache. Wolle Abstand. Oder Vergebung und einen guten Anwalt, aber ganz sicher keinen Abschluss. Die Leute glaubten, durch Selbstmorde, Morde, chirurgische Magenverkleinerung, Mischehen und übertrieben hohe Trinkgelder mit etwas abschließen zu können, sagte er, aber das sei ein Irrtum, denn in Wahrheit lösche man etwas aus.

Hat man mit einer Sache abgeschlossen, dann kommt man dummerweise auf den Geschmack und wünscht sich, dies auf alle Lebensbereiche ausweiten zu können. Vor allem, wenn man gerade verblutet, und der eigene Sklave mit dem Schrei: »Gib mir meine *Kleine Strolche*-Filme zurück, Motherfucker!« den Aufstand probt und deinen Gegner mit so knöchelkantiger Wut attackiert, dass er von der halben Polizeitruppe des L. A. County gebändigt werden muss, während man selbst die Blutung mit einer durchnässten Ausgabe der Zeitschrift *Vibe* einzudämmen versucht, die jemand in die Gosse geworfen hat. In solchen Momenten hat man keine Zeit, sich gehen zu lassen. Kanye West hat erklärt: »Ich bin der Rap!« Jay-Z hält sich für Picasso. Und das Leben ist verflucht flüchtig.

»Der Krankenwagen kommt gleich.«

Die Lage beruhigte sich. Der hemmungslos heulende Hominy hatte sein T-Shirt zu einem Kissen aufgerollt und meinen Kopf in seinen Schoß gebettet. Eine Stellvertreterin des Sheriffs hockte vor mir und stupste mit der Taschenlampe behutsam gegen meine Wunde. »Das war echt tapfer, Niggerflüsterer. Brauchst du irgendwas?«

»Einen nahtlosen Abschluss.«

»Das muss sicher nicht genäht werden. Sieht nicht nach einem Bauchschuss aus. Ich glaube, es hat deine Speckrollen erwischt. Ist nur ein Kratzer, glaub mir.«

Wer eine Schusswunde als Kratzer bezeichnet, hat nie eine Kugel kassiert. Aber ich hatte nicht vor, mir den Weg zu einem nahtlosen Abschluss durch diesen minimalen Mangel an Mitgefühl verstellen zu lassen.

»In einem überfüllten Theater ›Feuer!‹ zu rufen, ist illegal, stimmt's?«

»Ja.«

»Tja, und ich habe in einer post-rassistischen Welt ›Rassismus‹ geflüstert.«

Ich erzählte ihr von meinem Versuch, die Stadt Dickens wiederauferstehen zu lassen, und von der Hoffnung, der Bau der Schule könnte der Stadt wieder ein Identitätsgefühl geben. Sie klopfte mir mitfühlend auf die Schulter und rief über Funk ihren Vorgesetzten, und während wir auf den Krankenwagen warteten, stritten wir über die Schwere des Verbrechens. Das County legte mir nur Beschädigung von Staatseigentum zur Last, ich dagegen beharrte darauf, dass es sich, obgleich die Kriminalitätsrate seit der Gründung der Wheaton Academy gesunken sei, um einen Verstoß gegen den Ersten Zusatzartikel, die Bürgerrechtsgesetze und, außer es gäbe einen Waffenstillstand im Krieg gegen die Armut, um eine Verletzung von mindestens vier Artikeln der Genfer Konvention handele.

Die Rettungssanitäter kamen. Nachdem sie mich mit einem Mullverband und ein paar netten Worten versorgt hatten, nahmen sie das Standardprotokoll auf.

»Nächste Angehörige?«

Während ich dalag, nicht unbedingt sterbend, dem Tod aber nahe genug, dachte ich an Marpessa. Die, wenn der Stand der Sonne am strahlend blauen Himmel nicht täuschte, gerade ganz hinten in genau dieser Straße ihre Mittagspause machte. Den Bus mit Blick auf das Meer geparkt hatte. *This Must Be the Place* von den Talking Heads hörte, die nackten Füße auf das Armaturenbrett gelegt und die Nase in Camus vergraben.

»Ich habe eine Freundin, nur ist sie verheiratet.«

»Und dieser Typ da?«, fragte die Sanitäterin und zeigte mit dem Kugelschreiber auf den halbnackten Hominy, der ganz in der Nähe stand und seine Aussage vor einer Polizistin machte, die in ihr Notizbuch kritzelte und ungläubig den Kopf schüttelte. »Gehört er zur Familie?«

»Familie?« Hominy, der die Sanitäterin gehört hatte, wischte leicht beleidigt mit dem T-Shirt über seine faltigen Unterarme und kam dann zu mir, um zu schauen, wie es mir ging. »Nein, *ich* bin ihm viel näher als Familie.«

»Der Spinner gibt an, sein Sklave zu sein«, warf die Polizistin bei einem Blick auf ihre Notizen ein. »Er behauptet, die letzten vierhundert Jahre für den Mann hier gearbeitet zu haben.«

Die Rettungssanitäterin nickte und strich mit gepuderten Gummihandschuhen über Hominys schlaffen Rücken.

»Woher haben Sie diese Narben?«

»Ich wurde ausgepeitscht. Wie sonst sollte ein lahmarschiger, unbedeutender Nigger zu Peitschenstriemen auf dem Rücken kommen?«

Die Vertreter des Sheriffs wussten, dass sie endlich etwas gegen mich in der Hand hatten, obwohl wir uns, während sie mich, mit Handschellen auf die Trage gefesselt, durch die Menschenmenge zum Krankenwagen trugen, noch immer nicht auf das Vergehen einigen konnten.

»Menschenhandel?«

»Nee, er wurde ja nie gekauft oder verkauft. Wie wäre es mit unfreiwilliger Dienerschaft?«

»Vielleicht, aber es ist ja nicht so, dass du ihn zur Arbeit gezwungen hast.«

»Es ist noch nicht einmal so, dass er arbeitet.«

»Hast du ihn wirklich ausgepeitscht?«

»Nicht direkt. Ich habe gewisse Personen dafür bezahlt… Ist eine lange Geschichte.«

Eine Rettungssanitäterin musste ihre Schnürsenkel binden. Sie legten mich derweil auf die Holzbank einer Bushaltestelle. Auf der Rückenlehne klebte das Foto eines vertrauten Gesichts, das mich mit einem Lächeln und einer energiestrotzenden roten Krawatte tröstete.

»Hast du einen guten Anwalt?«, fragte die Polizistin.

»Ruft einfach den Nigger hier an.« Ich klopfte gegen die Werbung. Sie besagte:

Hampton Fiske – *Rechtsanwalt*
Vier Schritte bis zum Freispruch, nicht vergessen:
1. Keinen Scheiß reden!
2. Nicht wegrennen!
3. Keinen Widerstand gegen die Verhaftung leisten!
4. Keinen Scheiß reden!
1-800-FREIHEIT Se Habla Español

Hampton Fiske erschien zu spät vor der Anklagejury, aber seine Dienste waren jeden Cent wert. Ich erklärte ihm, ich könne es mir nicht leisten, im Knast zu sitzen. Die Ernte stehe kurz bevor, und eine Stute würde in zwei Tagen fohlen. Mit diesem Wissen im Hinterkopf schlenderte er in die Anhörung, eine Schale voller Obst im Arm, wischte Laub von der Anzugjacke, schnippte Zweige aus seiner Dauerwelle und verkündete: »Mein Klient ist als Farmer ein unverzichtbarer Angehöriger einer Minderheit, die, wie bestens dokumentiert ist, an schlechter Ernährung, ja sogar Unterernährung leidet. Er hat den Staat Kalifornien nie verlassen, besitzt einen zwanzig Jahre alten Pick-up, der mit Äthanol läuft, das in dieser Stadt schwer aufzutreiben ist, es besteht also keine Fluchtgefahr...«

Die kalifornische Generalstaatsanwältin, extra aus Sacramento eingeflogen, um sich meines Falls anzunehmen, sprang auf ihre Prada-beschuhten Füße. »Einspruch! Dieser Angeklagte, ein wahrhaft bösartiges Genie, hat durch seine abscheulichen Untaten alle Ethnien auf einmal rassistisch diskriminiert, von der unverhüllten Sklavenhaltung ganz zu schweigen. Der Staat Kalifornien ist überzeugt, mehr als genug Beweise dafür zu haben, dass der Angeklagte auf infamste Weise gegen die Bürgerrechtsgesetze von 1866, 1871, 1957, 1964 und 1968, den Dreizehnten und Vierzehnten Zusatzartikel und mindestens sechs der gottverdammten Zehn Gebote verstoßen hat. Wenn es in meiner Macht stünde, würde ich ihn wegen Verbrechen gegen die Menschlichkeit anklagen!«

»Dies ist ein Beispiel für die Menschlichkeit meines Klienten«, entgegnete Hampton gelassen, stellte die Obstschale auf die Richterbank und wich dann mit einem tiefen Bückling zurück. »Frisch auf der Farm meines Klienten gepflückt, Euer Ehren.«

Richter Nguyen rieb seine müden Augen. Er wählte aus dem

dargebotenen Obst eine Nektarine aus, die er zwischen den Fingern hin- und herdrehte, während er sprach. »Ich finde es durchaus ironisch, dass wir hier im Gerichtssaal sitzen – eine afro-asiatische Generalstaatsanwältin, ein schwarzer Angeklagter, ein schwarzer Anwalt, eine lateinamerikanische Justizwachtmeisterin und ich, ein vietnamesisch-amerikanischer Bezirksrichter – und die Parameter dessen ausloten, was im Grunde eine juristische Diskussion über die Anwendbarkeit, die Wirkungsmacht, ja die Existenz der weißen Dominanz ist, wie sie sich in unserem Rechtssystem ausdrückt. Und obwohl niemand in diesem Saal die absolute Prämisse der ›Bürgerrechte‹ anfechten würde, könnten wir bis zum Jüngsten Tag darüber diskutieren, worin die ›Gleichheit vor dem Recht‹ besteht, die in jenen Verfassungsartikeln definiert wird, deren Verletzung man dem Angeklagten vorwirft. Sein Versuch, das Gemeinwesen durch einen Rückgriff auf Rassentrennung und Sklaverei zu erneuern, Konzepte, die, wiewohl abgeschafft und verfassungswidrig, Definitionsmerkmale seiner Community und seines kulturhistorischen Hintergrunds sind, hat ein zentrales Missverständnis in der amerikanischen Auffassung von Gleichheit enthüllt. ›Ist mir egal, ob du schwarz, weiß, braun, gelb, rot, grün oder lila bist.‹ Das haben wir alle schon mal gesagt, um unsere Unvoreingenommenheit zu demonstrieren, aber würde man einen von uns grün oder lila anmalen, dann würden wir vor Wut toben. Und genau das macht er. Er malt jeden an, streicht seine Community in Lila und Grün, um zu schauen, wer noch an Gleichheit glaubt. Ob er legal oder illegal gehandelt hat, ist schwer zu sagen, aber das eine Bürgerrecht, das ich dem Angeklagten garantieren kann, ist das Recht auf einen fairen Prozess, das Recht auf ein rasches Verfahren. Wir sehen uns morgen früh um neun wieder. Aber wappnet euch, Leute, denn egal, wie das Urteil ausfällt, schuldig oder

nicht schuldig, dieser Fall kommt vor den Obersten Gerichtshof, und ich kann nur hoffen, dass Sie für die nächsten fünf
Jahre noch keine Pläne haben. Die Kaution wird festgesetzt
auf...« – Richter Nguyen biss herzhaft in die Nektarine, küsste
dann sein Kruzifix – »... die Kaution beläuft sich auf eine Can-
taloupe-Melone und zwei Kumquats.«

VOLLKOMMENE SCHWÄRZE

24

Ich hatte erwartet, dass die Klimaanlage im Obersten Gerichtshof genauso lausig wäre wie in allen guten Gerichtsfilmen, etwa *Die zwölf Geschworenen* oder *Wer die Nachtigall stört*. Im Film finden Prozesse immer im brütend heißen Sommer in schwülen Räumlichkeiten statt, weil es in der psychologischen Literatur heißt, die Kriminalitätsrate steige mit den Temperaturen. Angespannte Stimmung. Schwitzende Zeugen und Prozessanwälte, die sich gegenseitig anbrüllen. Jurymitglieder, die sich Luft zufächeln, oder in der Hoffnung auf ein Entkommen oder eine frische Brise ein Sprossenfenster öffnen. In Washington, D. C. ist es zu dieser Jahreszeit ziemlich schwül, aber im Gericht ist es frisch, ja fast kalt, und trotzdem muss ich ein Fenster öffnen – damit der ganze Qualm und fünf Jahre Frust über das Rechtssystem abziehen können.

»Du verträgst das Gras nicht!«, rufe ich Fred Manne zu, Gerichtszeichner der Extraklasse und Filmfan. Es ist Abendpause im Prozess, der längste in der gesamten Geschichte des Obersten Gerichtshofes, wie sich gezeigt hat. Wir sitzen in einem anonymen Vorzimmer, lassen zum Zeitvertreib einen Joint hin und her gehen und sezieren den Höhepunkt von *Eine Frage der Ehre*, kein herausragender Film, aber getragen von Jack Nicholsons Verachtung für Schauspieler und Drehbuch und von seinem Schlussmonolog.

»Haben Sie ›Code Red‹ angeordnet?«

»Kann sein. Ich bin gerade total high …«

»Haben Sie ›Code Red‹ angeordnet?«

»Ja, verdammt, ich habe es getan! Und ich würde es jederzeit wieder tun, denn dieses Kraut ist irre.« Fred fällt aus seiner Rolle. »Wie heißt das Zeug?« Er meint den Joint in seiner Hand.

»Hat noch keinen Namen, aber ›Code Red‹ klingt ziemlich gut.«

Fred hat bei fast allen wichtigen Verfahren gezeichnet: gleichgeschlechtliche Ehe, Abschaffung des Voting Rights Act, Verzicht auf den Minderheitenschutz in der höheren Bildung, und als Folge auch in allen anderen Bereichen. Er sitzt seit dreißig Jahren als Künstler im Gericht, aber dass sich die Richter zum Abendessen zurückziehen, hat er eigenen Worten zufolge noch nie erlebt. Ebenso wenig, dass sie laut werden und einander in Grund und Boden starren. Er präsentiert mir eine Skizze der heutigen Verhandlung. Auf ihr zeigt eine konservative katholische Richterin einem liberalen katholischen Richter aus der Bronx den Mittelfinger, indem sie sich verstohlen an der Wange kratzt.

»Was bedeutet ›*coño*‹?«

»Wie?«

»Das hat sie gemurmelt, gefolgt von ›*Chupa mi verga, cabrón*‹.«

Ich entdecke mich unten links auf der Zeichnung, sehe als Buntstift-Karikatur grässlich aus. Ich weiß nicht, wie klug es gewesen ist, dubiose Firmenspenden für politische Kampagnen oder das Verbrennen der amerikanischen Fahne zu erlauben, aber das Verbot, im Gerichtssaal zu fotografieren, war die beste Entscheidung aller Zeiten, weil ich ein selten hässlicher Motherfucker bin. Knollennase und Segelohren stehen von meinem Fuji-förmigen Kahlkopf ab wie Anemometer aus Fleisch und Blut. Das breite Lächeln enthüllt meine gelben Zähne, und ich glotze die junge jüdische Richterin an, als könnte ich ihr unter die Robe schauen. Fred meint, das Kameraverbot diene nicht zur Wahrung von Anstand und Würde, sondern solle das Land vor der Entdeckung dessen schützen, was sich unter dem Plymouth Rock verberge. Denn hier, im Obersten Gerichtshof, packe das Land Schwanz und Brüste aus und entscheide, wer gefickt werde und wer von der Muttermilch kosten dürfe. Was sich hier abspiele, sei konstitutionelle Pornographie, und was habe Richter Potter mal über die Obszönität gesagt? Ich erkenne sie, wenn ich sie sehe.

»Könntest du nicht wenigstens meine Schneidezähne etwas abschleifen? Ich sehe aus wie der beschissene Blacula.«

»*Blacula*. Unterschätzter Film.«

Fred löst das laminierte Presse-Schild vom Taljereep, benutzt die Metallklammer als improvisierten Joint-Halter und erledigt den letzten Rest Hasch mit einem abgrundtiefen Zug. Ich frage ihn, ob er mir einen Stift leiht. Er nickt, Augen und Nase fest verschlossen, und ich nutze die Gelegenheit, um sein schickes Stiftetui um sämtliche Brauntöne zu erleichtern. Ich will nicht als hässlichste Prozesspartei aller Zeiten in die Annalen des Obersten Gerichtshofes eingehen, scheiße noch mal.

Im Sozialkundeunterricht, in Dads Lehrplan auch »Tricks und Schliche der findigen Weißen« genannt, warnte mich mein Vater davor, mit fremden Weißen Rap oder Blues zu hören. Und später, ich war schon älter, ermahnte er mich, kein Monopoly mit ihnen zu spielen, auf keinen Fall mehr als zwei Biere mit ihnen zu trinken oder gemeinsam Hasch zu rauchen. Derlei Aktivitäten könnten ein trügerisches Gefühl der Vertrautheit erzeugen. Und nichts, von der hungrigen Dschungelkatze bis zur afrikanischen Fähre, sei so gefährlich wie ein Weißer, der glaube, er bewege sich auf vertrautem Boden. Tatsächlich funkeln Freds Augen, nachdem er eine Rauchwolke in den Abend von D.C. entlassen hat, auf diese Ich-bin-doch-dein-Seelenverwandter-Art. »Ich sag dir mal was, Alter. Ich habe hier alles erlebt, rassistische Bullen, Mischehen, Hasstiraden, rassistisch motivierte Urteilsaufhebungen, und weißt du, was der Unterschied ist zwischen deinen und meinen Leuten? Wir alle wollen einen Platz am ›Tisch‹, aber wenn euch das gelingt, dann habt ihr keinen Fluchtplan parat. Und wir? Sind darauf vorbereitet, von einer Minute auf die andere verschwinden zu können. Ich gehe nie in ein Restaurant, ein Bowlingzentrum oder zu einer Orgie, ohne mich zu fragen: Wenn sie diesen Moment ausgesucht haben, um mich zu schnappen, wie zur Hölle komme ich dann hier raus? Hat eine Generation gedauert, aber wir haben unsere scheiß Lektion gelernt. Euch haben sie gesagt: »Die Schule ist aus. Gibt keine Lektionen mehr zu lernen«, und ihr Vollidioten habt ihnen geglaubt. Was würdest du tun, wenn das verfluchte Einsatzkommando jetzt an deine Tür klopfen würde? Überleg mal. Wie sieht deine Exit-Strategie aus?«

Jemand klopft an die Tür. Eine Justizwachtmeisterin, die gerade den Rest eines vorfabrizierten Thunfisch-Wraps runterwürgt. Sie wundert sich, dass ich ein Bein aus dem Fenster baumeln lasse. Fred schüttelt den Kopf, ich schaue nach unten. Selbst wenn ich den Sturz aus dem dritten Stock überleben würde, säße ich in einem protzigen Marmorhof in der Falle. Eingeschlossen von zehn Meter hoher, kitschiger Kolonialzeitarchitektur. Umzingelt von Löwenköpfen, Bambusstängeln, roten Orchideen und einem verschmutzten Springbrunnen. Beim Hinausgehen zeigt Fred auf eine kleine Hobbit-Tür hinter einer Topfpflanze, die vermutlich zum Gelobten Land führt.

Als ich den Gerichtssaal wieder betrete, sitzt ein unfassbar bleicher weißer Junge auf meinem Platz. Als hätte er sich vor dem letzten Viertel des Spiels von den billigen Plätzen nach vorn gepirscht, an den Gerichtsdienern vorbeigeschlichen und dicht vor der Richterbank auf einen Stuhl gesetzt, auf dem vorher einer dieser Fans gesessen hat, die rechtzeitig vor dem schlimmsten Verkehr nach Hause fahren wollen. Das erinnert mich an den beliebten schwarzen Stand-up über die weißen Herrschaften, die bei ihrer Heimkehr »Nigger auf die Plätze« vorfinden und Strohhalme ziehen, um zu entscheiden, wer sie auffordert, sich zu verkrümeln.

»Du sitzt auf meinem Platz, Mann.«

»Hey, ich wollte dir nur sagen, dass nach meinem Gefühl auch über meine Verfassungsmäßigkeit geurteilt wird. Und du hast hier offenbar gar keine Cheerleader. Er schwenkte seine unsichtbaren Pompons. *Ricka-Rocka! Ricka-Rocka! Sis! Bumm! Bah!*

»Danke für die Schützenhilfe. Brauche ich dringend. Aber rutsch einen Stuhl weiter.

Die Richter defilieren wieder in den Saal. Niemand erwähnt meinen neuen Mitstreiter. War ein langer Tag. Die Richter haben Ringe unter den Augen. Ihre Roben sind zerknittert, haben ihren Glanz verloren. Das Gewand des schwarzen Richters ist sogar mit Grillsauce bekleckert. Die einzigen Personen im Saal, die frisch und munter wirken, sind der Jefferson'sche Vorsitzende Richter und der famose Hampton Fiske, beide wie aus dem Ei gepellt und ohne jedes Anzeichen von Ermüdung. Hampton hat dem Vorsitzenden Richter allerdings einen Kostümwechsel voraus. Er brilliert jetzt in einem streitlustigen, eiereinschnürenden, hellgrünen Overall mit ausgestellten Hosenbeinen. Legt Homburger Hut, Umhang und Stock mit Elfenbeingriff ab, wuchtet die Wampe richtig hin und tritt zur Seite, weil der Vorsitzende Richter etwas verkünden will.

»Das war ein anstrengender Tag. Ich weiß, dass das Thema ›Rasse‹ in unserer Kultur ein heißes Eisen ist, das wir lieber nicht in die Hand nehmen…«

Mein junger weißer Sitznachbar hustet ein *Ich glaub, mich tritt ein Pferd*-»Oberkacke« in seine Faust. Und ich frage diesen gespenstischen Motherfucker leise nach seinem Namen, denn man sollte wohl wissen, wer im Schützengraben neben einem kämpft.

»Adam Y___.«

»Du bist der Beste.«

Ich bin höllisch high, aber nicht high genug, um vergessen zu haben, dass Rasse ein »heikles Thema« ist, weil es ein heikles Thema ist. Der weit verbreitete Kindesmissbrauch in diesem Land ist auch ein heikles Thema, aber niemand beklagt sich darüber. Man verschweigt es einfach. Und wann hat man zuletzt ein ruhiges, sachliches Gespräch über die Freuden einvernehmlichen Inzests geführt? Über gewisse Dinge lässt sich schwer diskutieren, aber man geht in diesem Land trotzdem recht gut mit der Rassenfrage um, und wenn die Leute fragen: »Warum können wir nicht offener über das Thema Rasse reden?«, meinen sie in Wahrheit: »Warum nehmt ihr Nigger nicht endlich Vernunft an?« Oder: »Fick dich, Weißer. Wenn ich sagen würde, was ich denke, dann würde man mich schneller feuern, als du mich feuern würdest, wenn wir offener über das Thema Rasse diskutieren könnten.« Und mit Rasse meint man »Nigger«, weil niemand, jedweder Ansicht, ein Problem damit zu haben scheint, abgedroschenen Scheiß über amerikanische Ureinwohner, Latinos, Asiaten und Amerikas neueste Rasse, die Celebrities, abzusondern.

Schwarze sprechen sowieso nicht über Rasse. Die Hautfarbe ist heutzutage an nichts mehr Schuld. Es gibt nur noch »mildernde Umstände«. Die einzigen Leute, die mutig und kenntnisreich über »Rasse« diskutieren, sind meinungsfreudige weiße Männer mittleren Alters, die die Kennedys und Motown romantisieren, belesene, offene weiße Kids, wie der neben mir sitzende gebatikte Gefolgsmann mit dem *Free Tibet and Boba Fett*-T-Shirt, ein paar freie Journalisten in Detroit und die amerikanischen Hikikomori, die sich in ihre Keller verziehen und ausgewogene, wohlüberlegte Antworten auf die endlose Flut rassistischer Online-Kommentare in ihre Tastaturen hauen. Ja, zum Glück gibt es MSNBC, Rick Rubin, den schwarzen Typen bei *The Atlantic*, die Brown University und die umwerfend schöne Oberste-Gerichtshof-Richterin aus der Upper West Side, die, lässig über ihr Mikro gebeugt, zum ersten Mal etwas Sinnvolles sagt: »Die rechtliche Zwickmühle, in der wir sitzen, ist wohl hinreichend deutlich geworden. Wir haben es mit der Frage zu tun, ob ein Verstoß gegen die Bürgerrechtsgesetze, der das verwirklicht hat, was diese Rechte ursprünglich leisten sollten, aber nicht geleistet haben, eine Verletzung eben dieser Rechte darstellt. Wir dürfen nicht vergessen, dass ›getrennt, aber gleich‹ nicht aus moralischen Gründen verworfen wurde, sondern weil das Gericht befand, Trennung könne niemals Gleichheit bedeuten. Die Frage, ob Trennung nicht vielleicht doch für Gleichheit sorgt, ist hier nicht relevant. Stattdessen verlangt dieser Fall, dass wir über ›getrennt und nicht ganz gleich, aber unendlich viel besser als zuvor‹ nachdenken. Was meinen wir, wenn wir von ›getrennt‹, ›gleich‹ und ›schwarz‹ sprechen? Lassen Sie uns ans Eingemachte gehen – was ist ›schwarz‹?«

Wenn man davon absieht, dass sich Hampton Fiske weigert, die Mode der Siebziger sterben zu lassen, besteht sein größter Vorzug darin, dass er stets vorbereitet ist. Er strafft die Aufschläge, die wie riesige Zelteingangshälften oben auf seiner Brust sitzen, und räuspert sich; ein wirkungsvoller Trick, der, wie er weiß, einige Leute nervös machen wird. Er möchte sein Publikum in Anspannung versetzen, weil es dann wenigstens richtig zuhört.

»Ja, was ist schwarz, Euer Ehren? Eine gute Frage. Die sich auch der unsterbliche französische Autor Jean Genet stellte, nachdem er von einem Schauspieler gebeten worden war, ein Stück mit ausschließlich schwarzer Besetzung zu schreiben. Er sinnierte damals nicht nur über die Frage ›Was verstehen wir unter schwarz?‹, sondern stellte die noch grundlegendere Frage: ›Was ist Hautfarbe überhaupt?‹«

Hamptons Kanzleimitarbeiter ziehen an Strippen, und die Vorhänge rauschen über die Fenster, tauchen den Gerichtssaal in tiefstes Schwarz. »Neben Genet haben sich viele Rapper und schwarze Denker damit auseinandergesetzt. Ein frühes Rap-Quintett aus pubertären weißen Posern, bekannt als *Young Black Teenagers*, erklärte, ›Schwarz ist eine Geisteshaltung‹. Der Vater meines Klienten, der hochgeschätzte afroamerikanische Psychologe F. K. Heros (möge der geniale Motherfucker in Frieden ruhen), stellte die Hypothese auf, dass sich die schwarze Identität stufenweise ausbildet. Laut seiner Theorie des Quintessentiellen Schwarzseins ist die erste Stufe der Neophyt-Neger, der in einem vorbewussten Zustand dämmert. So wie sich viele Kinder vor einer totalen Dunkelheit wie der fürchten, in der wir gerade sitzen, fürchtet sich der Neophyt-Neger vor seiner eigenen Schwärze. Eine Schwärze, die er als unentrinnbar, unabänderlich und minderwertig empfindet.« Auf ein Fingerschnippen Hamptons wird ein riesiges Nike-Werbefoto mit Michael Jordan auf alle vier Wände des Gerichtssaals projiziert, rasch gefolgt von einem Foto Colin Powells, der der Vollversammlung der Vereinten Nationen kurz vor der Holterdiepolter-Invasion im Irak sein Rezept für die Mixtur von angereichertem Uran präsentiert, und von einem

Foto der durch ihre Zahnlücke lügenden Condoleezza Rice. Diese Afroamerikaner sollen illustrieren, wie Selbsthass dazu führt, dass man Mainstream-Anerkennung über Moral und Selbstachtung stellt. Bilder von Cuba Gooding, Coral Smith aus *The Real World* und Morgan Freeman huschen vorbei. Mit den Verweisen auf vergessene Pop-Ikonen dieser Art betreibt Hampton gewissermaßen Dating mit sich selbst, fährt aber konsequent fort: »Er oder sie will alles sein, nur nicht schwarz. Diese Menschen leiden an einem Mangel an Selbstwertschätzung und an extrem aschfahler Haut.« Ein Foto des schwarzen Richters, der mit Zigarre im Mund einen Drei-Meter-Putt macht, flackert über die Wände, was allen, außer dem schwarzen Richter selbst, ein schallendes Lachen entlockt. »Stufe-eins-Neger schauen Wiederholungen von *Friends*, ohne zu registrieren, dass der weiße Sitcom-Darsteller, der die Liebe einer schwarzen Frau erobert, stets das Mauerblümchen ist, der Turtles, der Skreeches, der David Schwimmers, der George Costanzas der Truppe ...«

Der Vorsitzende Richter hebt demütig eine Hand.

»Verzeihung, Mr. Fiske, aber ich habe eine Frage ...«

»Jetzt nicht, Motherfucker – ich bin gerade in Schwung.«

Geht mir genauso. Ich hole die Zigarettendrehmaschine heraus und fülle sie mit feuchtem Stoff, so gut das im Dunkeln geht. Sollen sie mich ruhig wegen Missachtung des Gerichts anklagen, als Verkörperung all dessen, was *le mépris* verdient. Ich kenne die zweite Stufe des Schwarzseins längst: »Schwarz, groß geschrieben«. Der ganze Scheiß ist mir bekannt. Wurde mir eingehämmert, seit ich alt genug war, um Was-passt-nicht-dazu-Bilderrätsel zu lösen. Damals musste ich auf einem Foto der Lakers-Mannschaft den Quoten-Weißen finden. Mark Landsberger, wo steckst du, wenn ich dich brauche? »Das wichtigste Merkmal der zweiten Stufe ist ein geschärftes

Rassenbewusstsein. Dieses dominiert weiter das Denken, aber auf positive Art. Die schwarze Hautfarbe wird zum bestimmenden Faktor des Erlebens und definiert den konzeptuellen Rahmen. Schwarz wird idealisiert, Weiß wird entwertet. Die Emotionen reichen von Verbitterung, Wut und Selbstzerstörung bis zu Schüben pro-schwarzer Euphorie und der Vorstellung von schwarzer Dominanz ...«

Um nicht entdeckt zu werden, ducke ich mich unter den Tisch, aber der Joint brennt nicht richtig. Ich kann nicht daran ziehen, und während ich in meinem neuen Versteck darum kämpfe, die Glut am Glühen zu halten, erhasche ich Blicke auf Fotos von Foy Cheshire, Jesse Jackson, Sojourner Truth, Moms Mabley, Kim Kardashian und von meinem Vater. Ich kann ihm einfach nicht entkommen. Er hatte recht, man kann mit nichts endgültig abschließen. Vielleicht brennt das Hasch nicht richtig, weil es zu feucht ist. Vielleicht habe ich zu straff gedreht. Vielleicht enthält der Joint gar kein Hasch, vielleicht bin ich so high, dass ich während der letzten fünf Minuten versucht habe, meinen Finger zu rauchen. »Die dritte Stufe ist die Überwindung der Rasse. Ein Kollektivbewusstsein, das gegen Unterdrückung kämpft und Seelenfrieden sucht.« Scheiß drauf, ich bin raus. Ich bin ein Geist. Ich beschließe zu verschwinden, wenn auch heimlich, um Hampton nicht zu blamieren, der in diesem unendlich langen Prozess geackert hat wie ein Großmeister der Gerechtigkeit. »Beispiele für Schwarze der dritten Stufe sind Rosa Parks, Harriet Tubman, Sitting Bull, César Chávez, Ichiro Suzuki.« Ich verberge mein Gesicht in der Dunkelheit, und meine Silhouette fliegt über ein Standbild von Bruce Lee, der in *Der Mann mit der Todeskralle* jemandem in den Arsch tritt. Dank Gerichtszeichner Fred habe ich einen Plan der Ausgänge und finde den Weg sogar im Dunkeln. »Schwarze der dritten Stufe sind die Frau links und der Mann rechts von Ihnen. Menschen, die um der Schönheit willen an die Schönheit glauben.«

Wie die meisten Städte ist Washington nachts am schönsten. Auf der Treppe des Obersten Gerichtshofes sitzend und eine Pfeife aus einer Pepsi-Dose bastelnd, vor mir das Weiße Haus, so hell erleuchtet wie ein Kaufhausschaufenster, stelle ich mir dennoch die Frage, was das Bemerkenswerte an unserer Hauptstadt ist.

Der Zug an einer Aluminiumdose ist nicht optimal, aber okay. Ich puste Rauch in die Luft. Es müsste eine vierte Stufe der schwarzen Identität geben – Vollkommene Schwärze. Schwer zu sagen, worin Vollkommene Schwärze besteht, aber sie wäre sicher nicht besonders beliebt. Oberflächlich betrachtet scheint Vollkommene Schwärze für den Unwillen zu stehen, es im Leben zu etwas zu bringen. Wie bei Donald Goines, Chester Himes, Abbey Lincoln, Marcus Garvey, Alfre Woodard und allen ernsthaften schwarzen Schauspielern. Sie entspricht Tiparillo-Zigarren, Kutteln und einer Nacht im Knast. Dem Crossover-Dribbling und dem Tragen von Hausschuhen im Freien. Dem »wohingegen« und »solchen Sachen«. Sie steht für unsere schönen Hände und hässlichen Füße. Vollkommene Schwärze bedeutet schlicht, dass dir alles am Arsch vorbeigeht. Clarence Cooper, Charlie Parker, Richard Pryor, Maya Deren, Sun Ra, Mizoguchi, Frida Kahlo, der Schwarz-Weiß-Godard, Céline, Gong Li, David Hammons, Björk und der Wu-Tang-Clan in all seinen kapuzenverhüllten Wechselspielen. Vollkommene Schwärze sind Essays, die als Erzählungen durchgehen. Ist die Erkenntnis, dass es nichts Unbedingtes gibt, es sei denn, man stößt darauf. Die Einsicht, dass Widersprüche weder Sünde noch Verbrechen sind, sondern menschliche Schwächen wie der Glaube an die Willensfreiheit und Haarspliss. Vollkommene Schwärze führt uns vor Augen, dass der

Nihilismus, egal wie sinnlos und verkorkst alles sein mag, das Leben manchmal lebenswert macht.

Auf der Treppe des Obersten Gerichtshofes sitzend, direkt unter der Inschrift »Gleiches Recht für alle«, Hasch rauchend und die Sterne betrachtend, wird mir bewusst, was mit Washington, D.C. nicht stimmt: Alle Gebäude haben in etwa die gleiche Höhe, eine Skyline ist nicht vorhanden. Die einzige Ausnahme ist das Washington Monument, das in den Nachthimmel ragt und der Welt einen riesigen Stinkefinger zeigt.

25

Meine Willkommen-daheim-Party könnte lustigerweise auch meine Abschied-in-den-Knast-Party sein, je nachdem, wie der Oberste Gerichtshof entscheidet, und so trägt das Banner über der Küchentür die Aufschrift GERECHTIGKEIT ODER GEFÄNGNIS – ENTSCHEIDUNG STEHT NOCH AUS. Marpessa hat nur ein paar Freunde und die Nachbarn Lopez eingeladen, die Sache also klein gehalten. Alle scharen sich im Wohnzimmer um Hominy, den wahren Mann der Stunde, und schauen die verlorenen *Kleine Strolche*-Filme.

Foy wurde aufgrund vorübergehender Unzurechnungsfähigkeit von der Anklage wegen versuchten Mordes freigesprochen, aber ich gewann meine Zivilrechtsklage. Nicht, dass es nicht von vornherein klar gewesen wäre, aber wie bei fast allen amerikanischen Berühmtheiten entpuppten sich die Gerüchte über Foy Cheshires Reichtum als genau das – Gerüchte. Nachdem er sein Auto verkauft hatte, um seinen Anwalt bezahlen zu können, blieb ihm nur noch eines von Wert, und zwar das, was ich wollte – die *Kleine Strolche*-Filme. Mit Wassermelonen, Gin, Limonade und einem 16-mm-Projektor ausgerüstet, bereiteten wir uns auf einen gemütlichen Abend mit dem guten alten grobkörnigen, schwarz-weißen »Yassuh, Boss«-Rassismus vor, den seit den Tagen von *Die Geburt einer Nation* (und was sonst noch so auf ESPN läuft) kein Mensch mehr gesehen hat. Nach zwei Stunden stellen wir uns die Frage, wozu Foy den ganzen Aufwand betrieben hat.

Sicher, Hominy war hin und weg, als er sich auf der Leinwand sah, aber davon abgesehen besteht der Schatz überwiegend aus niemals gezeigtem MGM-Material. Mitte der 1940er hatte sich die Serie totgelaufen und nichts Originelles mehr zu bieten, aber diese Kurzfilme sind besonders schlecht. Die Besetzung der Bande ist die alte: Froggy, Mickey, Buckwheat, die wenig bekannte Janet und natürlich Hominy in diversen Nebenrollen. Diese Nachkriegskurzfilme sind so schrecklich ernst. In *Hottentotten-Nazi* enttarnt die Bande einen Kinderarzt als deutschen Kriegsverbrecher. Der Rassismus von Doktor Jones verrät sich, als der fiebrige Hominy zur Untersuchung kommt und mit den höhnischen Worten begrüßt wird: »Wie ich sehe, haben wirrr euch im Krrrieg doch nicht alle errrwischt. Nimm diese Arrrsenpillen, dann sehen wirrr, was wirrr da machen können.« In *Asozialer Falter* spielt Hominy eine seltene Hauptrolle. Er schlummert so lange im Wald, dass ein Monarchfalter einen Kokon in seine wirren Haare webt. Nach dem Erwachen wirft er panisch seinen Strohhut weg, um Miss Crabtree zu zeigen, was er auf dem Kopf hat. Sie ruft aufgeregt, er habe »einen Chrysalis«, doch die stets hellhörige Bande versteht »Syphilis« und will ihn im »Geisterhaus« unter Quarantäne stellen. Dort finden sie dann mehrere versteckte Edelsteine. Um den stagnierenden Lizenzverkauf anzukurbeln, produzierte das Studio gekürzte Versionen von Theaterstücken, die von der Bande völlig seriös gespielt wurden. Jammerschade, dass die Welt Buckwheat als Brutus Jones und Froggy als den zwielichtigen Smithers in *Kaiser Jones* verpasst hat. Darla kehrt zur Truppe zurück und brilliert als dickköpfige *Antigone*. Alfalfa ist in der Rolle des gebeutelten Leo in Clifford Odets' *Paradise Lost* nicht minder faszinierend. Trotzdem enthält Foys Archiv im Grunde nichts, das erklären würde, warum er der Öffentlichkeit diese Werke vorenthalten hat. Der Rassismus ist gewohnt drastisch, aber nicht schlimmer als das, was man bei einer Stippvisite im Parlament des Staates Arizona erleben kann.

»Wie viel Material ist noch auf der Rolle, Hominy?«

»Etwa fünfzehn Minuten, Massa.«

Die Worte »Nigger im Holzhaufen – Take # 1« sausen vor dem Hintergrund eines Scheunenvorhofes mit einem Stapel Feuerholz über die Leinwand. Zwei oder drei Sekunden verstreichen. Dann – zack! – schnellt ein kleiner schwarzer Kopf in die Höhe, strahlend wie ein Honigkuchenpferd. »Ich bin Black Folk!«, sagt er und zwinkert hinreißend wie ein Seehundbaby mit seinen großen Augen.

»Bist du das, Hominy?«

»Schön wär's. Der Junge ist ein Naturtalent!«

Plötzlich ist zu hören, was der Regisseur im Hintergrund brüllt. »Wir haben jede Menge Holz, aber wir brauchen mehr Nigger. Na los, Foy, dieses Mal muss es hinhauen. Schon klar, dass du erst fünf bist, aber jetzt musst du niggern, dass es kracht.« Die zweite Aufnahme ist nicht weniger spektakulär, aber was folgt, ist ein zehnminütiger Film mit dem Titel *Öl-Mag-Neger*, in dem Buckwheat, Hominy und ein ganz neues *Kleine Strolche*-Mitglied auftreten, ein Bübchen, das im Abspann als Li'l Foy Cheshire alias Black Folk aufgeführt wird und einschlägt wie eine Bombe. Soweit ich weiß, ist dies der letzte Eintrag im Oeuvre der Filmreihe.

»Ich erinnere mich an den Dreh! Oh, Gott! Ich weiß noch!«

»Hör auf, herumzuhüpfen, Hominy. Ich kann nichts sehen.«

In *Öl-Mag-Neger* schieben die Jungs nach einem konspirativen Treffen in einer Seitenstraße mit einem hageren Cowboy, der einen himmelhohen Stetson trägt und von einem Chauffeur herumkutschiert wird, eine Schubkarre voller Bargeld durch die verbrechensfreien Straßen Greenvilles. Das neureiche Nigger-Trio, jetzt nur noch mit Zylinder und Schwalbenschwanz, lädt die Bande, die immer misstrauischer wird, zu einer endlosen Folge von Kinobesuchen mit Süßigkeiten ein. Sie kaufen dem armen Mickey sogar die teure Fänger-Ausrüstung, die er im Schaufenster eines Sportwarenladens bewundert hat. Die Bande, mit Buckwheats Erklärung für den plötzlichen Reichtum unzufrieden – »Ich hab 'n vierblättrigen Kleeblatt gefunden und in die irische Lotterie gesiegt« –, erwägt mehrere Theorien. Dass die Jungs Botendienste für die Mafia erledigen. Auf Pferde wetten. Dass Hattie McDaniel gestorben ist und ihnen ihr Geld vermacht hat. Am Ende droht man Buckwheat mit dem Ausschluss aus der Bande, wenn er nicht endlich damit rausrückt, woher die Kohle stammt. »Wir machen in Öl!« Die Bande, weiter voller Zweifel, zumal weit und breit kein Förderturm zu sehen ist, folgt Hominy zu einem versteckten Lagerhaus. Dort entdecken sie, dass das ruchlose Trio allen Kindern von Niggertown eine Kanüle gelegt hat, ihnen Tropfen für schwarzen Tropfen den Rohstoff abzapft und diesen für fünf Cent pro Ölkanister verkauft. Zum Schluss dreht sich Foy, der eine Windel trägt, zur Kamera um und ruft grimassierend: »Black Folk!«, und danach wird die Szene dankenswerterweise zur Titelmusik der Reihe ausgeblendet.

Es ist King Cuz, der das Schweigen bricht. »Jetzt kapiere ich, warum dieser dämliche Foy ausgetickt ist. Ich würde auch durchdrehen, wenn ich so einen Scheiß auf dem Gewissen hätte. Und ich verdiene mein Geld damit, grundlos Motherfucker abzuballern.«

Und Stevie, immerhin ein Hardcore-Gangster, so gnadenlos wie der freie Markt und so gefühllos wie Vulcanus mit Asperger, rinnt eine einsame Träne über die Wange. Er hebt die Bierdose und prostet Hominy zu. »Ich weiß nicht genau, wie ich das meine aber: ›Auf Hominy. Du bist ein besserer Mensch als ich.‹ Der Oscar für's Lebenswerk muss jetzt an den schwarzen Schauspieler gehen, denn ihr hattet es schwer, Jungs, ehrlich.«

»Haben sie immer noch«, meint Panache, den ich zum ersten Mal registriere, und der vermutlich einen langen Tag am Set von *Hip Hop Cop* hinter sich hat. »Ich kann nachfühlen, was Hominy durchgemacht hat. Wie viele Regisseure haben mir gesagt: ›Diese Szene braucht mehr schwarz. Kannst du sie ein bisschen schwärzer machen?‹ Dann sage ich: ›Fick dich, du rassistischer Motherfucker!‹, und sie sagen: ›Ja, das ist super, halt die Spannung!‹«

Nestor Lopez steht ruckartig auf und schwankt kurz, weil ihm Wodka und Hasch zu Kopf steigen. »Ihr habt wenigstens eine Hollywood-Historie. Und wir? Speedy Gonzales, eine Frau mit Bananen auf dem Kopf, den Satz ›Ich habe keine beschissene Marke und brauche auch keine‹ und ein paar Knast-Filme.«

»Gibt ein paar echt gute Knast-Filme, Homies!«

»Ja, aber ihr hattet wenigstens die *Kleinen Strolche*. Hatten wir einen kleinen Chorizo oder Pak Choi?«

Nestor hat durchaus Recht, es gibt keinen Chorizo, aber ich verkneife mir den Hinweis auf Sing Joy und Edward Soo Hoo, zwei asiatische Schurken, die zwar keine Stars waren, aber mehr Erfolg hatten als viele andere kleine Rotznasen, die von den Studios vor die Kamera geschleift wurden. Ich gehe nach draußen, um nach meinen neu erworbenen schwedischen Schafen zu schauen. Meine kleinen Roslags-Lämmer drücken sich unter dem Dattelpflaumenbaum aneinander; es ist ihre erste Nacht im Ghetto, und sie haben Angst, von den Ziegen und Schweinen geklaut zu werden. Ein Lamm ist schmutzig-weiß, das andere grau gescheckt. Sie zittern. Ich nehme beide in den Arm und gebe ihnen einen Kuss auf die Schnauze.

Hominy steht hinter mir. Ich habe ihn gar nicht bemerkt, und er äfft mich nach und drückt mir mit rissigen Leberlippen einen Kuss auf den Mund.

»Was soll die Scheiße, Hominy?«

»Ich kündige.«

»Was kündigst du?«

»Den Sklavenjob. Morgen verhandeln wir über die Reparationszahlungen.«

Die Schafe bibbern noch vor Angst. »*Vara modig*«, flüstere ich ihnen in die zitternden Ohren. Keine Ahnung, was diese Worte bedeuten, aber in der Broschüre hieß es, man solle sie ihnen eine Woche lang mindestens dreimal täglich zuflüstern. Ich hätte sie nicht kaufen sollen, aber es ist eine vom Aussterben bedrohte Rasse, und ein alter Landwirtschaftsprofessor, der mich in den Nachrichten sah, glaubte, ich würde gut für sie sorgen. Auch ich habe Angst. Was, wenn ich in den Knast muss? Wer kümmert sich dann um sie? Sollte ich doch nicht gegen den Ersten, Dreizehnten und Vierzehnten Zusatzartikel verstoßen haben, dann, so heißt es, könnte man den Internationalen Gerichtshof anrufen und mich wegen Apartheid anklagen. Kein einziger Südafrikaner wurde jemals wegen der Apartheid zur Rechenschaft gezogen, und mich will man drankriegen? Einen harmlosen Afroamerikaner aus South Central? Amandla awethu!

»Komm rein, wenn du da draußen fertig bist«, ruft Marpessa aus dem Schlafzimmer.

Klingt eilig. Ich weiß, dass ich sofort kommen soll; ich gebe den Lämmern später das Fläschchen. Im Fernseher, der auf der Kommode steht, laufen die *Eyewitness News*. Die Frau, mit der ich seit fünf Jahren zusammen bin, liegt bäuchlings auf dem Bett, das hübsche Gesicht auf die Hände gestützt, und schaut den Wetterbericht. Charisma sitzt neben ihr. Sie

lehnt am Kopfbrett, die übereinandergeschlagenen, in Strümp-
fen steckenden Füße auf Marpessas Hintern gelegt. Ich setze
mich, obwohl es kaum noch Platz gibt, und vervollständige die
Ménage-à-trois meiner Träume.

»Und wenn ich ins Gefängnis muss, Marpessa?«

»Sei still und schau einfach fern.«

»Hampton hat klug argumentiert, als er meinte, wenn
Hominys »Hörigkeit« so etwas wie Knechtschaft gewesen
wäre, müssten sich die amerikanischen Konzerne auf eine
Megasammelklage von Generationen von Praktikanten gefasst
machen, denen nie eine Entschädigung gezahlt worden ist.«

»Hältst du jetzt endlich die Klappe? Du verpasst es noch.«

»Aber was, wenn ich in den Knast muss?«

»Dann musst du dir eine andere Schwarze suchen, mit der
du phantasielosen Sex haben kannst.«

Alle anderen Partygäste drängen sich in der Tür. Schauen
ins Schlafzimmer. Marpessa packt mein Kinn und dreht das
Gesicht zum Bildschirm. »Hingucken.«

Chantal Mattingly, Moderatorin des Wetterberichts, fuch-
telt mit den Händen über dem Becken von L. A. Es ist heiß.
*Von Süden drängt feuchte Luft heran. Die Hitzewarnung gilt
weiter für das Santa Clarita Valley und die zentralen Täler
im Ventura County. In allen anderen Gegenden herrschen der
Jahreszeit gemäße Temperaturen, bis Mitternacht ist mit einer
leichten Abkühlung zu rechnen. Der Himmel ist meist klar, teils
auch leicht bewölkt, an der Küste zwischen Santa Barbara und
Orange County sind die Temperaturen mild bis gemäßigt* [was
auch immer das heißt], *weiter im Binnenland steigen sie an.
Nun zu den lokalen Vorhersagen. Bis zum späten Abend des
heutigen Tages sind keine Veränderungen zu erwarten.* Ich habe
Wetterkarten immer gemocht. Der 3-D-Effekt der topographischen Küstenkarte, die sich dreht und verschiebt, wenn Süden

und Binnenland an der Reihe sind. Die farblichen Abstufungen der Gebirgszüge und Tiefebenen beeindrucken mich immer wieder. *Aktuelle Temperaturen...*

> Palmdale 39°/31° ... Oxnard 25°/21° ... Santa Clarita 42°/41° ... Thousand Oaks 26°/18° ... Santa Monica 26°/18° ... Van Nuys 40°/27° ... Glendale 35°/26° ... Dickens 31°/23° ... Long Beach 27°/23° ...

»Halt mal – haben sie gerade Dickens genannt?«

Marpessa lacht manisch. Ich dränge mich an den Homies und Marpessas Kindern vorbei, die ich konsequent nie mit Namen anrede. Ich renne nach draußen. Das Thermometer auf der hinteren Veranda zeigt genau einunddreißig Grad an. Ich kann gar nicht mehr aufhören zu heulen. Dickens ist zurück auf der Landkarte.

26

Eines Abends, am Jahrestag des Todes meines Vaters, fuhren Marpessa und ich zum Open Mike im Dum Dum Donuts. Wir setzten uns auf unsere Stammplätze, ganz am Rand, in der Nähe der Toiletten und des Feuerlöschers, in den roten Schein des Notausgang-Schildes getaucht. Ich wies sie vorsichtshalber auch auf die anderen Ausgänge hin.

»Was soll schon passieren? Müssen wir rausrennen, weil jemand wundersamerweise mal einen wirklich witzigen Witz erzählt hat, und Richard Pryor und Dave Chappelle exhumieren, um sicherzugehen, dass sie immer noch unter der Erde liegen und dass das kein beschissenes schwarzes Ostern ist? Diese ätzenden Negerlein-Kabarettisten heutzutage kotzen mich an. Gibt aus guten Gründen keinen schwarzen Jonathan Winters, John Candy, W. C. Fields, John Belushi, Jackie Gleason oder Roseanne Barr, denn ein richtig witziger Schwarzer würde Amerika zu Tode erschrecken.«

»Gibt heutzutage aber auch nicht mehr viele fette weiße Kabarettisten. Und Dave Chappelle ist nicht tot.«

»Glaub, was du willst, aber der Nigger ist tot. Sie mussten ihn beseitigen.«

Ein einziges Mal brachte mich jemand zum Lachen. Damals, ich war mit meinem Vater da, sprang ein untersetzter Schwarzer auf die Bühne des Clubs, der neue Conférencier. Er war von einer Unbezahlte-Stromrechnung-Schwärze und sah aus wie ein durchgedrehter Ochsenfrosch. Seine Augen quollen mit einer solchen Macht aus dem Kopf, als wollten sie dem Wahnsinn darin entkommen. Und er war tatsächlich ziemlich fett. Wir saßen auf unseren Stammplätzen. Normalerweise las ich ein Buch, wenn mein Dad nicht auf der Bühne war, und ließ die Witze über Sex und weiße Leute/schwarze Leute über mich hinwegschwappen wie ein Hintergrundrauschen. Aber dieser menschliche Frosch begann mit einem Witz, der mich Tränen lachen ließ. »Deine Mama lebt schon so lange von der Stütze«, bellte er, das silberfarbene Mikrophon haltend, als bräuchte er es gar nicht, als hätte man es ihm hinter der Bühne sinnloserweise in die Hand gedrückt. »Deine Mama lebt schon so lange von der Stütze, dass ihr Bild auf die Essensmarken gedruckt wird.« Jeder, der mich dazu bringen konnte, *Catch-22* aus der Hand zu legen, musste witzig sein. Danach war ich es, der Pops zu den Open-Mike-Abenden schleifte. Wir mussten immer früher erscheinen, um uns unsere Stammplätze zu sichern, weil sich im ganzen schwarzen L. A. herumsprach, dass ein witziger schwarzer Motherfucker durch die Open-Mike-Abende führte. Der Donut-Schuppen war von zwanzig bis X Uhr von tiefschwarzem Gelächter erfüllt.

Was dieser Vorhofnarr machte, war mehr als Witze erzählen, er brachte dein Unterbewusstes zum Vorschein und schlug es dir dann um die Ohren – nicht etwa, bis man *nicht* mehr zu erkennen, sondern *bis* man zu erkennen war. Eines Abends schlenderte ein weißes Paar zwei Stunden nach dem Einlass in den Club, setzte sich in die Mitte der ersten Reihe und nahm an den Frivolitäten teil. Manchmal lachten die beiden laut. Manchmal kicherten sie so wissend, als wären sie ihr Leben lang schwarz gewesen. Keine Ahnung, was die Aufmerksamkeit des Conférenciers mit dem kugelrunden, schweißüberströmten, im Licht glänzenden Kopf erregte. Vielleicht lachten die beiden zu schrill. Kicherten »hi, hi«, wenn sie »ha, ha«

hätten kichern müssen. Vielleicht saßen sie zu nahe an der Bühne. Vielleicht wäre es nie passiert, wenn Weiße nicht das Bedürfnis hätten, die ganze verdammte Zeit in der ersten Reihe zu sitzen. »Was soll euer scheiß Gewieher?«, schrie er. Das Publikum lachte leise. Das weiße Paar johlte. Ließ die Hände auf den Tisch klatschen. Glücklich über die Aufmerksamkeit. Froh darüber, akzeptiert zu werden. »Ich mache keine Witze! Worüber lacht ihr beiden dahergelaufenen Motherfucker, hä? Verpisst euch!«

Nervöses Lachen ist nicht witzig. Ruckartig und unnatürlich erfüllt es den Raum wie schlechter Jazz-Brunch-Jazz. Den Schwarzen wie auch dem runden Tisch mit Latinas, die sich abends in der Stadt amüsieren wollten, war klar, wann nicht mehr gelacht werden durfte. Das Paar wusste es nicht. Alle anderen nippten stumm an der Bier- oder Limonadendose, fest entschlossen, sich herauszuhalten. Aber die beiden lachten weiter, denn das gehört doch zur Show, oder?

»Sehe ich aus, als würde ich einen verfluchten Scherz machen? Diese Scheiße ist nichts für euch. Kapiert? Und jetzt raus hier! Das ist unser Ding!«

Den beiden blieb das Lachen im Halse stecken. Sie sahen sich flehentlich, aber vergeblich, nach Hilfe um, dann hörte man das Schaben, mit dem zwei Stühle so leise wie möglich vom Tisch zurückgeschoben wurden. Kalte Dezemberluft drang herein, dazu Straßenlärm. Der Manager des Ladens schloss die Tür hinter den beiden, und abgesehen von dem nicht ganz verzehrten Mindestverzehr – zwei Getränke, drei Donuts –, zeugte nichts mehr von der Anwesenheit zweier Weißer.

»Gut, wo zur Hölle war ich stehen geblieben? Ach, ja, deine Mama, diese glatzköpfige …«

Wenn ich an diesen Abend zurückdenke, an dem der schwarze Conférencier das weiße Paar bloßstellte und mit eingezogenen Schwänzen in die Nacht hinausjagte, denke ich nicht über richtig oder falsch nach. Nein, wenn ich mich an den Abend erinnere, denke ich an mein Schweigen. Schweigen kann sowohl Protest als auch Zustimmung bedeuten, ist aber meist ein Ausdruck von Angst. Vermutlich bin ich deshalb so still und ein so guter Flüsterer, ob bei Niggern oder anderen. Der Grund ist, dass ich immer Angst habe. Angst vor dem, was ich sagen könnte. Vor möglichen Versprechungen oder Drohungen, die ich dann einhalten müsste. Obwohl ich dem Mann nicht zustimmte, fand ich es gut, als er sagte: »Raus hier. Das ist unser Ding.« Ihm war alles scheißegal, davor hatte ich Respekt. Trotzdem wünschte ich, nicht so ängstlich gewesen zu sein, sondern den Mut gehabt zu haben, aufzustehen und zu protestieren. Nicht, um ihm vorzuwerfen, was er getan hatte, oder um eine Lanze für die geknickten Weißen zu brechen. Die beiden hätten sich ja wehren oder die Polizei oder ihren Gott anrufen können, um alle Anwesenden von der Erdoberfläche tilgen zu lassen. Nein, ich wünschte, ich hätte den Mann mit der Frage konfrontiert: »Und was genau ist *unser Ding*?«

Abschluss

Ich weiß noch, dass Foy Cheshire am Tag nach der Amtsein-
führung unseres schwarzen Kumpels stolz wie Bolle in seinem
Mercedes-Coupé durch die Stadt fuhr, hupend und die amerikanische Flagge schwenkend. Er feierte nicht als Einziger; die
Freude im Viertel war zwar nicht ganz so groß wie nach dem
Freispruch für O. J. Simpson oder 2002 nach der Meisterschaft
der Lakers, aber fast. Als Foy an meinem Haus vorbeifuhr, saß
ich gerade vorn auf dem Hof und schälte Maiskolben. »Warum
schwenkst du die Flagge?«, fragte ich. »Wieso ausgerechnet
jetzt? Hast du doch noch nie gemacht.« Er habe den Eindruck,
antwortete er, dass dieses Land, die Vereinigten Staaten von
Amerika, endlich seine Schuld beglichen habe. »Und die amerikanischen Ureinwohner? Und die Chinesen, die Japaner, die
Mexikaner, die Armen, die Wälder, das Wasser, die Luft, der
beschissene Kalifornische Kondor? Wann erhalten die ihre
Wiedergutmachung?«, wollte ich wissen.

Er schüttelte nur den Kopf. Erwiderte sinngemäß, mein
Vater würde sich für mich schämen, und ich würde es nie kapieren.

Und er hat recht. Werde ich auch nie.

Dank

Mein Dank gilt Sarah Chalfant, Jin Auh und Colin Dickerman.

Ein besonderes Dankeschön geht an Kemi Ilesanmi und Creative Capital, ohne deren Glauben und Unterstützung dieses Buch nie entstanden wäre.

Feste Umarmungen für Lou Asekoff, Sheila Maldonado und Lydia Offort.

Ein Hurra an meine Familie: Ma, Anna, Sharon und Ainka. Viel Liebe.

Meine große Anerkennung und mein tiefer Respekt gelten William E. Cross Jr. und seinem bahnbrechenden Werk über die Entwicklung der schwarzen Identität, vor allem seinem Aufsatz »The Negro-to-Black Conversion Experience« (*Black World 20*, Juli 1971), den ich in der Grad-School gelesen habe und der mich bis heute inspiriert.

Die Originalausgabe erschien 2015 unter dem Titel
»The Sellout« bei Picador, New York.

Sollte diese Publikation Links auf Webseiten Dritter enthalten,
so übernehmen wir für deren Inhalte keine Haftung,
da wir uns diese nicht zu eigen machen, sondern lediglich auf
deren Stand zum Zeitpunkt der Erstveröffentlichung verweisen.

Dieses Buch ist auch als E-Book erhältlich.

Verlagsgruppe Random House FSC® N001967

1. Auflage
Copyright © 2015 by Paul Beatty
All rights reserved
Copyright © der deutschsprachigen Ausgabe 2018
Luchterhand Literaturverlag
in der Verlagsgruppe Random House GmbH,
Neumarkter Straße 28, 81673 München
Satz: Uhl + Massopust, Aalen
Druck und Einband: GGP Media GmbH, Pößneck
Umschlaggestaltung: buxdesign, München,
nach einer Idee von Rodrigo Corral Studio
und unter Verwendung einer Illustration von Matt Buck
Printed in Germany
ISBN 978-3-630-87575-0

www.luchterhand-literaturverlag.de
www.facebook.com/luchterhandverlag

Paul Beatty

Schlechter tanzen

Roman

Erscheint bei btb im Dezember 2018
Übersetzt von Ulrich Blumenbach

Das wiederentdeckte Kultbuch vom Träger
des Man Booker Prize.

Gunnar Kaufman zieht mit seiner Familie vom
schicken Santa Monica in einen schwarzen Vorort von
Los Angeles. Von den Ghettoregeln hat Gunnar jedoch
keine Ahnung ...

*»Zum Brüllen komisch und zugleich zum
stillen Weinen traurig.«*
The Nation

»Ein Hiphop-Poet, bei dem jeder Beat sitzt.«
The New Yorker